De belofte

Ann Weisgarber
De belofte

Vertaald door Mariella Duindam

Uitgeverij Mozaïek, Zoetermeer

Bij de productie van dit boek is gebruikgemaakt van papier dat het keurmerk Forest Stewardship Council® (FSC®) draagt. Bij dit papier is het zeker dat de productie niet tot bosvernietiging heeft geleid. Ook is het papier 100% chloor- en zwavelvrij gebleekt.

De vertaling van het fragment uit het gedicht van Emily Dickinson is van Peter Verstege.

ISBN 978 90 239 9489 3
NUR 342

Vertaling Mariella Duindam
Ontwerp omslag Wil Immink
Omslagbeeld Lewis W. Hine / Getty Images
Typografie Geert de Koning

Oorspronkelijk verschenen bij Mantle, een imprint van
Pan Macmillan, onderdeel van Macmillan Publisher Ltd, Londen,
Verenigd Koninkrijk, onder de titel *The Promise*.

Engelstalige editie © 2013 Ann Weisgarber
Nederlandstalige editie © 2015 Mariella Duindam

Alle rechten voorbehouden

www.uitgeverijmozaiek.nl

Voor Will Atkins

De kust is kalm, de lucht fris en geurig, de zilte branding bruist zangerig over de zandvlaktes. Hoge rijtuigjes passeren elkaar, in elk een hoffelijk heerschap met zijn bekoorlijke dame. Het is bijzonder idyllisch, zo'n tochtje langs de zee.

Galveston Daily News
24 mei 1868

Zeg heel de Waarheid zijdelings –

Emily Dickinson

Proloog

De wake

Oktober 1899
Van begrafenissen moet ik helemaal niks hebben. Ik krijg al kippenvel bij 't idee. Als 't bij mij eenmaal zover is, wil ik echt niet zo te kijk worden gelegd. Gewoon de kist dichtspijkeren en me zo gauw mogelijk onder de grond stoppen, dat is hoe ik 't wil. Maar die katholieken denken daar heel anders over. Die moeten er zo nodig weer een eindeloos gedoe van maken.

Zo ging 't bij Bernadette ook. Ze lag midden in de kamer opgebaard in een kist die op drie schragen was gezet. Het was de tweede dag van oktober, bloedjeheet en nog bij lange na niet donker, maar toch had zuster Camillus drie witte kaarsen aangestoken. Ze stonden in een enorme metalen houder aan 't voeteneind van de kist. Aan 't hoofdeind stond een houder met een crucifix. Zo noemden ze 't. Een crucifix. Ik vond 't maar niks dat Jezus met handen en voeten aan dat kruis was vastgespijkerd en een kroon van doornen droeg. En dan die naakte ribbenkast. Ongepast, dat was 't. Ik wou maar dat iemand dat ding daar weghaalde, maar dat gebeurde niet.

Een paar uur voordat de wake begon, kwamen de buren op hun wagens aanrijden. De honden sloegen onmiddellijk aan en m'n twee broers moesten naar buiten om ze naar de stal te brengen. De buren kwamen van heel Galveston Island, en ze kwamen in 't zwart. Net als ikzelf hadden de vrouwen hun korset voor de gelegenheid extra strak vastgesnoerd onder hun zwarte jurk. De mannen waren in pak, hun witte boord zo stijf gesteven dat die zelfs nog overeind bleef staan toen ze eraan begonnen te trekken omdat 't zweet hun hals in droop.

De buurvrouwen hadden etensmanden bij zich waarin schalen oesters en garnalen op mekaar waren gestapeld. Ze brachten pannen vol maisbrood mee, kommen vol paarse peulen en meer cake dan ik op Bernadettes keukentafel kwijt kon. Allemaal spraken ze op gedempte toon. 'Wat een narigheid.' 'Ik ben d'r kapot van.' De veren op hun hoed wuifden op en neer terwijl we 't voedsel uitstalden. Het was etenstijd, maar niemand at. Hoe kon je nu eten terwijl Oscar daar bij de kist stond, z'n groene ogen dof van verdriet? Je kon niet om 'm heen, want de keuken was gewoon de andere helft van de kamer. En dan die buurmannen, die 'm allemaal op een kluitje mompelend hun meelij betuigden terwijl ze hun hoed tussen hun vingers lieten ronddraaien. Pa kneep die van hem zowat fijn. M'n broers gedroegen zich al niet veel beter, maar de getrouwde mannen waren wel 't ongedurigst. Ze keken voortdurend schichtig rond of ze hun vrouw nog zagen. Ga alsjeblieft niet ook dood, zag ik ze denken. Laat me alsjeblieft niet alleen met die kleintjes waar ik me geen raad mee weet; ik zou ze moeten weggeven of meteen moeten hertrouwen. Laat me niet worden zoals Oscar: een weduwnaar met een zoontje van vier.

Het was pijnlijk om te zien.

Al snel drentelden de mannen bij Oscar weg en liepen de veranda op, waar alle kinderen zaten. De jongens zaten op de brede houten planken met hun zwartgekouste benen onder de reling door, zodat ze hun voeten konden laten bungelen en zwaaien. De meisjes zaten op 't trapje. Hun vlechten waren vastgestrikt met linten. Vanuit 't keukenraam kon ik ze zien zitten en ik nam 't de mannen en de kinderen niet kwalijk dat ze liever buiten bleven. Daar stond tenminste een briesje dat de zweetlucht verdreef. Daar konden ze naar de lucht kijken, naar de hoge schapenwolkjes. Het huis van Oscar en Bernadette stond op vijf voet hoge palen en vanaf de veranda kon je de duinenrijen een halve mijl verderop zien liggen. Aan de andere kant van die duinen was de Golf van Mexico, en nog veel verder, aan de horizon, lag een hele sliert stoomschepen en schoeners te wachten tot ze de haven van Galveston konden binnenvaren.

De mannen op de veranda pelden hun hoge boord af en liepen naar de koeienstal. Sommige namen hun kinderen mee. Ik neem aan dat ze daar gingen doen wat ze 't beste lag: werken. Drinkbakken vullen en boxen uitmesten. Ze gingen aan 't werk, zodat Oscar zich over z'n melkkoeien in ieder geval geen zorgen hoefde maken.

Maar waarschijnlijk dacht Oscar aan helemaal niks anders dan aan Bernadette. Sinds ze een week geleden ziek geworden was, was-ie nog maar een schaduw van z'n vroegere zelf, zoals ma zei.

Toen de wake begon, gingen de meeste baptisten naar huis. Het liefst was ik zelf ook gegaan; ik had behoefte aan lucht die niet van droefenis doortrokken was. Maar Bernadette was sinds haar huwelijk met Oscar m'n vriendin geweest, en vriendinnen laat je nou eenmaal niet in de steek.

Ook Oscar zou ik nooit in de steek laten. We kenden 'm al sinds hij aan onze kant van 't eiland was komen wonen. Je zou ons zelfs échte buren kunnen noemen: onze huizen stonden maar anderhalve mijl van mekaar af. M'n broers, Frank T. en Wiley, werkten voor 'm en brachten z'n melk naar de klanten in de stad. Dus bleef ik bij de wake, en ma ging ook niet weg.

Zuster Camillus liet zich op 't gevlochten kleed voor de kist op haar knieën zakken. Ze verdronk zowat in die nonnenkleren van d'r; je zag alleen een stukje van haar gezicht. In haar handen hield ze de witte kralen van haar rozenkrans. Oscar zat ook geknield. Z'n zwarte rozenkrans zag er nietig uit in z'n brede, eeltige handen, die vol littekens zaten van 't harde werken.

Het kostte me moeite naar 'm te kijken. Hij zag doodsbleek. Alle zon was van z'n wangen weggespoeld. Maar de knoop van z'n das zat keurig en hij was frisgeschoren. Zelfs zo op z'n knieën hield-ie z'n schouders en z'n rug recht. Zo bleef-ie de hele rozenkrans zitten – 'Wees gegroet Maria, vol van genade.' Naadloos ging 't ene woord in 't andere over. Er kwam gewoon geen eind aan die rozenkrans, bij iedere kraal hoorde een gebed en er zaten ontelbaar veel kralen aan dat ding. Maar Oscar bleef kaarsrecht zitten. Dat deed-ie natuurlijk voor Bernadette. Die zou 't vreselijk vinden als ze 'm in mekaar zag zakken van verdriet.

In ieder geval bleef dat eindeloze bidden André bespaard. Daar hadden de nonnen voor gezorgd. De dag voor Bernadette stierf, toen de malariakoorts nog verder oplaaide en ze voortdurend waterige gal opgaf, hadden twee van de zusters 'm meegenomen naar St. Mary's. 'Hij kan hier beter niet blijven,' had zuster Camillus tegen Oscar gezegd. 'Dat is niet goed voor Bernadette. Ze hoort hem de hele tijd huilen.'

Het beviel me helemaal niks dat ze 'm meenamen. Natuurlijk huilde André, dat wist ik heus wel. Hij vroeg steeds om z'n mama en z'n snoetje was een en al rimpel omdat hij 't allemaal niet snapte. Maar ik was er om voor 'm te zorgen, terwijl ma en zuster Camillus om de beurt bij Bernadette bleven. Ik waste 's ochtends z'n gezicht en grapte dan dat we goed moesten boenen om al die sproetjes weg te krijgen. Tegen bedtijd hielp ik 'm in z'n pyjama en liet 'm z'n gebedje zeggen. Als ik in Bernadettes keuken 't ontbijt, de middagpot of 't avondeten stond klaar te maken, zat André onder de tafel met z'n blokken te spelen. 'Kijk 's, Miss Nan,' zei hij soms, terwijl-ie me met z'n grote donkere kijkers van onder z'n lange wimpers aankeek, 'ik heb een fort gebouwd!'

'Goeie grutjes!' zei ik dan. En als-ie huilde om z'n mama en de slaapkamer in wilde, nam ik 'm mee naar 't strand. Daar groef-ie kuilen in 't zand terwijl z'n vier honden om 'm heen sprongen en 'm stokken brachten die hij voor ze weg moest gooien. Als 't tijd werd om naar huis te gaan, plukten we samen de gele dukaatbloempjes die in de duinen groeiden. Daar was Bernadette dol op. We plukten een hele weckpot vol en thuis klopte ik dan op de slaapkamerdeur. Als ma of zuster Camillus zei dat 't wel kon, mocht André z'n moeder de bloemen geven. Hoe ziek ze ook was, altijd lichtten haar ogen op zodra dat kleine jongetje met z'n zongebruinde wangen en z'n weerbarstige kuif de kamer binnenkwam.

Zo ging 't de eerste vier dagen van Bernadettes ziekte. Toen ging ze snel achteruit en moest André naar St. Mary's, een halve mijl verderop aan 't strand. St. Mary's was een weeshuis dat tot de nok toe gevuld was met kinderen. Er werd daar goed voor de wezen gezorgd, daar niet van. En Bernadette was erg op de nonnen gesteld. 'Ze hebben me bij zich genomen,' zei ze. 'Ik zal nooit vergeten wat ze voor me hebben gedaan.'

Maar voor André was 't heel iets anders. Hij had een thuis. Ik had verwacht dat Oscar zich wel zou verzetten toen de zusters André wilden meenemen terwijl Bernadette ziek in bed lag. Dat jochie betekende letterlijk alles voor 'm, en andersom was 't precies hetzelfde. Maar Oscar liet de nonnen hun gang gaan.

Dat was wat er tijdens de wake door m'n hoofd ging. André, die in 't weeshuis zat te wachten tot z'n vader 'm kwam halen. En die wake duurde en duurde maar, bij ieder kraaltje weer een gebed. Toen 't eindelijk klaar was, vonden de katholieken 't nog steeds niet genoeg. De volgende dag werd er op St. Mary's een dodenmis gehouden. De kapel zat zo vol dat de wezen helemaal op mekaar gepropt moesten zitten. Er waren ook wat mensen uit de stad, mensen in deftige kleren. De vrouwen droegen opzichtige hoeden met grote strikken en lange veren, en de mannen waren duidelijk door een barbier geschoren. Ik nam aan dat 't allemaal klanten van Oscar waren en besteedde niet veel aan-

dacht aan hen. In m'n hoofd was ik bij André.
Meteen toen m'n broers en ik met pa en ma de kapel in kwamen, zag ik 'm. Hij zat met Oscar op de eerste rij. Ze zaten dicht tegen mekaar aan gedrukt, zo dicht als ze maar konden. Als ik een mens voor tranen was geweest, had ik wel kunnen janken. Bernadettes kist stond nog geen tien voet van hen af.
Pa vond dat we achterin moesten gaan zitten omdat we niet katholiek waren. Dat beviel ma niks. 'We zijn zowat familie,' fluisterde ze.
'Zowat is niet hetzelfde als echt,' fluisterde pa terug.
'Nou,' zei ma. 'Ik weet niet, hoor.' Ze ging zitten en toen begon 't zingen, maar ik kende de woorden niet. Daarna kwam de pastoor en aldoor tijdens 't knielen en 't bidden dacht ik eraan hoe trots Bernadette wel op haar kleine jongen zou zijn, omdat-ie daar zo dapper zat zonder ook maar een kik te geven.
Vanaf de dag dat-ie geboren was, had ze 'm vertroeteld. Ze noemde 'm *mon cher 'tit chou*. Dat was Cajun voor 'mijn schatje', legde ze uit. Bernadette kwam uit de moeraslanden van Louisiana. Maar nu was André een arm, moederloos kind. Zo noemden de buurvrouwen 'm toen de mis eindelijk was afgelopen en we allemaal terugliepen naar de wagens en de rijtuigjes die we naast de kapel hadden geparkeerd. Oscar kon 'm onmogelijk alleen opvoeden, vonden ze. Dat kon een man nou eenmaal niet. 'De nonnen zullen goed voor André zorgen, in ieder geval tot Oscar een nieuwe vrouw heeft,' zei iemand.
Ik hield m'n mond. De buren wisten van niks. Zij waren er niet bij geweest, die dag dat Bernadette stierf. Ik was bezig de ramen te lappen – Bernadette hield 't huis altijd keurig op orde – toen ma uit de slaapkamer tevoorschijn kwam. 'Nan,' had ze gezegd, 'Bernadette vraagt naar je.'
Ik moest al m'n moed bij mekaar rapen om de hal door te lopen en de slaapkamer binnen te gaan. Daar hing een akelige, zure lucht. Zuster Camillus en Oscar zaten ieder aan

een kant van 't bed en Bernadette was bijna onherkenbaar. Nat van 't koortszweet lag ze op haar zij en ze zag helemaal grijs. Haar lippen waren gebarsten en er zat bloed op. Ze was vel over been, behalve dan haar buik, die gezwollen was vanwege de baby die met kerst zou komen.

Oscar stond op zodat ik op zijn plek kon zitten. Ik pakte Bernadettes hand. Die was gloeiend heet en haar donkere ogen schitterden. 'Hier ben ik,' zei ik, terwijl ik haar hand tegen m'n wang drukte. De bruine ogen van zuster Camillus boorden zich in de mijne. Het was overduidelijk dat ze me niet mocht. Bernadette streek met haar tong langs haar lippen. Toen droeg ze me zonder omwegen op voor André te zorgen.

'Wat is dat nou voor praat?' vroeg ik. 'Met jou is niks aan de hand. Een griepje, anders niet.'

Bernadette schudde haar hoofd. Zij wist wel beter. Die ochtend was de pastoor langsgeweest. 'Nan,' zei ze, 'ik wil dat je het belooft.'

'Bernadette,' zei zuster Camillus. 'Liefje...'

'Vergeef me, zuster.' Ze slikte moeizaam, alsof haar keel niet goed meer werkte. 'Alsjeblieft, Nan,' zei ze.

'Je wordt vast gauw weer beter,' zei ik. 'Dat weet ik gewoon.'

Maar nu hield Oscar, die naast me stond, 't niet meer uit. 'Beloof het,' zei hij ruw. 'Zeg dat je het zult doen.'

Dus dat deed ik. Met tranen in m'n stem perste ik de woorden naar buiten.

Ik dacht aan m'n belofte toen we de kapel verlieten. De meeste gasten gingen naar huis – er was werk aan de winkel – maar de rest vormde een rij van rijtuigjes en wagens en reed 't eiland over, naar 't kerkhof in de stad. We namen de weg over 't strand, want 't was eb en 't zand langs de waterkant vormde een harde laag. Rechts van ons sprankelde de Golf als geslepen glas in de middagzon. Pa, ma en ik zaten opgepropt in 't rijtuigje, terwijl m'n broers, Frank T. en Wiley, in de wagen achter ons aan reden. De branding ruiste zachtjes en we zeiden geen woord, doodmoe van al die droefenis.

Het zand knarste onder de houten wielen en hoog in de lucht lieten lange rijen pelikanen zich met gespreide vleugels op de luchtstroom drijven. Oscar was dol op pelikanen; hij telde ze altijd. Ik hoopte maar dat-ie ze zag, terwijl-ie met zuster Camillus op de bok zat van de wagen waarin Bernadette lag. André hadden ze niet bij zich. Die was achtergebleven in St. Mary's; waarschijnlijk had iemand besloten dat 't nu wel mooi geweest was. Op 't kerkhof, waar de pastoor nog weer meer te zeggen had voordat Bernadette in haar graf werd neergelaten, hoopte ik dat Oscar aan pelikanen dacht die licht en luchtig hoog langs de hemel vlogen. Misschien dat-ie daardoor weer zou weten hoe Bernadette geweest was voor ze ziek werd.

Hij kon André gerust bij de nonnen in 't klooster laten. Hij kon 'm ook gerust naar familie sturen in Ohio, waar hij zelf vandaan kwam. De meeste mannen zouden een van die twee dingen doen: een man kon nou eenmaal niet in z'n eentje een kind grootbrengen. De meeste mannen zouden mijn belofte allang vergeten zijn, omdat ik geen familie was. Maar toen de pastoor eindelijk geen nieuwe gebeden meer wist te bedenken, toen 't allemaal voorbij was en de grafdelvers onder de boom stonden te wachten tot wij vertrokken waren, kwam Oscar naar me toe.

'Ik haal André naar huis,' zei hij. 'Aan het eind van de middag.'

'Wat zal hij daar blij om zijn,' antwoordde ik.

De volgende ochtend, ruim voor zonsopgang, ging ik stilletjes 't donkere huis binnen en nam de zorg voor André op me.

I

Dayton, Ohio

Januari 1900
Geroddel. Opgewonden gefluister. Groepjes vrouwen in salons, gezeten op het randje van de canapé, gehuld in donkere rokken waar de spitse grijze punten van hun schoenen net onderuit staken, gezichten beschaduwd door breedgerande hoeden. Theekopje in de hand, de hoofden bij elkaar gestoken. Dat was hoe ik me hen voorstelde.
'Heb je het al gehoord?' hadden ze vast gezegd.
'Nee. Wat dan?'
'Catherine Wainwright is met Edward Davis in Columbus gezien. In het theater.'
'Samen? Zo ver van huis? Alleen zij tweeën?'
'Ze had haar hand op zijn arm.'
Ik stelde me voor hoe ze geschokt terugweken, niet in staat nog een woord uit te brengen. Het was winter in Dayton, Ohio. In de salons dansten de vlammen in de haard, het brandende hout knapte en knetterde en maakte de vrouwen aan het schrikken. Ik stelde me voor hoe ze tersluiks een blik op hun trouwring wierpen, denkend aan hun man en daarna aan mij, Catherine Wainwright.
'En de vrouw van Edward Davis?' zal iemand zeker gevraagd hebben. 'Weet die het?'
'De dokter moest erbij gehaald worden.'
De vrouwen wapperden met hun handen. Ze hadden zich opnieuw naar elkaar toe gebogen; hun kringetje werd kleiner.

'Arme Alma Davis,' hadden ze vast gezegd. 'En ze is al zo broos.'

'En de kinderen, die twee allerliefste meisjes!'

Geruchten gonsden van huis tot huis. Toen mijn moeder me kwam opzoeken in het Algonquin Hotel, waar ik op de vierde verdieping woonde, droeg ze een zwarte sluier voor haar gezicht. Zodra ze mijn zitkamer binnentrad, hief ze haar hand en gaf me een klap. 'De man van je bloedeigen nichtje,' zei ze. 'Hoe kón je?'

Ik keek strak naar haar donkerblauwe hoed, waarop de struisvogelveren leken te trillen van woede. Mijn wang gloeide.

'Weet je wel wat je de familie hiermee aandoet?' vroeg ze. 'Je oom is woedend. Je hebt het leven van zijn dochter verwoest. Alsof die niet al genoeg geleden heeft! En de ondraaglijke schande voor mijn man! Zijn cliënten hebben het vast al gehoord en wat de klerken betreft, je weet hoe lui roddelen. Het is allemaal zo vernederend, Catherine. Kijk me aan! Weet je eigenlijk wel wat je je nicht hebt aangedaan? Wat je mij heb aangedaan?'

Daar had ik geen antwoord op.

'Je móét iets doen. Nu meteen,' zei mijn moeder.

Mijn liefste Edward, schreef ik. *Ik wil je graag even zien.*

De golf geruchten was mijn vonnis. En hoewel sommige van de vrouwen nog oude schoolvriendinnen van me waren, zeiden ze geen van allen meer een woord tegen me. Zij gaven de toon aan in Dayton, de stad waar hun vaders en echtgenoten de grote vernieuwers waren. Hun families bezaten en bestierden de papiermolens, de fabrieken en de metaalgieterijen. Die produceerden hoogwaardig briefpapier, basculeweegschalen en naaimachines. Bij de hoedenmaker staken de vrouwen hun kin in de lucht en keken dwars door me heen. Bij de kleermaker wendden ze zich met opeengeperste lippen af.

Hoewel mijn vader bruggenarchitect geweest was, hoor-

de ik al jaren niet meer bij hun kringetje. Al op mijn achttiende was ik uit Dayton vertrokken, en ik was pas een jaar terug. Ik was niet getrouwd; ik was pianiste en zat iedere dag uren te studeren. En als ik een enkele keer wel mijn gezicht liet zien op zo'n dameskransje, om thee te drinken of over literatuur te discussiëren, had ik weinig te melden als het gesprek op huiselijke thema's en het opvoeden van kinderen kwam.
Nu had ik de vrouwen van Dayton een reden gegeven om zich tegen me te keren. Halverwege januari viel het eerste briefje in mijn brievenbus in het hotel.

Geachte Miss Wainwright,

Het spijt me u te moeten mededelen dat onze plannen zijn veranderd en wij ons gedwongen zien uw optreden tijdens ons diner te annuleren. En dan is er nog iets. Het spijt me u te moeten mededelen dat mijn kind niet langer pianolessen nodig heeft.

Met hartelijke groet,
Mrs. Olive Parker

Er volgden meer briefjes, allemaal vrijwel woordelijk gelijk aan het eerste. De vrouwen waren allesbehalve hartelijk en spijt toonden ze evenmin. Bij geen van hen kon er een glimlach of een vriendelijk woordje af. Niemand had belangstelling voor mijn versie van de waarheid. In plaats daarvan fluisterden ze achter mijn rug en ik hoefde niet in hun buurt te zijn om te weten wat ze zeiden.
  'Dat komt er nou van als een vrouw gaat studeren.'
  'En als ze niet trouwt.'
  'En als ze zelf de kost verdient.'
  'En als ze in een hotel woont.'

Januari ging over in februari. Laag boven de grond hingen

grijze wolken en de sneeuw reikte tot onze enkels. Met ieder afgezegd optreden en iedere afgemelde leerling werd mijn inkomen minder, terwijl de onderstroom van geroddel mijn leven ontwrichtte. De hele familie, tot verre neven en nichten aan toe, koos partij voor Edwards vrouw. Ik ging niet langer naar de presbyteriaanse kerk en er kwamen geen uitnodigingen meer voor familiebijeenkomsten. Ik stak alle gloeilampen in mijn zitkamer aan en zocht afleiding in mijn lievelingsromans, maar de verhalen die me ooit zo in verrukking hadden gebracht, werkten me nu op de zenuwen. Eenzaam, terwijl de tijd voorbijkroop, stelde ik me het gefluister voor als een onophoudelijk geklots en gekabbel.

'Heb je het al gehoord?'
'Nee. Wat dan?'
'Catherine Wainwright zit al jaren achter Edward Davis aan. Vanaf het moment dat Alma ziek werd.'
'Maar toen dat met die arme Alma gebeurde, woonde ze toch in Pennsylvania? In Pittsburgh, of vergis ik me?'
'Ik geloof dat het Philadelphia was. Edward Davis moest daar regelmatig zijn voor zaken, maar dat was niet genoeg, niet voor Catherine Wainwright. Ze is speciaal voor hem naar Dayton teruggekomen.'

Liefste, schreef ik aan Edward, terwijl de rekeningen zich opstapelden op mijn bureau. *Samen kunnen we dit wel aan. Maar ik wil je erg graag even zien.*

Ik at in de eetzaal van het hotel, alleen. De kristallen kroonluchters wierpen een flikkerend kleurenspectrum van blauw, geel en rood op mijn witlinnen tafelkleed. Slechts een paar van de gasten – oudere weduwnaars en vrijgezellen – verwaardigden zich een glimlachje of een korte groet. Zelf was ik niet minder terughoudend: twee van de heren hadden een briefje met schokkende voorstellen onder mijn deur door geschoven. De kelners met hun zwartwollen pakken en hun lange witte schorten negeerden me. Ik werd het laatst bediend en mijn maaltijden arriveerden steevast koud. *Mogelijk is er iets aan uw aandacht ontsnapt*, schreef de hoteldirecteur onder aan mijn rekening. *Uw betaling van vorige maand is door ons nog niet ontvangen.* Ik weigerde de maaltijden op mijn kamer te gebruiken. Ik weigerde me te verbergen. Mijn vriendschap met Edward was niet laag en verachtelijk. We waren kameraden, we genoten van elkaars gezelschap. Echtscheiding was volstrekt niet aan de orde: iedere keer dat Edward erover begonnen was, had ik hem het zwijgen opgelegd. Zijn vrouw had direct na de geboorte van hun tweede kind een verlammende beroerte gekregen. Hij mocht haar niet verlaten.

Nu ons geheim op straat lag, werd ik gemeden en gedwongen tot het aanspreken van mijn reserves, het laatste restje van mijn vaders erfenis. Bij stukjes en beetjes betaalde ik de rekeningen van het hotel, de kleermaker en de hoedenmaker. Ik maakte stevige wandelingen, alsof er geen bijtend koude wind uit de richting van de rivier woei. Ik liep door Third Street en Main Street, langs kerken en winkels. Gehuld in mijn met bont afgezette donkerblauwe wollen mantel en met mijn handen in een mof gestoken, ontweek ik de bevroren plassen op de stoep. De bladerloze iepen staken kaal af tegen de grijze hemel. Ik voelde de vrouwen naar me gluren vanachter hun ramen op First Street, Wilkinson Street en Perry Street. Laat ze maar kijken, dacht ik, terwijl ik kaarsrecht doorliep. In mijn loopbaan als pianiste had ik geleerd nooit schrik te tonen na een fout, nooit met mijn ogen te knipperen of mijn wenkbrauwen te fronsen, maar door te spelen alsof er niets gebeurd was.

Op 1 maart ging ik naar mijn moeder en vroeg haar om een lening.

'Zoek een man,' zei ze met een koude, afkeurende blik in haar ogen. De harde lijnen rond haar mond werden dieper. 'Dat heb ik ook moeten doen.'

De beschuldiging achter haar woorden ontging me niet. Ik was enig kind en mijn vader had me verafgood. Hij was trots geweest op mijn carrière. Voordat ik terugkwam naar Dayton was ik pianiste in een vrouwenensemble in Philadelphia, en nu en dan had hij me een gul bedrag gezonden om mijn inkomen mee aan te vullen. Toen hij vier jaar geleden aan een zwak hart was gestorven, had mijn erfenis, hoe mager ook, mijn moeder zwaar gekrenkt. Zij vond dat dat bedrag haar toekwam, niet mij. Twee jaar later, toen haar geld opraakte, was ze hertrouwd.

Nu schreef ze een cheque voor me uit waar ik een maand mee voort kon. 'Je bent negenentwintig, bijna dertig,' zei ze. 'Je had jaren geleden moeten trouwen. Je had allang kinderen moeten hebben, en een man die voor je zorgt.' Ze stak me de cheque toe en ging onverwacht een stuk milder verder: 'Alsjeblieft, Catherine. Zoek een man. Het is voor je eigen bestwil. En zet er een beetje vaart achter.'

Ik schreef de vrouwen van mijn trio dat ik hen miste, en de muziek ook. *Mochten jullie een pianiste nodig hebben: ik kan er binnen een week zijn.* Toen ik een jaar geleden wegging, waren ze woedend. Nu gaven ze geen antwoord meer.

Het was zo'n chaos in mijn hoofd dat ik niet meer kon slapen en ik begon er steeds grauwer uit te zien. Ik doorzocht mijn hutkoffers op zoek naar oude brieven, en schreef aan vroegere aanbidders en vriendinnen in het oosten van het land. *Wat waren dat een mooie tijden,* schreef ik in brief na brief. *Het zou enig zijn om je weer eens te zien.* Iedere dag keek ik uit naar de post. *Ik ben getrouwd,* schreven de vroegere aanbidders. En de vriendinnen antwoordden: *Een bezoekje zou leuk zijn, maar ik ben tegenwoordig erg druk met de kinderen.*

Ik monsterde de oude, uitgezakte weduwnaars en de besnorde, bolbuikige vrijgezellen in het hotel. Een huwelijk met een van hen zou wel de ultieme vernedering zijn, en het idee alleen al vervulde me met walging.

Ik schreef een brief aan Edward.

18 maart 1900

Liefste,

We hebben het samen vaak over het museum in Cincinnati gehad. Ik zou het nu heel graag willen zien. Het zou heerlijk zijn als je me daar kon ontmoeten. Het spreekt vanzelf dat we met verschillende treinen reizen.

Je Catherine

Zijn antwoord kwam vijf dagen later. *Catherine. Dit gaat zo niet. Je moet iets anders zoeken om je op te richten. Ga naar het buitenland, bezoek de beroemde concertzalen in Europa.* Gegriefd hield ik mezelf voor dat dit onmogelijk Edwards eigen woorden konden zijn. Iemand had hem dit antwoord gedicteerd. Net als ik zat hij verstrikt in een web van roddels. Hij was aan handen en voeten gebonden en niet in staat me te ontmoeten, althans niet nu. Die praatjes dreven wel weer over, dat was een kwestie van tijd. Ik begreep dat we onze vriendschap niet konden voortzetten; ik wist dat het voorbij was. Het enige wat ik wilde was een laatste uurtje met Edward om afscheid te nemen. En daarna dan? dacht ik. Maar daar wist ik geen antwoord op.

Ik bleef studeren volgens mijn vaste schema, alsof er niets aan de hand was en er gewoon nog optredens op de agenda stonden. Voor en na de lunch speelde ik in de lege danszaal van het hotel op de kleine Sohmervleugel. Mijn vingers waren echter houterig en stijf. Zelfs Beethoven, Mozart en Chopin hadden me verlaten.

Op de bodem van een van mijn koffers vond ik elf brieven van Oscar Williams, iemand die ik al vanaf mijn kinderjaren kende. Hij was een paar jaar ouder dan ik en zijn vader bezorgde kolen voor de verwarmingsketel in onze kelder. Na schooltijd en tijdens de zomervakantie hielp Oscar zijn vader. Dan reden ze samen door de straatjes van Dayton, hun wagen hoog opgeladen met kolen. 'Ik vind dat je heel mooi pianospeelt,' had Oscar ooit, krom van verlegenheid, tegen me gezegd. Hij had me aangesproken op het grasveld voor de Central High School, toen ik in gezelschap van een paar klasgenootjes op weg naar huis ging. Oscar was lang en slungelig en hij had diepgroene ogen. Mijn vriendinnen plaagden me en noemden hem de zoon van de kolenboer, maar ik voelde me gevleid door zijn compliment en door de bewondering in zijn stem. Dat was echter niet het enige. Ondanks zijn schuchterheid benaderde hij me openhartig en zonder loze vleierijen, heel anders dan de meeste jongens die me van school naar huis brachten of hun naam in mijn balboekje zetten.

Een paar maanden nadat Oscar me op het grasveld had aangesproken, besefte ik dat ik hem al een tijdje niet op school gezien had. Tersluiks won ik inlichtingen in. Oscars vader was erger gaan hoesten en uiteindelijk aan een longziekte overleden. Nu was Oscar de kolenboer en onderhield hij zijn moeder, zijn zusje en zijn twee broertjes. Toch wist hij in de lente van 1887 tijd vrij te maken om naar mijn optreden in de Music Hall te komen. Net toen ik het podium betrad, zag ik hem de achterste rij in schuiven. Achteraf wachtte hij me op in de foyer. 'Jouw spel voert me naar een andere wereld,' zei hij. 'Een nieuwe wereld.'

De kolenboer, hield ik mezelf voor. Op een bepaalde, ongepolijste manier had hij wel iets charmants, maar hij leek in niets op de jongemannen met wie ik gewoonlijk optrok. Zijn pak zat hem te klein. Zijn witte overhemd, dat overigens wel schoon en gestreken was, had versleten manchetten. En de huid rond zijn nagels vertoonde sporen van kolengruis.

In de zomer van 1888, na mijn eindexamen en voordat ik naar het conservatorium ging, ving ik af en toe een glimp van Oscar op bij de zaterdagavondconcerten in Lakeside Park. Hij was vaak alleen, terwijl ik meestal in gezelschap was van andere jonge vrouwen, vroegere klasgenootjes van de Central High School. Alma, het nichtje dat een paar jaar later met Edward zou trouwen, was een van hen. Als Oscar tegen zijn hoed tikte, gaf ik hem een knikje. Ik glimlachte flauwtjes terwijl mijn vriendinnen de spot met hem dreven. 'Onbeantwoorde liefde,' zeiden ze. 'Hij aanbidt je al eeuwen. Maar...' Dat ene woordje volstond om Oscar Williams te veroordelen. Wij kwamen uit huizen met hooggewelfde ramen en pilaren bij de deur. Onze vaders droegen een gesteven boordje en glanzend gepoetste schoenen. Oscar was niet een van ons.

Tot mijn verbazing ontving ik na die zomer een brief van hem.

Geachte Miss Wainwright,

Ik heb Ohio Verlaten om mijn Eigen Weg te gaan, en verdien nu de Kost op de Circle C Ranch, 22 mijl ten zuidwesten van Amarillo in Texas. Het is hier Vlak en Heet. Veel Bomen zijn er Niet. Sommige van de Jongens hier komen uit Mexico. Zij leren me de Kneepjes van het Vak. Alles is beter dan het sjouwen en scheppen van Kolen.

Hoogachtend,
Oscar Williams

Eigenlijk was ik niet van plan geweest hem terug te schrijven; met vijf dagen vertrok ik naar Oberlin College in Noord-Ohio. Toch stuurde ik hem uit beleefdheid een kort briefje.

De correspondentie zette zich een aantal jaren voort, steeds met tussenpozen van enkele maanden. Ik studeerde af aan het conservatorium en werd lid van het trio in Philadelphia. Oscar ging weg uit Amarillo en verhuisde naar Galveston – *Je ziet hier aan Alle kanten Water*, schreef hij – waar hij werk vond op een melkboerderij. Een tijdje later nam hij de boerderij over, en na die gebeurtenis vroeg hij me ten huwelijk. Dat was zes jaar geleden, en mijn antwoord was tevens het einde van onze briefwisseling geweest. Nu, in een vlaag van paniek en niet in staat de slaap te vatten, schreef ik hem opnieuw.

30 maart 1900

Geachte Mr. Williams,

Ik heb nog altijd dierbare herinneringen aan u. Lieve help, u woont nu al zo lang in Galveston! Bent u uw vrienden uit Dayton vergeten? Ik hoop dat alles goed met u gaat en dat u goede zaken doet met uw melkboerderij. Zelf ben ik teruggekeerd naar Dayton om wat dichter bij mijn moeder te zijn. Het gaat haar goed, en mij ook. Toch zie ik uit naar de zachte zomerdagen. Herinnert u zich Lakeside Park nog? En de concerten bij de rivier? Volgens de kranten zullen die in juni weer beginnen. Ik vraag me af of het nog dezelfde orkestjes zijn die ons destijds zo in vervoering brachten.

Hoogachtend,
Catherine Wainwright

April bracht nieuwe rekeningen. Ik zocht verstrooiing en belandde meermalen per week in de openbare leeszaal, waar ik langs de rijen boeken dwaalde of met een roman op schoot in de leeskamer zat. Eens, op een ochtend, stapte ik in de tram die Edward altijd nam naar zijn kantoor op Keowee Street: Barney & Smith Railcar Works. Met opgeheven hoofd zat ik halverwege de wagon tussen de onberispelijk geklede zakenlieden, maar toen Edward instapte, sloeg mijn hart over. Wat was hij knap in zijn donkerblauwe streepjespak, met zijn netjes bijgepunte snor. Toen hij mij zag, gleed er een trek van schrik en daarna van angst over zijn gezicht. Even dacht ik dat hij zich om zou draaien en meteen weer uit zou stappen, maar achter hem kwamen al nieuwe mensen de tram in. Zonder nog naar me te kijken liep hij het gangpad door en ging ergens achter me zitten.

Ik overwoog naar Cincinnati of Columbus te verhuizen. Daar zou ik een advertentie in de kranten kunnen zetten waarin ik mezelf als pianolerares aanbood. Moeders zouden me in hun salon ontvangen en me vragen stellen, terwijl we thee dronken uit porseleinen kopjes. 'Waarom bent u uit Dayton weggegaan?' zouden ze willen weten. 'En hoe zit het met uw referenties? U begrijpt dat mijn man daar wel op staat.' Dan zouden ze onschuldig glimlachen, alsof referenties hen volstrekt niet interesseerden.

Er kwam een brief van Oscar Williams. Zijn stijl mocht dan niet perfect zijn, maar zijn handschrift was heel secuur.

22 april 1900

Geachte Miss Wainwright,

Uw brief kwam voor mij als een Verrassing. Ik dacht dat U mij Vergeten was. Ik nam aan dat u Getrouwd was. Speelt U nog steeds Piano? Ik weet nog goed hoe uw Muziek klonk, zoiets Moois had ik nog Nooit gehoord. Zelf heb Ik 33 Jersey-koeien, de Meeste geven volop Melk. Ik heb 2 Mannen in Dienst. Mijn boerderij ligt een halve mijl van de Duinen naast de Golf van Mexico. Een mijl achter ons huis ligt Offatts Bayou. Dat is zo groot als een Meer en het staat in Verbinding met West Bay.

Ik heb een Mooi stuk Land en het Gras dat hier groeit is Winterhard. Er is Zoet Water in Overvloed. Ik heb een zoon. Hij is 5. Mijn Vrouw is op 1 oktober Gestorven.

Hoogachtend,
Oscar Williams

Een koeienboer. Een weduwnaar met kind. Iemand die ik al in geen jaren had gezien. Ik legde Oscars brief terzijde.

Ochtend na ochtend had ik die aprilmaand de tram genomen. De lucht werd allengs zachter: de eiken en iepen langs de brede lanen botten uit en kregen blad. Edward begon op mijn aanwezigheid te rekenen en keek zoekend de tram rond bij het instappen. In een flits kruisten onze blikken elkaar, maar dat was genoeg. Morgen, dacht ik. Morgen zal hij me aanspreken. Maar elke ochtend wendde hij zijn ogen af.

Ik herlas de brief van Oscar Williams. Zes jaar geleden had zijn huwelijksaanzoek me geschokt. Had hij niet begrepen dat mijn schrijfsels niet meer waren dan een vriendelijke plichtpleging? Ik had een carrière. Mijn trio speelde in concertzalen en gaf huisconcerten in de hoogste kringen van Philadelphia.

Nu was zijn brief de enige waarvan de toon niet koud of onverschillig was. Ik schoof de stapel rekeningen opzij en bezon me op een antwoord.

1 mei 1900

Geachte Mr. Williams,

Het deed me verdriet te horen dat uw vrouw is overleden. Ik wil u dan ook mijn innige deelneming betuigen. Wat een gruwelijk verlies; ik vrees dat deze woorden van troost uw leed nauwelijks zullen verlichten. Maar, Mr. Williams, het doet me wel genoegen om te horen dat u niet alleen bent. U heeft een zoon, en lieve help, wat een enorm aantal koeien! Hoe redt u dat allemaal? Ik heb grote bewondering voor uw vele kwaliteiten.
Ik speel inderdaad nog piano. Wat aardig dat u daarnaar vraagt.

Uw toegenegen
Catherine Wainwright

Zijn antwoord kwam drie weken later. Het was kort, maar stond vol bijzonderheden over zijn melkboerderij. *De Stal staat op een Verhoging van Oesterschelpen en zand. Het kan hier nogal regenen. Hij is Groot genoeg voor Nog vijf koeien.* En: *De naam van mijn zoontje is André.*

Eind mei was het briefje van de hoteldirecteur geheel anders van toon. Ik liep nu vier maanden achter met betalen. Als ik mijn rekeningen niet onmiddellijk voldeed, diende ik eind juni te vertrekken.

Ik beantwoordde Oscars brief en betoonde mijn interesse in zijn stal en zijn zoon. Daarna inspecteerde ik mijn sieraden en verkocht twee kettingen en een stel oorbellen aan een juwelier, onder wiens berekenende blikken ik me nog verder vernederd voelde. Even speelde ik met het idee om mijn moeder nog eens om een lening te vragen, maar dan zou ik haar er letterlijk om moeten smeken. Bovendien gaf ik haar zo het recht te bepalen wat ik moest doen en met wie ik moest trouwen. Weer overwoog ik naar Cincinnati of Columbus te verhuizen, maar ik had er de moed niet meer toe. Hoe onverzoenlijk Dayton zich ook opstelde, het was altijd nog beter dan moederziel alleen en zonder geld in een wildvreemde stad te zitten. Ik regelde een plek in een pension, waar ik een kamer met een andere vrouw zou delen. Opnieuw schreef ik aan Oscar. *Hoe is het om op een eiland helemaal in Texas te wonen?*

Eind juni ontving ik de brief waarop ik had gewacht, maar die ik tegelijkertijd vreesde.

Geachte Miss Wainwright,

Ik ben niet Rijk, maar Arm ben ik evenmin. Mijn Melkboerderij is Redelijk groot en ik heb geen Schulden. Miss Wainwright, zou U willen overwegen om met Mij te Trouwen? Mijn Zoon heeft een Moeder nodig, en Ik heb Behoefte aan een Vrouw. Ik zal Goed voor U zorgen en een Goede Man voor U zijn. Er is wel Iets wat U moet Weten.

Galveston is heel Anders dan Dayton. En dan Nog iets. Mijn Zoon en ik zijn Katholiek. Ik heb me bekeerd en mijn Zoon is Katholiek gedoopt. Maar ik zal U er Niet toe Dwingen.

*Hoogachtend,
Oscar Williams*

Met de brief in mijn hand trachtte ik de beelden van een boerderij, een klein kind en een leven vol rituelen die zo anders waren dan de mijne tot een samenhangend geheel te smeden. Ik probeerde me Oscars gezicht voor de geest te halen, maar na zijn aanzoek was zijn beeld vervaagd, iets wat me er eens te meer op wees hoe weinig ik hem eigenlijk kende.

Ik herlas de brieven van Edward en streek met mijn wijsvinger langs iedere schuin geschreven letter op het linnen papier. *Ik heb genoten van ons gesprek*, had hij geschreven, twee maanden nadat we elkaar in de kerstperiode van 1895 hadden ontmoet. Hij had een hellend handschrift en zette nooit puntjes op de i en de j, maar door elke t stond een kort streepje. *Volgende maand ben ik in Philadelphia*, schreef hij in april 1897, toen zijn vrouw al officieel invalide was. *Wellicht heb je gelegenheid samen met mij het museum te bezoeken?* Drie jaar geleden had die uitnodiging me geschokt, maar tegelijkertijd opgewonden. Nu keek ik naar zijn woorden zoals zijn vrouw dat zou doen. Hij had me verleid. Als ik hem deze brieven in herinnering bracht, zou hij vast wel bereid zijn in mijn onderhoud te voorzien.

De zijden gordijnen in mijn zitkamer ritselden in het zachte zomerbriesje. Beneden op straat was het druk. Er reden koetsjes voorbij en op de stoep liepen vrouwen met veren op hun hoed en een mandje aan hun arm. Op de hoek aan de overkant stonden twee zakenmannen te praten. Ze droegen een net pak en een bolhoed. Al die mensen hadden hun eigen bezigheden, hun eigen leven, hun eigen zorgen en problemen, die misschien voortdurend aan hen knaagden terwijl ze er een oplossing voor zochten. Chantage. Zo diep was ik al gezakt. Edward zou niets dan minachting voor me voelen, en ook ik zou mezelf verachten.

Ik las Oscars brief opnieuw. Hij bood me een ontsnapping aan mijn schulden, aan mijn moeders afwijzing en aan een leven in armoede. Hij bood me een ontsnapping aan mezelf.

De volgende ochtend zat ik in de lege balzaal achter de dichtgeklapte vleugel. Mijn gezicht was grauw en mijn ogen brandden van slaapgebrek. Ik had mijn antwoord met de late middagpost verstuurd. *Ja, Mr. Williams*, had ik geschreven. *Ik wil wel met u trouwen.*

2

Galveston, Texas

De wind raasde. De trein slingerde. Zout zeewater spatte tegen de ramen. Terwijl we over de vlokkig schuimende golven scheerden, klemde ik me vast aan mijn armleuningen. Ik wist wel dat Galveston een eiland was, maar nu pas realiseerde ik me hoe ver het eigenlijk van de rest van Texas vandaan lag.

Het ventilatiesysteem van de trein werkte niet en het was warm en benauwd in de coupé. De vrouw tegenover me onthulde een schildering van witbesneeuwde bergtoppen toen ze haar zijden waaier opende. 'We steken nu de West Bay over,' zei ze met een ietwat slepende zuidelijke tongval, terwijl ze haar glimmende ronde gezicht koelte toewuifde. 'Onze bruggen zijn de langste ter wereld. Ze zijn zeker drie mijl lang.'

Mijn vader had bruggen ontworpen en als dit er een van hem was geweest, had ik het volste vertrouwen gehad in de staven en de pijlers. Maar nu hield ik mijn ogen op mijn schoot gericht. De aanblik van de gammele schragen en de dunne, door de beukende golven bestookte houten pijlertjes van de parallelbrug was te veel voor me.

'Vlugzout,' zei de vrouw. 'Dat raad ik u aan als dit uw eerste oversteek is.'

'Het gaat wel,' zei ik.

De trein begon te schudden en het gefluister van de andere passagiers, die elkaar gerust probeerden te stellen, vulde de wagon. Ik reisde tweede klas, met mijn rug naar de voorkant van de trein. De vrouw tegenover me deinde heen en weer. De man aan de andere kant van het gangpad hield zich doodstil, alsof we bij de geringste beweging konden kantelen. Misselijk sloot ik mijn ogen.

Drie dagen geleden was ik uit Dayton weggegaan, met in mijn handtasje de laatste brief van Oscar Williams. Hij had niet over de bruiloft gerept en evenmin vermeld waar ik zou slapen. In plaats daarvan gaf hij treintijden en routes. De reis van Dayton naar Galveston vereiste een overstap in St. Louis, Little Rock en Houston. Op elk station zat ik urenlang op een bankje te wachten, omringd door vreemden. Na acht maanden buitensluiting bracht de plotselinge nabijheid van zo veel mensen me van mijn stuk. Ik hield een opengeslagen boek op schoot, maar de woorden zwommen voor mijn ogen en geen zin bleef me bij nadat ik hem had gelezen. De reis zelf was een aaneenschakeling van stationnetjes waar de trein halt hield en vaak eindeloos bleef staan. Op enkele beleefdheden na hield ik me afzijdig van mijn medepassagiers en staarde naar de wazig voorbijflitsende landerijen, de rivieren die we overstaken en de uitgestrekte bossen langs het spoor. Met iedere mijl die ik aflegde, raakte ik verder weg van Dayton. Iedere mijl bracht me dichter bij een leven dat volledig anders zou zijn dan ik gewend was.

Ik opende mijn ogen. We zaten nog steeds op de brug – drie mijl, dacht ik bij mezelf – en nu kwamen er allerlei stoomschepen, sleepboten en schoeners in zicht.

'De laatste keer dat ik de overtocht maakte, stormde het,' zei de vrouw tegenover me. Ze had plompe vingers, met om één ervan een trouwring. 'Goeie genade, dat was pas een avontuur. Maar vandaag hebben we een stralend blauwe lucht en dit briesje, ach, dat kun je amper een zuchtje noemen.'

'Gelukkig maar,' zei ik. In gedachten zag ik de trein van de schraagbrug storten en naar de diepte zinken, terwijl de wagons zich met water vulden. Het raam, dat streperig was van het vuile water, zat vergrendeld. Om het omlaag te kunnen trekken zou ik de grendel opzij moeten schuiven. Zo zou ik misschien kunnen ontsnappen, maar ik kon niet zwemmen. En al kon ik dat wel, dan zou mijn dikke, wijnrode rok zich loodzwaar om mijn benen draaien en me naar beneden trekken.

'We zijn er bijna,' zei de vrouw. Ze deed alvast haar handschoenen aan.

De trein zweefde boven kleine eilandjes vol wuivend gras en dichte, lage struikjes. We staken ondiepe, met riet bedekte moerassen over, waar witte vogels met lange nekken roerloos in het water stonden. Toen helden we omlaag. We hotsten de schragen af, het vasteland op, dat op zijn plaats gehouden werd door hier en daar een groepje scheefhangende, dichtbebladerde boompjes.

Ik leunde zo ver achterover als mijn tournure en mijn hoed dat toelieten.

De trein minderde vaart en reed langs rijen opslagschuren, magazijnen en graanliften, waar negers de houten kisten van de ontkoppelde wagons losten. We passeerden een werf en even reed de trein pal langs de stoomschepen en schoeners, die met dikke touwen aan de kade waren vastgemaakt. Grote laadkisten werden met havenkranen van de schepen gehesen en de zwoegende mannen waren nat van het zweet.

Ik was in Galveston, Texas. Duizend mijl van huis.

Het perron waarop ik met mijn twee reiskoffers en mijn toren van hoedendozen stond, lag in de schaduw van de hoge gewelfde muren en de torens van het Union Station. Mensen zwenkten langs me heen; sommigen haastten zich de trap op naar de trein die klaarstond op het volgende perron, anderen begroetten passagiers die zojuist waren aangekomen. Zwarte kruiers manoeuvreerden door de menigte met hun zwaarbeladen karretjes vol koffers en tassen. Sissende treinen reden af en aan en locomotieven braakten grote zwarte rookwolken uit. De lucht was dik en drukkend en rook naar olie, pekel en metaal. Ik zocht de gezichten van de mannen af, maar geen van hen kwam me bekend voor, zelfs niet degenen die hun blik op mij lieten rusten. *Ik kom U van de Trein halen*, had Oscar in zijn laatste brief geschreven. *In de Ochtend van 29 augustus 1900 sta ik op het Perron van het Union Station in Galveston, Texas.* Misschien raakte hij onzeker door de brede rand van mijn hoed, die mijn gezicht beschaduwde. Of misschien was de herinnering te vaag. Het was twaalf jaar geleden dat we elkaar voor het laatst hadden gezien.

Ik liet mijn koffers en hoedendozen staan, liep langs het perron en keek of ik een man zag die alleen was, of die een klein jongetje bij zich had. Het was drukkend heet en er hing een zurige lucht van al die ongewassen mensen in hun natgezwete wollen kleding. Zwartharige ongeschoren mannen in kreukelig overhemd en verfomfaaide broek deden hun best hun familie bijeen te houden. De vrouwen droegen een bruine of grijze jurk en een hoofddoek. Sommige hadden een baby op de arm terwijl er nog andere kinderen aan hun rokken hingen.

Ik keerde terug naar mijn koffers en mijn hoedendozen.

De drukte aan mijn kant van het perron werd minder. Een paar sporen verderop stapten reizigers in een trein. Ik zette mijn hoed recht. Een jongeman liep tegen me aan en zei 'pardon' zonder me aan te kijken.

Ik haalde Oscars brief uit mijn handtas en keek nog eens naar de datum. *29 augustus 1900*. Vandaag. Ik streek een paar losse lokken glad en kneep mijn zwartkristallen hangers stevig vast op mijn oren. Rechts van me stond een meisje met een jochie op de arm, dat ze beurtelings op haar linker- en rechterheup zette. Haar haar was met een geel lint naar achteren gebonden. Een eindje verderop stond een man met een pak aan en een hoed op bij de rand van het perron een sigaret te roken. Hij keek voortdurend op zijn zakhorloge, dat aan een lange ketting vastzat.

Mijn witte blouse was klam van het zweet en ik snakte naar een glas koel water. Ik haalde mijn zakdoek tevoorschijn en bette mijn voorhoofd. Er moest iets gebeurd zijn met Oscar; hij was ergens door opgehouden.

Het meisje met het kind liep weg. Twee mannen sprongen het perron af en begonnen de locomotief van de trein waarmee ik was gekomen te ontkoppelen. Ze zagen rood en zweetten overvloedig. De metalen hendels knarsten en piepten toen de schroeven werden losgedraaid.

Oscar was van gedachten veranderd. Iemand uit Dayton had hem geschreven en nu kende hij de akelige praatjes. Misschien had zijn zus of een van zijn broers hem ingelicht. Ik had zeven dollar, genoeg voor een paar dagen in een eenvoudig hotel. Als ik een pension nam, kon ik er een week mee toe. Mijn oorbellen, een geschenk van Edward, zou ik moeten verkopen. In Dayton had ik er onmogelijk afstand van kunnen doen, maar nu, als Oscar me had laten zitten, waren ze alles wat ik had.

Met mijn gehandschoende vingers bette ik mijn voorhoofd.

De man met het horloge aan de andere kant van het perron keek mijn kant op. Met de sigaret tussen zijn lippen hield hij zijn hoofd een beetje scheef, alsof hij een vraag stelde. Hij was gladgeschoren en zijn gezicht was bruin van de zon. De rand van zijn bolhoed was breder dan gebruikelijk, maar toch kon ik zien dat zijn haar lichtbruin was. Net als dat van Oscar Williams. Maar deze man was forser dan ik me Oscar herinnerde, deze man was breder. Hij was wel lang, net als Oscar.

Ik keek weg en toen weer terug. Hij stopte het horloge in zijn vestzak, liet zijn sigaret op het perron vallen en trapte hem uit met de punt van zijn schoen. Daarna begon hij mijn richting op te lopen. Zijn voetstappen galmden over het perron.

Ik slaakte een zucht van opluchting en wendde mijn blik af om mijn evenwicht te hervinden. Opeens hoorde ik weer het gefluister in de salons: 'De kolenman.' 'De koeienboer.' 'Catherine Wainwright heeft haar verdiende loon.' Hij was nog maar een paar stappen van me verwijderd. Het begon te bonken in mijn oren. Ik voelde mezelf wankelen. Zodra ik een woord tegen hem zou zeggen, zou mijn oude ik, de pianiste Catherine Wainwright, ophouden te bestaan. Binnen in me begon iets te verschuiven en af te brokkelen. Ik draaide me om en op dat moment was ik weer terug in Dayton. De eiken kregen blad en de lucht was zacht. Ik zat in de tram en Edward was me voorbijgelopen.

'Miss Wainwright?'

De koeienboer. De man die had geschreven dat zijn zoon een moeder en hijzelf een vrouw nodig had. De man die had beloofd dat hij goed voor me zou zorgen en een goede echtgenoot voor me zou zijn. De man die ooit naar mijn concerten was komen luisteren.

Ik draaide me om en keek hem aan. Hij had zijn hoed afgenomen en hield die voor zijn borst. Ik forceerde een glimlach en keek van onder de rand van mijn eigen hoed omhoog. 'Mr. Williams,' zei ik, terwijl ik mijn gehandschoende hand uitstak. 'Wat ben ik blij u weer te zien.'

Daar stonden we op het perron. Geen van beiden wist iets te zeggen en tersluiks bekeken we elkaar van alle kanten. De verbazing in zijn ogen toen ik hem begroette was me niet ontgaan. Ik was nu dertig, niet langer een achttienjarig meisje. Ook Oscar was veranderd. Rond zijn groene ogen hadden zich rimpeltjes gevormd. Zijn gezicht was voller, dat hoekige van vroeger was verdwenen. Knap was hij niet. Hij leek niet op de mannen die ik kende, mannen die hun haar in een scherpe scheiding droegen en zich soepel bewogen in hun maatkostuums. Zijn jasje was aan de nauwe kant en in zijn nek stonden de spieren strak gespannen. Zijn huid was verweerd door de zon. Deze man verdiende zijn geld niet achter een bureau. Hij werkte buiten. Hij werkte met dieren. Daar was spierkracht voor nodig.

'Het is machtig heet,' zei hij.

'O, absoluut,' antwoordde ik. 'Dat ben ik helemaal met u eens.'

'Hoe was de reis?'

'Heel aangenaam, dank u. Het landschap was prachtig.'

'Is dit hier van u?' vroeg hij, met een blik op mijn twee koffers en de stapel hoedendozen. Zijn stem was anders dan in mijn herinnering. Dieper, en zijn woorden klonken wat slepend. Je kon horen dat hij al jaren in Texas woonde.

'Ja,' zei ik. 'Allemaal van mij.'

'Mijn wagen staat bij de stalhouderij van Mallory, een paar straten verderop.'

Een wagen, geen koets.

'Ik laat uw spullen wel langsbrengen. Het is sneller om naar het hotel te lopen.'

'Een wandelingetje lijkt me heel verfrissend na al die lange dagen zitten,' zei ik. Een hotel. Terwijl ik maar zeven dollar had. Ik was ervan uitgegaan dat Oscar iets met vrienden had geregeld, mensen bij wie ik zolang mocht logeren terwijl hij en ik met elkaar vertrouwd raakten.

Oscar riep een zwarte kruier bij zich en zei iets over een hotel aan Market Street, waarop ze mijn koffers en hoedendozen op een karretje laadden. Ik liet mijn gehandschoende vingers langs de koordjes van mijn handtas glijden. Meer dan een dag of twee in een hotel kon ik me niet veroorloven, en ik kon er al helemaal niet van uitgaan dat Oscar voor mijn verblijf zou betalen. Het kon nog weken duren voor we trouwden, misschien zelfs wel een maand. En dan waren er nog de maaltijden. Ik zou mijn oorbellen moeten verkopen.

De kruier verdween, met medeneming van alles wat ik bezat.

'Hebt u honger?' vroeg Oscar. 'Ik in ieder geval wel.'

'Een klein hapje zou heerlijk zijn.'

'Laten we dan maar eens in het hotel gaan kijken of de middagpot al klaarstaat.'

'De lunch,' zei ik. Ik kon er niets aan doen, het ontglipte me gewoon.
'Wablief?'
'Ik geloof dat het bijna twaalf uur is. Dan is het toch tijd voor de lunch?'
'Hier noemen we dat de middagpot.' Oscar knikte in de richting van een paar grote gewelfde deuren, die toegang gaven tot het station. 'Klaar?' vroeg hij. Hij legde zijn hand op mijn onderrug, en ineens waren al mijn zorgen over geld verdwenen.

Ik was naar Galveston gekomen in de verwachting dat Oscar een oudere versie was van de jongen die ik dacht te kennen. In mijn beeld van hem had ik zijn verlegenheid zwaar aangedikt. Ja, hij had aan de kant gestaan in Lakeside Park en me vanuit de verte bewonderd, maar hij had ook de moed gehad me aan te spreken en me te schrijven. Nu ik met hem naar het stationsgebouw liep, besefte ik dat ik me Oscar totaal verkeerd had voorgesteld. Ik had gedacht dat hij zou stotteren van verlegenheid en zich misschien onhandig en onzeker voelde in mijn bijzijn. Er was echter niets onzekers aan Oscar Williams. En aan de hand die tegen mijn rug lag evenmin.

Binnen in het station was het koel, halfduister en druk. Stemmen galmden en stuiterden tegen het hoge plafond en de marmeren vloeren. De glanzend gewreven houten banken zaten vol mannen, vrouwen en kinderen met tassen aan hun voeten. Oscar leidde me langs rijen mensen die stonden te wachten voor het loket. We liepen langs de schoenpoetsstoelen waarop mannen de krant zaten te lezen terwijl een neger hun enkelhoge schoenen poetste en opwreef. Daarna liepen we een hoge deur door en stonden plotseling buiten op straat, in het verblindende licht van de late middagzon.
'Lieve help,' zei ik.
'Ja, dat is Texas,' zei Oscar. Hij zette zijn hoed op en trok

de rand een stukje naar beneden. 'Het is even schrikken, die zon, maar u went er wel aan.'
'Dat kan ik me haast niet voorstellen.'
'Over een jaar of vijf merkt u er niks meer van.' Hij glimlachte alsof hij iets grappigs had gezegd, maar ik was niet tot glimlachen in staat. De wind die de trein tijdens de oversteek zo had laten schudden was hier nog maar amper een briesje. Als een zinderende damp sloeg de hitte me in het gezicht. De stoep lag in de schaduw van de afdakjes die aan de gebouwen waren bevestigd, maar de rode en zwarte tegels waren zo heet dat ik ze door de zolen van mijn schoenen voelde branden. Voor ons op straat werden wagens en rijtuigen door paarden alle kanten op getrokken. Koetsiers floten en schreeuwden. Paardenmest lag te rotten in de zon. Op de stoep was het een drukte van belang. Allemaal mannen. De lucht van hun wollen pakken sloeg in golven over me heen.
'Deze kant op,' zei Oscar. 'Ik laat u alvast wat zien.' Hij wees naar de straat voor ons. Aan beide kanten stonden gebouwen van drie verdiepingen met rood- en geelstenen gevels. 'Dit hier is de Strand.'
'Pardon?'
'Zo heet deze straat. De Strand. De belangrijkste straat in heel Texas, zeggen ze.'
'Heel indrukwekkend,' zei ik, terwijl we ons in de stroom voetgangers stortten. Ik was misselijk en duizelig. De aanblik van de zwoegende, schuimende paarden en de bezwete gezichten van de koetsiers vervulde me met walging. Er liepen veel meer mannen dan vrouwen op de stoep. Waarschijnlijk waren de vrouwen zo verstandig om deze hitte te mijden.
'Daar aan de overkant,' zei Oscar wijzend, 'dat is het Hutchings-Sealygebouw. Het staat er pas een paar jaar.'
Met half dichtgeknepen ogen tuurde ik omhoog. Alle gebouwen hadden een plat dak met een gebeeldhouwde kroonlijst of een bakstenen sierrand erlangs. Overal hin-

gen uithangborden met namen van kledingwinkels, advocatenkantoren, verzekeringsmaatschappijen en banken. Ik zocht naar iets wat aan Dayton of Philadelphia deed denken, maar deze stad leek op geen enkele andere plaats waar ik ooit was geweest. Op vrijwel iedere straathoek stonden groepjes zeelui met wijde flodderbroeken, de pet scheef op hun hoofd. Geschilderde luiken omlijstten de hooggewelfde ramen op de bovenste verdiepingen van de gebouwen. Hier en daar stonden wit-tenen stoelen rond een tafel op een ijzeren balkon. Gordijnen bolden op alsof er een windje stond, en beneden liepen mannen en boodschappenjongens in en uit door grote openstaande deuren.

Op een hoek bleven we staan. Het verkeer op de kruising was één grote kluwen paarden en volbeladen wagens. 'Kijk daar eens,' zei Oscar. Hij wees naar links. Bij de werf lag een stoomschip. Er kwam zwarte rook uit de schoorstenen en het dek was zo hoog als een gebouw van twee verdiepingen. 'Die komt uit Cuba,' zei hij. Hij moest zijn stem verheffen vanwege het geschreeuw van de koetsiers, die de verkeersknoop trachtten te ontwarren. 'Met bananen en dat soort dingen. Die vlag zien we hier vaak. Net als de Duitse. En de Engelse. De schepen varen hier af en aan. Dag en nacht. Het is de drukste haven in de Golf, die van New Orleans is er niks bij.'

'Cuba,' zei ik. 'Lieve help.' Ik had ineens even geen idee waar Cuba lag. Voor mijn part had het net zo goed aan de andere kant van de maan kunnen liggen.

'Het overvalt me allemaal nogal,' zei ik. We stonden nog steeds op de hoek, waar het verkeer nu helemaal tot stilstand was gekomen. 'Het is heel anders dan ik me had voorgesteld.'

'Een beetje te druk, als u het mij vraagt. Geef mij maar onze stee.'

'Pardon?'

'Onze stee, verderop op het eiland.'

'O, natuurlijk,' antwoordde ik, alsof het me volkomen duidelijk was.

'We kunnen,' zei Oscar. Er was net genoeg ruimte vrijgekomen om te kunnen oversteken, en nu stroomden de voetgangers de kruising op. Oscar hielp me met het afdalen van de drie cementtreden tot straatniveau. 'De stoepen zijn hier hoog, vanwege het water,' zei hij. 'Nieuwkomers vinden dat vaak gek.'

Zijn woorden verdronken in het stadslawaai. Mijn enkels zwikten op de oneven keien terwijl we de paardenmest ontweken. Ik was er zeker van dat mijn sleepje allerhande viezigheid opveegde, al hield ik de voorkant van mijn rok omhoog.

Aan de overkant van de straat klommen we weer de stoep op. 'Het kan hier goed plenzen,' zei Oscar. 'En bij storm krijgen we hoog water. Soms van de baai, soms van de Golf. We zitten maar negen voet boven zeeniveau.'

'O,' zei ik. Langzaam drongen zijn woorden tot me door. 'Mr. Williams. Bedoelt u te zeggen dat het water van de Golf soms de stad in stroomt?'

'Dat komt voor. Daarom staan de huizen ook op bakstenen pijlers. Al dat water spoelt de straten lekker schoon, zeggen de mensen.'

Mijn glimlach leek uit steen gehouwen.

'Maar waar wij zitten, verderop op het eiland, hebben we duinen. En we zitten op een richel.'

Een klif, dacht ik. Ik stelde me voor hoe ik vanaf de top over het water uit zou kijken.

We liepen verder. De benauwde lucht was zo dik als katoen. Mijn blouse was nog klammer geworden. Mijn korset en mijn ondergoed sneden schurend in mijn huid. Ik verlangde naar een koel plekje waar ik even kon gaan zitten om na te denken. Het ging me allemaal veel te snel.

We sloegen een hoek om en lieten de Strand en de werf achter ons. Verderop in de straat stond een bakstenen hotel, het Washingtonhotel. Het had een elegant uithangbord met zwarte krulletters, en voor de overwelfde ingang stond een zwarte portier met een rood uniform en witte handschoenen. Het hele gebouw was wit geschilderd en op de stoep lag een zwarte loper. Ik kon me niet meer herinneren naar welk hotel Oscar de kruier had gestuurd.

Hier kon ik onmogelijk logeren, dacht ik. Het was te chic. Zelfs één nacht kon ik me niet veroorloven. Mr. Williams, wilde ik al zeggen, maar voordat ik mijn mond had opengedaan kwamen er twee vrouwen het hotel uit. Ze waren jong, begin twintig misschien. Alles aan hen was fris en zorgeloos: hun rokken, lichtroze en geel, hun witte blouses, waarvan de mouwen tot hun ellebogen reikten, en hun strooien matelots. Heel anders dan ik, dacht ik, verflenst in mijn wijnrode rok en mijn witte blouse met lange mouwen.

De jonge vrouwen zagen me niet eens. Het was Oscar die hun gesprek deed stokken toen we de overkapping naderden. De portier was voor hen opzijgegaan en stond nu in de zon. Het was Oscar die waarderend werd bekeken toen hij een rukje aan zijn hoed gaf, bij wijze van begroeting. Hij knikte ook naar de portier, die op zijn beurt aan zijn hoed tikte en zei: 'Meneer. Mevrouw.'

Als Oscar de bewonderende blikken van de twee vrouwen al opmerkte, gaf hij er geen blijk van. We gingen de hoek om en staken over. Deze straat was onverhard en er stonden koetsjes geparkeerd, met hun neus tegen de stoep. Tussen de andere voetgangers liepen we verder, langs nog meer banken, nog meer winkels en een gebouw van drie verdiepingen met een klok. Oscar keek omhoog. Zijn hand ging naar zijn vestzak, alsof hij zijn horloge wilde pakken om het met de klok te vergelijken. Hij gaf er echter slechts een klopje op en knikte in de richting van het gebouw op de hoek.

'We zijn er,' zei hij. 'Het Central Hotel.'

3

Oscar Williams

Het Central Hotel was een houten gebouw met vier verdiepingen en een puntdak. Op het eenvoudige, zwartomrande uithangbord boven de openstaande dubbele deuren was geen krulletter te bekennen. Als ik het bij lichte maaltijden hield – iets wat me niet moeilijk zou vallen, aangezien ik al maanden geen eetlust meer had – zou ik het met mijn zeven dollar misschien net twee nachten redden.

Ik deed de lunch, of middagpot, zoals Oscar het noemde, weinig eer aan. Het hotel had een kleine, smalle eetzaal met een hoog plafond en witgepleisterde muren. Elke tafel was bezet en de gasten, allemaal mannen, zaten met hun jasje losgeknoopt, zodat hun vest te zien was. Hun geroezemoes vermengde zich met het gekletter van bestek en het geklapper van de deur waardoor de kelners, gehuld in een wit overhemd met daaroverheen een lang zwart schort, af en aan renden, hun dienblad hoog in de lucht wanneer ze tussen de tafels door laveerden. De doordringende vis- en vleesgeuren maakten me onpasselijk.

Oscar zat tegenover me, zijn servet in de boord van zijn overhemd gestoken en zijn ellebogen op het vierkante tafeltje. Nu hij zijn hoed had afgezet, stak zijn witte voorhoofd scherp af bij zijn zongebruinde neus en wangen. Hij pakte een garnaal van de schaal. 'Vers uit de Golf,' zei hij.

Met tegenzin richtte ik mijn blik op de rozig-witte worm, die aan één kant een soort klauw had. Oscar draaide aan de klauw en trok hem los. Om wat er nog over was, zat een doorzichtig schilletje, dat hij eraf pelde. Daarna legde hij de garnaal op een schoteltje. 'Proef maar eens,' zei hij, terwijl hij me het bordje voorhield.

Ik vermande me, prikte het ding op mijn vork en slikte het in één keer door, waarna ik snel een paar slokjes hete thee nam om het koude, sponzige gevoel uit mijn geheugen te wissen.

'En wat dacht u van een oester?'

'Nee, dank u, echt niet.' De oesters lagen naast de garnalen, ieder in zijn eigen halve schelp. Ik had ze weleens gegeten, maar dan verwerkt in een of andere vulling die hun ware uiterlijk verhulde. Deze oesters hielden echter niets verborgen. Het waren slijmerige, rubberachtige bruine zeedieren, primitief en rauw. 'Ik ben bang dat ik die nooit heb leren eten,' zei ik.

'Ja, 't is even wennen,' zei Oscar. 'Maar deze zijn van hier, ze komen niet uit de winkel.' Hij pakte een schelp en stak hem me toe. 'Weet u het zeker?'

'Heel zeker.'

In een flits zag ik hem grijnzen. Hij lachte me uit. 'Goed dan,' zei hij. Hij zette de schelp tegen zijn lippen en hield hem schuin. De oester glibberde zijn mond in.

Door de buitendeuren kwam slechts de suggestie van een briesje binnendrijven. De twee mannen aan de tafel links van ons hadden het over de prijs van katoen en de zware regen van de laatste tijd. Aan mijn rechterkant ging het over de noodzaak tot het bouwen van nieuwe magazijnen bij de werf. Ooit was ik trots geweest op mijn talent met iedere man een gesprek te kunnen voeren. Vaak hoefde je maar een vleiende vraag te stellen – 'Wat een alleraardigst restaurantje! Hoe heeft u dit gevonden?' – of ze waren al tien minuten aan het woord. En als dat niet werkte, was er altijd nog het weer. Tegen Oscar wist ik echter niets te zeggen.

Hij sneed een stukje van zijn vlees en at het op. Ik zag

zijn kaakspieren bewegen. Zelf nam ik ook een hapje. Het vlees was taai en draderig.

Ik zou natuurlijk naar zijn zoon moeten vragen. Veel wist ik niet van kinderen, ik gaf ze alleen pianoles. Jongens waren vaak zo rusteloos dat hun overhemd voortdurend uit hun broek kroop. De lessen waren vrijwel altijd een idee van hun moeder en meestal hadden ze een hekel aan studeren. Sommige jongens zaten zwaaiend met hun benen naar de toetsen te staren als ik over kruisen, mollen, tellen en maten sprak.

'Ik zie ernaar uit uw zoon te ontmoeten,' zei ik.
'Het is een brave jongen,' zei Oscar. 'Meestal tenminste.'
'O?'
'Nou ja, hij is vijf.'
'Op die leeftijd zijn ze zeker nogal energiek?'

Oscar keek me schuins aan, alsof ik zojuist iets eigenaardigs had gezegd. De twee mannen links van ons schoven hun stoel weg van de tafel. Het schrille geschraap van de stoelpoten over de houten vloer zette mijn zenuwen op scherp. Oscar liet zijn wijsvinger over het randje van zijn bierglas glijden. Zijn brede, eeltige handen zaten onder de witte littekentjes en hij had lange vingers. Dit waren de handen van een boer, van iemand die hard werkte.

Hij schraapte zijn keel. 'Nu u er eenmaal bent,' begon hij.
'Ja,' zei ik.

Hij nam nog een slok bier en streek met duim en wijsvinger langs zijn bovenlip. Zijn nagels waren schoon en kortgeknipt, geen spoor meer van kolengruis.

'Morgenmiddag, als ik klaar ben met het werk, kom ik u halen. Dan kunt u mijn zoon zien, en het huis. Het leek me dat u dat misschien prettig zou vinden.'

'Dat vind ik inderdaad. Maar het is nog vroeg. Kan ik vanmiddag niet vast komen?'

'Dat zou fijn zijn, maar dat gaat niet. Het is een hele rit en we moeten ook weer terug naar de stad. Met het werk en alles gaat me dat niet lukken.'

'Hoe ver is het naar uw huis?'
'Van hier af drie mijl. Hemelsbreed.'
'En over de weg?'
'Eerder vier. Ongeveer een uur rijden, afhankelijk van Maud en Mabel, mijn paarden. Of ze een beetje goeie zin hebben.'

Het duurde even voor ik dat verwerkt had. 'Ik wist niet dat Galveston zo groot was,' zei ik toen.

'Zevenentwintig mijl van kust tot kust.'

'Wat een grote stad.'

'Het is niet allemaal stad,' antwoordde hij. 'Alleen dit hier. Wij zitten op het platteland, buiten de stadsgrenzen.'

Hij leegde zijn glas en meteen verscheen er een kelner met een dienblad waarop een tweede klaarstond. Oscar knikte, waarop de glazen werden omgewisseld. Een laagje wit schuim bruiste tegen de rand van het nieuwe glas en dreigde eroverheen te klotsen.

'Miss Wainwright?' vroeg Oscar. 'Is er iets?'

Er was van alles. Iets meer dan een uur geleden was ik uit de trein gestapt, en nog steeds was ik van slag door de mensenmassa's, de stank en de hitte in Galveston. Ook het feit dat ik me zo scherp bewust was van Oscars aanwezigheid bracht me van mijn stuk. Zo zag ik nu pas dat er onder aan zijn linkerwang een dun wit lijntje liep, en dat zijn neus een knik had. En dan dat plotselinge bericht dat hij niet alleen een heel stuk verder op het eiland woonde, maar dat zijn huis letterlijk buiten de stadsgrenzen stond.

'U heeft toch wel elektriciteit? Daar, bij u thuis?'

'Dat schijnt eraan te komen.'

Nu begon ik in paniek te raken.

'We hebben wel stromend water,' zei hij. 'In de keuken en de badkamer.'

'O. Lieve help. Ik ben blij dat te horen.'

Hij dronk nog wat bier en zette zijn glas weer op tafel. 'Wat het trouwen betreft,' zei hij.

Ik wachtte.

'Er is een kleine kink in de kabel, zou je kunnen zeggen.'
'Een kink?'
'Een probleempje. Het kwam ter sprake toen ik met de presbyteriaanse pastoor praatte. U bent toch presbyteriaans?'
'Dominee,' zei ik. 'Presbyterianen hebben geen pastoors.'
'O, nee? Dat wist ik niet.' Hij keek de eetzaal rond. Er zat nog maar een handjevol gasten. Met gedempte stem ging hij verder: 'Hoe dan ook, die dominee was niet bereid om ons te trouwen. Omdat ik katholiek ben. En mijn pastoor, pastoor O'Shea, die wil het alleen doen als u zich eerst bekeert.'
'Mr. Williams. Daar kan geen sprake van zijn.'
'Oscar,' zei hij. 'Noemt u me alstublieft Oscar.'
'Ja, natuurlijk. Oscar.' Ik pakte mijn theekopje op en zette het weer neer. Mijn hand trilde. In Dayton had ik vermeden al te lang stil te staan bij Oscars geloof. Daar waren alleen de Ieren en de Italianen katholiek. Volgens mijn vader was de hele katholieke kerk één grote poppenkast. Je moest er afgoden vereren en blinde gehoorzaamheid beloven aan de paus in Rome.
'Mr. Williams,' zei ik. 'Oscar. Ik ben presbyteriaans opgevoed, dat is de gezindte van mijn ouders.'
'En dat vind ik prima. Dus wat ik dacht is: als we nu eens naar een rechter gingen.'
'U zou ook bij de presbyteriaanse kerk kunnen gaan.'
'Daar heb ik aan gedacht. Echt waar, Miss Wainwright. Maar mijn zoon is katholiek en ik heb zijn moeder een belofte gedaan waaraan ik me wil houden.'
Ik wendde mijn blik af naar de open deuren. Er liepen een heleboel mensen op de stoep. Ik had zeven dollar en een paar kristallen oorbellen. Ik verkeerde niet in de positie om voorwaarden te stellen, en ook niet om te betwijfelen of er wel een hemelse zegen rustte op een huwelijk als dit. Ik keek hem aan en vroeg: 'Heeft u met een rechter gesproken?'

'Vanochtend, voordat uw trein kwam. Hij heeft geen bezwaar en kan iedere middag, behalve zondag. Ik dacht aan zaterdag.'
'Aanstaande zaterdag?'
'Als u dat goedvindt,' zei hij.
Over drie dagen. Een paar minuten geleden maakte ik me nog zorgen over mijn hotelrekening. En nu de oplossing voor dat probleem nabij was, ging het me ineens allemaal veel te vlug. Oscar Williams was anders dan ik had verwacht.
'Miss Wainwright?'
Zijn ogen stonden vragend.
Uit wanhoop was ik hiernaartoe gekomen. Uit wanhoop had ik ingestemd met een huwelijk. En of dat huwelijk nu deze zaterdag of de zaterdag erna gesloten werd, dat deed er eigenlijk niet toe.
'Ik was een beetje overrompeld. Maar zaterdag, ja, dat lijkt me prima.'
Hij glimlachte, en op dat moment zag ik weer de jongen die hij vroeger was geweest, de verlegen jongen die achter in de zaal zat tijdens mijn concert. Dat beeld bleef echter niet lang hangen. Zijn handen, dacht ik. Gegroefde en gekerfde handen, hunkerend naar aanraking.
Trouwen. Over drie dagen. Drie dagen om de moed te verliezen, drie dagen om een onherroepelijke vergissing te begaan. Ik ken u niet, zou ik misschien zeggen. Ik kan niet met u trouwen. Maar zo'n vergissing kon ik me niet veroorloven.
Vanaf de andere kant van de tafel zat Oscar me nadenkend aan te kijken. Hij hield zijn hoofd een beetje scheef, alsof hij me nu pas voor het eerst zag. Misschien viel hem ineens mijn bleekheid op, mijn ingevallen hals. Misschien zag hij dat ik mijn jeugd allang was kwijtgeraakt. Ook Oscar had drie dagen om zich te bezinnen of zich te bedenken.
'Mr. Williams,' zei ik.

'Oscar.'
'Oscar.'
Een paar rijen verderop was een kelner bezig een tafel af te ruimen. Hij zette de schalen en de lege borden op een dienblad. Oscar nam nog een slok uit zijn bierglas, waar aan de buitenkant heldere druppeltjes langs dropen. De kelner verdween met het blad op zijn vlakke hand.
'U bent een drukbezet man,' zei ik. 'Al dat heen-en-weergerij, eerst morgen, en dan zaterdag. En vandaag. Ik houd u van uw werk.'
'Dat hindert niet.'
'Dat is heel vriendelijk van u, maar...' Mijn stem stierf weg.
'Wilt u het huis niet zien? En mijn zoon?'
'Jazeker. Heel graag zelfs. Maar...' Ik had het gevoel alsof mijn fletse glimlach op mijn gezicht zat vastgevroren.
'Waarom regelen we het niet meteen? Morgen?'
'Wablief?'
'Als de rechter tijd heeft.'
'U wilt morgen trouwen? Is dat wat u bedoelt?'
'Ja.'
'Dat had ik niet verwacht. Ik had dit eigenlijk allemaal niet zo verwacht.'
Het lukte me niet hem aan te kijken.
Oscar pakte zijn vork en schraapte de laatste restjes kraakbeenachtig vlees op zijn bord bij elkaar. Wij waren de enig overgebleven gasten. Rechts van mij was een neger de vloer aan het vegen. Zijn bezem maakte zachte zwiepgeluidjes. In de keuken rinkelde het serviesgoed en buiten, op de stoep, verkondigde een krantenjongen luidkeels het nieuws van de Chinese opstand. Oscar legde zijn vork neer. De stukjes kraakbeen lagen op een keurig hoopje.
'Ik zal eerlijk tegen u zijn, Miss Wainwright,' zei hij. 'Dat ligt nu eenmaal in mijn aard. Mijn jongen heeft een moeder nodig. Dat heb ik u geschreven. Ik heb mijn kaarten op tafel gelegd en u niets wijsgemaakt. Maar er is ook iets wat

ik toen niet gezegd heb. Ik wist niet hoe ik het op moest schrijven. Het gaat hierom: ik wil een vrouw die hem iets geeft wat hij van mij niet krijgt. Wat ik hem niet kan geven: een goede stijl van praten, manieren, dat soort dingen. U en ik, wij weten niet zo veel meer van elkaar. Maar één ding herinner ik me wel. U doet de dingen goed.'

Ik keek van hem weg. Aan de wanden van de eetzaal hingen ingelijste schilderijen van schepen en zeegezichten. Achter een paar daarvan zigzagden grote scheuren in het witte pleisterwerk, sommige helemaal van de vloer tot het plafond. Vlak bij me boog de man met de bezem zich voorover en veegde gemorste etensresten op een blik.

'Ik houd van openheid en eerlijkheid,' zei Oscar.

'En dat geldt ook voor mij.'

'Mooi. Daarom vraag ik u, Miss Wainwright: is alles met u in orde?'

'Mr. Williams. Alles is helemaal in orde.'

'Weet u dat zeker?'

'Natuurlijk weet ik dat zeker.'

Hij weet het, dacht ik bij mezelf. De roddels, het gefluister. Iemand in Dayton had hem geschreven. Of op zijn minst vermoedde hij dat er iets was gebeurd. Zes jaar stilte, en dan ineens mijn brief. Dan ineens wil ik wel met hem trouwen, maar niet in Dayton. *Wat attent van u,* had ik vorige maand geantwoord op Oscars aanbod om naar Ohio te komen. *Maar ik kan u onmogelijk zo lang van uw werk en van uw zoon weghouden. Ik trouw veel liever rustig daar in Galveston, mijn nieuwe woonplaats.*

Ik keek hem aan en hield zijn blik vast. Ik weigerde zelfs maar met mijn ogen te knipperen, ik weigerde ook maar iets uit mijn verleden te onthullen. Die ogen, dacht ik. Hij kijkt dwars door me heen. Ineens knikte hij, alsof hij tevreden was met mijn reactie. Hij pakte zijn bier en dronk het op. Ik deed hetzelfde met mijn thee. Met een doffe klap zette hij zijn glas terug op tafel.

'Goed dan,' zei hij. 'Morgen. Ik kom u zo rond tweeën halen. Is dat goed?'

'Ik zal zorgen dat ik klaarsta.'
Hij haalde het horloge uit zijn vestzak en knipte het open. 'Het werk roept,' zei hij. 'Ik moest maar eens gaan.' Hij sloot het horloge en stopte het weer terug. Toen glimlachte hij. 'Morgen brengen we hier onze huwelijksnacht door,' zei hij. 'En vrijdagochtend gaan we samen naar huis.'

Met zijn acht verdiepingen was het Union Station een van de hoogste gebouwen van de stad. Het stond maar een paar straten van mijn hotel vandaan en vanuit mijn kamer op de tweede verdieping kon ik het zien liggen in de middagzon. De vlaggen op de torens hingen slap. Treinen reden af en aan: locomotieven stampten, fluiten snerpten en remmen knarsten. Beneden op straat klepperden sleperswagens en koetsen voorbij. Witte vogels met grijze vleugels doken krijsend naar het afval langs de hoge stoepen. Het waren zeemeeuwen, net zulke als die bij Lake Erie, waar mijn ouders ooit een zomerhuisje hadden.

De dag voor mijn vertrek had ik afscheid genomen van mijn moeder. In haar salon, waar we vroeger altijd met ons drieën zaten, vertelde ik haar dat ik me had verloofd met Oscar Williams, die vroeger ook in Dayton had gewoond. Ik zag haar gezicht ontspannen. Ze kon zich Oscar niet herinneren en ik deed geen moeite haar geheugen op te frissen. Het was voldoende dat ik mijn probleem had opgelost. 'Misschien komen jij en Mr. Williams me ooit nog eens bezoeken,' had ze gezegd.

'Wie weet,' had ik geantwoord. Nu, voor het raam in mijn hotelkamer, overwoog ik haar te schrijven om te zeggen dat ik goed was aangekomen en haar te laten weten wat mijn plannen waren.

Lieve moeder,

Vanochtend heeft Oscar Williams me van de trein gehaald. We waren heel blij elkaar weer te zien en hebben al veel plannen voor de toekomst. Ons huwelijk wordt voltrokken op 30 augustus 1900.

Ik legde mijn hand op mijn wang en voelde opnieuw de pijn van haar klap. Nee, besloot ik. Ik zou haar nog niet schrijven. Ze moest nog maar wat langer in het ongewisse blijven.

De badkamer was in de gang, vier deuren verderop. Ik vulde de porseleinen badkuip, die op pootjes stond, met lauwwarm water. Zonder op de roestplek bij de afvoer te letten, stapte ik erin en liet me zakken tot ik met mijn schouders onder water lag. Een warm windje blies door het klapraam bij het plafond. Ik waste me met de spons die ik van thuis had meegenomen, net zolang tot ik de reisdagen en de hitte van de Texaanse zon had weggespoeld.

Vierenhalf jaar geleden had ik Edward Davis tijdens een familiediner in Dayton voor het eerst ontmoet. Ik woonde toen in Philadelphia, maar was naar huis gekomen om de kerst met mijn vader en moeder door te brengen. Edward, die getrouwd was met mijn nichtje, zat naast me aan de lange, ovale tafel van mijn ouders, waarop kristal en porselein in het kaarslicht stonden te glanzen. Zijn vader was een van de grondleggers van een fabriek waar treinwagons werden gemaakt, en Edward had daar ook een baan. Hij sprak echter niet over zijn werk. In plaats daarvan had hij het over kunst. Zijn ogen glansden toen hij het talent van Winslow Homer roemde.

'Heeft die in Parijs gestudeerd?' vroeg ik.

'Een tijdje wel,' zei Edward. 'Maar hij is Amerikaan, hij is een van onze eigen kunstenaars.'

De bewondering in zijn stem verraste me. Op Oberlin College hadden de docenten geen goed woord over voor Amerikaanse kunstenaars en componisten die niet in Europa hadden gestudeerd. 'Die Mr. Homer lijkt u nogal te bevallen,' merkte ik op.

'Dat doet hij inderdaad. Eerst zijn illustraties, nu zijn

schilderkunst. Het meest bewonder ik zijn gevoel voor licht en kleur. En hoe hij de ziel van zijn personages weet te vatten en weet bloot te leggen voor de toeschouwer.' Hij wierp een blik op zijn vrouw Alma, die tegenover ons zat. Tussen ons in stonden gevulde schalen en een kandelaar met brandende kaarsen. Haar middel was flink uitgedijd omdat hun tweede kind op komst was, maar niemand sprak erover.

Nu wendde Edward zich opnieuw tot mij. Daar was ik blij om. Het gebeurde niet vaak dat een man tijdens het eten over kunst sprak. De mannen in Dayton praatten over vernieuwing: elektrisch licht in alle huizen, mechanische kasregisters, automobielen en geplaveide straten.

'Winslow Homer doet niet aan saaie, oppervlakkige portretten,' zei Edward. 'Hij schildert ook geen heiligen met aureool. Daar is hij veel te goed voor. Zijn onderwerp is het leven, de beweging.'

'Beweging?'

'Een roeier die aan de riemen trekt, vrouwen die een visnet repareren. Beweging.'

'Net als muziek,' zei ik.

'Precies.'

Tegenover ons zat Alma naast mijn moeder. Ze klaagden erover hoe moeilijk het was om personeel aan zich te binden. 'De Ierse meisjes zijn het ergst,' zei Alma. 'Zo gauw ze goed zijn opgeleid, gaan ze ervandoor om te trouwen.'

Edward hief zijn kristallen glas een stukje boven de tafel. De champagne was lichtgeel van kleur. Op zachte toon zei hij: 'Op de kunst. Op licht en kleur. En op degenen die de kunst begrijpen.'

Nu, in de badkamer, kneep ik het water uit mijn spons. Ik waste mijn haar, liet het bad leeglopen en hurkte bij de kraan neer om mijn haar weer uit te spoelen. Terug in mijn kamer droogde ik het af en liet het loshangen. Met alleen mijn dunne peignoir en een paar muiltjes aan zocht ik in mijn koffers naar mijn bladmuziek. Bij het raam, gezeten in een spijltjesstoel, las ik de noten van de Mondscheinsonate. Ik hoorde de trage, droeve melodie alsof ik die zelf speelde. Er werd gezegd dat Beethoven dit stuk had opgedragen aan een vrouw van wie hij hield, maar die zijn liefde niet beantwoordde. De sonate was zijn afscheid.

Ik legde de muziek terug in de koffer. Hoewel mijn haar nog vochtig was, stak ik het hoog op mijn hoofd vast. Gekleed in een schone witte blouse en mijn groene rok liep ik de trap af naar de eetzaal voor een licht avondmaal van tomatensoep. Daarna ging ik in de salon op de eerste verdieping op een bank met roze kussens zitten, tegenover een stel paardenharen stoelen. Een grijsharige man zat aan een bureau in de hoek iets te bestuderen wat op een blauwdruk leek. Lange banen zonlicht schenen door de hoge, openstaande deuren. Het was al bijna avond, maar nog steeds bloedheet. Ik probeerde de gekreukte krant te lezen die iemand op een tafeltje had laten liggen, maar het nieuws over de komende presidentsverkiezingen danste voor mijn ogen. Ik vouwde de krant op en legde hem terug. Op dat moment zag ik de bruine piano bij de haard staan.

Ik had nog nooit een gewone piano bespeeld. De docenten op het conservatorium waren erop tegen. Kamerpiano's waren goedkoop en hadden een inferieure klank. Speel alleen op de allerbeste vleugels, hadden de leraren gezegd. Op Steinways of op Sohmers. Maar nu verlangden mijn vingers naar het koele ivoor.

Ik stond op en liep naar de piano. Het was een Mason & Hamlin en op de lessenaar stond muziek.

'Speelt u piano?' vroeg de man achter het bureau. Ik wierp een blik over mijn schouder. Zijn brillenglazen deden zijn ogen groter lijken dan ze waren en ik zag dat hij nieuwsgierig was. Ik keek weer naar de bladmuziek. *The Yellow Rose of Texas*.

'Nee,' zei ik.

Boven stond mijn kamer in de oranje gloed van de ondergaande zon. Ik sloot de deur en draaide hem op slot. Toen haalde ik de paarlemoeren kammen uit mijn haar.

Een trein trok puffend op uit het station. Ik kleedde me uit en hing mijn kleren in de kast, die naar cederhout rook. De vloerplanken kraakten onder mijn voeten toen ik mijn nachtjapon aandeed. Op het roosjesbehang, dat bij de naden losliet, glinsterden druppeltjes van het vocht dat in de lucht zat. Langzaam werd het donker in de kamer. Ik trok het muskietennet opzij dat rond het hemelbed was opgehangen. De matras was sponzig in het midden en rook een beetje muf. Iemand liep neuriënd door de gang, en op straat schreeuwde een man: 'Ik kom eraan, Robert!' De witlinnen gordijnen ritselden in het briesje, maar de lucht in de kamer bewoog niet en al snel werd ik heel plakkerig, alsof mijn huid met zout bedekt was. Ik lag op mijn zij, met naast me, op het nachtkastje, mijn zwartkristallen oorbellen.

Het was 29 augustus 1900. Morgen ging ik trouwen.

4

De huwelijksnacht

Een zwartzijden lintje bungelde uit het beduimelde boek dat Mr. Monagan, de rechter, open in zijn hand hield. Oscar en ik stonden voor hem in zijn betimmerde werkkamer. Twee griffiers leunden tegen een zijmuur, ieder aan een kant van een dossierkast met vier laden. De langste van de twee had zijn armen over elkaar geslagen, terwijl de ander aan een punt van zijn zwarte snor draaide.
 Dit was mijn huwelijk. Een huwelijk in een rechtbank, met twee griffiers als getuigen. Voor hen was dit slechts een onderbreking van hun werkdag. Zij wisten niet dat de grond onder mijn voeten glibberig aanvoelde, dat ik over een paar minuten een wereld zou betreden die in niets leek op de plek die ik verlaten had.
 Het open raam achter de rechter keek uit op de gele bakstenen muur van een ander gebouw, en buiten kwetterden de vogels. Stond er maar een windje, wenste ik. Mijn donkerblauwe kostuum was veel te warm voor dit klimaat, maar per slot van rekening was dit mijn trouwdag. Mijn trots liet niet toe dat ik alleen in blouse en rok verscheen. Het zweet parelde op het voorhoofd van de rechter en ook mijn gezicht was klam onder de wollen hoed met witte veren die ik, gedreven door diezelfde trots, had opgezet.
 Naast me stond Oscar, met rechte rug. Hij was frisgeschoren en droeg een hoge, gestevener boord. Het jasje van zijn pak was dichtgeknoopt. Dit was ook zijn huwelijk. Zijn tweede huwelijk. Hij legde zijn hand onder op mijn rug, de

vingers gespreid. Mijn hartslag versnelde en even voelde ik mezelf tegen hem aan leunen.

Mr. Monagan schraapte zijn keel. Oscar haalde zijn hand weg en de rechter begon met galmende stem voor te lezen, alsof dit geen kamertje vol wetboeken en dossiers was, maar een zaal gevuld met vrienden en familie, allemaal gekomen om Oscar en mij geluk te wensen. 'Vandaag, 30 augustus 1900, zijn wij hier bijeen voor het huwelijk van...' Hij zweeg, trok een papiertje tevoorschijn dat hij eerder in het boek gestoken had, en bestudeerde het. 'Voor het huwelijk van Catherine Wainwright en Oscar Williams.' Hij keek me aan. 'Bent u, Catherine Wainwright, hier uit eigen vrije wil naartoe gekomen en bent u bereid met deze man te trouwen?'

'Ja,' antwoordde ik.

'Een beetje luider, Miss Wainwright,' zei de rechter. 'Dan kunnen de getuigen het ook horen.'

'Ja,' zei ik. Deze keer klonk het zo hard dat ik er zelf van schrok.

'En u, Mr. Williams,' vervolgde hij. 'Bent u hier uit eigen vrije wil naartoe gekomen en bent u bereid met deze dame te trouwen?'

'Ja, edelachtbare,' zei Oscar. 'Dat ben ik.'

Een van de griffiers lachte. Oscar klemde zijn kaken opeen en wierp de man een strenge blik toe. Beide griffiers gingen rechtop staan. De grijns verdween van hun gezicht en ik bedwong de plotselinge neiging mijn kristallen oorbellen af te doen. Die waren een geschenk van Edward; ik had ze vandaag niet moeten dragen.

Mr. Monagan ging verder. 'Is er iemand onder de aanwezigen die iets weet wat een huwelijk tussen deze twee personen in de weg staat?'

Hij tuurde over het randje van zijn bril. Zijn blik gleed heen en weer tussen Oscar en mij, en daarna keek hij de getuigen aan. De stilte in de kamer was geladen.

'Mooi,' zei hij toen. 'Geen bezwaren.' Hij maakte een

draaiende beweging met zijn wijsvinger. 'U mag met het gezicht naar elkaar toe gaan staan.'

Dat deden we. Ik bewoog me houterig. De brede neuzen van Oscars schoenen stonden nog maar een klein stukje van mijn smalle schoenpunten af. In het leer van een ervan zat een klein barstje, maar het viel me op dat ze glanzend waren gepoetst.

Ik keek omhoog. Onze ogen ontmoetten elkaar en op dat moment viel alles weg: het bureau vol papieren, de rechter, de getuigen en de kwetterende vogels buiten. Ik was bang voor Oscar, besefte ik opeens. Niet dat hij me pijn zou doen, dat was het niet. Het was de manier waarop hij naar me keek en me bij zich naar binnen trok die me onrustig maakte.

'Miss Wainwright,' zei de rechter.

Met een schok was ik weer bij de les.

'Wilt u mij nazeggen?'

Ik knikte.

'Ik, Catherine Wainwright,' begon hij.

Terwijl mijn onrust toenam, zei ik hem de woorden na.

'Neem jou, Oscar Williams,' hoorde ik mezelf zeggen, terwijl ik naar Oscars revers staarde. Die waren veel te breed, de mode was een aantal jaar geleden al veranderd. Toen: 'Tot mijn wettige echtgenoot.'

'Mooi,' zei de rechter. 'Nu u, Mr. Williams.'

'Ja, edelachtbare,' zei Oscar, en opnieuw vulden diezelfde zinnen de kamer, eerst uitgesproken door de rechter, daarna herhaald door Oscar.

Ik ademde diep in en uit. De rechter likte aan zijn vinger en sloeg een bladzij om. 'Heeft u een ring?' vroeg hij aan Oscar.

'Ja, edelachtbare.'

Oscar deed de bovenste knoop van zijn jasje open en haalde een brede gouden ring uit zijn vestzakje. Tussen duim en wijsvinger hield hij hem omhoog. De rechter schonk hem een waarderende blik en zei me mijn handschoen uit te doen. Met harkerige vingers deed ik wat hij vroeg. Mijn tasje met het trekkoord bungelde aan mijn rechterpols.

Oscar pakte mijn linkerhand. Ik keek toe terwijl hij de iets te wijde trouwring aan mijn vinger schoof. Toen sloot zijn hand zich om de mijne.

'Goed,' zei de rechter. 'Heel goed.'

Oscar liet mijn hand los.

'Zo dan. In het bijzijn van deze getuigen heeft dit paar verklaard als man en vrouw door het leven te willen gaan.'

Een verklaring die inhield dat ik nu Oscar toebehoorde. En hij behoorde mij toe.

'U mag de bruid nu kussen.'

Oscar boog voorover. Mijn ademhaling werd snel en oppervlakkig. Niet hier, wilde ik zeggen. Niet met drie mannen om ons heen. Hij legde zijn handen op mijn bovenarmen en ineens sloot ik mijn ogen en hief mijn gezicht. Hij stootte tegen mijn hoed toen hij me kuste, een lichte aanraking van zijn lippen, kort, maar lang genoeg om me in zijn geur te hullen.

Zeep. Tabak. En versgemaaid hooi.

'Tien over vier,' zei Oscar. De rand van zijn hoed beschaduwde zijn ogen. Hij stopte zijn horloge terug. We zaten voor de rechtbank op een bankje, in de schaduw van een eik. 'De Jerseys zullen nu wel een dutje doen.'

'De Jerseys?'

'Mijn koeien.'

Ik had geen idee wat ik moest zeggen tegen deze man die nu mijn echtgenoot was. De snelheid van de hele ceremonie had me overvallen, net als de joviale gelukwens van de rechter. Ik voelde me getekend en dooreengeschud, alsof iedereen die voorbijliep nu aan mijn gezicht kon zien dat ik een nieuwe vrouw was, een getrouwde vrouw.

'Goed,' zei Oscar. Hij trok een pakje sigaretten en een doosje lucifers tevoorschijn. 'Een hardnekkige gewoonte.'

Hij doelde op de sigaret tussen zijn duim en wijsvinger.

'Dat zei mijn vader ook over sigaren,' antwoordde ik.

Mijn vader rookte nooit in het bijzijn van vrouwen, maar Oscar vond dat blijkbaar geen probleem. Hij nam de sigaret tussen zijn lippen en streek een lucifer af. Een vlammetje flakkerde op. Hij stak de sigaret aan, waarop het puntje rood werd. Toen schudde hij de lucifer uit en het vlammetje doofde. Met opgeheven hoofd nam hij een trekje.

Water bruiste op uit een nabijgelegen marmeren fontein en kletterde in het ronde opvangbekken. Het was een vrolijk wijsje dat me toch niet kon kalmeren. Een paar straten verderop stond ons hotel. Eerder die dag had Oscar me daar opgehaald, en van daaruit waren we eerst naar het stadhuis gelopen voor de trouwvergunning en vervolgens naar de rechtbank. De wandeling had eindeloos geleken, straat na straat in felle zonneschijn. Nu, onder de eikenboom, een eindje uit elkaar gezeten, stelde ik me onze terugkeer voor. Zijn hand zou op mijn onderrug liggen als we de sobere hal betraden. De hotelhouder zou de boeking moeten wijzigen: mijn naam zou worden doorgestreept en een nieuwe namencombinatie – Mr. en Mrs. Oscar Williams – zou erboven worden neergekriebeld. Met een veelbetekenende blik zou de man Oscar de sleutel geven.

De bladeren van de eik ritselden. Ik moest iets zeggen, maar kon niets bedenken. Oscar leek het ook niet echt te weten. Een windvlaagje greep mijn zoom, tilde die omhoog en blies mijn donkerblauwe rok op tot een ballon. Ik duwde hem weer plat. Op straat, vlak naast het park, stopte een tram. Het belgerinkel voerde me terug naar Dayton, waar de bovenleiding zoemde terwijl Edward Davis een paar rijen achter me zat.

'Als we eens een ritje maakten?' zei Oscar. 'Om de stad te bekijken?'

'Ja,' zei ik meteen. 'Dat lijkt me heel plezierig.'

'Mij ook,' zei Oscar. Hij nam een laatste trekje van zijn sigaret en blies een streepje rook uit. Toen liet hij de sigaret vallen en trapte hem uit met de punt van zijn schoen.

We zaten halverwege de wagon, Oscar aan het gangpad en ik bij het raam. Zijn been raakte mijn rok net niet. Het weefsel van zijn broek was ruw en bobbelig. Voor Oscar zat een donkerharige vrouw met een slapende baby die met zijn wangetje op haar schouder lag. De tram bokte, steigerde en stortte zich in het verkeer.

Oscar nam zijn hoed af en boog zich naar voren om langs me heen te kunnen kijken. De tram knarste bij het optrekken en Oscars been schoof dichter naar het mijne.

'We rijden nu op Winnie Street, op weg naar East End, zoals dat hier genoemd wordt,' zei hij. De tram reed over een hobbel en de baby voor ons opende heel eventjes zijn ogen.

'Prachtige huizen,' zei ik. 'En zo heerlijk schaduwrijk, die bomen.' Rijen huizen met versierde daklijsten en galerijen rondom gleden voorbij. Ze hadden ingewikkelde daken met puntige dakkapellen, koepels en omheinde uitkijkplaatsjes. De halfronde trappen waren statig en breed. In gedachten was ik echter in het Central Hotel, waar Oscar me de oneffen, uitgesleten traptreden op zou leiden. Ik zou me aan de leuning moeten vasthouden, terwijl hij volgde met de sleutel in zijn hand.

Over een uurtje kon het al zover zijn. Mijn voorhoofd was klam van het zweet. Een warme wind joeg door de tramraampjes naar binnen en trok mijn haren los. Vaststeken was onbegonnen werk. Naast me deinde Oscar heen en weer met het geslinger van de tram. Zijn been kreukte mijn rok. Ik depte mijn voorhoofd met mijn gehandschoende vingers.

De vrouw voor ons wiegde van links naar rechts en klopte op het rugje van haar baby. De stemmen van de passagiers dreven voorbij, de tram stopte bij elke straathoek, de bel rinkelde. Mensen stapten in en uit. Sommige vrouwen wierpen bij het zoeken naar een zitplaats een blik op Oscar, en daarna op mij.

'De volgende halte is Ninth Street,' zei Oscar, toen de tram weer in beweging kwam.

'Wat leuk,' zei ik. Ik zag mezelf in de badkamer van het hotel, die ik de vorige dag ook had gebruikt. Ik lag in de roestige badkuip, tot mijn schouders onder water. De deur was op slot en Oscar zat een paar deuren verder te wachten in mijn kamer. Onze kamer.

We sloegen een hoek om. 'Straks kruisen we de Sealy Avenue,' zei Oscar. 'De familie Sealy staat hier in hoog aanzien. Het zijn ook klanten van me. Goeie klanten.'

'Pardon?'

'Mijn melk,' zei Oscar. 'De Sealy's drinken er emmers vol van.'

'Aha.' Met Edward Davis had ik gesprekken over literatuur, over kunstenaars en componisten. We hadden gedineerd in besloten eetzaaltjes en ritjes gemaakt in gehuurde koetsjes, waarbij mijn hand op zijn arm had gelegen.

'Broadway Avenue,' zei Oscar. 'Op deze straat zijn we heel trots.'

'Dat kan ik me voorstellen.' In het midden van de Broadway Avenue liep een boulevard, omzoomd met eiken en bloeiende struiken met roze bloemen. De tram kroop vooruit, terwijl de conducteur voortdurend belde om het kruisende verkeer te waarschuwen. We moesten aldoor stoppen en kwamen slechts hotsend en botsend vooruit. Eindelijk bereikten we het eind van Broadway. Daar maakten we weer vaart en reden we opnieuw langs huizen, simpele houten huisjes dit keer, met maar één verdieping en een piepklein tuintje. De meeste stonden op stenen pilaren, een paar voet boven straatniveau.

De tram zwierde een bocht om en ik viel tegen Oscar aan. Mijn schouder kwam tegen zijn arm en mijn been raakte het zijne. Bij het voelen van zijn stevige lichaam hapte ik naar adem. Hij legde zijn hand zachtjes op mijn bovenarm en hield me tegen. Ik vermande me en kwam weer overeind. De tram minderde vaart. Oscar liet mijn arm los.

'De Golf van Mexico,' zei hij. De weg had hier plaatsgemaakt voor zand en de tramrails liepen nu evenwijdig aan het strand. Daarachter lag een blauwzilveren watermassa te glanzen in het zonlicht.

'Ziet u dat daar?' vroeg Oscar, terwijl hij uit het raam wees. 'Dat is de Pagode.'

In het water stonden twee ronde houten gebouwtjes op dunne hoge palen. Lange houten steigers, waarover een heleboel mensen liepen, verbonden ze met het strand.

'Wij noemen het de badhuizen,' zei Oscar. 'Zijn ze niet geweldig, op die hoge palen? Ze steken zeven voet boven het water uit en staan zo'n dertig passen uit de vloedlijn. Een wonder van techniek, zegt iedereen. Er komen hier massa's toeristen om ze te bekijken.'

'Zoiets heb ik nog nooit gezien,' zei ik.

'En al die drukte daar, dat is de kermis. Ziet u het? Daar op het strand? Waar ze al die spelletjes doen? Je kunt er ook ritjes maken en zo. Het is er altijd vol toeristen. Lente, zomer en herfst.'

De tram reed stapvoets langs het brede, vlakke strand, voorbij de drukte van de kermis. In de branding sprongen kinderen over de golfjes, terwijl andere met hun blote handen in het zand groeven. Mannen en vrouwen liepen langs het water. De vrouwen droegen gestreepte badkostuums, omgord met een ceintuur en met fladderende pijpen tot hun enkels. Hun haar zat weggestoken onder een geplooid mutsje. Het zwarte badpak van de mannen sloot strak aan en verried onmiskenbaar de vormen van hun bovenlijf en dijen. Hun kuiten waren onbedekt en de smalle schouderbandjes lieten schouders en armen vrij.

'Er is daar nog een badhuis op het water: Murdoch's. Van hieruit kun je het niet zien, maar het heeft een restaurant. Ze geven nogal hoog op van hun limonade. En hun bier is koud. Ik zou wel iets te drinken lusten, en u?'

Ik forceerde een glimlach.

De tram kwam tot stilstand en begon leeg te stromen. De

vrouw voor ons, met de baby, stond ook op. Mijn hart bonkte. Het zou best kunnen dat ik in juni ook een baby kreeg. Dat was iets wat Edward en ik hadden trachten te vermijden, hoewel het nooit ter sprake was geweest. Maar nu was ik getrouwd en Oscar was katholiek. Hij zou wel kinderen verwachten. Veel kinderen. Nog iets waaraan ik niet had willen denken toen ik nog in Dayton zat.

Oscar ging in het gangpad staan. Hij dacht dat we besloten hadden uit te stappen en had er geen idee van dat ik mijn benen niet vertrouwde.

Ergens vandaan dreef de wind het metalige geluid van een stoomorgel mee. De woorden van het liedje zoemden door mijn hoofd.

> *'It rained all night the day I left.*
> *The weather it was dry.*
> *The sun so hot I froze to death.*
> *Susanna, don't you cry.'*

In het water werden de zwemmers door de golven opgetild en weer neergezet, terwijl ze zich vasthielden aan kettingen die aan metalen palen bevestigd waren.

Die ochtend, in het hotel, had ik mijn nachtjapon opgehangen in de naar ceder ruikende kast. Straks zou ik dat simpele, hooggesloten kledingstuk met knikkende knieën van het hangertje halen en aantrekken. Mijn onhandige vingers zouden moeite hebben met de knoopjes.

'Liever niet,' zei ik.

'Dat zeggen heel veel nieuwkomers,' zei Oscar. 'Ik zei het zelf ook toen ik hier net was. Die paaltjes zijn zo dun, en dan in dat weke zand. Maar Murdoch's is echt veilig, ook al staat het hoog. Het staat er al jaren.'

Het zwetende behang op de muren van het hotel, mijn kristallen oorbellen op het nachtkastje, het bed met het muskietennet.

'Ik zou u daar heus niet mee naartoe nemen als ik dacht

dat het niet veilig was.' Hij zweeg even. 'Nou, wat denkt u ervan? Catherine? Wil je het proberen?'
Ik schrok toen ik mijn voornaam hoorde en keek naar hem op. Het litteken op zijn wang leek feller af te steken dan voorheen. Om zijn mond speelde een flauw glimlachje en zijn groene ogen straalden geruststelling en kalmte uit. En nog iets. Teleurstelling. Hoe kon het ook anders? Mijn woorden waren vormelijk, mijn glimlach was krampachtig en mijn houding uiterst stram. Ik had geen idee hoe ik me moest gedragen. Hij was een vreemde voor me, en ook zijn wereld was me vreemd. Maar er was nog iets. Zijn constante nabijheid maakte me onrustig.
Hij stak me zijn hand toe.
De tram was alweer bijna vol. De nieuwe passagiers hingen in hun stoelen, moe van hun dagje aan het strand en blozend van de zon. Ieder moment kon de bestuurder aan het belkoord trekken en dan zouden we gaan rijden, eerst langzaam, dan steeds sneller, weg van het strand en terug naar de stad, naar het Central Hotel.
Ik pakte Oscars hand.

Uren later, in het hotel, ging het vrijwel zoals ik me had voorgesteld: de veelbetekenende blikken van de hotelhouder, het liggen in het bad, mijn knikkende knieën en Oscars verwachtingen. Wat ik me echter niet had voorgesteld was hoe ik achteraf zou zijn. Ik had niet voorzien dat ik in tranen uit zou barsten als hij klaar was, of met geen woord zou reageren op zijn verontschuldiging. Ik kon onmogelijk vertellen dat ik van een ander hield, dat Edwards plotselinge koelheid me tot op het bot gekwetst had, en die van mijn moeder zelfs nog meer. Dat de pijn van de afgelopen acht maanden onverwacht met kracht naar boven was gekomen en me in het diepst van mijn wezen had geraakt toen ik in Oscars armen lag en hij mij, eerst nog teder maar al vlug met heftige begeerte, had omhelsd. Dus zei ik niets, maar draaide me, toen het voorbij was, van hem weg en huilde, overmand door het geweld van al die rauwe en ontsluierde emoties. Ik huilde, terwijl hij zich zachtjes verontschuldigde. Ik huilde, en door dat te doen liet ik hem in de waan dat hij de oorzaak van mijn pijn was.

5

Oscars stee

Het natte, harde zand knarste onder de wielen. Maud en Mabel, Oscars paarden, zwoegden voort, zwiepend met hun staart en schuddend met hun hoofd vanwege de zwarte vliegen in hun ooghoeken en op hun kastanjebruine huid. Links van ons rolden lage, witgekante golfjes tot vlak bij de wagenwielen, waarna ze zich weer terugtrokken om op te gaan in de volgende aanrollende golf. Wat verderop naar rechts werd het strand omzoomd door rijen hoge duinen. Daar wuifden geelbloemige struiken en hoog helmgras in de warme wind.

'Dit noemen we de strandweg,' zei Oscar, die daarmee de stilte tussen ons verbrak. Hij en ik zaten op de korte bok onder een canvas huif. Versplinterde aangespoelde bomen, met zeepokken bedekte kisten en kapotte glazen flessen lagen verspreid over het brede, vlakke strand, dat zich nog mijlenver voor ons leek uit te strekken. Ik voelde me klein en nietig. Op de stoomboten en schoeners na, ver aan de horizon, was ik alleen met Oscar.

'Over het strand is het meestal prima rijden,' merkte hij op.

'Het is hier in elk geval rustig,' antwoordde ik.

'Dat is het zeker.'

De lucht was helderblauw en de zee lag zilverig te blinken in het ochtendlicht. Bruingespikkelde vogeltjes renden over het zand en pikten met hun snavels, achtervolgd door lage golfjes. Zwermen zeemeeuwen stonden aan de waterkant. Als wij naderden, stegen ze met veel geklapwiek van grijze vleugels op.

De trage branding dreunde zachtjes in mijn oren. De lange vacht rondom de paardenhoeven zat vol zand, dat tegen de wagen spatte. Oscar had zijn jasje onder de bok gelegd; zijn opgerolde mouwen fladderden in de wind.

'Aan deze kant van het eiland hebben we geen geplaveide wegen,' zei hij, zonder me aan te kijken. Zijn hoed zat diep over zijn ogen. De pezen op zijn bekraste handen stonden strak toen hij de paarden om een lange boom heen leidde, die met zijn kale takken in de lucht half onder het zand lag.

Ik moest iets zeggen. Ik moest me gedragen alsof er gisteren niets bijzonders was gebeurd. Dat was wat Oscar deed met deze pogingen tot conversatie.

De wind rukte met holle flapgeluiden aan mijn blouse en rok. 'Waar komen al die dode bomen toch vandaan?' vroeg ik.

'Uit de rivieren die de Golf in stromen.' Ik voelde dat hij naar me keek. Het grootste deel van mijn gezicht ging schuil achter mijn strooien zomerhoed. 'Misschien wel uit de Brazos in het zuiden, of anders uit de Neches, via de Sabine Pass. Met water weet je het maar nooit.'

Ik knikte alsof ik al die namen eerder had gehoord.

'Die kisten worden door zeelui overboord gegooid, meestal zitten ze vol rommel,' zei Oscar. 'Soms laat een passagier iets vallen, dat denken we tenminste. Vorig jaar juni vond André een honkbal, en dat was een grote dag voor hem, dat kan ik je wel vertellen.'

'Een honkbal, stel je voor!' zei ik. André. Mijn stiefzoon. Ik kon me met geen mogelijkheid een beeld vormen van dit kind met zijn Franse naam.

De wielen van de wagen knerpten door het zand. De zon beukte meedogenloos op ons neer. Het zweet liep van onder mijn armen mijn korset in.

'Er is ook nog een hoge weg, ongeveer een halve mijl van-

af de duinen landinwaarts.' Hij knikte naar rechts. 'Op de richel, waar ook het huis en de melkstal staan.'
'Hier?' vroeg ik. 'Dus we zijn er?'
'Nog een stukje verder.'
Ik knikte.
De spieren in zijn onderarmen bewogen toen hij de paarden om een vat met een dikke korst zeepokken mende. 'Als het water te hoog staat om over het strand te rijden, dan nemen we de richel,' zei hij. 'Echt lekker rijdt dat niet, het is eigenlijk meer een stel wielsporen dan een weg, en het is er ook bloedheet. Hier staat tenminste altijd wind.' Hij zweeg en blikte kort opzij. 'Ik dacht dat je dat wel fijn zou vinden.'
'Een briesje is heel welkom.'
'Dat leek mij ook.'
De paarden ploeterden voort, de wielen draaiden, maar de omgeving bleef hetzelfde. Gewoon nog meer duinen, water en het langgerekte strand voor ons.
'Vroeger reed hier een smalspoortreintje,' zei Oscar na een poosje. 'Van de stad naar de kantfabriek.'
'Een kantfabriek? Hier?'
'Vroeger. Bij Offatts Bayou. Het gebouw is er nog, maar het staat leeg. Nottingham heette het daar. Ik vond het maar niks, al die vrouwen die met machines moesten werken. En dan in die hitte. Dat deugde niet. Ik was blij toe dat ze dichtgingen.'
De drie laagjes kant op mijn blouse ritselden in de wind. Ik ben niet snel hysterisch, wilde ik Oscar zeggen. Maar vannacht... Alleen vereiste dat een uitleg die hem zou schokken en mij vernederde. Ik kon hem niet vertellen dat ik van iemand anders hield. Dat ik vannacht, toen hij me vasthield en mijn oor tegen zijn hart lag, door rauw verdriet was overvallen. De rest van de nacht hadden we ieder aan onze eigen kant van het doorgezakte bed gelegen. Doodmoe van het huilen maar met strakgespannen zenuwen had ik Oscars ademhaling horen vertragen toen hij eindelijk in slaap viel. Rond zonsopgang veerde de ma-

tras en stond hij op. De vloerplanken kraakten terwijl hij zich aankleedde, en het geritsel van zijn kleren klonk luid in mijn oren. Hij fluisterde dat hij even wegging, kijken of alles goed was met de paarden in de stal, en dat hij daarna langs de barbier ging voor een scheerbeurt. Ik hield me slapend. Zodra zijn voetstappen waren weggestorven stond ik op. Mijn benen trilden en mijn ogen waren dik. Ik haastte me. Als Oscar terugkwam, wilde ik beslist gewassen en gekleed zijn, met mijn haar op orde.

Enigszins hersteld wachtte ik hem op in de salon van het hotel. We ontbeten in de eetzaal, waar ik met moeite een stukje geroosterd brood naar binnen werkte, terwijl Oscar eieren met spek at en het ene kopje koffie na het andere leegde. Ons gesprek over de vertrektijd en het laden van mijn koffers in zijn wagen was kort en stokte regelmatig. Ik meed zijn blik. Gisteren in de tram had ik gemeend teleurstelling in zijn ogen te zien. Vanochtend zou het hem wel spijten dat hij met me getrouwd was.

Nu zaten we op de wagen en strekte het strand zich oneindig voor ons uit. Alles was oneindig: het water, de lucht en de noodzaak mijn verleden en mijn gevoelens te verbergen.

'Zie je dat daar?' vroeg Oscar. 'Die twee grote huizen aan de andere kant van de duinen? Kun je ze zien? Dat is St. Mary's. Een weeshuis.'

Ik moest ophouden voortdurend aan de afgelopen nacht te denken. Oscar deed ook zijn best. 'Die arme kinderen,' zei ik.

'De zusters doen wat ze kunnen.'

'Wie zorgt er nu voor je zoon? Of is hij op school?'

'Dat doet Nan Ogden. De school begint pas in oktober. Nan Ogden is een buurvrouw. Die twee mannen die voor me werken zijn haar broers. Ze is een grote steun voor me, en koken kan ze ook. Als je wilt, is ze bereid te blijven.'

'Dank je. Dat zou ik heel prettig vinden.' Ik zweeg. 'Zijn Nan Ogden en haar broers je buren?'

'Nou,' zei hij, 'ze wonen wel dichtbij, maar niet zoals in

een stad. De Ogdens wonen een eindje verderop.' Hij wierp me een snelle blik toe. 'Anderhalve mijl met de wagen, zo ongeveer.'

'Maar toch noem je hen buren.'

'Dat ligt hier anders, omdat we allemaal ver uit elkaar wonen. Zij wonen het dichtstbij, dus daarom zijn zij onze buren.'

We vervielen weer in stilzwijgen. Golven rolden op ons toe en trokken zich weer terug. De zon was een verblindend licht. Mijn huid jeukte van het zout. Ik kon me onmogelijk voorstellen hoe ik het op dit afgelegen deel van het eiland ooit zou redden. Inmiddels leken de badhuizen en al die zwemmers van gisteren wel begoochelingen van mijn overspannen geest. En wat moest ik zeggen tegen André, die vast al op ons zat te wachten?

'Kijk,' zei Oscar. 'Pelikanen. Daar, boven het water.'

Ik hield mijn adem in. Een zwerm bruine vogels met lange snavels zweefde op een luchtstroom die alleen zij konden voelen. Met wijd gespreide vleugels vlogen ze in een lange rij achter elkaar aan. Hun schaduw gleed over het water.

'Tien stuks,' zei hij. 'Ik vind ze prachtig, al zolang als ik hier woon. Ze zeggen dat de vleugels een spanwijdte van vijf voet hebben.'

'Dat is bijna mijn lengte,' zei ik. 'Wat een gracieuze dieren.'

'Absoluut.' Hij klakte met zijn tong en mende de paarden weg van de branding. Mijn reiskoffers en hoedendozen schoven over de bodem van de wagen. Nu, dacht ik. Leun tegen hem aan. Leg je hand op zijn arm. Zo kun je je verontschuldigen voor je afstandelijkheid en je krampachtige glimlachjes. Maar ik deed het niet. De paarden hadden vaart gemaakt en we naderden de duinen. Daar lag een provisorisch pad van planken over het zachte zand. In de verte waren drie daken zichtbaar.

'We zijn thuis,' zei Oscar.

Uit het niets schoten vier honden jankend en blaffend op ons af. De wielen kraakten toen we van het kromgetrokken houten weggetje af bonkten en over een pad vol kuilen naar de drie gebouwtjes reden. Mijn maag verkrampte. Een nare, penetrante geur sloeg over me heen. Mest. De ene golf na de andere. Me vastklampend aan de rand van de wagen vocht ik tegen de misselijkheid. De stank drong mijn mond en neusgaten binnen en mijn ogen traanden.

'Catherine,' zei Oscar. 'Gaat het wel?'

Ik hield mijn hand tegen mijn neus en schudde mijn hoofd. 'Die lucht,' zei ik.

'Dat is de stal. Frank T. en Wiley hebben nog geen tijd gehad om schoon te maken. Ik zal het vanmiddag doen.'

Zijn handen, dacht ik bij mezelf. Wat raakte hij daar allemaal mee aan?

'Koest!' riep Oscar tegen de honden, die rond de wagen en de paarden sprongen. Vliegen en muggen zoemden en gonsden. Terwijl ik nog steeds mijn neus bedekte, keek ik om me heen. Het leek wel of ik alles slechts in flitsen tot me nam: het ruwe, vlakke land, begroeid met struikgewas, het bosje ruige boompjes, de paardenstal, de koeienstal, het huis, allemaal naast elkaar en uitkijkend over de duinen.

'Zo,' zei hij toen we bij een splitsing in het pad kwamen. 'Dit zal wel schelen.' We sloegen rechtsaf, waarbij mijn koffers en mijn dozen opnieuw aan het schuiven gingen, en lieten de twee stallen achter ons.

'Zo beter?' vroeg hij.

'Veel beter.'

Ik ademde door mijn mond en was nu wel in staat het huis goed te bekijken. Het was een klein, houten huisje van maar één verdieping en het stond op dunne houten palen. Het enige stevige eraan leek de fundering van de rode bakstenen schoorsteen, die het huisje aan de zijkant met de grond verbond.

Niet instorten, hield ik mezelf voor. Niet hier, met Oscar, niet vlak voor de ogen van het jongetje dat op de overdekte galerij op ons stond te wachten. Oscars zoon. Hij had donker haar en droeg een bruine korte broek met een wit hemd. Een jonge vrouw – de huishoudster, nam ik aan – stond naast hem, met haar hand op zijn schouder.

Vlak voor de galerijtrap hielden we halt. Oscar zette de wagen op de rem, en alsof dat knarsende geluid een teken was, rende het jongetje naar beneden en holde met gespreide armen op ons af.

'Papa! Papa!'

Oscar sprong de wagen uit, die begon te schudden. André klemde zich vast aan Oscars knieën.

'Ik ben maar één nachtje weggeweest,' zei Oscar. Maar met zijn rug naar me toe hurkte hij neer en drukte het kind tegen zich aan alsof hij het in geen maanden had gezien. 'André,' zei hij, en aan dat ene halfgefluisterde woordje hoorde ik hoeveel zijn zoon voor hem betekende. Ze omarmden elkaar stevig. André hing aan zijn vaders nek, terwijl de honden kwispelstaartend om hen heen dartelden.

Nu hief André zijn hoofd en tuurde over Oscars schouder naar de bok, naar mij. Zijn gezicht zag bruin van de zon en hij had sproetjes op zijn neus en wangen. Een zwarte lok hing in zijn ogen. Wat was hij jong, dacht ik. Zo klein nog.

Hij fronste zijn voorhoofd en keek me met grote ogen aan. 'Wie's dat?'

'Dat weet je toch wel,' antwoordde Oscar zachtjes. 'Ik heb het je gisteren verteld. Weet je nog?'

Het jochie dook weer weg. Zijn vingertjes klemden zich om de stof van Oscars overhemd.

André wilde mij hier niet, begreep ik. Hij had zijn vader, en dat was genoeg.

Tot nu toe was Oscars zoon voor mij niet meer geweest dan een vage figuur aan wie ik zelden dacht. En dat gold ook voor Oscars eerste vrouw, de moeder van dit kind. Maar hier, bij Oscars huis, nu ik zag hoe André Oscar omklemde, drong er ineens een nieuwe waarheid tot me door. Vrijwel zonder erbij na te denken was ik met dit huwelijk binnengedrongen in het leven van een kind en had ik het evenwicht in zijn bestaan verstoord.

Oscar streek over de weerbarstige kruin op Andrés achterhoofd en kwam toen overeind. André greep opnieuw zijn vaders been vast.

'Miss Ogden,' zei Oscar tegen de vrouw die boven aan de trap stond.

'Mr. Williams.' Haar stem klonk vlak, alsof onze aanwezigheid haar nauwelijks interesseerde. Ze droeg een eenvoudige blauwe jurk met een losgeknoopt wit kraagje. Haar mouwen waren opgerold en ze had haar armen over elkaar geslagen. Haar blik dwaalde kort af naar de duinen en richtte zich daarna op mij.

'Ma'am,' zei ze.

Ik schrok van haar koelheid, maar ook van Oscars aanraking toen hij mijn hand greep om me van de bok te helpen. Toen ik eenmaal op de grond stond, duwden de honden hun neus tegen mijn rok en dreven me naar achteren, tegen de wagen. Oscar floot kort en scherp, waarop ze afdropen.

'Je bent toch niet bang voor honden?' vroeg hij.

'Alleen als het er zo veel zijn.'

'Het zijn d'r maar vier,' merkte André op, en daarmee zette hij de kennismaking in gang.

'Dit is mijn zoon,' zei Oscar tegen me. 'André Emile Williams.'

'Ik ben heel blij je te ontmoeten,' zei ik, maar André reageerde niet. Hij weigerde me aan te kijken. In plaats daarvan tuurde hij naar de punten van zijn gepoetste veterschoenen.

'Jongeman,' zei Oscar.

André keek op.

'Wat zeg je dan?'

Hij trok een rimpel in zijn neus, waardoor de sproetjes samenvloeiden. 'Dank u?'

Even aarzelde Oscar. Toen zei hij: 'Dank u, wat?'

'Dank u, ma'am.'
Oscar knikte. 'André, dit is...' Heel even keek hij me aan. Hij wist niet hoe hij me moest noemen. Toen schraapte hij zijn keel en zei: 'Mijn vrouw.' Opnieuw werden Andrés ogen groot, maar Oscar lette er niet op en wendde zich tot mij. 'Laten we uit de zon gaan.' Hij pakte me bij mijn elleboog.

'Het huis staat vijf voet hoog,' zei hij, terwijl we met André achter ons aan de trap op liepen. 'Er heeft nog nooit een druppel water in gestaan.'

Ik hoorde de trots in zijn stem en maakte een onnozele opmerking over hoe geriefelijk het was als je een huis had waar je veilig was voor overstromingen. Iets beters kon ik niet verzinnen. Inmiddels stonden we op de galerij en begon Oscar aan een nieuwe voorstelronde. De vrouw was Miss Nan Ogden en ik was Mrs. Catherine Williams. We wisselden beleefde frasen uit, waarbij mijn 'Hoe maakt u het?' me onoprecht in de oren klonk, en haar 'Prettig kennis te maken' al evenzeer, maar dan uitgesproken met een zangerige traagheid die iedere lettergreep een stukje langer maakte. Ze was mager en knokig, met knobbelige polsen en hoge jukbeenderen. André stond tegen haar aan, met zijn ene voet op de andere en zijn vingers om de stof van haar rok geklemd. Ik moest langs de rand van mijn hoed omhoogkijken om Nan Ogdens ogen te kunnen zien. Die waren grijs en afstandelijk, met dikke wenkbrauwen erboven. Haar huid was zacht en glad; ze was jonger dan ik. Haar haar was in de nek bijeengebonden en ze stond met haar heup opzij en haar armen nog altijd over elkaar geslagen, al haar gewicht rustend op één been. Het viel me op dat ze geen korset droeg. Ze keek vluchtig naar de madeliefjes op mijn hoed en naar de laagjes kant op mijn kraagje en mijn blouse, waarna ze haar blik op Oscar liet rusten.

'Ik heb wat voor je,' zei deze tegen André.

'Echt?'

'Yep.' Uit de zak van zijn broek trok Oscar een papieren

zakje tevoorschijn. Hij hurkte neer zodat hij het kind recht aan kon kijken. André hield zijn handen op zijn rug en grinnikte van opwinding. Hij boog een beetje door zijn knieën en tuurde in het zakje dat Oscar voor hem openhield. Verbijsterd zoog hij zijn wangen naar binnen. Met glanzende ogen keek hij eerst naar zijn vader en toen omhoog, naar Nan. 'Snoep!' zei hij.
'Zuurtjes,' zei Oscar. 'Citroen. Je lievelingssmaak.'
Ineens realiseerde ik me dat ik een vreselijke blunder had begaan. Ik had iets voor André moeten meenemen, een boek, een tol, een bal. Dat had de kennismaking voor ons beiden vast gemakkelijker gemaakt, maar het was volstrekt niet bij me opgekomen.
'Eentje,' zei Nan tegen hem. 'Anders lust je straks je eten niet.'
Had ik echt niets om aan hem te geven? Ik opende mijn tasje. Mijn spiegeltje. Mijn kam. In tweeën gescheurde treinkaartjes. Zo onopvallend mogelijk rommelde ik tussen mijn spulletjes, op zoek naar iets geschikts.
'Bovendien krijg je d'r buikpijn van,' zei Nan, met iets van strengheid in haar lijzig uitgesproken woorden. 'Eentje maar. Begrepen?'
'Ja, Miss Nan.' André hield het harde gele snoepje tussen twee vingers en draaide met zijn pols terwijl hij het bekeek.
Intussen had ik mijn beurs gevonden.
'Zijn Frank T. en Wiley vanmorgen nog op tijd vertrokken? Is alles goed gegaan?' vroeg Oscar.
'Maisie heeft nog steeds een dikke poot. Ze gaf ook haast geen melk, omdat ze niet wil eten.'
'Dat verbaast me niets,' antwoordde Oscar, met zijn ogen op de stal gericht. 'Al hoopte ik natuurlijk op iets anders.'
Misschien zou André een geldstukje wel leuk vinden, dacht ik. Een penny. Ik opende mijn beurs, die onder in mijn tasje zat. André had het snoepje in zijn mond gestoken en stond geïnteresseerd naar me te kijken. Zijn oog

viel op mijn tasje, waarin mijn hand verdwenen was. Met gefronste wenkbrauwen leek hij na te denken. Hij weet het, dacht ik. Dit vijf jaar oude kind begreep dat ik wanhopig trachtte iets te vinden dat kon doorgaan voor een cadeautje. Afwezig krabde hij aan een bruin korstje op zijn rechterknie. De huid rondom het wondje zag wat roze. Er trok een rilling langs mijn ruggengraat.

Oscar nam zijn hoed af en gebaarde ermee naar de voordeur. 'Ik laat je eerst het huis zien,' zei hij. 'Zodat je je kunt installeren. En daarna ga ik bij Maisie kijken.'

'Dat zou heel prettig zijn,' zei ik. Ik deed mijn beursje dicht. Bij muziek was timing essentieel, en bij het geven van geschenken gold hetzelfde. Ik zou nog wel een andere gelegenheid vinden om André zijn penny te geven.

De vloer trilde onder onze voeten, en bij de gedachte aan de dunne paaltjes werd het me bang te moede. André ging met ons mee naar binnen, maar Nan bleef buiten staan. De voorkamer bestond uit twee delen: links was het zitgedeelte en rechts de keuken. Op het fornuis stond een pot koffie en een koekenpan, en het huis rook naar in boter gebakken ui. Aan de keukenmuur hingen potten en pannen, en boven de ijskast hing een kalender aan een spijker. Het grootste deel van de keuken werd in beslag genomen door een lange tafel met twee houten banken, en op het aanrecht stonden borden en schalen, afgedekt met rood-wit geblokte droogdoeken die onder de vliegen zaten.

'Veel bijzonders is het niet,' zei Oscar.

'Maar wel aangenaam met al die ramen. Licht en gezellig.'

Hij knikte in de richting van het zitgedeelte. 'Sommige toetsen blijven hangen,' zei hij. 'Dat heb ik al gemerkt.'

Ik volgde zijn blik. Naast de haard, tegen de wand, stond een piano.

'Dat komt door al dat zout in de lucht,' zei Oscar. 'De ene dag is het erger dan de andere.'

Een kamerpiano, zo verafschuwd door mijn leraren. Ik

liep erheen. De planken trilden onder mijn voeten, maar door het groen met blauw gevlochten kleed werd dat gevoel gedempt. De frontplaat van het instrument was met fijn houtsnijwerk versierd, de lessenaar was leeg. Op de klep stond, in gouden krulletters, de naam van de fabrikant: Behning. De kast was wel ietwat gehavend, maar het mahonie was glanzend gewreven.

Ik opende de klep en trok, vinger voor vinger, mijn rechterhandschoen uit. Toen beroerde ik de centrale C en voelde de structuur van het ivoor. In Dayton was ik het vermogen me in muziek te verliezen kwijtgeraakt. Hier op het eiland was dit klavier mijn enige houvast.

Zonder me naar Oscar om te draaien, vroeg ik: 'Speel je zelf ook?'

'Ik? Nee.'

Ik legde mijn hand op het hout. De piano was vast van zijn vrouw geweest, zijn eerste vrouw. Met mijn vinger streek ik langs een lange, dunne barst. Links van me boden twee hoge ramen uitzicht over de duinen. Ik zag de zee erachter glinsteren; de schepen waren nauwelijks meer dan zwarte streepjes. Het strand, met alle rommel die er lag, was aan het oog onttrokken. Omsloten door een raamlijst zag de Golf er lang zo angstaanjagend niet meer uit.

'Waarschijnlijk had je op een beter instrument gehoopt.'

Ik draaide me om. Ineens was hij weer de jongen die me altijd uit de verte had bewonderd. De afstand tussen ons was onmetelijk. We kwamen uit volstrekt andere werelden en hadden vrijwel niets gemeen. En nu was er dat onuitspreekbare dat gisteren tussen ons in het hotel gebeurd was.

André had zijn arm om Oscars been geslagen. Zuigend op het harde zuurtje staarde hij me met zijn donkere ogen aan.

'Ik dacht dat ik nooit meer zou kunnen spelen.'

'Het is niet wat je gewend was. Dat weet ik wel.' Oscar wierp een korte blik op André en richtte zijn ogen weer op

mij. Zachtjes zei hij: 'Het went allemaal wel.'
Zijn woorden hingen in de lucht, begeleid door het ritmische gefluister van de branding aan de andere kant van de duinen. Een briesje deed mijn rok ritselen. De ramen stonden open. Ik wist dat Nan daar ergens stond te luisteren.
'Ik zou heel graag de rest van het huis zien, als dat mag,' zei ik.

Oscars huis was eenvoudig maar schoon. De kale wanden waren wit geschilderd en op de vloer lagen brede eikenhouten planken. Hij had André naar buiten gestuurd en we bleven zorgvuldig uit elkaars vaarwater terwijl hij me rondleidde door kamertjes die allemaal even klein en benauwd aanvoelden. In de zitkamer stonden twee zwartbeklede stoelen bij de haard. Op een laag, witmarmeren tafeltje ertussen lagen kranten en een rood gebonden boek.

'Hierachter is de trap naar zolder, voor opslag en zo,' zei Oscar, terwijl hij naar een gesloten deur in de achterwand wees.

'Wat handig,' zei ik. Aan de ene kant van de deur stond een cilinderbureau met stoel. Een vierkante klok, gevat in een blok roze marmer, luisterde de schoorsteenmantel op en in de keuken zag ik twee kerosinelampen op tafel en een handzwengelpomp bij de gootsteen.

We liepen een halletje in. Rechts was Andrés kamer. Daar lagen schelpen en stenen op de vensterbank. Op de grond lag een kleed in groene tinten en er stond een hemelbed met een muskietennet dat was opengeslagen en vastgemaakt aan de lange houten stijlen. Andrés kleren hingen aan haakjes aan de muur en op een plank stond een doos dominostenen. Houten blokjes met letters en cijfers erop geschilderd lagen opgestapeld op de vloer. Op een tafeltje stond een ingelijste foto en boven Andrés bed hing een aan het kruis genagelde Christusfiguur die rode verf bloedde uit hoofd, handen en voeten. En aan die crucifix hing iets waarvan ik dacht dat het een rozenkrans moest zijn, een ketting van witte kralen met een zilveren kruis eraan. De ketting hing te draaien in het windje dat door de open ramen woei.

In de slaapkamer aan de andere kant van de hal was de crucifix groter en de doornenkroon nog bloediger. Ik probeerde er niet naar te kijken. Dit was Oscars godsdienst, niet de mijne. Terwijl hij naar binnen liep, bleef ik in de deuropening staan. Het was tenslotte zijn kamer.

'Installeer je hier maar zoals je wilt,' zei hij. 'Je mag alles veranderen.'

Onze kamer. In Dayton had ik mezelf voorgehouden dat we elk een eigen kamer zouden hebben.

'Dank je,' zei ik. 'Maar het lijkt me prima zo.'

Het ovale kleed lag als een blauwe vlek midden op de vloer. Er stonden allemaal zware, donkere meubelstukken: een schommelstoel, een kleerkast en een kaptafel. Niets van dat alles behoorde mij toe. Het was allemaal van Oscar. En van zijn eerste vrouw.

'Deze komt uit op de achterveranda,' zei Oscar, wijzend naar een deur in de achterwand.

'Wat heerlijk.'

'Van daaruit kun je Offatts Bayou zien liggen. Het ligt ongeveer een mijl van hier.'

'Ik geloof niet dat ik erg bekend ben met bayous.'

'Het is een watermassa die het eiland in steekt, een soort rivierarm, zou je kunnen zeggen, alleen dan nogal modderig en met een trage stroming. Offatts ziet eruit als een meer; West Bay komt erop uit. 's Avonds komt het daar helemaal tot leven met kwakende kikkers die een wijfje zoeken. Er zit ook heel veel vis, en in de winter is er geen plek waar je zo goed op ganzen kunt jagen.'

'Houd je van jagen?' vroeg ik, maar zijn antwoord ging aan me voorbij.

Dat bed, dacht ik. Voor het eerst stond ik mezelf toe ernaar te kijken. Vanavond werd het muskietennet weer dichtgetrokken, nadat het van de stijlen was losgehaald. De dunne zomerquilt met de gele, blauwe en groene vlakjes zou worden opengeslagen. Over een paar uur al. Of misschien nog eerder.

Oscar verliet het midden van de kamer en liep naar de deuropening, waar ik nog altijd op de drempel stond. Het bloed vloog naar mijn wangen. Er was hier weinig licht, we stonden heel dicht op elkaar en nerveus werd ik me ervan bewust dat ik zijn ogen zocht.

'Geen sprake van,' hoorde ik Nan Ogden buiten zeggen. 'Geen snoep meer, jongeman. Ik wil 't absoluut niet hebben.'

Ik zette een stap achteruit. Oscar deed hetzelfde.

'En deze?' vroeg ik, wijzend naar een andere kamer in het gangetje, alsof mijn wangen niet nog gloeiden.

'De badkamer,' antwoordde Oscar. 'Met wastafel en bad. Er is daar ook een waterreservoir. Ik heb een tijdje in de noordpunt van Texas gewoond, en sindsdien heb ik me aangewend zo veel mogelijk water op te vangen.'

'Je bent een praktisch man,' wist ik met moeite uit te brengen.

'Ik doe mijn best. Het privaat is buiten, in de richting van de stal. Je ziet het pad vanzelf, je kunt het haast niet –'

Ik hief mijn hand om hem het zwijgen op te leggen. Over zoiets sprak je niet. En aan een apart privaat was ik natuurlijk niet gewend. In Dayton hadden we een toilet in huis.

Oscar bloosde en schraapte zijn keel. 'Goed,' zei hij. 'En nu je koffers. Die staan te bakken in de zon. Ik ga ze wel even halen, dan kun jij straks je gang gaan.'

'Dat is fijn, dank je.'

'Om twaalf uur staat de middagpot op tafel.'

De lunch, dacht ik.

'Frank T. en Wiley zullen halverwege de middag wel terug zijn. Dat zijn de broers van Nan. Ze helpen bij het melken en brengen bestellingen naar de stad. Nan gaat met ze mee terug naar huis, maar ze maakt wel eerst nog avondeten voor ons klaar. Dat is hoe we het de laatste tijd hebben gedaan.'

'Juist,' zei ik.

'Maar het kan ook anders. Jij mag ook koken, als je dat liever hebt.'

'Nee, nee. Deze afspraak lijkt me goed.' Ik zweeg. 'Ik vrees dat ik weinig ervaring heb in de keuken.'

'Die dingen heb jij nooit geleerd,' zei hij. 'Daarom heb ik Nan ook gevraagd te blijven. Ik verwacht echt niet dat je het hele huishouden alleen doet, en zij is blij met het werk.' Hij aarzelde. 'Wat Nan betreft,' zei hij.

'Ja?'

'Die heeft een hart van goud. Ze heeft zeer uitgesproken meningen, maar wel een hart van goud.'

Ik dacht terug aan de kille blik waarmee ze me had opgenomen. Haar mening over mij was me glashelder. 'Ik zal eraan proberen te denken,' antwoordde ik.

6

De kleerkast

Toen we op de houten banken aan de keukentafel gingen zitten voor de lunch, deed ik mijn best om in gedachten te houden wat Oscar over Nan Ogden had gezegd. Oscar had iets anders aangetrokken en leek ineens een ander mens. Hij was op zijn gemak in het verbleekte, boordloze hemd en de donkere, met bretels opgehouden broek. De afgedragen kleren zaten duidelijk comfortabel, heel anders dan dat stijve, nauwe pak. Dit was de echte Oscar Williams, begreep ik toen ik links van hem ging zitten, tegenover Nan en André.

Nadat hij de punt van zijn servet in zijn overhemd had gestoken, begon Oscar te bidden. Met stijf dichtgeknepen ogen bewogen André en hij hun rechterhand van hun voorhoofd naar hun borst, en daarna van de ene schouder naar de andere. Nan zat tijdens hun gebed naar mij te kijken en zette grote ogen op toen ze doorkreeg dat ik niet katholiek was.

'Amen. We kunnen eten,' zei Oscar, en meteen kwamen Nan en hij in actie. Nan schonk melk uit een kan in vier glazen jampotjes. Oscar gaf me een schaal gebakken vis door. 'Neem wat je wilt,' zei hij. 'Er is ook jus.'

'Dank je,' zei ik, maar alles was hier vreemd voor me, de kommen rijst, het mengsel van ui en bruingele bonen, de platte, gebakken koeken, en André, die tegenover me verwilderd zat te kijken.

'Is er ook thee?' vroeg ik.

'Huh?' zei Nan.

'Het spijt me, Catherine,' zei Oscar. 'Ik had eraan moeten denken dat jij graag thee drinkt. Niemand anders hier drinkt thee. Ik zal Frank T. en Wiley vragen om uit de stad wat mee te nemen.'

'Graag, als het niet te veel moeite is.'

'Helemaal niet.'

Nan kneep haar lippen samen alsof ik iets hoogst onredelijks had geëist. Ik nam een hapje vis. Er zat een gebakken laagje omheen dat droop van het vet.

'Heerlijk,' zei ik.

'Erg lekker,' vond Oscar.

'Gewoon rooie snapper,' zei Nan. 'Niks bijzonders.'

'Dat kan zijn,' antwoordde ik. 'Maar toch smaakt hij heel goed.'

'Thuis eet je toch altijd het lekkerst,' merkte Oscar op.

Nan kreeg een kleur. André schoof zijn rijst over zijn bord. Oscar dronk met twee lange teugen zijn melk op. Nan schonk hem bij.

Achter Nan en André stond het fornuis te walmen van de hitte. Er kropen vliegen over het gaas voor het keukenraampje. Ik depte mijn bovenlip droog met mijn servet, dat op mijn schoot lag. In gedachten maakte ik de ijskast open en liet de koele lucht over me heen stromen. Naast me hield Oscar de schaal koeken omhoog. 'Iemand nog maiskoek?'

Ik bedankte.

'Ik lust er nog wel een,' zei Nan.

Oscar pakte er twee. 'We hebben een schip gezien dat helemaal uit Cuba kwam,' zei hij tegen André.

André tuurde naar zijn bord.

'Het was heel indrukwekkend,' zei ik.

Nu keek hij met gefronste wenkbrauwen op.

'Dat betekent "groot",' legde Oscar uit. 'Indrukwekkend.'

André bewoog zijn lippen, alsof hij het woord probeerde na te zeggen.

'Jongeman,' zei Nan. 'Je eten wordt koud.'
André prikte in een stukje vis en at het op, onder het waakzame oog van Nan.
Nans blik gleed van Andrés bord naar dat van Oscar, en daarna naar het mijne. Ik sloeg de vliegen weg en nam een volgend hapje. Schijnbaar tevredengesteld boog Nan zich over haar eigen bord alsof dit het enige maal was dat ze vandaag zou krijgen. Oscar schepte nog een portie rijst met bonen op en tegen de muur stond het fornuis te tikken, een onregelmatig metrum tegen het voortdurende gefluister van de Golf.
Oscar streek met de achterkant van zijn vork door een plas dikke witte jus. 'Het is machtig dat de zon weer schijnt, na al die regen,' zei hij.
'En of,' zei Nan. 'Er is alleen wel een hele bende nieuwe stekers uitgebroeid.'
Ik nam aan dat ze met 'stekers' steekmuggen bedoelde.
'Die gaan u allemaal wegjagen,' zei André met volle mond, terwijl hij mij aankeek.
Oscar verstijfde, met zijn vork nog in de lucht. Nan wendde haar hoofd af, maar niet voordat ik de lach in haar ogen had gezien.

Oscar beëindigde de lunch door op te staan en Miss Ogden, zoals hij haar noemde, voor het heerlijke eten te bedanken. Mij zei hij dat ik me naar eigen goeddunken kon installeren. 'Ik loop een beetje achter met het werk,' zei hij. 'Als je me nodig hebt: ik ben in de stal.' Hij zweeg. 'Is alles goed met je?'
'Ja hoor, prima,' zei ik, en hij trok mijn antwoord niet in twijfel. Hij liep de keuken uit en deed de deur achter zich dicht. Nan, André en ik zaten nog steeds aan tafel, en Nan zei tegen André dat het tijd werd voor zijn slaapje.
'Ooo,' jammerde André, maar ze schudde met haar wijsvinger en zei: 'Nee, jongeman, geen gejeremieer.' Ze stond op en nu kwam ook André overeind, terwijl hij uit een ooghoek naar me gluurde.

'Slaap lekker,' zei ik.
Zijn mondhoeken kropen omhoog tot een glimlachje. Nan nam hem bij de hand. 'De dag is al half voorbij,' zei ze, terwijl ze met hem de galerij op liep. Dat verbaasde me. Ik had verwacht dat ze naar Andrés kamer zouden gaan. Onzeker bleef ik zitten en door de open ramen zag ik haar een rode deken, die op een van de tenen stoelen had gelegen, uitvouwen en op de vloer uitspreiden. André klom op een stoel en stak zijn beentjes recht naar voren.
Nan peuterde de lange veters van zijn schoenen los. De honden waren ook op de galerij. Ik hoorde het getik van nagels en een luid gehijg.
'Ben je niet blij dat papa er weer is?'
'Jawel, maar die mevrouw, die vinnik nie zo –'
'Nee liefje, niks ervan,' zei Nan. 'Dat wil ik hier niet horen.' Ze hief haar hoofd, en door het open raam ontmoetten haar ogen die van mij. Ik hield haar blik vast. Toen boog ze zich weer over Andrés schoenen, die ze met een bons op de vloer liet vallen. Hij gleed van de stoel en verdween uit zicht. 'Oogjes toe,' zei Nan, 'en slapen.'
Op de vloer van de galerij, dacht ik bij mezelf. Buiten. Tussen de muggen en de vliegen.
Nan kwam weer binnen en begon zonder een woord de tafel af te ruimen. Buiten krabbelden de honden aan de planken en lieten zich toen neerploffen. Snel en efficiënt bewoog Nan haar handen, die rood waren en vol kloven zaten. Ze was duidelijk aan dit werk gewend. Met een stille waardigheid droeg ze de borden, kommen en schalen van de tafel naar het aanrecht, alsof ze haar hele leven al in deze keuken stond.
Ik vouwde mijn servet op en legde het op tafel. 'Dank u voor de lunch,' zei ik.
'De wát?'
'De... maaltijd van daarnet. Het was heerlijk.'
Nu bleef ze staan, met in haar ene hand een jampot en in de andere een bord. 'U hebt anders haast geen hap gegeten,' zei ze.

'Ach... Ik vond het toch erg lekker.'
Ze zette de vuile spullen op het aanrecht. Ik schoof de bank naar achteren. 'Als u me wilt excuseren, dan ga ik mijn spullen uitpakken en daarna even rusten.'
'Voelt u zich wel goed?'
'Pardon?'
Nan inspecteerde me alsof ze mijn bleekheid wilde opslaan in haar geheugen. 'Het komt zeker door de hitte dat u moet gaan liggen.' Het klonk alsof er van elk woord een laagje gesmolten suiker droop, met dat accent van haar. 'En door de opwinding,' voegde ze eraan toe. 'Mr. Williams vertelde dat u uit 't noorden komt. Uit Ohio.'
'Dat klopt. Ik kom uit Dayton.'
'Zijn geboorteplaats. Toen Mr. Williams hier net was, dachten we dat-ie uit 't noorden van Texas kwam. Maar dat was niet zo, zei hij.'
De tafel was inmiddels afgeruimd en alle vaat stond op het aanrecht. Er kwamen allemaal vliegen op af, maar dat leek Nan niet te merken. 'Hij zei dat u samen was opgegroeid.'
'Zo zou je het misschien wel kunnen zeggen. We zaten op dezelfde school.'
Nan pakte een emmer die in een hoek naast het fornuis stond en zette die op het aanrecht. Ik kwam overeind.
'Mr. Williams zegt dat u piano speelt. Dat u heel goed bent.'
'Wat aardig van hem om dat te zeggen.' Ik ging weer zitten. Als dit huis ons gezamenlijk domein zou worden, dan moesten we elkaar toch leren kennen. Daar konden we dan net zo goed meteen maar mee beginnen.
Nan schraapte met een mes wat etensrestjes van een bord in de emmer. Ze stond met haar rug naar me toe. 'Speelde u daarginds vaak in de kerk?' vroeg ze.
'Nee.'
'Op dansavondjes dan?'
'Ik ben niet zo dol op walsen. Maar inderdaad, het kwam

weleens voor dat een mecenas een dergelijk verzoek deed. Ik trad op als pianiste, ziet u, in concertzalen en bij huisconcerten.'

Heel eventjes hield Nan haar handen stil. Toen klonk opnieuw het schrille schrapen van het mes. 'Mr. Williams was in alle staten,' zei ze. 'Ik moest vorige week 't hele huis schoonmaken. Niet dat 't nodig was, ik hou alles goed bij. Maar Mr. Williams stond erop. De hele week ben ik in de weer geweest met vloeren schrobben en ramen lappen. Elk kleedje heb ik uitgeklopt, alsof ik dat niet in 't voorjaar al gedaan had. Zelfs 't fornuis heb ik gewreven.'

'U heeft hard gewerkt,' zei ik. 'Dat kun je wel zien.'

Ze krabde met haar duimnagel een ingedroogd restje van een bord.

'Niets is zo prettig als een blinkend huis,' zei ik.

'Da's waar.' Ze zweeg. 'Ik moest de kleerkast uitruimen.' De klank van haar stem was anders dan daarnet. Haar woorden klonken nog even langgerekt, maar nu hadden ze ook iets scherps. Een gevoel van ontzetting maakte zich van me meester. 'Eerst kon-ie dat nog niet,' zei ze. 'Ik mocht Bernadettes spullen met geen vinger aanraken. Niemand mocht dat, zelfs zuster Camillus niet. Maar vorige week zei hij ineens dat 't tijd was. Dat ik maar met haar kleren moest doen wat ik 't beste vond. Ik mocht ze houen of naar St. Mary's brengen. Maar als ik ze hield, mocht ik ze hier in huis niet dragen.'

Ik had geen idee wat ik daarop moest zeggen.

'Ik heb ze niet gehouen, dat kon ik niet,' zei Nan. 'Ik heb ze aan de wezen gegeven. Dat zou Bernadette vast hebben gewild.'

Ik kreeg een beklemd gevoel op mijn borst.

'En zo kwam ik erachter. Zo kwamen we er allemaal achter.'

'Pardon?'

Ze deed alsof ze me niet hoorde en schraapte met het mes over een platte schaal. Er vielen wat restjes vis in de

emmer. Nog steeds met haar rug naar me toe zei ze: 'Ik zag u naar 't privaat gaan.'
'Hield u me in de gaten?'
Ze haalde haar schouders op. 'Heeft Mr. Williams u niet gezegd dat u hard op de deur moest bonken? Dat u eerst moest roepen voor u naar binnen ging?'
'Nee.'
'Er zitten daar slangen.'
'Slangen?'
'Ratelslangen.'
De haartjes op mijn armen gingen overeind staan.
'Bonk op de deur, laat weten dat u eraan komt, maak ze wakker. Dan hebben ze nog tijd om naar buiten te glippen.'
'Grote goedheid.'
Nan nam het deksel van een pan die nog op het fornuis stond en begon te roeren. Toen ze klaar was, sloeg ze een paar keer met de houten lepel op de rand, waardoor er klonters onbestemd voedsel terug plonsden. Ze sloot de pan weer af en legde de lepel op het deksel. Toen draaide ze zich om. Haar handen trilden. Ze sloeg haar armen over elkaar en greep haar ellebogen vast. 'Ik zag dat u niet op de deur bonsde. Toen dacht ik, net iets voor Mr. Williams om u te willen sparen, om u niet van streek te willen maken.' Ze keek me aan. 'Het is beter om die dingen wel te weten.'
Ik stond op. 'Als u me nu wilt excuseren, ik moet mijn koffers uitpakken.'

In de badkamer achter de twee slaapkamers zwengelde ik aan de pomp. De zwengel knarste en er druppelde wat water in de kleine porseleinen wasbak. In mijn hoofd weerklonk nog steeds die trage, irritante stem van Nan, die me met ieder woord mijn plaats had willen wijzen. Tot een week geleden had Oscar nog geen afstand kunnen doen van de kleren van zijn eerste vrouw.
Ik trok de zwengel omhoog en duwde hem weer naar beneden. Het schokte me dat ik me door Nan zo van mijn

stuk liet brengen. Bij een volgende ruk probeerde ik me de naam van Andrés moeder te herinneren. Er kwam nog steeds maar een dun straaltje water en het plasje in de wasbak bedekte ternauwernood de stop. Oscars scheerspullen, een inklapbaar scheermes en een scheerkom, stonden op een plankje tegen de zijwand. De badkuip zat onder de rode roestplekjes. Het opvangbekken, een houten ton met een deksel erop, stond in de hoek. Er liep een pijp vanaf het deksel naar het plafond, vlak bij het klapraampje.

Bernadette. Zo heette ze.

Ik zag u naar 't privaat gaan. Nan had naar me staan kijken terwijl ik, met dichtgeknepen neus vanwege de stank die uit de stal kwam, de deur van het hokje opendeed. Binnen was de scherpe, bittere geur van ongebluste kalk me op mijn ogen geslagen. Het was er heet en donker. Het met vliegengaas bedekte raampje in de deur zat zo hoog dat het licht de hoeken niet bereikte. Vliegen staken in mijn handen en gezicht, en de wind floot door de kieren in de wanden en naast de deur. Er zaten twee gaten in het deksel, waarvan één kleine, voor een kind.

Ratelslangen. Oscar had me moeten waarschuwen. Ik rukte harder aan de zwengel. Het water gutste naar buiten en spatte in de wasbak.

Texas. De hitte, de strandweg en de vliegen. En nu de huishoudster in de persoon van Nan Ogden. 'Doe iets,' had mijn moeder gezegd toen ze de roddels over Edward en mij had gehoord. *Ga naar het buitenland*, had Edward me in een kort briefje geschreven. 'Het went allemaal wel,' zei Oscar.

Ik stroopte mijn mouwen op en zeepte mijn handen in, waarbij mijn vingers langs de trouwring streken. Daarna waste ik grondig mijn polsen en mijn onderarmen. Ergens zoemde een vlieg. Hij landde in mijn hals en stak me. Ik liet de zeep los en sloeg naar het beest, waarbij ik de ring als een gouden schittering voorbij zag flitsen. De vlieg vloog weg en ging op de muur zitten.

Texas. Achterlijk en primitief. Ik hield mijn linkerhand

omhoog. Getrouwd. Ik wrikte aan de ring. Die zat strak om mijn vinger. Ik stak mijn handen onder water en trok hem af. Hij zonk naar de bodem van de wasbak en bleef liggen naast de stop. De zeep lag in het water en ineens rook ik de geur van thuis.

Ivory-zeep. Die gebruikte ik in Dayton ook altijd. Iedereen gebruikte daar Ivory. Die zeep werd in Ohio gemaakt. Ik schepte het stuk met beide handen op en hield het bij mijn neus. Water droop van mijn handen op mijn kanten blouse. Ivory-zeep, hier in Texas, hier in dit huis. Het was het zachte, zoetgeurende aroma van mijn jeugd. Maar niet alleen daarvan. Onder de tabakslucht en het versgemaaide hooi was het ook de geur van Oscar.

Zijn omhelzing van vannacht had al mijn verdriet in één klap losgemaakt. Acht maanden lang had niemand ook maar één vriendelijk woord tegen me gezegd. Niemand had me getroost of even vastgehouden. Niemand, behalve Oscar, een man die ik al in geen twaalf jaar had gezien.

Met Edward was het heel anders geweest. Hij en ik hadden eerst meer dan een jaar gecorrespondeerd en elkaar zo stap voor stap wat beter leren kennen. Zijn eerste brief kwam in februari 1896, bijna twee maanden nadat we samen aan het kerstdiner over kunst hadden gepraat. Een brief van de man van mijn nichtje, dacht ik, toen ik de enveloppe in mijn appartement in Philadelphia openmaakte. Wat merkwaardig. Ik wachtte een maand met mijn antwoord. *Ook ik heb genoten van ons gesprek over het werk van Winslow Homer.* Vijf weken later kwam zijn tweede brief. *Er hangt een schilderij van Homer in de Academy of Fine Arts in Philadelphia*, schreef hij. *De vossenjacht. Heeft u het gezien?*

Ik heb zo weinig tijd, schreef ik hem vier weken later terug. *Mijn muziek neemt me helemaal in beslag. Afgelopen zaterdag heb ik met mijn trio voor een zaal met driehonderd mensen opgetreden. De burgemeester was er ook.* In zijn antwoord had Edward me gefeliciteerd en zijn bewondering uitgesproken voor mijn succes. Het zou onbeleefd zijn om zijn complimenten te negeren, meende ik, en daarom reageerde ik binnen een week. Onze briefwisseling zette zich voort en de brieven volgden elkaar steeds sneller op. In het voorjaar van 1897 kwam Edward naar Philadelphia.

De trouwring op de bodem van de wasbak vormde een vaag gouden schijnsel onder het schuimende water. Ik legde de zeep terug op de wastafel, waar zich een melkwit plasje vormde. Met een dunne witte handdoek, die aan een spijker hing, droogde ik mijn handen en mijn armen af. Daarna hield ik de vochtige doek eerst tegen de jeukende bult in mijn hals en vervolgens tegen mijn wangen en mijn voorhoofd.

Het klapraampje bij het plafond was naar buiten opengeklapt. Er zaten vliegen op het gaas dat voor de opening gespannen zat. Voor ieder raam in dit huis zat gaas. Misschien was het bedoeld om de ratelslangen buiten te houden. De vliegen lieten zich er in elk geval niet door tegenhouden.

Ik hing de handdoek op, tastte in het water en vond de trouwring en het metalen kettinkje waaraan de stop bevestigd zat. Al die maanden waarin ik tot wanhoop werd gedreven door gefluister en geroddel was Oscar zo bedroefd geweest over het sterven van zijn vrouw dat hij geen afstand van haar kleren had willen doen. Nan had zijn huis schoongemaakt, zijn maaltijden gekookt en voor zijn zoon gezorgd. Misschien had ze gehoopt dat hij met haar zou trouwen. Wie weet had hij die indruk wel gewekt. En toen was in de lente mijn eerste brief gekomen.

Ik had bijna medelijden met haar.

'Nogal uitgesproken meningen,' had Oscar over haar gezegd, 'maar met een hart van goud.' Hij zag haar niet zoals ik haar zag. Op haar eigen, onbeschaafde wijze was ze sarcastisch en neerbuigend. Als ik kon, zou ik haar wegsturen. Maar ik had geen idee hoe je een huishouden draaiende hield. Ik kon uitsluitend thee zetten en brood roosteren. Ik had Nan nodig.

Ik liet het metalen kettinkje los, tastte opnieuw naar de trouwring en droogde deze aan de handdoek af. Toen hield ik hem omhoog. Tot op dit moment had ik vermeden ernaar te kijken. Nu draaide ik hem zo dat hij het licht van het raampje ving. Het was een brede ring, onbewerkt en onbeschadigd. Het goud glansde en aan de binnenkant stond een inscriptie. *Galveston 1900.* Vermoedelijk had Oscar twee dagen geleden, tijdens onze lunch in de eetzaal van het hotel, goed naar mijn hand gekeken. Die middag zou hij wel een juwelier hebben bezocht om deze ring te kopen. Waarschijnlijk had hij moeten wachten tot de inscriptie klaar was. Misschien had hij in de tussentijd die snoepjes voor André gekocht.

Ik hield de ring in de palm van mijn linkerhand. Oscar had met Nan kunnen trouwen, maar hij wilde iets beters voor André. 'Een goede stijl van praten,' had hij tegen me gezegd. 'Manieren, dat soort dingen. U doet de dingen goed.'

Gisteren was mijn trouwring nog te groot geweest, maar vandaag waren mijn vingers opgezet. Van de zoute lucht, waarschijnlijk. Ik schoof de ring over mijn nagel naar het einde van mijn vinger. Oscar moest die zwelling hebben voorzien. Vandaag paste de ring precies.

Het raam aan de westkant van Oscars kamer – onze kamer – keek uit op de grijze, verweerde stal. Ik opende de achterdeur en liep de smalle galerij met de twee tenen stoelen op. In de verte lag een grote watermassa in de zon te glinsteren. Dat moest de bayou zijn. Tussen het water en het huis graasden roodbruine en witte koeien. Sommige stonden op een kluitje in de schaduw van een boompje dat scheef hing in de richting van het water en waarvan de zijtakken de grond raakten. Andere stonden kniediep in een van de vele poelen die her en der in het ruige, met struikgewas begroeide landschap lagen. Bij een van die poelen stond een grote, witte vogel met een lange hals op de modderige kant. Oscar zag ik nergens. En in de wijde omtrek was geen huis te zien.

Ik ging terug naar binnen. Mijn koffers en de stapel hoedendozen stonden naast de kleerkast. Vanuit de keuken, waar Nan de afwas deed, hoorde ik gerinkel van serviesgoed.

De kleerkast was nogal groot en imposant voor deze kleine kamer. De deuren waren sober en onbewerkt, net als de kuif erboven. Maandenlang had deze kast voor Oscar de herinnering aan Bernadette geborgen. Ik was niet de enige die zich had vastgeklampt aan het verleden.

Ik opende de deuren.

Er was geen spoor van Bernadette, zelfs geen verloren knoopje. In plaats daarvan hingen er lege hangers en de kleren van Oscar.

Wat heeft hij weinig, dacht ik. Hij had twee jassen: een wollen voor de winter en nog een van canvas, met was geïmpregneerd tegen de regen. Naast de jassen hing een donkere broek, een grijs overhemd, een vest en het pak met het witte overhemd dat hij in de stad gedragen had.

Ik pakte de mouw van het witte overhemd en wreef met mijn vingers over de stof. Die was nog wat verkreukeld van het dragen, maar voelde stevig aan. Het overhemd was nieuw. Waarschijnlijk speciaal voor het trouwen gekocht omdat hij graag een goede indruk wilde maken.

Het andere hemd, het grijze, was verbleekt en had gerafelde manchetten. *Ik heb Ohio Verlaten om mijn Eigen Weg te gaan, en verdien nu de Kost op de Circle C Ranch,* had hij in een van zijn eerste brieven geschreven. Hij was toen jong en eenzaam, en ik kon me zelfs bij benadering niet voorstellen hoe het voor hem geweest moest zijn toen hij in Texas aankwam. Of toen zijn vrouw stierf en hem met een zoontje achterliet.

Een van de twee laden onder in de kast was leeg, maar in de andere vond ik een houten doosje, zo groot als een sigarenkistje. Het gladde hout had opvallende lichte vlammen, het zag eruit als notenhout. Midden op het deksel stond een ingelegde W. Ik wilde het kistje al openmaken, maar bedacht me. Het was niet mijn eigendom. Ik legde het terug in de la.

Oscar had gezegd dat ik me hier moest installeren. Uit een van mijn koffers haalde ik de donkerblauwe rok die ik de vorige dag tijdens ons trouwen had gedragen. Ik schudde hem uit, vouwde hem in de lengte in tweeën en hing hem over een hanger. Ineens overweldigde de intimiteit van dat idee me, mijn rok daar in die kast, zo dicht bij Oscars kleren.

Blozend sloot ik de deuren en zette een stap achteruit. Ik raakte mijn oorbellen aan en dacht aan Edward, maar die verscheen slechts in een nevelige verte voor mijn geestesoog.

Wel kwam er een ander beeld bij me op. Samen met de andere twee vrouwen van mijn trio zat ik op een podium. Ik droeg een pauwblauwe avondjurk en zat achter een Steinway. Met mijn handen vlak boven de toetsen keek ik naar Helen Christopher, de violiste. Die had haar strijkstok al geheven. Het publiek was stil en een gevoel van verwachting vulde de concertzaal. Ik wachtte op Helens knikje.

Een steek van pijn trok door mijn borst. Ik had letterlijk alles opgegeven voor een man wiens gezicht ik me nu al nauwelijks meer herinnerde.

Buiten sloegen de honden aan, een uitzinnig tumult. Iemand floot, kort en scherp. Het blaffen hield op en in plaats daarvan hoorde ik het kraken en knarsen van rijdende wagens. Door het raam zag ik Oscar met kniehoge laarzen uit de stal tevoorschijn komen.

Onwelkome herinneringen rezen naar de oppervlakte: Edwards late antwoord op de brief waarin ik schreef dat ik naar Dayton terugkwam, de keren dat hij niet op afspraken was verschenen en zijn halfslachtige praatjes over scheiden.

Een ploert. Edward was een ploert. En ik een dwaas.

Een dwaas. Hoe had ik zo onnozel kunnen zijn? De woorden die ik gebruikt had om te beschrijven wat wij deelden – vriendschap, kameraadschap – dienden alleen als sluiers voor mijn geweten. En onze motieven om samen iets te ondernemen – een gemeenschappelijke liefde voor de kunst, het verlangen naar een intelligent gesprek – boden geen enkele rechtvaardiging. Edward was getrouwd. Onze verhouding was onfatsoenlijk. Híj was onfatsoenlijk. En ik ook.

Dreigend hing de crucifix boven het bed, de slap hangende Jezus was onverbiddelijk. *Gij zult niet echtbreken.* Ik had die woorden weggestopt en elk moreel bezwaar verworpen. Edward en ik waren een uitzondering. Wij hoorden bij elkaar. Zijn vrouw was eigenlijk geen echtgenote meer, niet in de ware zin des woords. Ze was een verbitterde en mopperige zieke. Edward hield van mij. Ik hield van hem.

Maar in werkelijkheid was er nooit sprake geweest van liefde. Alleen van zwakte.

Echtbreekster. Het woord echode door mijn hoofd.

Een getrouwde man met kinderen. Ik had Edwards vrouw diep gegriefd. Ik had mijn familie schande aangedaan. Ik had Dayton verlaten zonder mijn rekeningen te betalen. Ik had mijn ogen gesloten voor de akelige waarheid over mezelf, en wat nog erger was: ik had ook anderen bedrogen.

Ik heb nog altijd dierbare herinneringen aan u, had ik het afgelopen voorjaar in een van mijn brieven aan Oscar geschreven. Twee dagen geleden had ik hem gezegd dat ik onmiddellijk wilde trouwen. 'Is alles in orde met u?' had hij bezorgd gevraagd. 'Mr. Williams!' had ik gesnauwd, alsof híj degene was die míj te schande maakte.

Wat had ik een hoge dunk van mezelf gehad; ik achtte me ver boven hem verheven. Ik had gedacht hem wel te kunnen bedotten, maar Oscar was niet dom. In zijn eentje was hij uit Ohio vertrokken. In zijn eentje had hij een nieuw leven opgebouwd. En nu had hij me als een echte gentleman in bescherming genomen en was, zonder verdere vragen te stellen, met me getrouwd.

Door het raam zag ik hem met grote, vastberaden passen het erf oversteken en groetend zwaaien. Twee wagens hielden naast elkaar halt. De mannen op de bok waren vast Nans broers, die zouden halverwege de middag terugkomen van hun bezorgronde in de stad. Met hun hoed diep over hun ogen getrokken en hun bretels van hun schouders geschoven zaten ze ieder op een wagen. De honden snuffelden aan de wielen en eentje hief zijn poot. Oscar zei iets en gebaarde naar het huis. De mannen draaiden zich mijn kant op.

Ik deed een stap achteruit, weg van het raam, bang dat iedereen aan mij kon zien dat ik een echtbreekster was. Galveston lag duizend mijl van Dayton vandaan, hield ik mezelf voor. En voor de mensen hier, halverwege het eiland, lag Dayton zo ongeveer op de maan. Oscar vermoedde misschien dat ik problemen had, maar het fijne wist hij er niet van. Als hij dat wel geweten had, was hij nooit met me getrouwd.

Iemand kon hem de waarheid nog vertellen. Zijn moeder zou hem kunnen schrijven. Of anders zijn zuster of een van zijn broers. Op school had Oscars zus drie klassen lager gezeten dan ik. Haar naam kon ik me niet herinneren en ik had geen idee wat er van haar geworden was. Maar als ze nog in Dayton woonde, als Oscar zijn familie over onze verloving had geschreven, als zijn zus de geruchten had gehoord, dan zou ze hem waarschuwen. Haar brief kon ieder moment komen.

Ik werd helemaal koud vanbinnen.

Er zat niets anders op, ik moest Oscar de waarheid opbiechten. Het was beter dat hij die van mij hoorde dan van zijn zuster. Ik hoorde het mezelf al zeggen: ik ben verzeild geraakt in een affaire met de verkeerde man, met een getrouwde man. Zijn gezicht zou helemaal verstarren en vol afgrijzen zou hij zich van me afkeren.

De Ogdens waren inmiddels van hun wagens geklommen en kwamen deze kant op, terwijl ze de bretels weer over hun schouders hesen. Oscar liep met hen mee. André rende op hen af en een van de mannen ving hem op en zwierde hem in het rond. André lachte. Toen hij weer op de grond stond, huppelde hij met zwaaiende armpjes naast de lange benen van de mannen voort. Oscar was van plan hen aan me voor te stellen, besefte ik.

Nee. Zo kwetsbaar als ik nu was, mocht hij me niet zien. 'U doet de dingen goed,' had hij gezegd. Stel dat hij nu de waarheid van mijn gezicht af las? Wat dan?

Het huis begon te schudden. De mannen waren het trapje aan de voorkant op gelopen. Ik liep naar de deur van de slaapkamer om die te sluiten. 'Waag 't niet om m'n schone vloer weer vuil te maken,' hoorde ik Nan zeggen.

'Verdraaid,' zei een van de Ogdens. 'Je bent al bijna net zo erg als ma.'

'Hou je stil,' zei Nan, en het leek wel alsof ze het tegen mij had. Niets zeggen, niets verraden. Misschien wist Oscars familie wel van niets. Misschien was zijn moeder allang niet meer in leven. Misschien was zijn zus al goed en wel getrouwd en weg uit Dayton, en waren zijn broers niet van die briefschrijvers. Misschien had Oscar met geen van allen meer contact.

De Christusfiguur aan de wand bloedde nog steeds rode verfdruppels van onder zijn doornenkroon. Als Oscar de waarheid hoorde, zou hij me zijn huis uit zetten.

'Die ligt even te rusten,' hoorde ik Nan zeggen.
'Is ze ziek?' Dat was een van de broers.
'Dat heb ik haar ook gevraagd. Ze zei van niet.'
'Doodop van de reis,' zei Oscar. 'Dat is alles.'

Ineens werd ik vervuld van dankbaarheid omdat hij voor me opgekomen was. Ik sloot de deur en ging aan de kaptafel zitten. Bleek en hologig staarde mijn spiegelbeeld me aan. De stemmen in de woonkamer klonken gedempt.

Met trillende handen deed ik de zwartkristallen oorbellen af. Prullen waren het, dacht ik. Prullen voor de minnares van Edward. Nooit had ik ze afgedaan, zelfs op mijn trouwdag had ik ze gedragen. Nu walgde ik ervan. Ik liep naar de openstaande koffer en schoof de hangers in een zijvak, onder mijn zakdoeken en reukzakjes. Morgen zou ik ze begraven. Of in zee gooien.

Door de gesloten slaapkamerdeur klonk Oscars stem als zacht gemompel. Hij had de mannen aan mij, zijn vrouw, willen voorstellen. En doordat ik me als een verwend kind gedroeg, moest hij zich tegenover zijn knechts voor mijn afwezigheid verontschuldigen.

Alles wat me overkomen was, was mijn verdiende loon. Ik kon de schade die ik Edwards gezin had toegebracht niet meer herstellen, en evenmin kon ik nog goedmaken dat ik Oscar zulke hypocriete brieven had gestuurd. Maar wat ik wel kon doen, was zorgen dat ik hem niet te schande maakte ten overstaan van zijn eigen personeel.

Ik legde mijn hand op de deurklink en opende de deur.

'Ik ben hier wel zo'n beetje klaar,' hoorde ik Nan zeggen.

'Zo zie je d'r anders niet uit,' zei een van haar broers.

'Ik sta ook nog te wachten op 't ijs. Of willen jullie dat laten smelten in de zon?'

Ik hief mijn hoofd en liep de korte schemerige gang door naar de kamer om kennis te maken met de Ogdens.

7

Mrs. Williams

Ik zag de nieuwe Mrs. Williams wel kijken naar 't huis, toen Oscar met haar aankwam. Ze trok een gezicht alsof 't hier een uur in de wind naar rottend vlees stonk. Oscar zelf zag er reuze zorgelijk uit toen-ie haar eerst uit de wagen en daarna 't trapje op hielp. Hij deed z'n uiterste best om 't haar naar de zin te maken. Sjonge jonge, dacht ik toen-ie ons stuntelig aan mekaar voorstelde en zij en ik mekaar de maat namen. Hij zou juist trots moeten zijn op z'n huis. Het was per slot van rekening geschilderd en had een veranda die helemaal rondom liep. Er was stromend water in de keuken en de badkamer, en de vloeren waren niet van vuren-, maar van fijn geschuurd eikenhout. Heel anders dan dat lukraak in mekaar geflanste hok met z'n scheve vloeren waar ik met m'n familie woonde en waar pa zo nu en dan een kamer bij aanbouwde. Oscar had de mooiste haard aan deze kant van 't eiland, alleen die van de Fultons was nog mooier, maar dat waren dan ook stadslui. Die hadden een protserig huis aan de baai en ook nog eentje in de stad. Oscars haard was van rode baksteen, maar als dat Mrs. Williams al opviel, dan zei ze er in ieder geval niks van.

En wat Oscar zelf betrof: een beter mens was er op 't hele eiland niet te vinden, en iedereen wist dat. Behalve hijzelf dan natuurlijk.

M'n eigen broers, Frank T. en Wiley, waren met stomheid geslagen toen ze de nieuwe Mrs. Williams ontmoetten. Zodra ze terug waren van 't melk bezorgen nam Oscar ze mee naar binnen. Eerst dacht ik dat madam gewoon in de slaapkamer zou blijven, maar nee hoor, daar kwam ze aan, neus in de lucht. Hebben jullie soms nog nooit een mooie vrouw gezien? had ik bijna gezegd. Ik schaamde me dood. Daar stonden ze met z'n tweeën als kleine jongetjes met hun voeten te schuifelen. Frank T. legde z'n hoed tegen z'n hart alsof-ie niet allang aan Maggie Mandora was beloofd, en Wiley deed hetzelfde, maar die hield z'n mond stijf dicht zodat ze niet kon zien dat-ie een stel voortanden miste omdat-ie ooit door een koe getrapt was. Ze noemden haar 'ma'am', en toen ze hun dat zuinige glimlachje van haar schonk, werden ze allebei knalrood. Frank T. deed zelfs nog moeite om z'n bruine haar te fatsoeneren, alsof daar ook maar iets aan te fatsoeneren viel, en Wiley voelde schielijk aan de achterkant van z'n broek of z'n overhemd er niet uit hing.

Het was overduidelijk dat Mrs. Williams iedere man betoverde. Misschien was 't die hals van haar, die bijna net zo wit was als 't kant op haar kraagje en haar blouse. Of misschien was 't haar figuur: een volle boezem en een slanke taille. Ze had blauwe ogen en oogleden die een heel klein beetje afhingen, waardoor ze een wat slaperige indruk maakte. Met haar teint zou ze beslist geen prijzen winnen, ze zag er bleek en uitgeblust uit, maar al met al was 't effect toch dusdanig dat iedere man in haar aanwezigheid prompt in een stotterende dwaas veranderde.

'Het eten staat klaar op 't fornuis,' zei ik, toen de mannen eindelijk de keuken uit gestommeld waren, naar de stal, nadat Frank T. haar nog verteld had dat ze 'machtig welkom' was in Texas. Ik ging bijna naar huis, en als ze al iets wist van 't dansfeest morgen, dat speciaal georganiseerd was zodat de mensen haar konden ontmoeten, dan liet ze dat niet merken.

'Pardon?' zei ze. Ze keek naar de piano en trommelde met haar lange vingers tegen de zijkant van haar gele rok.

Eerder had ze me verteld dat ze ging rusten, dus ik had aangenomen dat ze van plan was haar zondagse kleren uit te trekken en iets alledaagsers aan te doen. Maar nee hoor, daar stond ze: vier uur 's middags en nog steeds op d'r paasbest. Gelukkig had ze wel die zwarte glazen oorbellen afgedaan. Niemand droeg hier hangers, in ieder geval niet overdag.

'Ik ga zo naar huis,' zei ik. 'U hoeft 't eten enkel nog maar op te warmen. Het zijn restjes van vanmiddag, dus rijst en vis, want 't is vrijdag.'

Verward keek ze me aan.

'Katholieken eten op vrijdag geen vlees,' legde ik uit.

'O, ja,' zei ze, alsof ze dat al wist.

'Mr. Williams wil graag om vijf uur eten. U moet dus zo meteen 't fornuis vast opstoken, 't moet goed heet zijn.'

Weer die vragende blik. 'Of weet u niet hoe een houtfornuis werkt? Waar koken de mensen in Ohio dan op? Op gas?'

'Ik zou het echt niet weten,' zei ze. 'Ik heb de afgelopen paar jaar in een hotel gewoond.'

Ach Heer, wat had Oscar zich nu op de hals gehaald? Ik kende maar één soort vrouwen dat in een hotel woonde. De tranen brandden in m'n ogen en ik kreeg een heel akelig gevoel in m'n buik. Ik wendde me af van Mrs. Williams, zoals ik me ook van Oscar had afgewend toen ik besloten had m'n gevoelens voor hem te verbergen. Ik moest wel: iedere man die 't met mij aanlegde, raakte verdoemd. Vijf dagen voor onze bruiloft was Oakley Hill verdronken. Hij werd helemaal verstrikt in de touwen onder z'n omgeslagen vissersboot gevonden. Ik was toen zestien. En ik was eenentwintig toen Joe Pete Conley, een man die me al vijf maanden 't hof maakte, tetanus kreeg en doodging. Dat was afgelopen juni geweest.

Ik was een gevaar voor mannen, dat wist iedereen. Toen ik 't aan pa en ma vertelde, zeiden ze dat ik even moest gaan zitten. 'Zulke vrouwen bestaan,' zei ma, en pa zei: 'Je kunt verder maar beter bij mannen uit de buurt blijven en gewoon voor ons zorgen als we straks oud zijn.'

Sinds Bernadettes dood had ik m'n best gedaan om afstand te houden van Oscar, want ik mocht niet van 'm gaan houden, niet te veel in ieder geval. Ik mocht 'm niet in gevaar brengen. Niet dat-ie had geprobeerd me 't hof te maken. Hij was zo verdrietig over Bernadette dat 't waarschijnlijk helemaal niet bij 'm opgekomen was. En als-ie er wel aan had gedacht, dan meende hij misschien dat ik nog steeds om Joe Pete Conley rouwde. Maar nu was daar ineens Catherine Williams, een vrouw die in een hotel gewoond had en die mannen betoverde.

Daar zei ik allemaal niks over toen ik thuiskwam en ma vroeg wat ik van haar vond. 'Ze is een yankee,' was alles wat ik zei.

'Net als Oscar,' zei ma. 'Het zou me niks verbazen als-ie daarom ook met haar getrouwd is. Waarschijnlijk wilde hij iemand die 'm vroeger nog gekend heeft, iemand die ook z'n familie kent.' Ik stond de vaat te doen en zij droogde, een beetje kromgebogen vanwege de artritis in haar rug. Pa en de jongens zaten een pijp te roken op de veranda, met hun voeten op de reling. Met hun buik vol oestersoep zaten ze te kijken hoe de dag langzaam in de avond overging.

'Ze is wel oud,' zei ik. 'En heel anders dan Bernadette.'

'Praat me niet van ouderdom,' zei ma. Ze vond haar grijze haren vreselijk.

'Sorry, ma.'

'En natuurlijk haalt niemand 't bij Bernadette. Maar toch heten we Oscars nieuwe vrouw morgen welkom, gewoon omdat 't zo hoort.'

'Ze is niet dol op walsen, heeft ze me verteld.'

'Dat moet Oscar dan maar oplossen. Ze is zijn keus, niet de jouwe.'

Toen ik de volgende ochtend op de wagen naar 't huis van Oscar reed, dacht ik weer aan wat ma gezegd had. Ik zat op de bok naast Wiley, die de paarden mende, terwijl Frank T. achter in de wagen lag, te dommelen waarschijnlijk. Boven ons begonnen de sterren te verbleken in de ochtendschemering. We woonden aan de bayou, hemelsbreed helemaal niet zo ver van Oscar af. Maar wij waren nu eenmaal geen vogels. Het was een mijl rijden naar de richel, over een pad met hier en daar gemene kuilen. Op de westgrens van Oscars land stond een hek dat we eerst open en dan weer dicht moesten doen. Daarna was 't nog een halve mijl over de richel.

In de verte zagen we een lichtje branden. Dat lichtje kwam uit Oscars stal. Oscar was zoals gewoonlijk aan 't werk, maar in huis was 't nog aardedonker. De jongens zetten me af bij de verandatrap en toen ik naar binnen ging, zag ik dat de slaapkamerdeur van Mrs. Williams nog dicht was. Het liep al tegen halfvijf en toch kwam er nog geen streepje licht door de kieren van de deur.

Ik begreep er helemaal niks van. Boerenmensen lagen niet in bed te luieren, tenzij ze ziek of zwak waren, en Mrs. Williams was geen van beide. Niet dat ik wist in ieder geval. Ik stak een paar kerosinelampen in de keuken aan, maakte een vuur in 't fornuis en begon aan 't ontbijt. Tegen de tijd dat ik de broodjes in de oven schoof, kwam André in z'n nachthemd de keuken binnenstommelen. Z'n haar stond alle kanten op en z'n ogen waren dik.

Ik drukte 'm tegen me aan. 'Dag kleine puk van me,' zei ik.
'Is ze weg?' vroeg-ie.
'Hé hé, wat krijgen we nou? Ze is de vrouw van papa.'
'Ik vin d'r nie lief.'
'Maar papa wel, en daar gaat 't om.'
'Ze zegt dat ik nie met volle mond mag praten.'

Bij een kind kom je niet ver als je de strenge juf uithangt. Ik sloeg m'n armen om z'n smalle ruggetje en voelde z'n gezichtje tegen m'n schouder drukken.
'Ze is papa's vrouw,' zei ik. 'Ga nu maar snel je broek

aantrekken en naar 't privaat. En vergeet niet op de deur te bonken en flink te schreeuwen.'

De broodjes stonden in de oven. Ik had 't maismeel gekookt, de eieren geklutst en de plakken ham gebakken, en nog steeds was Mrs. Williams in geen velden of wegen te bekennen. De mannen kwamen uit de stal en gingen aan tafel. Ook André kreeg z'n ontbijt. M'n broers waren helemaal van slag dat er nu niks te staren viel en Oscar kwam weer voor haar op. 'Het is de hitte,' zei hij. 'Als je het niet gewend bent, kun je er behoorlijk slap van worden.'

De zon stond al hoog aan de hemel toen de slaapkamerdeur eindelijk openging. Terwijl zij in de badkamer was, maakte ik nog wat roerei voor haar klaar. Dat was m'n plicht als christen, al was ze nog zo lui. Luiheid was iets wat we hier in huis nog nooit hadden gezien. Het was na zevenen. Ik had de ontbijtboel afgewassen en Oscar stond, met André als hulpje, de stallen uit te mesten. Frank T. en Wiley waren naar de stad om flessen melk bij mensen voor de deur te zetten. Toen Mrs. Williams aan tafel kwam, legde ik wat broodjes en een paar plakken ham voor haar op een bord, samen met de maismeelpuree en 't roerei.

'Dank u,' zei ze. En toen: 'Koffie, graag.'

'Ga uw gang, hij staat op 't fornuis,' antwoordde ik.

Het duurde even voor ze doorhad dat ik niet van plan was haar voortdurend te bedienen. Ze stond op en schonk zichzelf een kopje in. Haar kleren waren ietsje minder deftig dan die van gisteren. Ze droeg een donkergroene rok en een blouse met maar één laagje kant, maar toch waren 't nog altijd zondagse kleren, mooier dan ik ze ooit zou krijgen. Wat een duurdoenerij, dacht ik. Maar toen besefte ik dat 't waarschijnlijk de kift was die de kop opstak, en de kift is een helse kwaal.

Terwijl zij haar ontbijt at, stond ik met m'n rug naar haar toe de koekenpan schoon te schuren. De hele ochtend had ik nog niks anders gedaan dan afwassen. Mrs. Williams had er gisteravond maar een potje van gemaakt. Ik kon de helft van wat ik nodig had niet vinden. De vorken lagen op de plek van de lepels en de schalen stonden schots en scheef te wiebelen op de plank. Overal zaten nog aangekoekte restjes op.

'Dat roerei is heerlijk,' zei ze. 'En die broodjes ook.'

'Dank u,' zei ik.

'U heeft me echter ook iets opgediend wat nieuw voor me is.'

Ik wierp een blik over m'n schouder. Haar vork zweefde boven 't bord. 'Maismeelpuree. Dat is maismeelpuree,' antwoordde ik.

'Aha. Een zuidelijke schotel.'

Ik had geen idee waar ze 't over had. Maismeelpuree was eten, geen servies. 'Wordt er in Ohio dan geen maismeelpuree gegeten?'

'Nee. En ik moet bekennen dat ik ook niet gewend ben aan zo veel vis.'

'Wat eten ze in Ohio dan wel? Alleen vlees en piepers?'

Ze maakte een afkeurend geluidje met haar tong. 'Ja. Vlees en aardappelen.'

Wat praatte ze nuffig met die yankeestem van haar. Zo snel, en 't leek wel alsof de woorden door haar neus kwamen. Ik ging weer verder met 't schuren van de pan. 'M'n vader is visser,' zei ik. 'Hij vist op platvis, baars en snapper. In de baai zet-ie vallen voor de krabben, en hij vangt ook oesters. Als-ie zin heeft, verkoopt-ie die in de stad. Maar hier heeft-ie ook vaste klanten. Mr. Williams bijvoorbeeld.'

'Heeft uw vader hier in de buurt klanten? Ik heb geen enkel ander huis gezien! Waar is iedereen dan?'

Het leek wel alsof ze dacht dat we hier aan 't einde van de wereld zaten. Dat dachten stadsmensen altijd. Maar ze wisten er niks van. Er zijn ook mensen die van een beetje bewegingsruimte houden, die uit 't raam willen kijken zonder allemaal op mekaar gepakte gebouwen te zien. Ik zou hier voor geen goud vandaan gaan. Er waren hier buren genoeg. Sommige waren ook familie: ooms, tantes, neven en nichten bij de vleet. Als Oscar haar over 't dansfeest van vanavond had verteld, zou Mrs. Williams dat weten. Maar als hij 't feest geheim wilde houden, was dat zijn zaak. Van mij zou ze er niks over horen. Ik had heus wel gezien hoe ze naar me keek toen ik haar van die ratelslangen bij 't privaat vertelde.

'Er wonen hier best veel mensen,' zei ik. 'Voornamelijk veeboeren. De Fultons hebben een mooi huis, die hebben vloerkleden uit China en een kamer die helemaal vol boeken staat.' Nu was ik degene die duur deed. 'En dan zijn er natuurlijk nog de nonnen en de wezen in St. Mary's, en een paar Italianen bij de Pass.'

'De pas?'

'De San Luis Pass, helemaal aan de westkant van 't eiland.'

'En die mensen met die bibliotheek, waar wonen die?'

'In de buurt van de baai. Een paar mijl verderop. Maar die zijn er nu niet. Mrs. Fulton is met de jongste kinderen naar Colorado, vanwege de lucht.'

Toen ze dat hoorde, verzonk ze in een stil gepeins. We zwegen de hele verdere ochtend. Ik waste af en maakte 't fornuis schoon. Daarna dweilde ik de keukenvloer. Zij drentelde maar wat rond. Eerst liep ze de veranda op, en daarna kwam ze weer binnen en bladerde door Oscars rode sterrenboek. Ik begreep nooit helemaal waar dat boek voor diende als je de sterren toch avond aan avond gewoon boven je hoofd kon zien. Dat leek me een stuk gemakkelijker dan al dat getuur op die pietepeuterige lettertjes. Maar zo was Oscar nu eenmaal, die hield van lezen. En Mrs. Williams blijkbaar ook, want ze begon te bladeren in de kranten die Frank T. en Wiley altijd voor Oscar moesten kopen in de stad. Ze zou wat op de galerij gaan zitten lezen, zei ze tegen me.

'Bedoelt u de veranda?' vroeg ik.

Daar moest ze even over prakkiseren. 'Veranda. Vindt u dat ook geen prachtig woord?'

Allemensen, dacht ik. Wie had er nu tijd om van ieder woordje te gaan bedenken of 't mooi was! Een tijdje hing ze rond bij de piano. Ze opende de klep zonder ook maar een noot te spelen; ze zat daar maar, met haar handen in d'r schoot. En toen ze daar genoeg van had, kwam ze aandragen met een hele stapel boeken uit de slaapkamer, die ze binnen op de tafel zette. Aan allebei de kanten kwam een roze marmeren boekensteun. Kijk me daar toch 's aan! dacht ik. Die pasten heel goed bij de klok op de schoorsteenmantel, alleen waren de boekensteunen niet gepolijst, maar ruw. Oscars boek kwam niet bij die van haar te staan, dat liet ze op de kranten liggen.

Ik had nog nooit een vrouw gezien die zo weinig te doen had. Het liefst had ik gezegd: hier is een bezem, de veranda moet hoognodig geveegd. Of: wat dacht u ervan om even een handje te helpen in de keuken? Overal op 't eiland waren vrouwen druk aan 't koken voor 't feest van vanavond, ma incluis, en intussen zat Mrs. Williams hier gewoon te niksen. Maar ik hield m'n mond. In elk geval had ze 't fatsoen gehad haar eigen bed op te maken. Daar had ik even naar gekeken toen ze naar 't privaat was. Ik had verwacht een verfrommelde berg lakens aan te treffen, maar dat viel mee. Ze had de quilt gladgetrokken en de lakens bij de hoeken strak ingestopt. De kussens lagen netjes naast mekaar. Precies zoals ze zelf was, dacht ik, stijf en keurig.

Een tijdje later, toen ik door 't gangetje liep, zag ik haar in Andrés kamer met de foto van 't tafeltje naast Andrés bed. Het was 't trouwportret van Bernadette en Oscar. Zelf had ik 't ook al eindeloos vaak bekeken. Zo bleef Bernadette toch nog een beetje levend voor me. Oscar zat op een stoel en Bernadette stond achter hem, met haar hand op z'n schouder. Ze hadden hun mooiste kleren aan, hij piekfijn in pak en zij in haar witlinnen jurk, alsof ze zo uit een tijdschrift was weggelopen. Die jurk hadden de nonnen van St. Mary's voor haar genaaid. En afgelopen oktober had Oscar Bernadette in die jurk begraven, hoewel ma 'm had gewaar-

schuwd dat 't raar zou staan. 'Ik zal de naden moeten opentornen en een stuk in de rug moeten zetten, anders past-ie niet,' had ze gezegd. 'En dan nog zal-ie waarschijnlijk niet mooi vallen.'
'Het was haar lievelingsjurk,' had Oscar geantwoord.
'Maar Oscar, hij moet helemaal uit elkaar! Zou ze dat hebben gewild?'
Oscar had z'n kaken opeengeklemd.
'Je bent een stijfkop,' had ma gezegd. En dus had ze gedaan wat nodig was om de jurk om Bernadettes dikke buik te krijgen. Veel mensen hadden er wat van gezegd op de begrafenis. 'Wat ligt ze d'r mooi bij,' zeiden ze. 'Ze ziet er goed uit in die jurk.' Maar dat was allemaal geklets. Bernadette was dood, en daar was niets moois of goeds aan.

André zou 't heel naar vinden als-ie wist dat Mrs. Williams de foto van z'n mama had gepakt, maar dat vertelde ik haar niet. Ik knikte haar toe vanuit de gang en ging verder met m'n werk.

Het was de piano die een einde aan de stilte maakte. Ik was de badkamer aan 't doen toen ik de eerste noot hoorde, en daarna een tweede en een derde. Ze begon heel langzaam, alsof haar vingers hun weg nog moesten zoeken. Toen reeg ze steeds meer noten aan mekaar en raasde sneller en sneller langs de toetsen op en neer, van lage noten tot hele hoge en weer terug. Ze is haar vingers aan 't warmspelen, dacht ik bij mezelf. Zo deed ik dat op m'n fiedel ook. Ik deed m'n best om niet te luisteren terwijl ik zand en vuil met de bezem in 't blik veegde. Muziek was voor 's avonds, als 't werk gedaan was, niet voor 's ochtends als er nog van alles moest gebeuren. Toen ze ophield en 't stil werd, dacht ik: ziezo, dat was 't. Meer kan ze zeker niet. Ik hoorde haar 't gangetje in lopen en Oscars kamer binnengaan. Iets metaligs klikte open, 't slot van een van haar zwartleren koffers, nam ik aan. Toen kwam ze weer tevoorschijn met een paar blaadjes in haar hand. Vanuit de badkamer zag ik haar gaan en voor ik 't wist zat ze weer te spelen, maar deze keer was 't een melodie. Deze keer was 't muziek, en iedere noot klonk helder, duister, licht en droevig tegelijk. Zoiets als dit had ik nog nooit gehoord. De melodie raakte me recht in m'n hart en maakte dat ik alles om me heen vergat. Zonder te weten hoe ik er terecht gekomen was, stond ik ineens in een hoekje van de kamer. Mrs. Williams zat op de pianokruk, met voor haar, op 't uitgeklapte plankje van de klep, de velletjes papier. Tijdens 't spelen wiegde ze een beetje heen en weer en ze ging helemaal op in de muziek. Iedere noot was raak. Iedere noot trok aan me en haalde alles boven waarvan ik dacht dat ik 't achter me had gelaten: de jongens met wie ik had zullen trouwen, 't verlies van Bernadette en 't verlangen naar Oscar.

Oscar zelf stond op de drempel; ik had de deur niet open horen gaan. André stond naast 'm, met grote ogen van verwondering. Waarschijnlijk was de melodie op 't briesje over 't erf naar Oscar toe gedreven en had ook hem hierheen gelokt. Z'n mond vertrok terwijl hij stond te kijken naar die nieuwe vrouw van 'm, die kon toveren met haar vingers.

Mrs. Williams bleef maar doorspelen, en met haar spel legde ze bloot wat mij 't meeste pijn deed: dat Oscar iemand had gekozen die zo anders was dan ik. Ik had m'n handen op m'n borst gelegd, m'n hart leek bijna uit mekaar te barsten. Toen speelde ze de laatste twee akkoorden, donker en droevig. Nog even bleef de muziek in de lucht hangen voordat-ie helemaal vervlogen was, overstemd door 't zachte breken van de branding. Mrs. Williams vouwde haar handen in haar schoot en boog haar hoofd.

'Catherine,' zei Oscar na een tijdje.

Ze draaide zich om. Dat knappe gezicht van haar was nat van tranen.

'Dat speelde je vroeger ook altijd. Toen ik nog kolen rondbracht.'

'Ik weet het.'

'Ik stond altijd onder je raam te luisteren. Toen ik uit Ohio wegging, dacht ik dat ik die muziek nooit meer zou horen.' Even zweeg hij. 'Ik heb nooit geweten welk stuk het was.'

'De Mondscheinsonate. Beethoven. Mondschein betekent maanlicht.'

Oscar keek haar recht in de ogen, en zij hem. 'Het is droeviger dan ik me herinnerde.'

'Stelt je dat teleur?'

'Nee.'

Een klein glimlachje speelde om haar lippen. Dat was 't moment waarop ik achteruitweek en terugsloop naar de badkamer. Ik deed de deur achter me op slot. Er was zojuist iets tussen hen gebeurd. Alsof er niemand anders op de wereld was dan alleen zij tweeën. Het was geen liefde, dat gevoel, daar was 't te onrustig voor. Hunkering, dat was 't. Hij zou haar 't liefst over z'n schouder gooien maar was te veel onder de indruk om 't echt te doen. Zij zou niets liever willen dan te worden meegevoerd maar was te trots om dat te laten merken.

Met een zwaar gevoel in m'n buik boog ik me over de wasbak. Niemand had ooit naar mij gekeken zoals Oscar net naar Mrs. Williams gekeken had. Oakley Hill niet, en Joe Pete Conley ook niet. Niemand.

Het zware gevoel bleef de hele verdere dag bij me. Het liefst had ik de boel de boel gelaten om in de schaduw van de duinen te gaan zitten kijken naar 't rollen van de golven. Dan zou dat wat er tussen Oscar en Mrs. Williams was gebeurd wel uit m'n gedachten zijn verdwenen. Dan had ik die muziek kunnen vergeten, die droeve melodie over 't maanlicht die almaar in m'n hoofd weerklonk. Maar je kon nu eenmaal niet in de schaduw gaan zitten als er nog zo veel te doen was. Dat kon alleen als je Mrs. Williams heette.

Ik maakte 't middageten klaar en zat aan tafel met die twee en met André. De lucht was zwaar van alle dingen die niet uitgesproken werden, van dat gevoel dat als plotse bliksemflitsen tussen hen heen en weer schoot. Bij de gedachte aan 't feest van vanavond raakte ik nog somberder gestemd. Iedereen zou voortdurend om Mrs. Williams heen draaien, en daar wilde ik geen deel aan hebben. Maar als ik thuisbleef, zou ma zich dingen in 't hoofd gaan halen. Dan zouden de buren gaan kletsen. Ze zouden 't raar vinden, omdat ik voor Oscar werkte. En dus hing ik m'n schort aan de spijker bij de ijskast, ging naar huis en trok iets anders aan. Later die middag klom ik met pa en ma in de wagen en reden we naar 't paviljoen. Maar behalve de drie manden met eten die ma had klaargezet, had ik nog iets meegenomen. Ik had m'n fiedel bij me.

Toen ik met die fiedel aankwam, zetten Biff McCartey en Camp Lawrence grote ogen op. 'Wat krijgen we nou?' vroeg Biff, terwijl-ie z'n borstelige wenkbrauwen optrok.

'Ik wou 't toch maar eens proberen,' zei ik. 'Misschien kan ik de eerste wals spelen, als jullie 't goed vinden tenminste.'

'Zei ik 't niet?' zei hij. Hij had z'n mandoline bij zich. 'Zei ik 't niet, Camp?'

'Zeker weten,' zei Camp. Z'n gezicht zat vol putjes van de pokken. Meestal was-ie nogal zwijgzaam, maar fiedelen kon-ie als de beste. Je wist niet wat je zag als je z'n vingers over de snaren zag razen.

Vanaf de dag dat duidelijk werd dat ik helemaal klaar was met jongens en alles wat daarbij hoorde, hadden Biff en Camp op me ingepraat om samen met hen te spelen op feesten en partijen. Biff was veeboer op 't eiland en Camp een van z'n knechts, hoewel-ie ouder was dan Biff. Ze kwamen vaak op vrijdagavond bij ons langs en namen dan hun vrouwen, Alice en Nelly, en een hele stoet koters mee. Biff en Alice hadden er de meeste: die hadden er zeven, hun oudste was een meisje van veertien. Camp en Nelly hadden al een getrouwde dochter, maar ook nog vier kinderen thuis. De jongste was nog maar een baby. Soms kwamen tante Mattie en oom Lew ook, en dan zaten we met z'n allen voor op de veranda, die uitkeek over de bayou. Dan speelden Camp en ik op onze fiedels en Biff tokkelde op z'n mandoline terwijl-ie af en toe een liedje meezong. Iedereen zat de maat te tikken met z'n voet en de kinderen dansten alsof ze al volwassen waren.

Voordat Bernadette ziek werd, kwamen Oscar en zij vaak ook nog even buurten met André. Dan speelden we verzoeknummers terwijl de avondhemel langzaam blauwzwart kleurde en de maan z'n lange schaduwen wierp. Pa wilde altijd 'Clementine' horen en Bernadette zei: 'Speel "Jolie Blon", Nan, alsjeblieft.'

'Ik ben er niet blij mee dat je Nan dat oude cajunlied hebt geleerd,' zei Biff dan tegen haar, maar ik speelde 't toch. We vonden 't allemaal mooi, al was 't dan moerasmuziek. Iedereen genoot van Bernadettes stralende gezicht als ze de Franse woorden zong die haar weer terugvoerden naar de tijd dat ze in Louisiana woonde.

Toen Biff en Camp aan m'n hoofd begonnen te zeuren dat ik met hen op feesten moest gaan spelen, had ik ze afgekapt. 'Da's onfatsoenlijk,' zei ik. 'Een vrouw die met een fiedel onder haar kin te kijk zit voor de mensen.' Het was m'n grootmoeder, ma's moeder, die me dat had voorgehouden. Zij had me leren spelen, en toen ze voor haar dood haar instrument aan mij gaf, had ze gezegd: 'Denk eraan dat je nooit voor geld muziek maakt. Dat hoort niet.'

Nadat ik Mrs. Williams had horen spelen was dat allemaal veranderd. Zij had Ohio naar Oscars huis gehaald. Zij bracht stadse fratsen mee, met haar chique kleren en haar deftige maniertjes. Maar wij zaten hier in Texas. Wij zaten midden op een eiland, mijlen van de stad vandaan. Ik wilde dat ze zag dat 't hier anders was, dat wij andere gewoonten hadden. Maar om een of andere reden had ik m'n fiedel vooral meegebracht om Oscars nieuwe vrouw te laten zien dat ik, als de afwas eenmaal klaar was en ik m'n schort had afgedaan, ook nog iets anders in me had.

Het paviljoen was de plek waar de weeskinderen van St. Mary's in de schaduw konden spelen. Omdat 't naast St. Mary's vlak aan de duinen lag, klonk 't geluid van de branding hier vrij sterk. Ik zat helemaal alleen op een krukje op de lege plek waar Biff en Camp altijd zaten te spelen. De wagens en de rijtuigjes stonden met paard en al aan de eilandkant van 't paviljoen geparkeerd. Ik fatsoeneerde m'n bruine rok zodat m'n enkels niet al te veel in 't zicht kwamen. M'n blouse was niet zo chic als die van Mrs. Williams, maar ik had wel m'n zondagse kleren aan. Dit was 't mooiste wat ik had.

Ik zette de fiedel onder m'n kin. Iedereen liep af en aan. De mannen verdwenen in de duinen om de whiskyfles te laten rondgaan en de vrouwen deden hun best om de huilende baby's te kalmeren of ruimden de schalen af die nog op de lange tafels stonden. Een paar jongens hadden de kerosinelampen alvast aangestoken; 't zou zo donker worden. Hoewel de zon onderging en er een briesje door 't open paviljoen waaide, droop 't zweet langs m'n lijf. Nog nooit had ik voor zo veel mensen gespeeld, 't waren er wel tweehonderd, misschien nog wel meer, en een flink deel was familie. Alle ooms en tantes waren er, en de neven en nichten, in ieder geval degenen die in Galveston woonden. De boeren met hun vrouwen waren er, en de knechten, van wie er sommige hun meisje hadden meegenomen, vrouwen die ik voor 't grootste deel niet kende. Die kwamen vast uit de stad, dacht ik, en dat maakte me nog zenuwachtiger dan ik al was.

Iedereen was op z'n zondags. De vrouwen droegen een korset en een broche op 't kraagje van hun blouse. Bijna alle mannen hadden zich geschoren en hun snor bijgepunt. Pa had zichzelf echt overtroffen. Z'n golvende grijze haar was met olie achterovergekamd, hij droeg een boordje en had z'n laarzen glimmend gepoetst. Ma zag er ook mooi uit, die had haar haren opgestoken met d'r paarlemoeren kammen. Zelfs de kinderen waren op hun paasbest: de jongens hadden hun overhemd keurig in hun broek gestopt en de meisjes droegen linten in hun haar. Alle tien de nonnen van St. Mary's waren er– ze waren dol op Oscar, die altijd voor ze in de weer was – en de weeskinderen ook, drieënnegentig in totaal. De wezen waren makkelijk te herkennen. Ze zagen er allemaal precies hetzelfde uit: wit van boven en zwart van onderen, de meisjes in rok en de jongens in korte broek, en allemaal droegen ze zwarte kousen met kousenbanden.

Wat een boel mensen, dacht ik. Allemaal gekomen voor Oscar en Mrs. Williams, allemaal gekomen om te dansen. Zonder echt geluid te maken bewoog ik m'n stok over de snaren, in een poging m'n roestig geworden vingers wat losser te maken.

Het werd steeds drukker om me heen. Op andere dagen waren dit gewoon vrienden en familieleden, maar nu ze allemaal zo naar me keken, herkende ik geen mens. Ik zag alleen een heleboel ogen. Misschien dat Mrs. Williams daardoor zo compleet verstijfd was toen ze met Oscar en André, die met een pruillip achter hen aan drentelde, bij 't paviljoen was aangekomen. Hun komst had grote opwinding veroorzaakt: iedereen was reuze nieuwsgierig naar die dame uit Ohio. Ze bekeken haar van top tot teen, terwijl Oscar de mensen aan haar voorstelde. De mannen struikelden zowat over hun eigen voeten en de vrouwen glimlachten zonder te weten wat ze moesten zeggen.

Ma, die Oscar wilde steunen, bleef aan Mrs. Williams' zijde en vulde de hiaten op. Ze vertelde haar dat Bumps Ogden de broer van pa was, en zijzelf de zus van Mattie Anderson. Ze wees haar wie de lekkerste cakes bakte en wie de mooiste quilts kon maken. Naar mijn idee verknoeide ma haar tijd. Ze dacht toch niet dat dat soort dingen Mrs. Williams ook maar een sikkepit interesseerden? Die stond erbij met een verschrikte glimlach op d'r gezicht, alsof er net iemand op haar voet was gaan staan en ze niet wilde laten merken hoeveel pijn 't deed. De meeste vrouwen hielden zich wat op afstand bij 't zien van al dat kant op de blouse waarin Mrs. Williams' boezem zo fraai uitkwam. Ook keken ze naar de punten van haar schoenen. Die waren van zacht geitenleer gemaakt en hadden de kleur van boter, een kleur die hier op 't eiland niet lang zo zou blijven. Ik had die vrouwen nog wel iets anders over die schoenen kunnen vertellen, iets wat ze nu niet konden zien. De knoopjes die vanaf de enkel helemaal naar boven liepen, waren met datzelfde zachte geitenleer bedekt.

Oscar was heel voorkomend naar z'n vrouw, ook dat werd door iedereen opgemerkt. Hij leidde haar 't hele paviljoen rond voordat-ie haar meenam naar de lange tafels, gemaakt van planken die op schragen rustten. Daar zette hij haar bij ma, Kate Irvin, tante Mattie en Daisy Calloum, en toen verdween-ie naar de duinen, waarschijnlijk voor een slokje whisky voordat-ie zelf bij de mannen aan tafel ging. Toen-ie haar achterliet, kromp ze bijna letterlijk ineen, alsof ze in een ton met ijskoud water was gegooid.

Het kwam totaal niet bij haar op om ook een oogje op André te houden. Ik was degene die ervoor zorgde dat-ie bij de weeskinderen aan tafel kwam te zitten. Dat waren tenslotte z'n vriendjes. Ik was degene die toekeek of-ie wel echt iets fatsoenlijks at, en niet alleen maar stukjes taart of plakjes cake. En toen iedereen klaar was met eten, was ik degene die Andrés mond schoonveegde.

En nu, terwijl ik met m'n fiedel op dat krukje zat, haalde ik m'n zakdoek uit de mouw van m'n blouse en wreef m'n kinhouder droog. Ik zweette hevig. Frank T., die sukkel, brulde: 'Oscar! Waar is Oscar, en dat mooie bruidje van 'm?' De menigte week uiteen en daar was Oscar. Hij leidde Mrs. Williams de dansvloer op, helemaal tot waar ik zat. Haar ogen werden groot van verbazing toen ze mij zag zitten met die fiedel. André klemde zich aan de broek van z'n vader vast. Hij zag eruit alsof-ie ieder moment in tranen uit kon barsten, maar daar kon ik nu even niets aan doen omdat iedereen begon te klappen. Oscar grijnsde en Mrs.

Williams had hele roze wangen, waardoor ze er nog knapper uitzag. Ma pakte André bij de arm en nam 'm mee naar de kant. Hij begroef z'n gezicht in haar rok en ik had er wat voor gegeven als ik m'n fiedel weg had kunnen leggen om m'n armen om 'm heen te kunnen slaan.

Ik zette m'n stok op de snaren, maar m'n hand trilde en er klonk een krasserig geluid. Iemand lachte, m'n neef James Robert zo te horen. Mrs. Williams stond met Oscar midden op de lege dansvloer. De roze blos was van haar gezicht verdwenen en ze zag krijtwit. Ze wierp me een smekende blik toe en ik begreep wat ze bedoelde, want mij verging 't al net zo. Al die mensen. Begin alsjeblieft snel met spelen, zodat 't niet meer zo akelig stil is.

Toen deed ik iets heel vreemds, ik begreep er zelf ook niks van. Ik knikte Mrs. Williams toe. Dat was zo de gewoonte als ik met Biff en Camp speelde, dan knikten we mekaar toe en dat betekende zoiets als: yep, ik ben d'r klaar voor. Ik weet niet waarom ik 't deed, Mrs. Williams hoefde niet te spelen, maar op een of andere manier had ik die impuls, en ik was er blij om. Haar schouders ontspanden zich een beetje en haar mondhoeken krulden omhoog. Ze gaf me een knikje terug, een trage kinbeweging. Ik weet niet hoe 't kwam, maar ineens voelde ik me een stuk kalmer.

Ik zette opnieuw in en deze keer deed ik 't goed. Deze keer klonken de eerste noten van 'Sweet Evelina'. Oscar, die nu ernstig keek, maakte een buiging voor Mrs. Williams. Ze legde een hand op z'n brede schouder en hij pakte haar andere hand, die helemaal in die van hem verdween. Allebei stonden ze kaarsrecht. Zij keek naar hem, en hij keek naar haar. Ik speelde door maar die twee verroerden zich niet; de vonken spatten over en weer. Om hen heen keken de mensen mekaar met gefronste wenkbrauwen aan. Mrs. Williams fluisterde iets en ineens stortten ze zich in de wals, al was 't nog met kleine pasjes. Even leken ze te struikelen, maar ze hielden vol en ik zag Oscar tellen: een twee drie een twee drie. Z'n bewegingen werden regelmatiger.

Hij drukte haar tegen zich aan, alsof hij zich zekerder voelde, z'n stappen werden groter, en bijna zwevend draaiden ze rondjes over de dansvloer. Biff kwam me versterken en zong 't refrein.

'Sweet Evelina, dear Evelina,
My love for thee will never, never die.'

Oscar en Mrs. Williams walsten. Oscars grijns was terug en ook op haar gezicht brak iets door wat op een lachje leek.

'In the most graceful curls hangs her raven-black hair,
And she never requires perfumery there.'

Nu kwamen er ook andere mensen de dansvloer op, en m'n spel bedaarde, evenals m'n zenuwen. De wals was ten einde, maar ik speelde verder met Biff en Camp. Het ene deuntje na het andere klonk op de twee fiedels en de mandoline. In 't kaarslicht van de lantaarns die aan de pilaren hingen leek iedere vrouw een schoonheid. De ingevallen plekken en de diepe lijnen van 't harde werken waren nauwelijks nog te zien. Er werd gestampt bij 'Cotton-Eyed Joe', en gejuicht bij 'Bonnie Blue Flag', hoewel Mrs. Williams bij dat laatste lied haar lippen opeenperste, waarschijnlijk omdat 't een zuidelijk rebellenlied was en zij uit 't noorden kwam. Maar Oscar liet haar die dans niet uitzitten. Allebei dansten ze de hele avond, soms met mekaar, en soms danste zij met een van de andere mannen.

Frank T. was een van degenen met wie ze danste. Hij grijnsde breed, alsof 't er geen fluit toe deed wat Maggie Mandora ervan vond, hoewel-ie toch aan haar beloofd was. Als een haantje foxtrotte die broer van mij met Mrs. Williams de zaal door en 't leek 'm niet te deren dat ze haar lichaam zo ver mogelijk van 't zijne hield. Hij had niet eens in de gaten dat ze voortdurend op Oscar lette terwijl die met andere vrouwen danste, ook met ma. Oscar wist zelfs zuster Camillus tot een polka te verleiden, en algauw was haar gezicht een roze rondje in die spierwitte gesteven nonnenkap van haar.

Ik snapte niet hoe die zusters 't uithielden met die dingen over hun voorhoofd en hun kin. Het was bloedheet in 't paviljoen met al die mensen die daar aan 't dansen waren. Maar dat leek niemand te deren. De oudjes zaten aan de tafels met hun voeten de maat te tikken. Verliefde paartjes op de dansvloer hielden mekaar stevig vast, en zelfs stellen die al jarenlang getrouwd waren, dansten en lachten alsof ze mekaar net kenden. Ook de kinderen dansten; de meisjes hadden een paar jongens mee de dansvloer op gesleurd. Een breed grijnzende André, die z'n vaders nieuwe vrouw totaal vergeten leek, speelde midden in de drukte met een groepje weesjongetjes. Ze renden mekaar achterna, waarbij ze soms 't paviljoen uit rolden en in 't zand belandden.

Na de polka zetten Biff, Camp en ik de 'Arkansas Traveler' in, waarop zuster Finbar en zuster Evangelist begonnen te hopsen alsof ze geen loodzware jurken en kettingen met zilveren kruisen droegen.

'It was raining hard but the fiddler didn't care.
He sawed away at the popular air,
Though his rooftree leaked like a waterfall
That didn't seem to bother the man at all.'

Het was hartverwarmend om die nonnen te zien dansen terwijl iedereen de maat klapte en er af en toe iemand een juichkreet slaakte. Alle zorgen leken vergeten. Biff voerde 't tempo op en ik volgde, hoewel 't zweet langs m'n gezicht droop. De zusters hielden vol. Hun witomkranste gezichten waren rood aangelopen, de zilveren kruisen zwierden door de lucht en hun zwarte schoenen zagen eruit als onscherpe donkere vlekken, zo snel stampten ze ermee.

Ook Oscar en Mrs. Williams stonden toe te kijken. Mrs. Williams klapte niet, zoals de anderen, ze leek niet te weten hoe ze zoiets moest doen. Maar wel tikte ze met haar vingers tegen haar donkerblauwe rok, bijna alsof ze 't niet kon helpen. Ze was gegrepen door de muziek. Oscar hield zich helemaal niet in. Hij stond heel enthousiast te klappen en ik had 'm al in geen tijden meer zo breed zien lachen, niet meer nadat Bernadette zo ziek geworden was. Van 't ene moment op 't andere hielden m'n vingers ermee op en stopte ik met strijken.

Oscar was haar vergeten. Iedereen hier was Bernadette vergeten.

Camp keek me vragend aan en ik pakte de melodie weer op. We speelden de dans ten einde. De nonnen stonden helemaal te hijgen en zakten bijna in mekaar van uitputting. Nu speelden we 'Buffalo Gals' en daarna was 't tijd voor 'Sweet Evelina', de wals waarmee we de avond waren begonnen. Maar deze keer wilden we er iets anders mee zeggen. Wie nog niet met z'n liefje had gedanst, moest dat nu doen, was de boodschap. De avond liep op z'n eind.

'Although I am fated to marry her never,
I'm sure it will last for ever and ever.'

Veel kinderen konden hun ogen nauwelijks meer openhouden en waren bij de lange tafels op de banken gaan liggen. Vlak bij hen lagen baby's in mandjes op de vloer te slapen. De getrouwde stellen dansten en de vrouwen lieten toe dat hun man hen tegen zich aan drukte. Frank T. danste met Maggie. Ook hij probeerde haar dicht tegen zich aan te drukken, maar zij stribbelde tegen. Waarschijnlijk vond ze 't niet leuk dat-ie zich zo dwaas had aangesteld met Mrs. Williams. Wiley walste met April Burnett, een vrouw die hij aanbad, al durfde hij dat niet te zeggen omdat-ie zich zo schaamde voor z'n uitgetrapte voortanden. Pa zwierde lichtelijk aangeschoten met ma over de dansvloer.

Maar vooral Oscar en Mrs. Williams trokken de aandacht. Hij leidde haar in trage cirkels rond, en hoewel ze mekaar nauwelijks aanraakten, gingen ze zo in mekaar op dat ik m'n hoofd moest afwenden. Die pijn in m'n borst had niets van doen met Oscar, hield ik mezelf voor, terwijl ik m'n strijkstok traag over de snaren bewoog. Die werd veroorzaakt door de herinnering aan de jongens aan wie ik was beloofd, Oakley Hill en Joe Pete Conley. Hun leven was vroegtijdig afgebroken en daarmee ook 't mijne. Ik miste ze allebei, maar Oakley wel 't meest.

De laatste noot stierf weg, verzwolgen door 't gemurmel van de branding. Een beetje stuntelig lieten de dansers mekaar los. De muziek golfde nog steeds door hun lichaam, maar onder hun voeten lag de stijve plankenvloer. Gedempt fluisterend begonnen de vrouwen de lege schalen in de manden op te stapelen. De mannen liepen naar de duinen, waarschijnlijk om zand over de whiskyflessen te schoppen zodat hun vrouw of moeder er niet achter kwam hoeveel ze hadden gedronken. De nonnen stelden de wezen op in rijen van tien om ze te kunnen tellen, en toen ze vertrokken waren, was 't ineens een heel stuk leger. Ik wikkelde m'n fiedel in de oude kussensloop die ik als hoes gebruikte.

'Je deed 't prima,' zei Biff tegen me. 'Zeker weten,' beaamde Camp. Ik stond nog steeds te blozen van 't compliment toen Oscar aan kwam lopen met een sigaret tussen z'n lippen. Ik snoof de heerlijke lucht op. Hij nam m'n hand en zei: 'Je stak mijlenver boven de jongens uit.'

Ik werd er helemaal licht van in m'n hoofd, van die aanraking. Even was ik alleen met Oscar Williams, mijn hand in die van hem. Die groene ogen. Die voerden me naar een plek waar ik nooit meer vandaan wilde.

Toen liet-ie me los. In m'n handpalm lag een geldstuk. Ik staarde ernaar. Het was nog warm van z'n hand, maar toch voelde 't koud en hard aan. Geld is niet wat ik nodig heb, wou ik bijna zeggen, maar hij was al doorgelopen en schudde nu Biff en Camp de hand, zoals-ie ook bij mij ge-

daan had: met achterlating van een munt. Arbeidsloon. Meer was 't niet.
Vanaf de andere kant van 't paviljoen stond ma naar me te kijken. Ik rechtte m'n schouders en op dat moment zag ik Mrs. Williams. Ze stond bij een van de tafels waarnaast André plat op z'n buik op een bank lag, een arm bungelend over de rand. Met haar hoofd scheef keek ze me aan, alsof ze zojuist een geheim ontdekt had dat ze niet helemaal begreep en nu probeerde te ontraadselen. Ze richtte haar blik op Oscar, die iets tegen Camp zei. Daarna keek ze weer naar mij, doodsbleek ineens. Ik had geen zonlicht nodig om dat op te merken of te zien waar 't vandaan kwam. Ik kon wel raden wat er in haar omging. Mrs. Williams dacht dat er iets was tussen haar echtgenoot en mij.
Dat was niet zo. Ik hield haar blik vast en dwong haar te luisteren naar wat ik dacht: zo'n soort vrouw ben ik niet, ga nou niet van zulke dingen denken. En Oscar is niet zo'n soort man. Dat zou je moeten weten, je hebt mij niet nodig om je dat te vertellen.
Haar schouders zakten wat naar voren. Ineens zag ze er doodmoe uit. Haar ogen waren niet langer gericht op mij, maar op de ingepakte fiedel die ik tegen m'n borst gedrukt hield. Gisteren had ze me verteld dat ze concerten had gegeven. Daar was ze duidelijk trots op geweest. Maar vanavond was niet zij degene die voor een groot publiek gespeeld had. Degene die vandaag had opgetreden, dat was ik.
Oscar liep naar haar toe, een sliertje sigarettenrook achter zich aan. Ik stak z'n geldstuk in de zak van m'n rok. Nu kwamen er ook anderen naar me toe. 'Mooi gespeeld,' zeiden ze, 'je voegde echt iets toe,' en: 'De hele familie is trots op je.' Frank T. vertrok met Maggie. Ik nam aan dat-ie hoopte haar naar huis te kunnen brengen. Wiley was ook verdwenen, evenals April Burnett. Pa en ma stonden aan de andere kant van de weg te wachten. Pa maakte een hoofdbeweging waarmee hij wilde zeggen, schiet 's op, we heb-

ben niet de hele nacht de tijd. Bij de tafel bukte Oscar zich om André van de bank te plukken. Als een zak graan hees-ie 'm tegen z'n schouder. André sloeg z'n armpjes om z'n vaders hals. Oscar zei iets, waarop Mrs. Williams de lantaarn van tafel pakte.

Achter 't paviljoen bewogen andere lantaarns, als lichtpuntjes die gaatjes boorden in 't duister. Wagens en rijtuigjes kraakten terwijl de eigenaars erin klommen, de paarden briesten en schudden met hun hoofd, waardoor hun tuig rinkelde. Aan 't randje van 't paviljoen waren Oscar en Mrs. Williams niet veel meer dan twee losse donkere schaduwen. Vlak voor ze van de plankenvloer afstapten, stak Oscar z'n arm uit om haar te helpen. Even versmolten ze tot één figuur. Toen maakten ze zich van mekaar los en hielden opnieuw afstand.

Als-ie van mij was, zou ik tegen 'm aan leunen. Niets zou me daarvan kunnen weerhouden. Niets had Bernadette ook weerhouden. Die had Oscar voortdurend aangeraakt: z'n armen, z'n schouders en z'n handen. Ze noemde 'm *mon cher*, en 't kon haar niks schelen als anderen dat hoorden.

Deze nieuwe Mrs. Williams was heel anders. Ze was koud en trots, maar dat leek Oscar niet te kunnen schelen. Te zien aan de manier waarop-ie naar haar keek, was-ie helemaal verzot op haar. Ze kon zo mooi pianospelen dat de tranen je over de wangen liepen. Maar vanavond was ik degene die op 't krukje had gezeten en met Biff en Camp gespeeld had. Wij waren 't die de mensen op de been hadden gekregen om te dansen. Wij hadden ze laten klappen op de maat. Vanavond had ik me niets aangetrokken van de vloek die op me rustte en besloten dat ik ondanks alles van 't leven kon genieten. Ik had me niet in een hoekje teruggetrokken bij de oudjes. Ik was niet enkel aan 't redderen geweest. Vanavond had ik, terwijl iedereen toekeek, m'n strijkstok op de snaren gezet en een andere kant van mezelf getoond.

8

De gele dukaatbloemen

Toen ik de volgende ochtend over 't pad langs de bayou liep, waar de zoom van m'n rok aldoor bleef hangen aan de bedauwde stekelnoten, was 't bloedheet. De lucht bewoog voor geen zier en leek haast wel te wasemen. Ondanks 't roze streepje aan de horizon was 't nog pikdonker, en m'n lantaarn gaf maar een vlekje licht.

Het was eb en de lage golfjes suizelden over 't zoute, zompige gras. Af en toe klonk 't gekwaak van een paar kikkers en soms plonsde er iets in 't water. Modderschildpadden waarschijnlijk, die van hun stukjes drijfhout gleden.

Ik had natuurlijk stukken liever de wagen of een van de paarden genomen, maar vandaag was 't zondag, dus Frank T. en Wiley hadden vrij. En dat betekende dat ik geen vervoer had. Het betekende dat ik liep te zeulen met een zware mand vol eieren en groenten uit onze tuin: uien, okra's en dat soort dingen. Op zondag was alles altijd anders. Ma en Wiley gingen met de wagen naar de doopsgezinde kerk aan de westkant van de stad, terwijl Frank T. z'n rijtuigje nam om Maggie Mandora 't hof te kunnen maken. Pa bleef thuis. Die kon niet stilzitten, zelfs niet bij een preek.

Vorige week, toen Oscar ineens aan kwam zetten met 't bericht dat-ie van plan was te gaan trouwen, was ik zo van slag geweest dat ik niet helder meer kon denken. 'Nu kun je tenminste voortaan weer met mij mee naar de kerk,' had ma gezegd toen ik 't haar vertelde. Maar toen had ik Mrs. Williams nog niet gezien, toen had ik er nog geen idee van dat Oscar een vrouw gekozen had die nog geen ei kon bakken. Ik kon 'm natuurlijk aan z'n lot overlaten op zondag; hij was een volwassen man en hij wist prima wat-ie aan haar had. En Mrs. Williams at toch haast niets, die zou 't wel overleven. Maar ik kon 't niet over m'n hart verkrijgen om André en de drie weesjongens die Oscar 's zondags kwamen helpen, te laten hongerlijden. Hoe kon ik rustig in de kerk gaan zitten terwijl ik wist dat er kleine maagjes rammelden in dat huis?

Ik stapte over de roestige treinrails die naar de dichtgespijkerde kantfabriek verderop leidden en ging 't hek door naar 't weiland achter Oscars huis. Ik hield de lantaarn hoog om niet in de koeiendrek te stappen. Ongeveer een mijl verderop zag ik in Oscars stal een lichtje aangaan. Op zondag liep alles een uur achter, omdat-ie naar de mis ging. De mis, zo noemde hij de kerk. Ik snapte niet waarom, maar ik was dan ook niet katholiek. Blij toe. Ik zou niet kunnen slapen met een crucifix boven m'n hoofd, maar zo te zien had Mrs. Williams daar geen last van. Het was nog aardedonker in 't huis. Ze was niet bepaald de perfecte vrouw voor een koeienboer, dat was een ding dat zeker was.

De muggen jankten in m'n oren, maar ik had m'n handen vol en kon ze dus niet wegslaan. Toch kon niets op deze ochtend m'n humeur bederven. Ik mocht dan een lantaarn en een mand vol eten dragen, ik voelde nog steeds de strijkstok over de snaren van m'n fiedel gaan.

'*It was raining hard but the fiddler didn't care*
He sawed away at the popular air.'

Ik voelde de snaren onder m'n vingertoppen, ik voelde de muziek vanbinnen. Dat was waaraan ik wilde denken, niet aan Oscar en Mrs. Williams tijdens 't dansen, aan de hunkering waarmee ze naar mekaar gekeken hadden. Niet aan dat droevige pianostuk over 't maanlicht. Deze vrouw bracht niets dan moeilijkheden. Ze stookte onrust, ze reet oude wonden open. Of maakte nieuwe. Maar dat zou ik haar niet toestaan. Niet vandaag.

Ik deed de voordeur open en ging aan de slag. Ik kneedde brooddeeg, kookte maismeel en bakte spek terwijl Mrs. Williams in d'r bed lag. André sliep ook nog. Het feest had 'm uitgeput. Toen de koffie stond te pruttelen, maakte ik 'm wakker. 'Goeiemorgen, kleine puk,' zei ik, terwijl ik m'n handen om z'n hoofdje op 't kussen legde. 'We gaan zo ontbijten.'

Hij knikte. Z'n ogen waren nog helemaal dik en z'n haar piekte alle kanten op.

'De wezen komen ook zo,' zei ik.

Toen kwam-ie overeind, en niet lang daarna zag ik ook een randje licht rondom de deur van Mrs. Williams verschijnen. Je kon van alles over haar beweren, maar niet dat ze erg vlot was in de ochtend. Toen ze eindelijk in haar witte blouse en haar groene rok de keuken in kwam om te kijken of 't ontbijt klaarstond, zat er al een levendig groepje rond de tafel; Oscar – zonder boord maar met z'n overhemd keurig dichtgeknoopt – met André op de ene bank, en ik met de drie wezen hutjemutje op de andere.

'Lieve help,' zei ze, toen ze ons zag.

Als de wiedeweerga trok Oscar 't servet uit z'n overhemd. Hij stond op en zei: 'Catherine, dit zijn mijn zondagse knechts, James, Bill en Joe. Je hebt ze gisteravond ook gezien. Zij waren degenen met al die mooie meisjes om zich heen.'

De wezen werden rood.

'Jongens,' ging Oscar verder, 'dit is Mrs. Williams.' Hij mocht 't dan tegen de wezen hebben, z'n blik was uitsluitend op haar gericht. Je zag haar hart onrustig kloppen in haar hals. Onhandig ging ze naast Oscar zitten, waar een schoon bord voor haar klaarstond.

'Prettig kennis te maken,' zei ze uiteindelijk tegen de wezen.

De wezen mompelden een antwoord. Hoewel ze naast

me op 't bankje zaten, voelde ik hun blikken van haar naar André en weer terug schieten. Nu al waren ze betoverd. Zo jong als ze waren – de oudste was pas dertien – zaten ze te staren naar haar blauwe ogen en haar rozenrode lippen. Maar er was wel een verschil met de volwassen mannen. De jongens keken naar André alsof ze zo met 'm zouden willen ruilen. Ze hadden er alles voor over om van die afgedankte hemden en die broeken vol opgenaaide lapjes af te komen. Ze hadden alles over voor een eigen mama, zelfs eentje die geen snars van kinderen wist.

'Dankzij deze jongens hebben Frank T. en Wiley 's zondags vrij,' zei Oscar. Hij reikte haar 't restant van 't roerei aan. Ik zag haar naar haar lege kopje kijken, en daarna naar de koffiepot op 't fornuis. Thee was er niet, Oscar was vergeten die door m'n broers te laten halen. Zo te merken had ze dat wel door, want ze stond op, schonk zichzelf een kopje in en vroeg: 'Wil iemand anders ook nog?' Iedereen zei nee, want dit was al onze tweede pot. Toen ze weer zat, zei Oscar: 'De jongens zijn met mij mee teruggereden na de mis.'

'De mis?' vroeg ze. 'Ben je vanochtend al naar de kerk geweest? Het is nog voor zevenen!'

'Ik ben naar de mis van halfzes geweest.'

'Lieve help. Wat vroeg. Ik had je wel horen opstaan, maar...' Plotseling zweeg ze, alsof ze zojuist iets oneervols had gezegd. En misschien was dat ook wel zo. Over Oscars gezicht gleed een trek alsof-ie iets onbegrijpelijks probeerde te begrijpen. Het kleine beetje kleur dat Mrs. Williams op haar wangen had gehad, trok weg. Snel nam ze een slokje koffie. Ineens begreep ik 't. Ondanks die wederzijdse hunkering ging 't in de slaapkamer blijkbaar niet helemaal zoals 't gaan moest.

Oscar praatte eroverheen. 'Zo gaat dat nou eenmaal op een melkboerderij,' zei hij. 'We moeten gelijk met de koeien op. Die dames daar in de stal hebben niet opgelet toen God de zondag tot rustdag verklaarde.'

Mrs. Williams wreef met 't servet over haar mond alsof ze erg geknoeid had bij 't eten. Ik probeerde hun slaapkamer uit m'n hoofd te zetten. Die dingen gingen me geen biet aan. Ze legde 't servet op haar schoot, streek 't glad en wendde zich toen tot de wezen. 'Waar wonen jullie, jongens?'
'In St. Mary's, ma'am,' antwoordde Bill.
'Wij zijn wezen,' zei James. 'We hebben geen familie.'
'Ach jee,' zei ze. 'Ach jee.'
'Het geeft niet hoor,' zei Bill. 'Dat is nu eenmaal zo.'
Ze zakte helemaal ineen. 'Het spijt me vreselijk. Ik wist dat niet.'

Je zou bijna denken dat ze de wezen gedwongen had een duister geheim open en bloot op tafel te leggen. Maar dat was niet zo. Iedereen kende hun verhaal. James was een vondeling. Hij was dertien jaar geleden op de stoep van St. Mary's neergelegd. Het was toen januari en ijskoud. Hij was in een rafelig dekentje gewikkeld, waarop een briefje was gespeld. *Zorg alstublieft voor hem. Hij is bij u beter af dan bij mij.* Normaal gesproken namen de nonnen van St. Mary's geen pasgeborenen op, die gingen naar 't weeshuis in de stad. Maar dit jongetje met z'n rode haartjes wilden ze wel houden. Dat was Gods wil, zeiden ze. God had de moeder ingefluisterd dat ze 't kind naar hen moest brengen. De eilanders dachten daar anders over. De meeste geloofden dat de vader in de buurt zat, als knecht op een boerderij misschien, en dat de moeder 't kind hier achterliet bij wijze van verwijt aan die man. Maar daar sloegen de nonnen allemaal geen acht op. Zij wilden 't kind niet kwijt. Ze gaven 't een naam, een geboortedatum en een thuis, en daarmee kreeg z'n moeder dus toch nog gelijk dat-ie in 't klooster beter af was.

Zo mistig lag 't bij Bill en Joe allemaal niet. Dat waren broers, de één een paar jaar ouder dan de ander. Bill was de oudste, die was twaalf. Ze hadden allebei bruin haar en als Joe lachte, kreeg-ie kuiltjes in z'n wangen. Hun achternaam was Murney. Vijf jaar terug was hun moeder aan de tering overleden. Een dag later – ze was nog amper koud – had 't hart van hun vader 't begeven. De oudere zusjes hadden hen in tranen naar St. Mary's gebracht en gezegd dat ze de twee niet bij zich konden houden. Zelf moesten ze als dienstmeisje gaan werken, hun ouders hadden ze geen cent nagelaten.

'Harde werkers,' zei Oscar. 'Het zijn harde werkers, deze mannen van St. Mary's. Zonder hen zou ik het hier niet redden, tenminste niet op zondag.'

'Ja... ja,' zei Mrs. Williams. Haar woorden klonken als twee diepe zuchten. 'Dat kan ik me heel goed voorstellen.' Ze zei 't alsof ze echt verstand had van 't werk op een melkboerderij. Ik bedacht dat dit waarschijnlijk was hoe 't tussen Oscar en haar voortaan zou gaan: zij zei of deed iets klungeligs, en hij redde de situatie.

Ze pakte haar vork en voor de tweede keer binnen een paar minuten staarden de wezen haar verbijsterd aan. Maar deze keer wierpen ze elkaar ongelovige blikken toe. Ik wist wel wat ze dachten: Mrs. Williams had niet gebeden voor 't eten. In St. Mary's mocht je nog geen kruimel in je mond stoppen als je er niet eerst voor had gebeden. Maar toch zat Mrs. Williams daar muizenhapjes van haar ei te eten. Joe was zo geschokt dat z'n mond openhing. Andrés nieuwe mama was een heiden, zag ik 'm denken.

Oscar pakte nog een broodje uit de broodmand. Dat was voor James 't teken dat-ie er ook nog eentje mocht, en Bill en Joe volgden z'n voorbeeld. Hun dunne polsjes staken uit hun rafelige mouwen. Oscar goot honing rechtstreeks uit de pot over z'n broodje, en de wezen deden hetzelfde. Honing was een zondagse traktatie. André haalde z'n vork door een plasje honing op z'n bord en likte die toen af. Mrs. Williams schudde lichtjes met haar hoofd en fronste haar wenkbrauwen. Z'n gezicht betrok. Er kwam een rimpel in haar voorhoofd. Hij legde z'n vork neer.

'Ik denk dat we over een uurtje wel klaar zijn in de stal,'

zei Oscar. 'Dan brengen we de melk naar St. Mary's. Als het goed is ben ik precies op tijd terug om je naar de kerk in de stad te brengen.'

'O, Oscar,' zei ze. 'Dat is fijn.'

'Maar, papa,' zei André. 'Hoe moet 't dan met mama?'

Een bliksemslag. Dat was wat die woorden teweegbrachten. Mrs. Williams verstijfde. Hetzelfde gold voor Oscar en de wezen. Iedere zondag gingen Oscar en André samen naar 't kerkhof. Maar deze keer was Oscar dat vergeten, en de schrik daarover maakte plaats voor nog iets anders. Droefheid. Z'n groene ogen werden donker van verdriet. Hij had André gekwetst.

'Zoon,' zei hij zachtjes. 'Vandaag niet.'

'Maar, papa... We gaan toch altijd –'

'André.'

'Ik wil naar mama.'

'Dat weet ik.' Oscar sprak nu nog zachter. 'Maar vandaag niet.'

'Ik wil naar mama!'

Oscar klemde z'n kaken opeen. 'Zo is het genoeg, André. Ik wil er niets meer over horen.'

André deed z'n mond open.

'Jongeman.'

Boos keken ze mekaar aan, André van onder z'n gefronste wenkbrauwen.

'Oscar?' vroeg Mrs. Williams. 'Wat –'

'Niet nu,' zei hij. 'Niet hier.'

Ze perste haar lippen op mekaar en keek van Oscar naar André. Die keken allebei als donderwolken. Oscar slokte 't laatste restje koffie naar binnen en stond op. De bank schraapte luid over de vloer en Mrs. Williams en André vielen er bijna vanaf.

'Mannen,' zei Oscar tegen de wezen. Z'n stem klonk stroef. 'Hoogste tijd.' De jongens kwamen in beweging. Ze wurmden zich achter de tafel vandaan en haastten zich achter 'm aan.

'Dames,' zei Oscar, toen-ie bij de deur kwam. Hij wierp André een laatste waarschuwende blik toe, en toen was-ie verdwenen, met de wezen op z'n hielen. De drie jongens renden duwend en stoeiend achter 'm aan, 't was een eeuwige wedstrijd wie 't eerste bij de stal was. Door al dat lawaai sloegen de honden aan. Die hadden liggen slapen onder 't huis, maar nu waren ze klaarwakker door de roffelende voetstappen op de veranda.

André zat onderuitgezakt aan tafel. Hij zag eruit alsof-ie ieder moment in tranen uit kon barsten. Het was duidelijk dat-ie Oscar te schande had gemaakt, en dat nog wel ten overstaan van iedereen aan tafel. Maar hij wilde naar z'n mama, al was z'n vader nog zo dol op Catherine Williams, die daar op Bernadettes plekje zat, met haar hand tegen haar wang alsof ze er zojuist een klap op had gekregen. Misschien dat Oscar Bernadette vergeten was, voor André gold dat niet.

'Ach, kleine puk,' zei ik.

'Ik wil gewoon naar mama,' zei hij. 'Da's alles.' Er stonden tranen in z'n ogen.

Misschien, dacht ik, was Oscar 't helemaal niet vergeten. Misschien had-ie gehoopt dat André er na al die opwinding van gisteravond niet meer aan zou denken. Dat-ie 't niet zou merken als niemand er iets over zei. Het was tenslotte denkbaar dat een bezoekje aan 't graf van de eerste vrouw bij de tweede niet erg goed zou vallen.

Andrés ogen stroomden over. 'Kom hier,' zei ik, maar hij verroerde zich niet. Met gebogen hoofd en schokkende schouders vocht-ie tegen de tranen. De tranen wonnen. Hij veegde langs z'n ogen alsof dat de vloed kon stelpen, maar daar was 't al te laat voor. Een snik welde omhoog en toen barstte hij in huilen uit.

Mrs. Williams zat vlak naast 'm, maar ik was degene die naar 'm toe ging. Ik was degene die bij 'm neerknielde zodat ik 'm op de bank kon omdraaien. Hij sloeg z'n armpjes om m'n hals en drukte z'n gezicht tegen m'n schouder.

'Kleine puk,' zei ik, en ik liet 'm huilen, al was-ie dan ook vijf jaar oud. Ik wiegde 'm een beetje heen en weer. 'André, kleine puk van me.' Naast 'm zat Mrs. Williams, zo stijf als een plank. Ze deed niks en ze zei geen woord.

'Nou is papa boos op me,' zei hij snotterend.

Ik wreef over z'n rug en voelde de snikken door z'n ribbetjes heen. Ik telde tot dertig en nam er de tijd voor. Als een kind langer mocht huilen, verwende je 't, zei ma altijd. Toen ik bij dertig was, deed ik er nog vijf tellen bij. Met twee vingers liep ik langs z'n ruggengraat omhoog en kietelde z'n nek. Z'n rug schokte. Hij rolde z'n hoofd heen en weer tegen m'n sleutelbeen.

'André,' zei ik, 'wees een man.'

Hij knikte zonder z'n hoofd op te tillen. Ik legde m'n hand op z'n achterhoofd en drukte 'm tegen me aan. 'Papa heeft een boel aan z'n hoofd,' zei ik. Ik gaf Mrs. Williams even de tijd om dat op zich in te laten werken. Toen zei ik: 'En hij moet de melk naar St. Mary's brengen voordat 't te heet wordt. Maar er is nog iets anders waar-ie zich zorgen over maakt. Hij vraagt zich af waar jij blijft. Z'n opperknecht.'

André snifte en mompelde iets wat ik niet verstond. Maar ik deed er ook niet erg m'n best voor, want m'n aandacht was bij Mrs. Williams. Die was opgestaan en liep zonder zelfs maar om te kijken de gang in. Nou, dacht ik. Duidelijker kon ze 't haast niet maken. Ze gaf geen zier om dit kind. Het zou Bernadettes hart breken als ze haar zoontje in handen van deze vrouw wist.

Ik gaf André een snelle knuffel en liet 'm los, terwijl ik op m'n hurken voor de bank bleef zitten. Z'n ogen waren dik en rood. 'Wat is de belangrijkste regel voor een opperknecht?'

Hij schudde z'n hoofd. 'Ik wil gewoon dat alles net zo is als anders. Waarom kan dat nie?'

'Niet jammeren, dat wil ik nu niet hebben. Kom, wat is de belangrijkste regel voor een opperknecht?'

Hij keek naar z'n knieën en wurmde met z'n vingers aan een versleten plekje op z'n broek. 'Nooit de baas in de steek laten,' zei hij.

'Precies. Dat is ook de regel waar je vader zich aan houdt, wat er ook gebeurt. Dus ga je gezicht maar afspoelen, dan kun je de baas gaan helpen. Ho, wacht even, eerst moet die neus van jou gesnoten worden.' Ik zocht in de mouw van m'n jurk naar m'n zakdoek, maar voor ik die gevonden had, hoorde ik Mrs. Williams zeggen: 'André. Hier.'

Ze stak 'm een zakdoek toe. Het was meer kant dan doek en er was een sierlijke blauwe C op geborduurd. André keek ernaar, en toen keek-ie omhoog terwijl 't snot uit z'n neus over z'n bovenlip stroomde. Mrs. Williams klemde haar lippen op elkaar en even dacht ik dat ze weer 't hazenpad zou kiezen, maar dat gebeurde niet. Ze ging aan de andere kant naast 'm zitten, en voor ik 't wist had ze met enigszins trillende handen z'n wangen afgeveegd en 't elegante zakdoekje tegen z'n neus gedrukt. André was zo verbouwereerd dat-ie haar liet begaan.

'Snuiten,' zei ze. Hij gehoorzaamde en bevuilde 't tere lapje stof, dat vast niet gemaakt was om je neus in te snuiten. Toen-ie klaar was, vouwde ze 't netjes op, alsof 't net schoon uit de was kwam, en legde 't op haar schoot.

'Beter?' vroeg ze.

André trok z'n schouders op tot aan z'n oren en liet ze toen weer zakken. Hij weigerde haar aan te kijken. Misschien schaamde hij zich wel dat ze 'm had zien huilen. Of misschien nam hij 't haar kwalijk dat alles ineens anders was. Het kon best zijn dat-ie 't kerkhof nog niet uit z'n hoofd gezet had. Hij was al net zo koppig als z'n vader.

'Mooi,' zei Mrs. Williams. 'Daar ben ik blij om, want ik wilde je iets heel belangrijks vragen. Ben je er klaar voor?'

Hij gaf geen antwoord, maar dat leek haar niet te deren.

'Ben jij weleens op een plek geweest die je niet kende?' vroeg ze. 'Een plek waar je nog nooit geweest was?'

Nog steeds keek-ie haar niet aan. Hij hield z'n hoofd zo

diep gebogen dat z'n kin tegen z'n borst kwam. Ze probeerde 't opnieuw. 'Ben je weleens op zo'n plek geweest, André?' Ze was een vleier, haar stem leek wel van suiker. 'In Houston, misschien? Ben je daar weleens geweest?'

Hij stak z'n onderlip naar voren, maar keek heel eventjes opzij.

'Nou,' zei ze. 'Jij kunt je zoiets nog niet voorstellen, daar ben je nog te jong voor. Maar ooit komt er een dag dat je op reis gaat. Een dag waarop je in de trein stapt en op weg gaat naar een plaats die je niet kent.'

André tuitte z'n lippen en fronste nadenkend z'n wenkbrauwen. Mrs. Williams wachtte af. Na een tijdje vroeg André: 'Echt waar?'

'Echt waar.'

André kneep z'n ogen tot spleetjes alsof-ie zich probeerde voor te stellen hoe hij in een trein de baai zou oversteken.

'Misschien ga je maar een dagje naar die nieuwe plek, of een week,' ging Mrs. Williams verder. 'Maar misschien ga je er wel voorgoed naartoe, met alles wat je bezit.' Ze zweeg. Haar lippen trilden helemaal. Wat moest ik beginnen als ze ging huilen? Maar dat gebeurde niet. Ze haalde een paar keer diep adem en begon opnieuw. 'Dat is wat je vader gedaan heeft toen hij jong was. Hij stapte in de trein en ging voor altijd weg uit Dayton, waar hij woonde. En dat heb ik nu ook gedaan.'

'Heeft papa in een trein gezeten?'

'Jazeker. Hij is vertrokken uit Ohio en helemaal naar Texas toe gereden. Net als ik.'

André trok een rimpel in z'n neus waardoor z'n sproetjes van vorm veranderden. Hij keek haar aan.

'Dit huis en hoe je vader en jij hier leven, dat is allemaal nieuw voor me. Dat blijft natuurlijk niet altijd zo. Ik zal het heus wel leren. Maar tot het zover is, wil ik je vragen een beetje geduld met me te hebben. En me te helpen.'

Toen overviel 't me. Medelijden. Met Mrs. Williams. Ik

vocht ertegen, maar dat hielp geen biet. Wat zij gedaan had, dat zou ik nooit kunnen. Ik zou niet zomaar ergens anders kunnen gaan wonen, zelfs niet voor een man. Ik hoorde hier, in Galveston. Maar stel dat ik toch weg moest, al zou ik echt niet weten waarom ik zoiets ooit zou doen, dan zou ik op die nieuwe plek waarschijnlijk helemaal verstarren, omdat 't allemaal zo vreemd voor me zou zijn. Misschien dat Mrs. Williams daarom ook zo stijf deed, en dat was dan geen wonder. Oscar en zij hadden elkaar alleen via brieven 't hof gemaakt. Ik had die van haar gezien, die bewaarde hij in 't cilinderbureau. Prachtige enveloppen waren 't, roomkleurig, en haar handschrift had zo veel sierlijke krullen en lussen dat ik alleen een paar woorden van 't adres had kunnen lezen, woorden als Galveston en Texas. Oscars probeersels aan haar had ik ook gezien, de brieven waarin-ie fouten had gemaakt, waarschijnlijk. Meer dan eens had ik stukjes papier met zwartgeblakerde randjes in de oven aangetroffen.

Maar brieven waren niks anders dan platte woorden die op papier gekrabbeld waren. Misschien wist Mrs. Williams wel dat Oscar op zondag al z'n melk naar St. Mary's bracht, maar ik durfde er m'n laatste dollar om te verwedden dat ze er geen idee van had dat-ie die gewoon weggaf, dat-ie er geen cent voor hebben wou, omdat ze daar alleen die ene koe hadden voor al die kinderen. En waarschijnlijk wist ze ook niet dat ik iedere zondag voor Oscar en André een picknick klaarmaakte, en dat ze dan naar de stad reden met die mand eten en een bos gele bloemen in een emmer water. Die bloemen legden ze op Bernadettes graf. Op die manier zou André weten dat z'n mama niet zomaar verdwenen was en naar de hemel was gevlogen om bij de engelen te zijn. Z'n mama had hier nog een eigen plek, een plek met een grijsgranieten grafsteen waar haar naam in was gekerfd. 'Miss Nan,' had André meer dan eens gezegd, 'ik heb mama's naam aangeraakt. En die van mij en die van papa.' Zelf had ik dat ook gedaan, die paar keer dat ik naar 't graf toe was gegaan. Ik kende 't alfabet goed genoeg om sommige woorden op de steen te kunnen raden. *Bernadette M. Williams. 5 april 1874 - 1 oktober 1899.*

Als ze de bloemen op haar graf hadden gelegd, gingen Oscar en André bijna altijd picknicken in de duinen, behalve in de winter, als 't daar te koud voor was. En er was nog veel meer dat Mrs. Williams niet wist, omdat ze niet van hier was. Dat Hendley, in de stad, de beste koffiebonen van 't hele eiland verkocht, en dat Mistrot op Mechanic Street een prachtige collectie stoffen had, van katoen tot zijde. Dat m'n tante Mattie de allerslechtste aardappelsalade van 't hele eiland maakte, maar dat iedereen er toch van at als ze die meenam naar een feest. En dat de oude Chancy Nelson een voet miste omdat-ie bij Chickamauga was beschoten, maar dat-ie toch was blijven vechten omdat-ie generaal Bragg niet in de steek kon laten. Ik was hier geboren, ik wist dat allemaal. Maar Mrs. Williams was er nog maar net. Zij had er geen idee van.

'Zou je me een beetje willen helpen?' vroeg ze aan André. Hij zei niks en keek haar aan alsof-ie zich haar gezicht voor altijd probeerde in te prenten.

'André? Zou je dat willen doen?'

'Jawel.'

'Dank je.' Ze haalde diep adem en vervolgde: 'En er is nog iets, iets belangrijks, iets waarvan ik wil dat je het onthoudt.' Ze keek 'm recht in de ogen. 'Ik ben niet van plan je vader van je af te pakken. Daar ben ik hier niet voor gekomen.'

Dat benam me haast de adem. Maar haar niet. Ze schonk André een glimlach. Het was een nieuw soort glimlach, een die ik van haar niet eerder had gezien. Een die al dat stijve en hooghartige in één klap deed verdwijnen. Een die haar een stuk zachter maakte, en nog knapper, voor zover dat kon. En op dat moment begreep ik waarom Oscar met haar was getrouwd. Hij hoopte waarschijnlijk dat-ie ooit zou mogen schuilen in de warmte van die glimlach.

Ze tikte met haar vingers op de rug van Andrés hand. Ik nam aan dat dat haar manier was om genegenheid te tonen, maar wat 't ook was, André zette grote ogen op van verwondering, waarschijnlijk omdat-ie die nieuwe warmte van haar voelde. Met z'n hoofd in z'n nek keek-ie naar haar op. Het leek wel alsof-ie helemaal vergeten was dat-ie naar 't kerkhof had gewild, alsof-ie zelfs z'n mama was vergeten. En misschien was dat wel zo. Misschien kende hij Bernadette alleen nog van de foto, van 't portret dat op haar trouwdag was gemaakt. Daarvan, en van de letters op haar grafsteen.

'Je vader wacht op je,' zei Mrs. Williams nu. 'Je wilt hem vast niet teleurstellen, of wel?'

'Nee, ma'am.'

'Goed zo.' Ze knikte, en André deed dat ook. Die bewoog z'n hoofd op en neer alsof-ie een marionet was en Mrs. Williams de poppenspeelster. Toen stond-ie op. Hij hield z'n handen op z'n rug. Z'n leren schoenen kraakten een klein beetje. Nu waren hun ogen op gelijke hoogte. Opnieuw liet ze die glimlach op 'm los. Z'n ogen lichtten op en ineens verscheen er een gewiekste trek op z'n gezicht. Hij boog zich vooroordeel, stak z'n hand uit en legde die heel eventjes op Mrs. Williams' pols. Toen, alsof-ie wist dat-ie iets dappers had gedaan, rende hij met een brede grijns naar de voordeur en smeet die open. Zonder nog achterom te kijken schoot-ie naar buiten. Z'n voeten klepperden over de veranda en klosten toen de trap af.

Nou ja, dacht ik, terwijl ik uit m'n geknielde houding overeind kwam. Nou ja.

Eén lieve glimlach van Mrs. Williams en 't was gebeurd. Ik besefte heus wel dat ik niet z'n moeder was. Maar dat André haar had aangeraakt, dat sneed me door m'n hart. Ik was zelfs een beetje boos op 'm. Was-ie dan vergeten wie 'm getroost had toen-ie huilde?

'Wat een lieve jongen,' zei Mrs. Williams.

'Meestal wel,' zei ik. Nu was ik ook nog boos op mezelf. Ik

had medelijden met haar gehad, terwijl dat nergens voor nodig was geweest. Deze vrouw kreeg alles wat ze wilde.

Ik begon de tafel af te ruimen zonder me er iets van aan te trekken dat ze pas een paar hapjes gegeten had. Deze vrouw had Oscar, en nu palmde ze ook André nog in. Ze had mooie kleren en ze kon pianospelen als de beste. Ze had dit huis, en ze had mij als schoonmaakster en kokkin. Alle mannen aanbaden haar. Frank T. was nog de ergste, die danste met haar terwijl Maggie Mandora toekeek en er bijna van moest huilen. Niet dat Mrs. Williams daar iets van had gemerkt, ze had zelfs niet de moeite genomen om er iets van te zeggen dat ik die avond had gespeeld. Waarom zou ze ook? Zij had 't veel te druk met 't mooie vrouwtje uit te hangen.

Ik zette de vuile borden een stuk harder op 't aanrecht neer dan nodig was. 'U hebt gisteravond een machtig hartelijk welkom gehad,' zei ik.

'Dat heb ik zeker. De mensen waren reuze vriendelijk voor me. Maar natuurlijk was u degene die de meeste bewondering oogstte. U speelde prachtig.'

'O,' zei ik.

'Maar inderdaad, er was een grote opkomst. Ik neem aan dat iedereen nieuwsgierig was. De nieuwe vrouw van Oscar Williams. Ze zullen zich wel hebben afgevraagd wat voor iemand hij had uitgezocht.'

Ik boog me over een bord en krabde met m'n duimnagel aan een ingedroogd restje eten.

'Ik besef heel goed dat ik hier misschien een beetje als een curiositeit beschouwd word.'

Ze moest eens weten... Ineens was ze er, zomaar uit 't niets, terwijl geen mens zelfs maar van haar gehoord had. De trouwerij was al voorbij voordat iemand besefte wat er aan de hand was. Ik zette 't bord weer op 't aanrecht. 'Dat komt doordat u uit 't noorden komt,' zei ik.

'Zou dat het zijn?'

'U zei 't zelf net ook al. U bent hier nieuw.'

'Ja. Ik ben een vreemdeling.'

Ik zwengelde aan de pomp en vulde de gootsteen met water. Voor deze ene keer was ik blij dat Oscar er nog niet aan toegekomen was om de piepende zwengel te oliën. Ik wou maar dat ze opstond en me met rust liet. Al dat gepraat over dat ze een vreemdeling was: niks dan zieligdoenerij.

De gootsteen zat inmiddels vol en ik schuimde de zeep op om te beginnen met de afwas. Ik pakte een bord. Er zat nog een klodder boter op, en een restje maismeelpuree. Ze had me zo van m'n stuk gebracht dat ik vergeten was de borden af te schrapen.

'Miss Ogden,' zei ze. 'Zou u nog even willen komen zitten?'

Ik draaide me om en keek haar aan.

'Alstublieft?'

Ik moest de vaat nog doen en de vloeren nog dweilen. Het was zondag, ik had vanmiddag vrij, vandaag moest ik al 't werk in de ochtend gedaan zien te krijgen.

'Ik weet dat u het druk heeft,' zei ze. 'Ik zal het niet te lang maken.'

Ma zou vinden dat ik moest doen wat me gevraagd was. Mrs. Williams had behoefte aan een beetje gezelschap, zou ze zeggen. 'Nou, goed dan,' zei ik, maar ik had 't tegen ma, niet tegen Mrs. Williams. Ik sloeg m'n handen droog en veegde ze af aan m'n schort. Daarna trok ik de bank tegenover haar naar achteren, ging zitten, en leunde met m'n over elkaar geslagen armen op de tafel.

'Vertel me hoe ze is gestorven,' vroeg ze. 'Alstublieft.'

Dat had ik niet verwacht. Ik wist niet wat ik ervan moest denken.

'Ik heb het over Andrés moeder,' zei Mrs. Williams. 'Was ze ziek? Of is er een ongeluk gebeurd?'

'Dat kan ik u niet zeggen. Dat moet u aan Mr. Williams vragen.'

'Ja, dat begrijp ik. Maar, ziet u, ik bevind me in een nogal ongemakkelijke positie. Het is alsof ik midden in een toneelstuk ben gevallen en moet proberen te ontdekken waar het allemaal over gaat. Ik zou het Oscar – Mr. Williams – natuurlijk kunnen vragen, maar ik wil geen oude wonden openrijten.'

Ze zei 't alsof wonden konden helen. Wonden bleven wonden, daar moest je gewoon aan wennen, je moest gewoon leren om de ene voet weer voor de andere te zetten. Maar ik nam aan dat Mrs. Williams in haar leven nog niet veel geleden had.

Aan de andere kant van de tafel zat ze me strak aan te kijken met die blauwe ogen van d'r. Ze had dan misschien niet veel geleden, maar ze wist wel wat 't betekende om in 't huis van een andere vrouw te komen wonen. Mij zou 't achtervolgen als 't me overkwam, als ik de hele tijd moest denken aan iemand die ik nooit gekend had. Ik zou 't willen weten. Maar als iemand mij zou vragen hoe 't bij Oakley Hill was gegaan, hoe 't geweest was om te wachten tot-ie was gevonden en hoe hij er had uitgezien nadat-ie was verdronken, dan zou ik geen woord over m'n lippen kunnen krijgen. En over Joe Pete Conley zou ik ook niets willen zeggen, niet hoe die had geleden toen-ie ziek was, hoe hij helemaal verstijfd was en toen die vreselijke koorts gekregen had en al die tijd waarschijnlijk heel goed wist waar 't op uit zou draaien. Ik zou dat niet willen vertellen, iemand anders zou 't voor me moeten doen.

'Ze is gestorven aan malaria,' zei ik.

'Nee toch.' Mrs. Williams streek met de zijkant van haar hand over de tafel, waardoor er een bergje kruimels ontstond. 'Was dat afgelopen oktober? En lag ze in het ziekenhuis? Of hier?'

'Hier.'

Er gleed een gespannen trek over haar gezicht en ik begreep waar ze aan dacht. 'Mr. Williams en m'n pa hebben de matras verbrand. Het beddengoed en 't muggengaas ook. Niet dat dat nodig was, ze zeggen dat je 't op die manier niet kunt krijgen. Het wordt verspreid door muggen, de meeste mensen hebben d'r weleens last van. Maar Mr. Williams had 't anders in z'n hoofd en dus heeft pa 'm geholpen.

'Heeft u ook malaria?'

'Een beetje.'

'En Oscar? En André?'

'André niet. Die zit niet lang genoeg stil om een mug de kans te geven 'm te steken.'

Even krulden haar mondhoeken omhoog, maar meteen stond haar gezicht weer ernstig. 'Waar is Andrés moeder begraven?' vroeg ze.

'Op 't kerkhof in de stad. Op Broadway.'

'En Oscar gaat met André naar haar graf?'

'Iedere zondag, als 't niet regent. Dan leggen ze bloemen neer.'

Mrs. Williams leek van streek. Haar blauwe ogen stonden dof. Er stonden zweetdruppels op haar voorhoofd en haar blouse kleefde aan haar kin, vlak boven haar boezem. Ze wist niet dat geen enkele vrouw hier 's zomers haar korset strak aansnoerde of een hooggesloten blouse droeg. In ieder geval niet aan deze kant van 't eiland.

'Ik had gedacht dat ik gisteren haar familie wel zou ontmoeten,' zei ze. 'Haar ouders, of haar broers en zusters, als ze die had.'

'Ze had alleen d'r ma nog, maar met haar heeft Mr. Williams niets te maken.'

'Dat klinkt nogal omineus.'

Ik wou dat ze eens wat normaler sprak, zodat je haar tenminste meteen de eerste keer begreep. Nadat ik een tijdje over haar woorden had gepiekerd, antwoordde ik: 'Haar moeder woont in de Post Office Street. Tenminste, als ze daar nog steeds zit. Ze gaat regelmatig terug naar Louisiana, omdat ze een Cajun is.'

'Cajun?'

'Cajuns zijn fransozen. Ze wonen voornamelijk in Louisiana. Het is moerasvolk.'

Mrs. Williams perste haar lippen op elkaar. Na een tijdje zei ze: 'Ik ken die straat niet.'

'Laten we 't er maar op houen dat 't geen beste buurt is. Geen plek om een kind op te voeden en al helemaal geen meisje. De nonnen hebben Bernadette daar weggehaald voor 't te laat was. Ze is hier in 't klooster opgegroeid.'

Ineens zag Mrs. Williams er wat beverig uit, alsof ze iets heel smerigs binnen had gekregen. En ergens was dat ook wel zo. De moeder van Bernadette deugde van geen kant. En wat haar vader betrof, niemand wist wie hij was, maar dat zei ik niet hardop. Dat wilde ik Bernadette niet aandoen. Niet dat ze uit een door en door slecht nest kwam, zo was 't nu ook weer niet. Ze had een grootmoeder in Louisiana bij wie haar moeder haar toen ze klein was af en toe een tijdje achterliet. 'Grandmère kon koken als de beste,' zei Bernadette altijd. 'En ze had net zo'n tuin als jouw moeder. Ze kweekte wortels, allerlei groenten en meloenen. Ik hielp haar vaak, dan hield ik de staken vast, of ik drukte de grond aan als ze de zaailingen had geplant. En grandpère maakte boomkano's, die waren zo licht, ze scheerden als reigers over de Atchafalaya.'

'Was u met haar bevriend?' vroeg Mrs. Williams.

Bernadette en ik waren meer dan vriendinnen geweest: we hadden over vrijwel alles dezelfde ideeën. Zo nu en dan ging ik bij haar langs, als ik thuis klaar was met helpen. En vaak kwam ze me dan in de wei achter de stal al tegemoet, haar mooie zwarte krullen hier en daar losgeraakt uit 't lint waarmee ze waren vastgebonden. 'Ik dacht net aan je, Nan,' zei ze dan. 'Echt waar. En kijk, daar ben je.' Dan rolde ik m'n mouwen op en hielp haar bij 't wassen of 't koken. Ze was maar een klein ding. Volgens ma kwam dat doordat ze half verhongerd was toen de nonnen haar vonden. Maar ze wist van aanpakken. Ze was zo trots op haar huis dat ze 't glanzend schoon hield. Soms zong ze onder 't werk, Franse moerasliedjes van vroeger. Er was een tijd dat ze me aan tafel liet zitten om me 't alfabet te leren. De nonnen hadden haar leren lezen en schrijven, en nu vond ze dat iedereen dat moest kunnen. Maar ik had een hekel aan school en aan de juffen en de meesters, die op mij en m'n broers neerkeken omdat we midden op 't eiland woonden. 'Dit is niks voor mij,' zei ik keer op keer tegen haar. 'Ik kan niet stilzitten. Dat stomme potlood doet niet wat ik wil.' Maar Bernadette luisterde niet. 'Gewoon nog eens proberen,' zei ze, terwijl ze m'n hand over 't papier leidde.

Soms praatten we erover hoe vreemd de wereld in elkaar zat, en dat er tegenover al 't moeilijke maar net genoeg leuke dingen stonden. Als Bernadette over haar moeder tobde en over 't leven dat die leidde, dan luisterde ik zonder ook maar iets van een mening te geven. En als ik me verdrietig voelde over Oakley Hill, dan zei ze: 'Vertel me eens wat over hem, ik heb hem nooit gekend. Zeg zijn naam eens, zeg die eens hardop.'

'Ja,' zei ik tegen Mrs. Williams. 'Bernadette en ik waren vriendinnen.' Daar leek ze even over na te moeten denken. 'Ze was in verwachting. Daardoor kon de malaria z'n slag slaan.'

'Nee, toch.'

'Om en nabij de kerst zou 't komen.'

Mrs. Williams sloot haar ogen. Het zoemde hier in huis van de niet uitgesproken dingen. Alles wat niet helemaal perfect was, hield Oscar voor haar weg. Toen ze haar ogen weer opendeed, legde ze haar handen plat op tafel. Haar huid was blank en zacht, niet ruw en rood zoals de mijne. Haar nagels waren mooie gladgevijlde boogjes. Haar trouwring was een heel ander verhaal dan die van Bernadette. Die van Bernadette was smal, want Oscar had toen net vier nieuwe Jerseys voor de boerderij gekocht. Maar Mrs. Williams droeg een brede gouden ring. Oscar had er alles voor overgehad om haar te krijgen.

'Hij heeft speciaal voor u die piano gekocht,' zei ik.

'Pardon?'

'Vorige week is-ie nog naar de stad gegaan om er een te

kopen. Hij werd meteen de volgende dag al bezorgd.'
'Echt waar?' Haar ogen werden groot. 'Ik dacht dat die er altijd al gestaan had. Dat Andrés moeder ook pianospeelde.'
'Nee. Hij heeft 'm voor u gekocht.' Net als die mooie trouwring, voegde ik er in gedachten aan toe. Toen herinnerde ik me ineens weer woord voor woord wat Oscar tegen Mrs. Williams gezegd had nadat ze dat stuk over 't maanlicht had gespeeld. Het was alsof-ie hier naast ons in de kamer stond en opnieuw diezelfde woorden sprak: 'Ik stond altijd onder je raam te luisteren.'
Na de dood van Bernadette was Oscar bij andere vrouwen uit de buurt gebleven. Maar uit 't niets begonnen daar toen ineens die brieven naar Ohio heen en weer te vliegen. Wie weet was-ie al die jaren nog aan Catherine Williams blijven denken. En was-ie, als-ie 's avonds met Bernadette naar de sterrenhemel keek, in gedachten bij deze vrouw, die met haar glimlach en haar lijf elke man in een dwaas veranderde.
Ik stond op. 'Ik moet de vaat nog doen.'

Ik waste af en zij droogde. Niet dat ik haar hulp wilde. Ik wilde niet dat ze zo dicht op me stond, dat we samen door hetzelfde keukenraam naar buiten keken. Ik vond 't een akelig idee dat Oscar misschien wel aldoor met z'n hoofd bij deze vrouw gezeten had terwijl-ie met Bernadette getrouwd was. Ze had niet gevraagd of ze kon helpen, ze had gewoon de afdroogdoek gepakt alsof 't de normaalste zaak van de wereld was. Ik hield m'n mond, behalve om dingen te zeggen als waar de koekenpan hoorde en waar ze de lepels en de vorken in de la moest leggen. Ik wilde met rust gelaten worden. Ik wilde mezelf ervan overtuigen dat 't niet waar was dat Oscar al die jaren aan haar had gedacht, dat het m'n verbeelding was die met me op de loop ging. Maar ik wilde vooral dat Catherine Williams met d'r vingers van Bernadettes spullen afbleef.

Ze droeg geen schort en dat beviel me ook al niks, want ik was degene die de vieze vlekken van haar rok moest boenen en die straks haar blouses waste en streek. In gedachten hoorde ik ma zeggen dat ik ervoor betaald werd om dit werk te doen. Als de nieuwe Mrs. Williams zin had om af te drogen, dan was dat haar goed recht. Dit was haar huis, niet 't mijne. Dat kon wel wezen, sprak ik ma geluidloos tegen, maar dat betekende nog niet dat ik 't leuk vond. Dat betekende nog niet dat ik met Mrs. Williams moest praten. Niet dat die er ook maar iets van merkte dat ik met ma aan 't kissebissen was. Zij stond uit 't raam te staren alsof ze iets in de duinen zag wat alleen zij kon zien.

Het was acht uur toen Oscar, André en de wezen op de twee met melkbussen volgeladen wagens naar St. Mary's vertrokken. Zodra ze aan de andere kant van de duinen op de strandweg waren, met de honden achter zich aan, ging Mrs. Williams achter de piano zitten. Ze had bladmuziek voor zich staan, maar ze speelde niet dat maanlichtstuk, en daar was ik blij om. Het was zo allemaal al erg genoeg.

Het leek Mrs. Williams niet te deren dat sommige toetsen bleven hangen. Ze bleef gewoon doorspelen en liet de klanken door 't huis stromen. De muziek stroomde ook door mij heen, net als gisteren, maar ik liet er niets van merken. Ik had werk te doen.

Het was maar een klein eindje naar St. Mary's, en toen Oscar en de jongens tegen negenen weer terugkwamen, hield Mrs. Williams midden in een stuk op met spelen en liep naar buiten. Ze bleef op de veranda staan kijken hoe de lege metalen bussen van de wagens werden geladen.

Ik bakte plakken ham en kookte een dozijn eieren. Oscars koeien mochten er dan geen idee van hebben, maar de zondag was een rustdag, een dag waarop je niet te zwaar moest eten. Ik had de ham net omgedraaid toen Mrs. Williams weer binnenkwam en doorliep naar de slaapkamer. En toen ze even later weer tevoorschijn kwam, droeg ze een van haar chique hoeden met veren en strikjes. Deze was van stro en had een brede rand. Zonder een woord te zeggen verliet ze 't huis en nam 't smalle paadje dat naar 't privaat leidde, terwijl ze haar rok omhoog hield.

Ik wist niet wat ik ervan moest denken toen ze 't privaat voorbijliep en op de stal afstevende. De weesjongens hadden de paarden uitgespannen en leidden de dieren nu naar de stallen achter de koeienstal. André liep met ze mee, en de vier honden ook. Misschien dacht ze dat 't uitspannen van de paarden betekende dat Oscar haar niet naar de kerk zou brengen. Ze had er natuurlijk geen benul van dat paarden water nodig hebben en zich nooit zouden verlagen tot 't drinken uit een koeientrog. Het was niks voor haar om zich bij de stal te vertonen, ik wist zelfs niet of ze er al eens was geweest. Maar daar stond ze, bij 't hek, dat ze zo te zien niet open kreeg. Waarschijnlijk was de houten grendel uitgezet door de zoute zeelucht.

Na een hoop gedoe lukte 't haar toch. Het viel me mee dat ze eraan dacht om 't hek achter zich dicht te trekken. Met haar rok zo hoog opgetrokken dat je haar witte kousen zag, trippelde ze voorzichtig 't erf over. Bij de trog waar Maisie stond, liep ze snel door, alsof ze bang voor haar was. Ze zou wel niet weten dat een melkkoe niet geneigd is achter vrouwen aan te rennen, en al helemaal niet als ze een dikke poot heeft.

Er gingen een paar minuten voorbij voordat Oscar en Mrs. Williams weer uit de stal tevoorschijn kwamen. Oscar had een emmer in z'n hand. De jongens waren ondertussen klaar bij de paarden en kwamen ook weer aangelopen, met de honden achter zich aan. Oscar en Mrs. Williams liepen hen tegemoet en er leek uitgebreid overlegd te worden, waarbij Mrs. Williams 't hoogste woord voerde. Oscar gaf de emmer aan André en legde toen z'n hand op Joe's schouder. Tot volgende week, zouden ze wel zeggen. De wezen waren klaar voor vandaag en zouden nu lopend naar huis gaan. Dat deden ze altijd, iedere zondag, over 't pad dat van de stal naar de duinen liep en daarna via 't strand terug naar St. Mary's. Maar dit was geen gewone zondag. Absoluut niet. De wezen gingen op weg naar de duinen, maar ze gingen niet alleen. André liep met hen mee, en Mrs. Williams ook.

Ik kon m'n ogen nauwelijks geloven. Ze gebaarde naar de jongens dat die maar vooruit moesten gaan, omdat 't pad zo smal was dat je toch niet naast elkaar kon lopen. James, de oudste, liep voorop. André kwam achter de wezen aan. Hij droeg de emmer, die voortdurend tegen z'n knieën stootte. Mrs. Williams kwam maar langzaam vooruit op die elegante schoentjes van d'r. Zo te zien probeerde ze uit de buurt van de honden te blijven. Ze wist natuurlijk niet dat 't drijvers waren, die hoe dan ook vlak achter haar zouden willen lopen.

Dichter bij de duinen, waar 't veel harder waaide, kleefde haar rok tegen haar benen. Ze ploeterde voort, wegzakkend in 't zachte, diepe zand. Met haar hand op haar hoed liep ze achter de jongens aan. Die wachtten haar bij de doorgang tussen twee duinen op. Toen ze hen had ingehaald, liepen ze allemaal weer verder. Daar, op de planken, ging 't een stuk makkelijker. Ik tuurde gespannen in de verte tot ze allemaal uit 't zicht verdwenen waren, Mrs. Williams als laatste.

De wezen gingen naar huis. Net als anders. Maar ik wist wat 't betekende dat André daar met die emmer liep. Mrs. Williams en hij gingen dukaatbloemen plukken voor Bernadette, en Oscar stond ze na te kijken bij 't hek, alsof-ie niets liever wilde dan daar te blijven staan tot ze weer bij 'm terug was.

Ik draaide de ham nog één keer om. Het geknetter van de boter deed pijn aan m'n oren. Ik deed m'n schort af en hing 't aan de spijker bij de ijskast. Toen haalde ik de koekenpan van 't fornuis en legde er een deksel op. Ik zette m'n muts op en strikte 'm vast onder m'n kin. Daarna ging ik op weg naar huis over 't weidepad achter de stal, waar ik een hele zwerm stekers aan 't schrikken maakte. Oscar was nergens te bekennen. Waarschijnlijk was-ie weer bij zinnen gekomen en aan 't werk gegaan. Ik ging niet de stal in om te zeggen dat ik ervandoor ging en dat ik 'm morgenvroeg wel weer zou zien. Daar had ik helemaal geen zin in. Niet nu André met Mrs. Williams was meegegaan.

Hoog boven m'n hoofd hingen stapelwolken met platte onderkanten. De wind kwam uit de richting van de Golf. Sommige van Oscars koeien stonden in de poelen, om aan de stekers te ontsnappen. Andere stonden op een kluitje in de schaduw van een tamarisk. Ze keken naar me terwijl ik langsliep met m'n onaangestoken lantaarn in de ene hand en de lege mand in de andere. Ik deed 't hek open, sloot 't achter me, en stapte over de roestige treinrails van de oude kantfabriek.

Bij de bayou bleef ik staan. Ik staarde naar 't land dat langzaam overging in een modderig moerasgebied. In de ondiepe gedeelten groeide slijkgras. Groenglanzende libellen dansten boven 't wateroppervlak. Overal lagen schelpen. Wulken noemde Oscar die; hij vond 't leuk om altijd overal de deftige namen van te weten. Hij had hier een roeiboot liggen, die losjes aan de steiger vastgebonden zat en zachtjes schommelde in 't klotsende water. Met 't bouwen van die steiger had pa nog geholpen toen Oscar de boerderij had gekocht. 'Als ik op een eiland kom te wonen,' had Oscar gezegd, 'dan wil ik ook een boot.'

Als 't niet te heet was, gingen Bernadette en hij op zondagmiddag altijd roeien. Nadat André was geboren, namen ze hem ook mee. 'Gewoon voor het idee,' zei Bernadette. Nu lag de roeiboot er verloren bij. De kiel moest nodig worden schoongeschraapt, die zat vanaf de waterlijn vol zeepokken. De dollen die de riemen op hun plaats hielden, waren helemaal verroest. En niemand ging er natuurlijk nog in zitten, met al dat regenwater op de bodem en de bankjes helemaal vol witte vogelpoep.

Pa had 'm uit 't water willen halen, hij vond 't moeilijk

om die boot daar zo te zien. Maar ma zei nee. 'Dat is Oscars zaak,' zei ze. 'Hij zou 't misschien nog wel akeliger vinden als z'n boot op 't droge lag. Zo'n roeiboot ondersteboven in 't gras ziet er behoorlijk troosteloos uit.'

Ik keek voorbij de roeiboot naar de zinderende modderplaten. De bayou lag kalm te glinsteren in de ochtendzon. Verderop dobberden nog een paar andere bootjes. Erboven vlogen zwermen zeemeeuwen, alsof de vissers zo gek zouden zijn om hun vangst met hen te delen. Van hieruit kon ik Pelican Island zien liggen, en 't vasteland ook. Rechts in de verte reed een trein over de brug. Hij was op weg naar Virginia Point aan de andere kant van de baai en liet een zwart rookspoor achter, alsof-ie iedereen duidelijk wilde maken waar-ie vandaan kwam. In die trein zaten mensen die uit Galveston vertrokken. Misschien zaten er wel een paar bij die naar een plek gingen waar ze nog nooit waren geweest.

Ons huis lag de andere kant op, in 't westen. Het stond vlak aan de bayou, op palen die een paar voet hoger waren dan die van Oscars huis. Van hieraf zag 't er oud en krakkemikkig uit. Pa geloofde niet in verven. Maar hij hield wel van bomen en had een paar extra tamarisken geplant omdat-ie dacht dat 't dan een koelere indruk maakte. Met die bomen was ik opgegroeid en ik stelde me voor dat ik straks, als ik zelf ook oud en krakkemikkig was, nog steeds zou uitkijken op diezelfde door de wind gebogen stammen.

Ik zette de lantaarn en de mand neer en liep dichter naar 't water. De modder slurpte aan m'n schoenen. Ik hees m'n rok op tot m'n knieën en propte de stof in m'n tailleband, zodat ik kon hurken zonder dat de zoom nat werd. Als je zo laag zat, zag de bayou er heel anders uit. Hij leek breder, en de afstand naar 't vasteland leek langer. Ik trok een pluk slijkgras los en stond op. Glibberend in de modder liep ik terug naar 't drogere gedeelte. Daar keerde ik me om en zag 't water in m'n voetafdrukken omhoogkomen.

Toen ik nog een klein meisje met vlechten was, vond ik

niets zo heerlijk als de geur van slijkgras. Nu drukte ik 't dikke blad tegen m'n neus en snoof de groene, zonnige lucht op. Maar 't rook ook naar modder; dat zurige hoorde er net zo goed bij.

Ik zou niet lang meer bij Oscar blijven. Dat was zo helder als 't water van de bayou. Ik kon niet blijven toezien hoe André zich van me afkeerde. En dat verwarrende gevoel dat tussen Oscar en Mrs. Williams broeide, kon ik ook niet langer aanzien. Hij zou iemand anders moeten vinden die voor hen schoonmaakte en kookte. Ik zou niet weten wie, maar dat was mijn probleem niet. Echt niet.

Morgen zou ik 't hem laten weten, dat-ie op zoek moest naar vervanging. Een week, ik zou 'm een week geven. En als-ie vroeg waarom ik wegging, dan zou ik 'm de waarheid zeggen. Of in ieder geval een deel van de waarheid. Ik zou niet zeggen dat Mrs. Williams en ik mekaar niet lagen. Of dat ik 'm in een heel ander licht zag met deze nieuwe vrouw naast zich. Ik zou 'm ook niet zeggen dat 't nog pijnlijker zou zijn om hier te blijven dan om bij André weg te gaan. Dat zou ik allemaal niet zeggen. Maar mocht Oscar 't vragen, dan zou ik 'm dit recht in z'n gezicht zeggen: er was voor mij geen plaats meer in dit huis. Mijn tijd hier zat erop.

9

Het kerkhof

Terwijl ik aan de grendel van het hek stond te morrelen, voelde ik Nan Ogden door het raam naar me staan kijken. De zachte grond van het erf was helemaal rul van de hoefafdrukken en boven een hoop paardenvijgen gonsde een zwerm vliegen. Bij de trog van de koeienstal stond een koe te drinken. Het water stroomde langs haar kin en terwijl ik het hek sloot en naar de staldeur liep, hield ze haar grote bruine ogen onafgebroken op me gericht. Nooit eerder was ik zo dicht bij een koe geweest; ik vond het een angstaanjagend groot beest. En dan die uier! Het leek wel een ballon, maar dan een met gezwollen aderen. Haastig liep ik langs haar heen.

Andrés wens om zijn moeder te bezoeken had me de koude rillingen bezorgd. En Oscars reactie ook. Ik had hem als een man met een eindeloos geduld beschouwd, maar de ingehouden woede in zijn stem toen André bleef aandringen was me niet ontgaan. En wat was André nog maar een klein jongetje geweest toen het verdriet hem ineens te veel werd. Dat had me er nogmaals op gewezen hoezeer mijn komst het evenwicht in dit huishouden had verstoord. Nan Ogden had nors en stug gereageerd toen ik haar vroeg me te vertellen wat er met Andrés moeder was gebeurd; ze had slechts mondjesmaat iets losgelaten. Maar ik wist genoeg. Bernadette was aan malaria gestorven terwijl ze in verwachting was. Mijn hart bloedde voor Oscar toen ik dat hoorde.

Ook in Nans ogen zag ik pijn. Bernadette was haar vriendin geweest, een vriendin wier plaats ik nu had ingenomen.

Tijdens de maaltijden meed Nan mijn blik. Als ik pianospeelde stampte ze door het huis, aldoor maar druk aan het werk. Ik hoorde de spottende minachting in haar stem toen ze me erop wees dat de koekenpan niet bij de kast, maar bij het fornuis hoorde te hangen. Maar als Nan dacht dat ze me eronder kon krijgen, dan vergiste ze zich toch. Ik had de vrouwen van Dayton het hoofd geboden. Kaarsrecht was ik tijdens mijn wandelingen langs hun huizen gelopen, wetende dat ze me uit de weg gingen en achter mijn rug om kwaad over me spraken.

En dat had ik verdiend, besefte ik, terwijl ik in de deuropening van de stal bleef staan om mijn ogen na die felle zon aan het duister te laten wennen. Ik hoorde een zacht geruis en zag Oscar in een van de lege boxen staan. Hij stond met zijn rug naar me toe stro uit een kruiwagen te scheppen. Zijn bewegingen waren soepel en ritmisch.

Ik zette een stap de stal in. Het was er verrassend koel en het rook er naar vers hooi, vermengd met een vleugje mest. De drie rijen boxen waren leeg; alle koeien stonden in de wei achter het huis, behalve die ene bij de trog. Even bleef ik staan kijken terwijl Oscar aan het werk was. Zijn rug kromde en strekte zich terwijl hij het stro op de hooivork stak en over de vloer uitstrooide.

Elf maanden geleden had hij zijn vrouw verloren. Misschien had hij verwacht dat een huwelijk met mij hem zou helpen haar te vergeten. Het zou me echter niet verbazen als hij haar daardoor juist veel erger miste. De avondmaaltijd op vrijdag, mijn eerste dag in zijn huis, was stroef verlopen. In mijn verbeelding nam de herinnering aan de nacht in het hotel steeds grotere vormen aan. Geen van beiden hadden we iets tegen de ander weten te zeggen. Ik had het voor elkaar gekregen om de gebakken vis die Nan had klaargezet te laten aanbranden, en de rijst was verkleefd tot dikke klonten. André had er terecht over geklaagd.

Toen de maaltijd eindelijk voorbij was, had Oscar zich verontschuldigd omdat hij nog werk te doen had. 'Ik zou het prettig vinden als jij zo voor André zou willen zorgen,' had hij gezegd. 'Hij moet zich grondig wassen, zijn gebedje opzeggen en om halfacht worden ingestopt.' Zonder me aan te kijken was hij verdergegaan: 'Het kan wel laat worden vanavond. Maisie heeft een zere poot en ik loop wat achter met het werk vanwege die paar dagen dat ik weg was. Je hoeft niet op me te wachten, je zult wel moe zijn.'

Ik deed de vaat. De scherpe zeep prikte aan mijn handen. André zat onder de tafel met zijn blokken te spelen, maar ik voelde dat hij me in de gaten hield. Misschien was dit een goed moment om hem een glanzend muntje te geven? Nee. Ik zou wachten tot hij in bed lag. Dat zou een mooi einde van zijn dag zijn.

Ik had nog nooit eerder een kind naar bed gebracht en was afhankelijk van zijn instructies. In de badkamer, die veel te klein aanvoelde voor ons tweeën, verstijfde hij toen ik met een washandje zijn gezicht schoonmaakte. Er kwam zeep in zijn ogen en hij sprong jammerend op en neer. In mijn haast om de zeep weg te spoelen klotste ik water over de rand van de wasbak, waardoor er een plas op de vloer terechtkwam en zijn hemd doorweekt raakte.

Eenmaal in zijn slaapkamer vroeg ik wat hij in bed altijd aan had. 'Mijn nachthemd,' zei hij. Zijn stem was een mengeling van verbazing en ongeloof omdat ik zelfs zoiets simpels nog niet wist. De ogen van de gekruisigde Jezus volgden al mijn bewegingen terwijl ik de deken terugsloeg. Ik kon André het geldstukje niet geven, besefte ik. Niet hier. Ik zag al voor me hoe hij met een rimpel in zijn neus een blik op het muntje in mijn hand en daarna op de foto van zijn moeder wierp. Er zou nog wel een beter moment komen, besloot ik. En een betere plek.

Toen hij onder de deken lag, zei ik dat hij zijn gebedje op moest zeggen. 'Dat doe ik nooit in bed,' antwoordde hij. Hij kroop er weer uit en knielde op de vloer neer, zijn handen gevouwen en de zoom van zijn nachthemd onder zijn knieën. Zijn voetzolen waren vuil. Hij keek naar me op alsof hij verwachtte dat ik zou beginnen met bidden. Toen ik dat deed – 'Ik ga slapen, ik ben moe' – schudde hij heftig zijn hoofd en zei: 'Da's nie goed, u doet 't fout. Ik wil mijn papa!'

'Dat is niet goed,' verbeterde ik.

'Wat nie?'

Ik slikte een snauw in. Het was een lange dag geweest. Eerst het hotel, toen de reis langs het strand en daarna het huis, Nan Ogden, het opwarmen van het avondeten, en de afwas. En nu ook nog taalles. 'Kom,' zei ik, 'laten we je gebedje opzeggen. Je vader is aan het werk in de stal, die heeft het nu te druk.'

Na het gebedje, dat ik nooit eerder had gehoord, liet ik hem op het bed zitten zodat ik met een washandje zijn voetzolen kon schoonmaken. Toen dat klaar was vroeg hij om een slokje water en nadat ik hem dat gebracht had, moest hij naar het privaat. 'Wat dacht je van de pot?' vroeg ik.

'Maar ik ben-nie ziek en 't regent nie.'

'Je bent niet ziek en het regent niet,' zei ik.

'Huh?'

'Je moet geen "nie" zeggen.'

'Waarom nie?'

'Omdat je goed moet articuleren.'

'Wa's da?'

'Articuleren is het duidelijk uitspreken van woorden. Zodat iedereen je goed verstaat.'

Hij stak zijn onderlip naar voren en keek me van onder zijn wenkbrauwen aan.

'Vooruit dan maar. Je mag naar het privaat. Maar wel eerst aankloppen.'

'Huh?'

'Voor het geval dat er slangen zijn.'

'Miss Nan zegt dat ik op de deur moet bonken. Heel hard bonken en schreeuwen, zegt ze.'

Oscar had ongelijk gehad, bedacht ik. André had helemaal geen moeder nodig. Hij had Nan al.

Maar nu, terwijl ik toekeek hoe Oscar het stro van de kruiwagen stak, dacht ik eraan hoe verdrietig André had geklonken toen hij gezegd had dat hij naar zijn moeder wilde.

Over de lemen vloer liep ik verder de stal in. Achter de staanders tussen de boxen waren kleine sprietjes stro blijven hangen en op een van de schotten zat een kat bewegingloos naar me te staren.

'Oscar,' zei ik.

Zijn volle hooivork hield in de lucht stil. Hij draaide zich om.

'Ik wil graag even met je praten over wat er net aan tafel is gebeurd.'

'Hier? Nu?'

'Ja,' zei ik.

Ik liep door het middenpad op hem af. Hij gooide het stro op de vloer en zette de hooivork tegen een schot. Zwijgend veegde hij zijn gezicht droog met een zakdoek en bleef in een van de boxen staan wachten. Ik voelde zijn afstandelijkheid, maar afstandelijkheid was voor ons niets nieuws. De herinnering aan wat er in het hotel gebeurd was – zijn passie, mijn hysterische gesnik – vormde een kloof tussen ons, een kloof die met het uur dieper leek te worden.

We stonden ieder aan een kant van het schot. Zijn versleten overhemd hing aan één kant open; hij had de bovenste vier of vijf knoopjes losgemaakt. In het gedempte licht van de stal zag ik schaduwvlekken boven zijn sleutelbeen.

'Nan heeft me verteld van het kerkhof,' zei ik.

Oscar zweeg.

'André is nog maar een kind,' ging ik verder. 'En er zijn al zo veel veranderingen geweest. Als hij gewend is om naar het graf van zijn moeder te gaan is dit misschien niet het beste moment om die gewoonte op te geven.'

'Ik heb nee gezegd. En daar blijf ik bij.'

'Dat begrijp ik wel. Maar hij wil graag bloemen op haar graf leggen.'

'Alles is nu anders.'

'Precies. Dat is juist de reden dat je hem toch moet meenemen. Hij mist haar.'

'Hij was vier. Het is elf maanden geleden. Hij vraagt al maanden niet meer naar haar. Volgens mij kan hij zich haar nauwelijks meer herinneren.'

'Dat kan wel zijn, maar toch ben je iedere zondag met hem naar haar graf gegaan.'

Oscars gezicht betrok en hij wendde zijn blik af. Hij pakte een sigaret uit zijn borstzakje, stak die tussen zijn lippen en trok eraan alsof hij hem had aangestoken. Aan de muur achter hem hingen opgerolde touwen en allerlei vreemdsoortige gereedschappen. Alleen de hamers en de zagen kwamen me enigszins bekend voor.

Oscar stak de sigaret terug in zijn zak. 'We moeten zo weg. De dienst begint om elf uur.'

'Dat is heel aardig van je, maar ik ga liever met jou en André mee naar het kerkhof.'

Hij hield zijn hoofd schuin en keek me aan.

'Als ik tenminste welkom ben.'

Toen gleed er een glimlach over zijn gezicht.

*

We reden drie mijl met de wagen over de strandweg naar het kerkhof. Voor ons vlogen voortdurend zwermen zeemeeuwen op. André zat op de voetenplank. Af en toe maakte hij ploppende geluidjes, alsof hij een of ander spelletje deed. Een keer drukte hij met zijn vingers op de knoopjes van mijn schoenen. Geschrokken trok ik mijn voeten naar achteren. Toen schoof ik ze weer terug en wachtte tot hij ze weer zou aanraken. Maar dat gebeurde niet. Misschien was hij net zo sloom geworden van de hitte als ik. Ik was vergeten mijn korset wat minder strak te rijgen en voelde me nogal licht in het hoofd. Terwijl Oscar de paarden langs het her en der verspreide drijfhout mende, riep ik beelden op van een idyllisch, heuvelachtig kerkhof in de schaduw van grote, dichtbebladerde bomen.

Dit was echter Galveston. Het kerkhof in de stad was weliswaar groot, maar volledig vlak en de bomen die er stonden waren op de vingers van één hand te tellen. Verzonken voetpaden met stoepbanden erlangs verdeelden het terrein in vlakken. Het wit van de marmeren koepeltjes en de grafkapelletjes blikkerde in de zon. Het deed pijn aan mijn ogen. Er stonden hoge grafmonumenten met zuilen en torentjes, met gevleugelde engelen en met biddende heiligen. Andere graven hadden alleen een kleine marmeren grafsteen. Bernadette was op het katholieke deel van de begraafplaats ter ruste gelegd. Op haar graf stond een grijze rechthoekige gedenksteen van graniet op een stenen voetstuk.

Ik bleef een beetje aan de kant staan, in het kleine rondje schaduw van mijn parasol. Oscar haalde de broze, verdroogde bloemen uit de vaas die aan de grafsteen vastzat. Bij sommige andere graven stonden verse bloemen, maar nu, op het heetst van de dag, waren wij de enige bezoekers.

Oscar en André vulden de vaas met de bloemen die we in de emmer hadden meegebracht. Er druppelde wat zanderig water van de stelen op Andrés hemd en op zijn korte broek. Zijn hoed was te groot, zag ik. De bovenkant van zijn oren zat dubbel en een van zijn zwarte kousen was in dikke plooien naar zijn enkel gezakt. Waarschijnlijk had hij tijdens de rit zijn kousenbanden afgedaan.

Toen de bloemen in de vaas stonden, ging André op het voetstuk van de grafsteen staan. Hij streek met zijn vingers over de gebeeldhouwde klimopkrans langs de bovenrand.

Liefhebbende echtgenote van Oscar en toegewijde moeder van André. Bernadette kwam uit Louisiana, had Nan me verteld. Ze was dus Frans. Dat deed me denken aan het gedicht van Longfellow over de bannelingen uit Canada. Mijn klasgenoten en ik vonden het verhaal van Evangeline die op zoek ging naar haar echtgenoot heel romantisch. Wij vonden de bannelingen dapper en nobel. Nan noemde ze moerasvolk.

De moeder van Bernadette woonde aan de Post Office Street. 'Laten we 't er maar op houen dat 't geen beste buurt is,' had Nan met een blik van afschuw in haar grijze ogen gezegd. Ik was onpasselijk geworden toen ze over Bernadettes moeder sprak. Vijf dagen geleden, toen ik in Galveston aankwam, had ik allemaal stoere zeelui op de straathoeken in het centrum van de stad zien staan. Bij de werven hadden bezwete dokwerkers de vrachtkisten van de schepen gehesen. Hoewel er in de betere kringen over zulke zaken niet gesproken werd, was het een publiek geheim dat er huizen bestonden waarin voor dat soort mannen vertier geboden werd.

Bernadettes afkomst was laag en beschamend, en het idee dat ik de plaats innam van zo'n soort vrouw had me geschokt. Maar toen was het weer tot me doorgedrongen dat ik me niet meer kon veroorloven om dat soort oordelen te vellen.

5 april 1874. Vier jaar jonger dan ik. André volgde met zijn vinger steeds opnieuw de bochtjes van de acht. Hij neuriede zachtjes. Oscar tuurde naar de lucht, met zijn hoofd achterover om langs de rand van zijn hoed te kunnen kijken.

Op de foto in Andrés kamer droeg Bernadette een witte jurk en een korte sluier met een bloemenkransje. Haar hand lag op Oscars schouder. Haar donkere haar zag er nogal onhandelbaar uit. Een paar losse krullen hingen langs haar gezicht. Ze had het figuur van een jong meisje en als je al haar trekken een voor een bekeek, leek ze nogal gewoontjes. Haar neus was te smal en haar kin te puntig. Maar er lag een zachtheid in haar ogen en haar lippen krulden licht naar boven, en dat maakte haar aantrekkelijk.

André stond te wiebelen op de rand van het voetstuk

onder zijn moeders grafsteen, en sprong er toen vanaf. Hij zakte door zijn knieën en verloor bijna zijn evenwicht op de oneffen grond. 'Rustig aan,' zei Oscar, die zijn hand op Andrés schouder legde. André keek lachend naar hem op.

'Wil je je moeder nog iets vertellen voor we gaan?' vroeg Oscar.

Nadenkend kneep André zijn ogen tot spleetjes en tuitte zijn lippen. Ik wachtte, in de stellige overtuiging dat hij wel iets over mijn komst zou zeggen.

'We hadden een dansfeest en Miss Nan heeft op d'r fiedel gespeeld,' zei hij.

'Dat vindt je moeder vast leuk om te horen.'

'En iedereen was d'r.'

Gisteravond, voordat we bij het paviljoen aankwamen, had Oscar me verteld dat zijn buren beste mensen waren, hardwerkende lieden, en ik begreep dat hij ze in bescherming nam. Hij verwachtte dat ik ze niet zou mogen en me boven hen verheven voelde. De vrouwen hadden scherpe, vermoeide trekken en grote handen van het jarenlange werk in huis. De meeste droegen hun haar in een strakke knot, met een scheiding in het midden. De mannen hadden schonkige heupen, O-benen en een bruine, verweerde huid. Ze trokken hun stropdas los en sommige deden hun boord af. Nans vader was groot en hoekig, met krullend grijs haar en ingevallen wangen. Haar moeder, een mager, grijsharig vrouwtje met een kromme rug, klampte zich aan me vast terwijl ze allerlei details over de gasten opsomde die bedoeld waren om me te imponeren, maar die er alleen voor zorgden dat ik me nog ontheemder voelde.

'Loretta Ellis hier heeft alleen maar zoons,' zei ze. 'Acht in totaal!'

Mrs. Ellis glom van trots.

'En dit is Bessie Gerlof,' zei Mrs. Ogden. 'Haar voorouders hoorden tot de eerste bewoners hier. Zij waren er al toen Texas nog bij Mexico hoorde.'

Vrouwen en mannen aten aan aparte tafels. De kindertafel stond vlak bij die van de vrouwen. Ook de tien nonnen, met kappen die maar een klein stukje van hun gezicht vrijlieten, zaten apart.

'Die paarse bonen van jou zijn heerlijk,' zei Mrs. Ogden tegen Mrs. Irvin, die tegenover ons zat.

'Dat komt door 't spekvet,' antwoordde Mrs. Irvin, terwijl ze een zwerm vliegen bij haar bord wegwuifde. Er liepen diepe lijnen van haar neus tot aan haar mondhoeken. 'Ik had wat over. Het haalt de smaak goed op, hè?'

'Dat doet 't zeker,' zei Mrs. Ogden.

Mrs. Irvin pakte een garnaal van haar bord en wees ermee naar Mrs. Ogden. 'Deze zijn eersteklas. Precies lang genoeg gekookt.'

'Dank je,' zei Mrs. Ogden. 'Zelf vond ik ze een beetje flauw. Je proeft de kruidnagel haast niet.' Ze wierp een blik op mijn bord. Ik had geen garnalen, alleen wat aardappelsalade, een stuk maiskoek en de vette bonen van Mrs. Irvin. 'Mrs. Williams,' vroeg ze, 'woont uw familie helemaal in Ioway?'

Het duurde even voordat ik haar woorden, in die vreemde tongval, had ontraadseld. 'Ik kom uit Ohio,' zei ik. 'Niet uit Iowa. Maar inderdaad: mijn moeder en haar man, mijn tantes en ooms, die wonen allemaal in Dayton.'

'En uw broers en zussen dan? Waar wonen die?'

'Ik ben enig kind.'

'Ach, wat akelig voor uw moeder,' zei iemand. Daarop klakte de vrouw naast me, Mrs. Anderson, afkeurend met haar tong. 'Die Mr. Williams van u is een fijne vent, we hebben 'm allemaal hoog zitten.'

'Nou en of.' Dat kwam van de vrouw die tegenover Mrs. Anderson zat. Ik geloof dat ze Mrs. Calloum heette. Ze was jonger dan de anderen en had haar bruine haar hoog op haar hoofd vastgestoken. 'Toen Everett een paar jaar geleden een gebroken been had en ik met die twee kleintjes zat, kwam Mr. Williams om de haverklap langs om ons te helpen. Dan zei hij bijvoorbeeld dat-ie net eventjes niks omhanden had, en dat het 'm zo leuk leek om dat gaatje in ons schuurdak even dicht te maken.'

'Echt iets voor hem,' zei Mrs. Anderson. 'Hij is ook eens melk komen brengen toen onze koe niet in orde was. Toen beweerde hij dat die meisjes van 'm zeker goeie zin hadden, want ze gaven veel meer melk dan anders en ik zou 'm een plezier doen als ik 'm van 't overschot af hielp.'

'Altijd klaarstaan voor een ander,' zei Mrs. Ogden. 'Maar net doen alsof je hém een gunst bewijst als je 'm laat helpen.'

'U hebt 't maar getroffen,' vond Mrs. Calloum.

Ik forceerde een glimlach en mompelde iets instemmends. Daarna ging het gesprek over op quilts. De vrouwenstemmen gleden langs me heen. Aan de andere kant van het paviljoen, aan de mannentafel, zat Oscar druk te lachen en te praten, zwaaiend met zijn vork. *Bent u uw vrienden uit Dayton vergeten?* had ik hem in een van mijn brieven geschreven. *Hoe is het om op een eiland helemaal in Texas te wonen?* had ik in een andere geïnformeerd. Uren had ik besteed aan het schrijven van die brieven. Ik deed mijn best de juiste toon te treffen en uit mijn nieuwsgierigheid naar Galveston mijn interesse te laten blijken. Mijn vragen waren zo geformuleerd dat hij me wel moest antwoorden.

En Oscar had dat doorzien. Hij had mijn wanhoop aangevoeld. Misschien dacht hij wel dat ik voor het altaar in de steek gelaten was. Of dat ik bang was de rest van mijn leven als oude vrijster door te moeten brengen. *Mijn Zoon heeft een Moeder nodig,* had hij geschreven. *Ik heb Behoefte aan een Vrouw.* Hij had zijn aanzoek zo gedaan dat ik zou denken dat ik hem een gunst verleende door het te accepteren.

Vanuit de mannenhoek klonk een bulderend gelach, alsof iemand een mop verteld had. Oscar leunde voorover en luisterde naar een man die een stukje verderop aan de tafel zat.

De vrouwen om me heen hadden het intussen over okra,

iets waar ik nog nooit van had gehoord. 'Vers uit de tuin, dun gesneden en gemengd met rijst en tomaten,' zei Mrs. Irvin. 'Anders lust Henry 't niet.' Ik knikte, maar ik had het gevoel dat ik nauwelijks lucht kreeg en het zweet brak me uit. Vanaf de overkant van de tafel zat Mrs. Calloum naar me te kijken.

Ik vermande me. 'Het is hier een beetje benauwd,' zei ik. 'De lucht is zo zwaar en vochtig.' Ik pakte het jampotje dat als mijn glas diende. De dikke rand ketste tegen mijn voortanden. Ons plotselinge huwelijk moest deze vrouwen wel geschokt hebben. Uit het niets was ik verschenen. Ik stelde me voor hoe de roddels over de platgereden strandweg snelden, voortgeblazen door de wind. Nan Ogden zou de bijzonderheden wel geleverd hebben. Eerst was daar het leeghalen van Bernadettes kleerkast geweest. Toen het bezorgen van de piano. Op woensdag was ik zelf gearriveerd. Daarna, op donderdag, het huwelijk en op vrijdag rond het middaguur waren we samen thuisgekomen. Ze kan niet koken en ze ging naar het privaat zonder op de deur te bonken, stelde ik me voor dat Nan haar moeder had verteld.

Er waren wel ergere dingen over me gezegd.

Met opgeheven hoofd was ik naar voren gekomen toen de gasten Oscar en mij naar de dansvloer riepen. Hoe het ook kwam dat hij mij tot vrouw genomen had, hoe groot de afstand tussen ons ook was, ik was nu hier, en samen stonden we voor deze mensen, als museumstukken op een tentoonstelling. Ergens klonk een vals, snerpend geluid. Een man lachte, en toen zag ik Nan Ogden zitten met haar viool. Ik was verbaasd: ze had vandaag met geen woord over een feest gerept. Onze ogen ontmoetten elkaar. Ik had een stuurse, wrokkige blik verwacht, maar in plaats daarvan gaf ze me een knikje. Ik knikte terug. Ze haalde diep adem en op dat moment begreep ik dat ze zenuwachtig was omdat ze voor zo'n groot publiek moest spelen. Toen zette ze in. Oscar pakte mijn hand en legde een hand op mijn rug.

Zijn aanraking voelde als een stroomstoot. Hij voelde het

ook, ik zag de schok in zijn ogen. Het bloed vloog naar mijn wangen. Alle gasten stonden te kijken. Ik legde mijn hand op zijn schouder. Stokstijf stond hij in de danshouding, alsof hij plotseling versteend was. Alleen zijn ogen schoten heen en weer tussen mij en de mensen om ons heen. Nans wals ging verder zonder ons. 'Een twee drie,' fluisterde ik om hem te helpen het ritme te vinden. 'Een twee drie.' Oscar verroerde zich niet. Misschien was hij verlegen. Misschien was hij niet gewend zo in het middelpunt van de belangstelling te staan. Ik bleef tellen, met een knikje op iedere eerste tel, en toen telde hij met me mee. Zijn lippen vormden de woorden. Ineens dansten we, al was het eerst meer struikelen dan dansen, en iedereen zag hoe ongemakkelijk we ons voelden.

> 'Sweet Evelina, dear Evelina,
> My love for thee will never, never die.'

Ik gaf een geruststellend kneepje in zijn hand. Zijn bewegingen werden wat zekerder, net als de mijne. Hij glimlachte opgelucht en toen dansten we echt, rondjes draaiend door het paviljoen. Alles en iedereen om ons heen werd wazig en de olielampen warrelden langs als gele flitsen.

> 'Evelina and I, one fine evening in June,
> Took a walk all alone by the light of the moon.'

De dans, de muziek bracht ons samen.

> 'The plants all shone for the heavens were clear,
> And I felt round the heart, oh! mightily queer.'

We walsten. Het briesje, de bruisende branding, alles hoorde nu bij de muziek, en onze zenuwen gleden van ons af. Ik glimlachte, en op dat moment voelde ik een lichtheid over me komen, alsof ik plotseling bevrijd was van het verleden.

Ook toen die eerste wals ten einde was en ik met de andere mannen danste, bleef die lichtheid bij me. De een na de ander danste met me; warm en bezweet schuifelden ze met me door het paviljoen – onbekende passen op muziek die ik nooit eerder had gehoord. Ik voelde me nog steeds licht toen de menigte stond te juichen en te klappen voor twee dansende nonnen, al werd het wijsje veel te luid en veel te snel gespeeld. Zolang er muziek klonk, zelfs onbeschaafde muziek, voelde ik me licht, en bestonden voor mij alleen de violen, de mandoline en Oscar. De muziek vulde de stilte tussen ons. We hoefden niet zo omzichtig te doen, niet ieder woord te wegen, niet zo op onze tellen te passen. We dansten, met elkaar en met anderen, en keken elkaar lachend in de ogen.

Toen de laatste wals was afgelopen en het stil werd, was Oscar ineens weer op zijn hoede. Hij zette een stap achteruit en liet mijn hand los, alsof hij verwachtte dat de fortuin zich weer gekeerd had en ik ieder moment mijn stekels op kon zetten.

Nu, bij het graf van zijn eerste vrouw, ging Oscar op zijn knieën zitten en trok met zijn blote hand een stekelige distel uit de harde, droge grond. André frummelde aan de bloemen in de vaas en hield een blaadje tussen duim en wijsvinger. Hij trok het blaadje los en stopte het in zijn zak.

Oscar kwam overeind en vroeg: 'Was dat het, zoon? Zullen we gaan?'

'Ik heb honger,' zei André.

'Ik ook,' zei Oscar. Hij wierp een blik op mij. Ik knikte. 'Laten we dan maar eens een plekje in de schaduw zoeken,' zei hij.

We reden met de wagen naar het strand en vonden die schaduw aan de voet van de hoge duinen, op ongeveer een mijl van het kerkhof. Tussen het duingras en de bloemen vouwde Oscar de rode deken uit waar André 's middags op sliep. De deken fladderde in de wind en ik greep de andere kant vast. André sprong erop zodat hij niet weg kon waaien.

Toen gingen we zitten. André zat tussen Oscar en mij in. Oscar vulde onze jampotjes uit de fles mineraalwater die hij had meegebracht, terwijl ik de gekookte eieren en de in theedoeken gewikkelde sandwiches uitdeelde. Toen ik eerder die ochtend met de bloemen was thuisgekomen, was Nan al weg. Oscar zei dat ze op zondag alleen 's ochtends werkte. 'Maar het is niks voor haar om weg te gaan zonder gedag te zeggen,' had hij gezegd. 'En zonder onze picknick klaar te maken. Het ziet ernaar uit dat jij dat zult moeten doen.'

Ik had geen idee wat ik met die gebakken ham aan moest. 'Sandwiches,' zei Oscar. 'Dat doet Nan ook altijd. En dan gekookte eieren en wat koekjes, als die er nog zijn.' Onhandig en onzeker maakte ik een lunch voor ons klaar. Ik brandde mijn vingers aan de koekenpan en morste gloeiend heet vet op de keukenvloer.

Nu pakte ik één van de sandwiches uit en voerde een gevecht met de theedoek, die steeds wegwoei als ik hem op mijn schoot wilde leggen. Ver weg, in het oosten, vormden de badhuizen vage contouren in de heiige lucht. Het water van de Golf was hier en daar groen, en aan de horizon boog de hemel zich omlaag om te versmelten met de zee. Langs de branding reden in beide richtingen een paar rijtuigjes voorbij. De koetsiers deden hun best de paarden zo goed mogelijk om het drijfhout heen te mennen. Een oude man zwierf met gebogen hoofd langs de branding. Hij had zijn broekspijpen opgerold en droeg een emmertje. Een schelpenverzamelaar waarschijnlijk.

Oscar zei het katholieke gebed: 'Heer, zegen ons en deze gaven,' woorden die me inmiddels vertrouwd waren. Maar van de manier waarop we zaten kon ik met geen mogelijkheid hetzelfde zeggen. Het zand onder de deken was bultig en mijn korset sneed in de huid onder mijn armen. Ik zat met mijn beide benen naar één kant en had mijn rok eronder gestopt. Oscar en André hadden hun kousen en schoenen uitgetrokken en zaten in kleermakerszit, met de theedoek in een prop onder één voet. Oscar had zijn mouwen opgerold. Zijn jasje, zijn vest en zijn boord lagen op een hoopje aan de rand van de deken.

André hield zijn sandwich omhoog en tuurde ernaar alsof het een of ander exotisch schepsel van de zeebodem was. 'Dit ziet d'r raar uit,' zei hij. Hij prikte met zijn vinger in het brood, waardoor er een diep gat ontstond. 'Het is helemaal zompig en Miss Nan haalt de korstjes d'r nie af.'

'Ze haalt de korstjes er niet af,' verbeterde ik.

'Weet ik. Het ziet er raar uit.'

'Vind je?' vroeg ik.

'Zoon,' zei Oscar. 'Eet je brood op.'

'Maar 't is helemaal zompig,' protesteerde André. 'Miss Nan dept 't altijd droog. Ze legt de ham op een theedoek en dan dept ze 'm.'

Nog maar een paar uur geleden had ik zijn tranen gedroogd. Hij had mijn pols aangeraakt en leek mijn aanwezigheid niet meer zo naar te vinden. Blijkbaar hadden vijfjarigen een grillig geheugen.

André tilde een hoekje van zijn brood op en bestudeerde de ham. Er landde een druppel vet op zijn broek.

'Zou je misschien de theedoek op je schoot willen leggen en daarboven willen eten?' vroeg ik.

'Waarom?'

'Om je kleren te sparen.'

'Zodat Miss Nan nie kwaad wordt as ik vuil ben?'

'Ja, en omdat het van goede manieren getuigt.'

'Kijk daar eens,' zei Oscar, terwijl hij de theedoek onder zijn voet vandaan haalde. 'Pelikanen. En daar in de verte vaart een schoener. Zie je hem? Misschien komt die ook wel uit Cuba, André. Wat zou hij bij zich hebben?'

André keek fronsend naar zijn sandwich, en vervolgens naar mij. Hij legde het brood op de deken en veegde zijn handen af aan zijn broek. Er bleven donkere strepen op achter.

'Die schoener,' herhaalde Oscar. Zijn stem klonk verbeten. 'Wat komt er uit Cuba, André?'
'Bananen,' antwoordde het kind mat.
'En als dat schip uit Brazilië zou komen?'
'Koffiebonen.'
'Mexico?'
'Citroenen.'
'Engeland?'
'Koningen en koninginnen!' Nu ging hij helemaal op in het spel en de stemming werd minder gespannen. Oscar vroeg naar Spanje, waarop André antwoordde: 'Christopher Columbus.' Aan het ritme kon je horen dat ze dit spelletje al veel vaker hadden gespeeld. Met zijn blik op de schepen gericht pelde Oscar een gekookt ei. Hij draaide het langzaam rond en de bruine stukjes eierschaal vielen op de deken. De wind woelde door zijn haar en door het mijne. Een paar losse lokken woeien tegen mijn lippen. Ik streek ze weg. De schelpenverzamelaar liep nu een eind verder op het strand. Behalve wij drieën was hier niemand. Terwijl hij raadde naar de lading van de verschillende schepen, knabbelde André aan zijn sandwich.

Ik was opgegroeid in een driepersoonshuishouden. Het tweede kind, een jongetje, was overleden toen ik vier was. 'Mijn Catherine,' noemde mijn vader me altijd. 'Mijn kleine pianiste.' Hij kwam uit een volstrekt amuzikale familie waar niemand wijs kon houden, maar, zo had hij me ooit verteld, zodra hij mijn moeder tijdens een feestje had horen pianospelen, had hij zich stellig voorgenomen om met haar te trouwen. Mijn moeder was toen achttien en had net haar debuut gehad. Ze was elf jaar jonger dan mijn vader, die toen al een gevestigd architect was. 'Hij was de enige die me bij zijn aanzoek een eigen piano beloofde,' zei mijn moeder altijd toen ik nog klein was. Mijn vroegste herinneringen aan haar waren dat ze in de zitkamer aan de piano zat terwijl haar vingers razendsnel over de toetsen scheerden. Mijn vader zag ik voor me aan zijn tekentafel in de studeerkamer, gebogen over vellen papier en met een potlood in zijn hand. De scheiding in zijn haar was al net zo vlijmscherp als de vouw in zijn pantalon.

Ik smeekte mijn moeder of ik naast haar mocht zitten als ze speelde. 'Twintig minuutjes,' zei ze dan. 'En alleen als je stil bent.' Ze droeg haar haar toen nog in pijpenkrullen en had altijd een broche op het boordje van haar blouse. Omhuld door de geur van haar lavendelwater keek ik naar haar handen. Voordat we het goed en wel in de gaten hadden, leidde ze mijn vingers al over de toetsen en leerde ze me noten lezen.

Toen ik acht was, speelde ik Mozart en Chopin, eenvoudige bewerkingen van pianoconcerten. Mijn moeder vond dat leuk, maar mijn vader vond het gewoonweg fantastisch. 'Een wonderkind!' riep hij voortdurend. Zijn stellige overtuiging dat de technische hoogstandjes voor mij geen probleem zouden vormen, gaf me het nodige zelfvertrouwen. 'Je moet het gewoon net zo aanpakken als ik met mijn bruggen,' had hij ooit tegen me gezegd. 'Mijn eerste eigen ontwerp was heel eenvoudig en had een spanwijdte van maar tweeëntachtig voet. Dat was tijdens de oorlog. Generaal Sherman wilde troepen concentreren in Tennessee, in wat later Shiloh zou gaan heten, en we hadden die brug nodig. Hij moest het gewicht van wagens en kanonnen kunnen dragen. Ik had al wel eerder bruggen ontworpen, maar altijd in samenwerking met andere architecten. Nu zou ik er helemaal alleen voor staan. Maar ik moest wel: heel Ohio rekende op me.'

Ik vond zijn bruggen prachtig, vooral vanwege de hoge dwarsribben en de driehoekspatronen in het frame. Ook mijn moeder was trots op zijn werk en bewaarde krantenartikelen over zijn verrichtingen tussen de bladzijden van haar dagboek. 'Je vader is een belangrijk man,' zei ze tegen me. Hij was vaak dagenlang van huis om toezicht te houden op het bouwen van zijn bruggen, maar als ze het al naar vond dat hij zo veel weg was, dan merkte ik daar in ieder geval niets van. Ik had de piano en mijn moeders lessen.

Ik vond het heerlijk om de toetsen onder mijn vingers te voelen. Alles was muziek voor mij: de rinkelende belletjes aan het tuig van de paarden die de bestelwagens door de smalle steegjes achter ons huis trokken, het gesis van het hete strijkijzer waarmee de meid mijn vaders overhemden streek, de gedichten die ik op school uit mijn hoofd moest leren en waarin ik eerder toonhoogten en harmonieën dan woorden hoorde. Rijen rekensommen waren voor mij als tonen die logisch op elkaar volgden. Toen ik tien werd, vond mijn vader dat ik meer nodig had dan mijn moeder mij kon bieden. Hij vroeg de pianist uit het orkest in Cincinnati om mij iedere maandagmiddag bij ons thuis te komen lesgeven. Mijn moeder was ertegen. 'Ze is mijn leerling,' zei ze tegen mijn vader. 'Ik ken haar sterke en zwakke kanten. Die Mr. Brand weet niets van haar af.'

'Ze heeft talent, dat moet ontwikkeld worden,' antwoordde mijn vader.

'En dat zou ik niet kunnen?'

Nog dagen bleef mijn moeders glimlach nogal grimmig. De gesprekken tussen mijn ouders werden beleefd en afstandelijk. Mijn vader bracht steeds meer tijd achter zijn tekentafel door en mijn moeder vond ineens dat ik te veel studeerde. 'Je borduurwerk lijdt eronder,' zei ze, 'en je porseleinschilderwerk ook.'

Hoe groter mijn vaders reputatie werd, hoe langer hij tijdens zijn reisjes van huis bleef. Mijn moeder vond nog meer vrouwenkransjes om lid van te worden en bezocht lezingen over literatuur, kunst en muziek. Als mijn vader thuis was, besprak hij mijn vorderingen met Mr. Brand. Een paar maanden na mijn veertiende verjaardag regelde hij dat ik de zomer met diens familie in Cincinnati door mocht brengen. 'Catherine krijgt dan iedere dag les,' zei hij tegen mijn moeder, terwijl ze samen in de kamer zaten en ik achter de dichte deur stond te luisteren. 'Al die lessen, denk je eens in hoe ze dan vooruit zal gaan!'

'En gaan we dan niet naar Lake Erie?' vroeg mijn moeder. 'Maar dat doen we ieder jaar! Hoe moet het dan met onze picknicks, onze spelletjes badminton en croquet? Alsjeblieft, Albert. Je kunt toch niet van Catherine verlangen dat ze haar hele zomer opgeeft?'

Ik vond het geweldig dat ik naar Cincinnati mocht. 'Alleen dit jaar,' zei ik tegen mijn moeder, voordat ik in de trein stapte. 'Om vader een plezier te doen.'

Ze ging in haar eentje naar ons huisje bij Lake Erie; mijn vader moest de hele zomer werken.

In het huis van de familie Brand, een kleine woning van twee verdiepingen met uitzicht op de rivier de Ohio, dompelde ik me onder in een wereld van muziek. Het tempo in dat huishouden lag totaal anders dan in ons beschaafde gezinnetje. 'Niet haasten!' schreeuwde Mr. Brand van waar hij zich ook in het huis bevond, terwijl ik in de kleine huiskamer zat te studeren. Hij was een tengere man, en hoewel ik wist dat hij zo ongeveer mijn vaders leeftijd had, bewoog hij zich zo snel en lenig als een jongen. 'Het is muziek, geen wedstrijd,' was zijn eeuwige commentaar. Dan was hij intussen de kamer binnengekomen en bonkte met zijn vuist tegen zijn borst. 'Gebruik je hart, Catherine. Voel met je hart, luister met je hart. Je kunt het. Ik weet dat je het kunt.'

Ik voelde en luisterde en werkte hard. De dagen vlogen voorbij. Het Cincinnati Orchestra repeteerde de hele zomer voor het komende seizoen en op woensdagmiddagen mocht ik bij de repetitie zitten. Ik zat aan de zijkant en keek gebiologeerd toe, helemaal in de ban van al die gepassioneerde musici en vol bewondering voor de dirigent die al die verschillende temperamenten als één geheel wist te laten klinken.

Het gebeurde regelmatig dat er tegen etenstijd een aantal musici bij het echtpaar Brand op de stoep stond. Mrs. Brand, een robuuste vrouw met stevige rode wangen en een Duits accent, stond bekend om de opgewekte welwillendheid waarmee ze een paar extra borden op tafel zette. 'Dit is de reden dat God ons geen kinderen heeft geschonken,' zei ze tegen me. 'Hij wil dat ik musici te eten geef.' Ze serveerde het goedkoopste vlees, maar niemand leek dat erg te vinden. De maaltijden duurden vaak uren. De mannen spraken over Praag en Wenen alsof ze daar hadden gestudeerd. Ze hadden het over de genialiteit van Liszt en het tragische lot van Beethoven, die doof geworden was en daardoor zijn eigen composities niet had kunnen horen. 'Vergeet het Weense damesorkest niet,' merkte Mrs. Brand van tijd tot tijd op met een knipoog in mijn richting. 'De tijden veranderen. Straks zitten er bij jullie in het orkest ook vrouwen.'

Ik luisterde toe en wilde niets liever dan ook musicus worden. Dat was het moment dat ik me realiseerde hoe weinig belangstelling ik had voor het huwelijk of het moederschap. Zo'n leven leek me plichtmatig en saai. Zes jaar later, toen ik afstudeerde aan Oberlin College en toetrad tot het trio in Philadelphia, was ik in de zevende hemel met mijn opwindende bestaan als concertpianiste. Ik geloofde dat ik mijn hele verdere leven aan muziek genoeg zou hebben. Muziek was mijn levensvervulling.

'Catherine?' zei Oscar. Hij hield het gepelde ei in zijn eeltige hand. Het spelletje over de schepen en hun lading was voorbij en André was weggedrenteld. Hij zat een stukje verderop gehurkt iets in het zand te bestuderen, met zijn handen op zijn knieën.

'Nee dank je,' zei ik. Ik had meer dan genoeg gegeten. Hij haalde zijn schouders op alsof hij al verwacht had dat ik zou weigeren, nam een hap van het ei en stak daarna de rest ook in zijn mond.

De afgelopen twee avonden was Oscar tot laat in de stal aan het werk geweest en pas naar huis gekomen toen ik allang in bed lag. Beide nachten had ik me stilgehouden terwijl hij zich in het donker uitkleedde. Beweginloos wachtte ik tot hij het muskietennet opzij deed en de matras inzakte onder zijn gewicht. Ik lag met mijn rug naar hem toe en hij raakte me niet aan. Een tweede hysterische aanval wilde hij niet riskeren.

De stilte tussen ons was ondraaglijk. Een paar keer dansen en een uitje naar het kerkhof was niet voldoende. Ik zou me moeten verontschuldigen voor wat er tijdens onze huwelijksnacht gebeurd was.

Oscar stak een sigaret aan, schoot met zijn wijsvinger de lucifer in het zand en leunde achterover op zijn ellebogen, zijn benen gestrekt, een blote enkel rustend op de andere. Half liggend keek hij in de richting van de schaduwplek waar hij de paarden aan een paal had vastgebonden.

Het was me allemaal te veel geworden, stelde ik me voor dat ik zou zeggen. De reis, de trouwerij, een nieuwe stad.

De golven rolden naar voren en vielen weer terug, steeds opnieuw, een dof geraas. De zoute lucht prikte aan mijn huid. De zon kroop dichter en dichter naar mijn kant van de deken. De hitte was meedogenloos. Ik schonk nog wat mineraalwater in onze jampotjes. De spieren in Oscars onderarm bewogen toen hij tegen zijn sigaret tikte. De as viel naast hem in het zand. Ik opende het bovenste, met stof overtrokken knoopje van mijn hooggesloten blouse. Een eindje bij ons vandaan schepte André zand met een schelp die hij had gevonden. Zijn schaduw lag als een donkere vlek naast hem.

Het kwam niet door jou, stelde ik me voor dat ik tegen Oscar zou zeggen. Maar dat was natuurlijk niet helemaal waar.

Oscar tikte met de zijkant van zijn voet tegen de deken, terwijl hij zijn blik op André gericht hield. Zijn broekspijp was een stukje omhooggeschoven. Bij iedere beweging van zijn voet spande en ontspande het onderste gedeelte van zijn kuitspier zich.

Ik wil graag opnieuw beginnen, zou ik kunnen zeggen. Misschien hoefde ik daar niet eens veel meer aan toe te voegen. Of was er toch iets anders nodig, een verklaring voor iets wat niet verklaard kon worden?

Ik strekte mijn benen, die helemaal gevoelloos waren, en stopte mijn rok er aan beide kanten onder. Net als Oscar legde ik mijn ene enkel op de andere. Mijn zoom fladderde een beetje in de wind. Boven mijn enkelhoge schoenen werd een stukje van mijn witte zijden kousen zichtbaar. Oscar nam een trekje van zijn sigaret en blies de rook uit. Even keek hij naar mijn kousen, toen wendde hij zijn blik af.

De wind was warm, maar bracht wel wat beweging in de lucht. Achter de branding sprong een vis uit het water omhoog, een sprankelend zilveren boogje. Ik maakte mijn tweede knoopje open, en daarna het derde. Toen trok ik de beide kanten van mijn kraagje opzij, zodat de lucht het kuiltje in mijn hals bereikte. Vlakbij klonk het ruisen van het lange duingras en de dukaatbloemen, die ombogen en in elkaar klitten.

'Oscar,' begon ik.

Hij trok zijn wenkbrauwen op en keek me aan.

'Eh... Nog even over laatst...'

Oscar wachtte zwijgend.

'Wat er donderdag gebeurd is...'

Hij legde zijn sigaret in het zand en draaide zich naar me toe, alleen nog steunend op zijn linkerelleboog.

'Ik was –'

'Catherine.'

Ik zweeg. Oscars blik flitste naar mijn enkels, gleed over mijn kousen. Zijn groene ogen bleven rusten op mijn keel, mijn mond. Toen keek hij me aan.

Ik voelde dat ik opzij zakte. Oscar legde zijn vingertoppen op mijn lippen, alsof hij me het spreken wilde beletten. Heel lichtjes streelde hij mijn bovenlip. Aan zijn vingers kleefden een paar korreltjes zand. Ik boog naar hem toe en ademde de geur van tabak, van zout en hooi in. Hij streek een lok haar uit mijn gezicht en legde zijn hand tegen mijn wang.

Toen kuste hij me. Zijn hand lag in mijn nek en die van mij lag op zijn brede schouder.

Plotseling trok hij zich terug. Zijn hoed viel van zijn hoofd. Hij sprong overeind en tuurde gespannen het strand langs. André. Hij was verdwenen. Een rijtuigje, getrokken door twee paarden, reed langs de branding. André... al dat water. Ik probeerde overeind te komen, maar mijn voeten bleven haken in mijn rok en ik gooide eerst mijn eigen jampotje en toen dat van Oscar om. Het rijtuigje reed verder, de wielen draaiden en draaiden, en daar was hij: een klein jongetje dat vlak bij het water aan het graven was.

Oscar draaide zich naar me om. Er lag een grote scheve grijns van opluchting op zijn gezicht en op dat moment begreep ik wat een zorg en verantwoordelijkheid het was om een kind groot te brengen. André ging voor, ik moest eerst aan hem denken. Hij was het belangrijkst, niet mijn fouten, niet mijn teleurstellingen. Niet Oscar, met zijn groene ogen en zijn zachte aanraking, niet mijn reactie op hem, die me had overrompeld en waar ik me nu onbehaaglijk bij voelde.

Ik stond op en maakte onhandig mijn knoopjes weer vast. Toen zette ik mijn hoed recht en sloeg het zand van mijn rok. Ik keek naar Oscar. De grijns was van zijn gezicht verdwenen en ik zag mezelf zoals hij me wel zou zien: stijf rechtop, kleding keurig op orde en afstandelijk als altijd.

Er trok een spiertje bij zijn mondhoek. 'Ik denk dat het tijd is om weer eens huiswaarts te gaan,' zei hij.

'Het is een lange dag geweest.'

Hij knikte en floot naar André. Hij riep hem bij zich voordat hij zijn hoed ging pakken, die een stuk verderop in het lange gras was blijven hangen. Ik trok mijn handschoenen aan en tegen de tijd dat Oscar terug was met zijn hoed, die hij tegen zijn been sloeg om het zand eraf te schudden, was het alsof we vage bekenden waren die zich toevallig tegelijkertijd op dezelfde plek bevonden. Ik pakte de spullen in terwijl Oscar en André hun kousen uitrolden en aantrokken en de veters van hun schoenen strikten. Oscar hielp me in de wagen, maar zijn hand raakte slechts heel even mijn middel. Toen spoorde hij de paarden aan en schoten we naar voren in het zachte duinzand.

10

Het zeiljacht

Maandag. Wasdag. Op het fornuis stonden pannen water te borrelen. De keukenwanden glommen van het vocht. Kleren, ondergoed en beddenlakens lagen te weken in kuipen vol heet zeepsop. Nan was aan de keukentafel bezig de hemden van Oscar en André over de metalen ribbels van het wasbord schoon te schrobben. Het zweet parelde op haar voorhoofd en haar bovenlip, en op het lijfje van haar jurk verschenen donkere plekken. Ze had haar mouwen opgestroopt, waardoor haar knobbelige polsen zichtbaar waren. Haar handen waren rood en gehavend van de ruwe waszeep en het wasbord. Ze trok een boos gezicht bij het zien van de vlekken op de broek die André gisteren tijdens de picknick had gedragen en hield met een afkeurend geluidje een van mijn blouses omhoog. De vele lagen kant maakten haar toch al zo zware taak blijkbaar nog zwaarder. De was, zo werd me woordeloos duidelijk gemaakt, was een gruwelijk karwei. Toen ik vroeg wat ik kon doen om haar te helpen, keek ze me aan alsof ik Grieks gesproken had.

Ze snauwde tegen André en zei dat hij haar in de weg liep, dat ze geen tijd had om hem steeds om zich heen te hebben. 'Je bent al vijf, veel te groot om aldoor achter me aan te lopen,' zei ze. 'Ga maar met je schep onder 't huis spelen. Toe dan!'

Hij maakte zich uit de voeten.

'Een verborgen schat zoeken,' antwoordde ze toen ik vroeg wat hij met die schep ging doen.

'Aha. Net als in *Schateiland*,' zei ik.

'Huh?'

'Het boek van Robert Louis Stevenson,' zei ik. 'Daar komen boekaniers in voor, en een zoektocht naar een kaart waarop staat aangegeven waar de schatkist is begraven. Kleine jongetjes zijn dol op dat verhaal.'

'Nooit van gehoord.'

Ik trok me terug in de slaapkamer en hield mezelf bezig aan de kaptafel, waar ik mijn potjes crème, mijn kam en borstel en mijn flesje lavendelwater herschikte, alsof de precieze plek van ieder object belangrijk was en betekenis gaf aan mijn dag. Daarna streek ik mijn rokken in de kleerkast glad. Ik kon natuurlijk gaan pianospelen of een boek gaan lezen op de veranda, maar dat was allebei ondenkbaar zolang Nan nog in de keuken aan het zwoegen was. De dienstboden van mijn moeder, meestal jonge vrouwen uit Wales of Ierland, werden opgeleid om te kunnen werken zonder gezien te worden. De was werd gedaan in de keuken, een ruimte met een deur, een ruimte die niet de andere helft van de zitkamer vormde. Het schrobben van vloeren en het afstoffen van het meubilair gebeurde als ik naar school was en mijn moeder bezoekjes bij vriendinnen aflegde.

Ik vouwde mijn geborduurde zakdoekjes opnieuw op. In de badkamer pompte ik water en streek met een vochtig washandje over mijn gezicht en hals. Ik overwoog een brief aan mijn moeder te schrijven om haar te laten weten dat ik getrouwd was, maar verder dan een aanhef kwam ik niet. De waarheid schrijven was uitgesloten. *Mijn nieuwe huis is op zijn zachtst gezegd rustiek. De huishoudster koestert een wrok tegen me en mijn stiefzoon verzet zich tegen alles wat ik doe of zeg. Mijn echtgenoot is een man die me zo van mijn stuk brengt dat ik geen idee heb wat ik van hem moet denken. Of van mezelf.*

De lunch, een dikke brij van rode bonen en rijst, werd op de veranda gegeten, aangezien de keuken vol wastobben stond. Oscar, Nan, André en ik zaten dicht opeengepakt aan het kleine ronde tafeltje, terwijl een licht briesje van tijd tot tijd de lucht in beweging bracht. De vloerplanken waren kromgetrokken van de zeelucht en de tafel wiebelde zo vreselijk dat Oscar de krant van gisteren onder een van de poten moest schuiven. Het gonsde van de vliegen, die voortdurend op ons eten gingen zitten. We sloegen ernaar, maar veel haalde dat niet uit. De ruimte tussen Oscar en mij was krap en toen zijn knie tegen de mijne stootte, draaiden we ons van elkaar weg.

Dat was iets waar we heel goed in waren. De vorige avond, na ons bezoek aan het kerkhof en de picknick in de duinen, was Oscar weer tot ver na donker in de stal aan het werk geweest. In bed bleef hij op zijn eigen helft en ik op die van mij. Ik zou juist opgelucht moeten zijn, hield ik mezelf voor terwijl Oscar zo dicht naast me zat te eten. Ik zou dankbaar moeten zijn.

Toen we klaar waren en Oscar opstond met een lachje voor André en een knikje naar Nan, bleef zijn blik op mij rusten. Opnieuw voelde ik de liefkozingen van gisteren: zijn hand in mijn nek, zijn kus. 'Catherine,' zei hij, en hij tikte aan zijn hoed. Toen vertrok hij, en ineens had ik het helemaal warm en niet alleen vanwege het hete weer.

Nan stond op. Ze stootte tegen de tafel en het servies rammelde. 'Zo,' zei ze. 'Zo.' Ze begon de messen, vorken en lepels bij elkaar te pakken. 'Jongeman,' zei ze tegen André, 'tijd voor je slaapje. Ga je deken maar halen.'

'Maar Miss Nan, ik ben-nie moe. Moet 't echt?'

'We moeten allemaal weleens iets doen wat we niet leuk vinden. Je moet 't goede met 't kwade nemen, zo is 't nu eenmaal.' Ze wierp me een zijdelingse blik toe. Ik depte mijn mond met mijn servet in een poging mijn kalmte te hervinden. Toen wendde ze zich weer tot André. 'Schiet op, ga je deken eens halen. Ik moet de was nog doen, want die kleren worden niet vanzelf schoon, dat kan ik je wel vertellen.'

André deed wat hem gezegd was. Dit was hun vaste routine: bevelen en protesteren. Iedereen had hier zo zijn eigen routine en deed wat er gedaan moest worden. Mijn leven had jarenlang om muziek gedraaid; de lange repetities met het trio waren altijd zo snel voorbij dat de uren wel minuten leken. Maar hier was het enige wat ik te doen had het avondeten op tafel zetten, en zelfs dat was van tevoren door Nan klaargemaakt. Mijn leven strekte zich als een eindeloze reeks lege uren voor me uit.

De troost van de routine, dacht ik toen Nan de borden begon op te stapelen. Dat was wat Oscar zocht als hij bij iedere gelegenheid die zich voordeed naar de stal ontsnapte.

Ik pakte Oscars glas op, en toen dat van André. 'Ik doe de afwas wel,' zei ik.

Toen Nan en haar broers naar huis waren en ik, gebogen over een open ovendeur, met een blaasbalg het vuur probeerde aan te blazen, kwam André binnenrennen. 'Ma'am!' schreeuwde hij. 'Kom 's kijken! Papa zegt dat u moet komen. Snel!'

'Is er iets mis?'

Hij schudde zijn hoofd. Zijn ogen schitterden van opwinding. 'Kom maar kijken!' Toen wees hij naar me. 'Uw hoofd is helemaal rood.'

Voordat ik hem kon vertellen dat het onbeleefd was om te wijzen, en ook om tegen een vrouw te zeggen dat ze er verfomfaaid uitzag, was hij alweer naar buiten geholt. Ik sloot de oven en liep de veranda op. Onder aan de trap dromden André en de honden om Oscar heen. 'Een zeiljacht,' zei Oscar grijnzend. Hij wees. Vlak bij St. Mary's voer een klein schip pal achter de branding, dichter bij de kust dan ik ooit een vaartuig had gezien. Er kwam zwarte rook uit de schoorsteen en het schip ging zo langzaam vooruit dat het op het eerste gezicht leek alsof het stillag.

'Pak je hoed,' zei Oscar. 'We gaan naar het strand om te kijken. Snel, voordat het weg is.'

'En het eten dan? De oven is nog niet aan. En dan die zon, die ontzettende hitte!'

'Het is een jacht, Catherine. Wanneer heb jij voor het laatst een jacht gezien?'

'Papa,' zei André, terwijl hij aan Oscars hand trok. 'Gaan we nou? Gaan we? Nu meteen?'

'Stil, André,' zei Oscar. Zijn stem klonk scherp van ongeduld en wrevel. En dat kwam niet alleen door André. De grijns was van zijn gezicht verdwenen toen hij omhoogkeek naar waar ik stond, boven aan de trap. Het schip kwam naderbij, net als de zwarte rookpluim.

'Wacht even,' zei ik. 'Dan pak ik snel mijn hoed.'

'Gauw dan,' zei Oscar. En ik wás gauw. De verrassing in zijn stem en in zijn ogen was me niet ontgaan. Ik had hem niet afgeweerd.

Het jacht was lang maar niet zo breed, en de Amerikaanse vlag aan de achterkant – de achtersteven, herinnerde ik me van mijn zomers aan Lake Erie – wapperde terwijl het schip in onze richting voer. De zeilen aan de drie masten waren opgerold en vastgebonden. Bij de boeg stond een kleine hut met raampjes. Midden op het schip zorgde een overhuiving voor schaduw op het dek. Op blote voeten stonden Oscar en André in het water, om er maar zo dicht mogelijk bij te kunnen komen. Oscar had zijn broekspijpen tot vlak onder zijn knieën opgerold. Zelf zat ik halverwege het strand op een lang stuk ruw drijfhout dat een paar voet boven het zachte zand uitstak. Oscar en André zwaaiden naar het jacht, ze hielden hun armen hoog boven hun hoofd en maakten grote bewegingen. Oscar wuifde met zijn hoed.

'Hallo!' schreeuwde André. Zijn stemmetje klonk hoog. En het werd nog hoger toen er drie mensen onder de luifel vandaan kwamen en bij de reling gingen staan. Een van hen was een vrouw. Haar rok wapperde om haar benen. Ze wuifden en riepen iets, maar hun stemmen gingen verloren in het geruis van de branding en het gebrom van de scheepsmotor.

Ze zullen wel verbaasd zijn om op dit verlaten stuk van het eiland mensen te zien, dacht ik. Misschien zagen wij er voor hen wel net zo exotisch uit als zij voor ons. Een boerenfamilie, dachten ze wellicht, want het dak van de koeienstal was zichtbaar vanaf het strand. Voor hen waren we waarschijnlijk simpele mensen met ongecompliceerde levens en heel weinig verlangens.

Het jacht werd kleiner en kleiner, en van de rookpluim bleef alleen een donker sliertje over toen het schip langs het eiland in de richting van de stad voer, waar de straten geplaveid waren en waar gebouwen stonden met smeedijzeren balkons.

'Dahag!' riep André, die het woord zo lang mogelijk liet doorklinken. 'Kom maar gauw terug!'

Oscar legde zijn hand op Andrés hoofd en keerde zich toen om naar mij. Mijn adem stokte. Zojuist hadden hij en André nog naar het jacht staan roepen. Nu lag er iets scherps in zijn blik, alsof hij nu pas zag hoe ver ik van de branding zat, hoe strak ik mijn rok om mijn benen had gewikkeld en hoe stevig ik mijn hoed onder mijn kin had vastgestrikt. Hij liet André in het enkeldiepe water staan en kwam op me af.

Nodig hem uit om te komen zitten, zei ik tegen mezelf. Dan kunnen we over het jacht praten, over hoe lief André daar had staan roepen en hoe vriendelijk de passagiers naar hem hadden teruggezwaaid.

'Catherine,' zei Oscar, toen hij me bereikt had. De wind blies door zijn bruine haar; zijn hoed hield hij nog steeds in zijn hand. Hij kneep zijn ogen dicht tegen de zon. Heel even keek hij langs me heen, alsof hij iets zocht. Er gleed een vreemde uitdrukking over zijn gezicht, een uitdrukking die ik niet kon thuisbrengen.

Toen keek hij me aan. 'Het is nu al zes dagen,' zei hij.
'Pardon?'

'Je bent hier al zes dagen. Sinds woensdag. En je hebt nog steeds het zand niet gevoeld. Of het water. Je hebt niet eens gezegd dat je het wilde.'

Het idee was zelfs nooit bij me opgekomen. 'Ik –'

'Nee, Catherine.' Hij torende boven me uit. De wind greep zijn kleren; zijn hemdsmouwen en broekspijpen wapperden tegen zijn huid. 'Je woont nu hier. Het is tijd. Doe je schoenen en kousen uit.'

'Oscar.'

Hij zei niets.

Ik vocht met de knoopjes van mijn schoenen, uit het veld geslagen door zijn bruuskheid. Hij keek toe terwijl ik eerst de ene en daarna de andere kous naar beneden trok en ondertussen mijn benen zo goed mogelijk onder mijn rok probeerde te verbergen. Toen ik klaar was, stond ik op. Het zand was diep en zacht, en heet van de zon. Zonder iets te zeggen draaide Oscar zich om en liep terug naar het water. Ik volgde hem. Mijn voetzolen waren heel gevoelig; ik had in geen jaren blootsvoets gelopen.

Ik volgde hem langs stukken drijfhout, flesscherven, kapotte schelpen en oranje zeewier dat naar vis rook. Toen stonden we op het vlakkere stuk strand, dat koel en nat was, maar wel stevig. Hij liep naar het water waar André op zijn hurken zat te kijken naar kleine, borrelende gaatjes in het zand.

Oscar liep de zee in. Het water stroomde rond zijn blote enkels. Hij draaide zich om en keek me aan.

Het werd me duidelijk dat hij me op de proef stelde. Ik kon het water in lopen en deel worden van deze plek. Of ik kon achterblijven. Dan zou de stilte tussen ons alleen maar dieper worden.

Met opeengeklemde kaken stond hij te wachten. Hij dacht dat ik me om zou draaien, vermoedde ik. Hij verwachtte dat ik hem teleur zou stellen.

Ik hees mijn rok op, raapte al mijn moed bijeen en liep het water in. Het stroomde over mijn voeten en voelde warm, bijna heet aan, heel anders dan de scherpe kou van Lake Erie. Oscar draaide zich om en liep een paar stappen verder de zee in. Ik volgde – het water kwam nu al tot boven mijn enkels – en ging naast hem staan.

Hij keek op me neer. De kracht van het water bracht me uit balans en mijn voeten zakten weg in het bewegende zand, dat korrelig aanvoelde tegen mijn huid. Ik kromde mijn tenen, zoekend naar houvast. Toen trokken de golven zich weer terug. Ik wankelde, liet mijn rok los en greep Oscars arm. Vlokkig schuim zwierde om mijn benen en de zoom van mijn rok werd zwaar. Ik hield me steviger aan Oscar vast.

'Zet maar een stap,' zei hij. 'Er is niets om bang voor te zijn.'

Ik gehoorzaamde terwijl ik hem bleef vasthouden. De golven rolden af en aan, alles was uit evenwicht, alles zonk.

'Oscar,' zei ik. 'Het spijt me zo. Het spijt me zo wat er donderdag gebeurd is.'

Hij staarde naar de horizon. Hij heeft me niet gehoord, dacht ik. Of hij wil me niet horen. Het water kolkte om ons heen, duwend en trekkend. In een opwelling liet ik zijn arm los en pakte zijn hand. Ik vlocht mijn vingers door de zijne, zodat onze handpalmen elkaar raakten. Toen keek hij opzij. Om zijn lippen speelde een glimlachje. Hij knikte.

Een gevoel van lichtheid nam bezit van me. Ik was bevrijd, vergeven. Aan Oscars andere kant sprong André over een klein, rimpelend golfje. Hij zwaaide met zijn armen en landde plat op zijn voeten. 'Kijk,' zei hij. 'Pelikanen. Het zijn d'r vier.'

De vogels zweefden maar een paar voet boven de golven en zomaar ineens begon Oscar te lachen. Het was een diepe, warme en aanstekelijke lach. Ik lachte ook. Dat had ik in geen maanden gedaan en het overviel me een beetje. We struikelden en vielen tegen elkaar aan, maar nu hielden we elkaar vast, we lieten elkaar niet los toen het zand onder onze voeten vandaan stroomde.

Die avond liep ik naar de achterveranda terwijl Oscar zijn werk in de stal afmaakte. De zon ging onder aan de wijde hemel en de lucht kleurde oranje, rood en paars, terwijl de bayou opgloeide in een zilverachtig roze. Zeemeeuwen scheerden over de plassen in de wei. Toen de zon in de bayou zakte, kregen hun vleugels alle kleuren van de regenboog.

Wat was alles hier weids, dacht ik. De hemel, het water, en het leven dat voor me lag. Ik voelde de golven tegen mijn enkels en het wegstromende zand onder mijn voeten, alsof ik nog steeds in zee stond. Ik pakte de reling vast en zag Oscar de stal uit komen en het pad naar huis nemen. Toen hij me zag staan, vertraagde hij zijn pas, alsof hij verbaasd was.

Opnieuw voelde ik de stroming, maar deze keer lag mijn hand in die van Oscar. 'Er is niets om bang voor te zijn.' Ik liet de balustrade los en liep naar de verandatrap. Daar zette ik mijn eerste stap omlaag.

II

De kristallen oorbellen

De volgende ochtend ging ik achter de piano zitten en bracht in mijn muziek tot uitdrukking wat ik met woorden niet kon zeggen. Ik speelde het ene concert na het andere, in de overtuiging dat Oscar iedere noot zou horen terwijl hij in de stal aan het werk was. André was bij hem en Nan stond te strijken in de keuken. Terwijl het ene strijkijzer op het fornuis heet stond te worden, bonkte ze met het andere op de beddenlakens en de overhemden om stukje bij beetje de stof te persen. Gisteren had het nog ondenkbaar geleken om piano te spelen terwijl zij aan het werk was. Vandaag kon ik niet anders. Ik hoorde iets in de muziek wat ik er nooit eerder in gehoord had.

De melodieën bleven doorklinken in mijn hoofd toen ik de klep gesloten had en op de veranda was gaan zitten, waar ik gebiologeerd naar de Golf staarde, en naar de korte, felle regenbuien die op het dak trommelden en even plotseling ophielden als ze begonnen waren. Toen Oscar met André naar huis kwam voor de middagpot, zoals hij dat noemde, liep ik hem tegemoet. Slechts heel even raakten onze handen elkaar; we begrepen allebei dat we in het bijzijn van Nan en André de schijn van formaliteit moesten bewaren.

's Middags begon het harder te regenen. De Golf had de kleur van tin aangenomen. Ik zat met een ongeopend boek op mijn schoot op de veranda en André lag aan mijn voeten te slapen op de deken, toen een bliksemflits de lucht doorkliefde. André schrok wakker, zijn ogen groot van angst.

'André,' zei ik. Ik stak mijn hand naar hem uit. Er klonk een donderslag. André rende naar binnen en klemde zich vast aan Nan, die nog steeds stond te strijken.

'Geen gejammer,' zei ze.

Ik stond in de deuropening.

André had zijn armen om Nans benen geslagen, maar haar gezicht stond strak en ze bleef stokstijf staan, met het strijkijzer in haar hand. 'Gewoon een buitje, anders niet,' zei ze. 'La-me 's los.'

Een felle lichtflits spleet de hemel open. André greep Nan nog steviger vast en begroef zijn gezicht in haar rok. 'Onweer,' zei ze. 'Stelt niks voor. Wees een man.' Ze zette het strijkijzer neer en gaf hem een duwtje. 'Ik heb werk te doen.'

'Miss Nan,' smeekte hij.

Ze schudde haar hoofd. Terneergeslagen schoof hij van haar weg en met een bons zette ze het strijkijzer op het kinderhemdje dat op de strijkplank lag.

Er was iets aan de hand met Nan. Het was niets voor haar om zo bars tegen André te doen. Ze had kringen onder haar ogen en zag bleek, alsof ze ziek was. Ik liep de keuken in en stak mijn hand uit naar André. 'Kom maar met mij mee,' zei ik. 'Ik heb een verrassing voor je.'

'Echt waar?' vroeg hij.

'Echt waar.' Ik keek even naar Nan toen André mijn hand pakte, maar als ze mijn hulp al op prijs stelde, wist ze dat goed te verbergen. Haar aandacht was volledig op haar werk gericht, ik had net zo goed niet in de kamer kunnen zijn. 'Wat dacht je van een pianoles?' vroeg ik.

'Papa zegt dat ik d'r nie aan mag komen. Dat 't geen speelgoed is.'

'En daar heeft hij gelijk in. Maar dit is een les, en dat is iets heel anders.'

'Net zoiets als school?'

'Precies. Alleen zit je nu niet aan een lessenaar, maar aan de piano. Wat denk je, zullen we het eens proberen?'

Die nacht lagen Oscar en ik bij elkaar en praatten zachtjes. 'Je zult hier best wennen,' zei hij. 'Gun jezelf een beetje tijd. Bij mij duurde het ook even, met die hitte en alles. Maar misschien lag het voor mij ook wel anders. Ik was helemaal niet van plan om hier te blijven. Je zou kunnen zeggen dat ik hier min of meer per ongeluk terechtgekomen ben.'

Mijn hoofd lag op zijn schouder en onder de palm van mijn hand voelde ik het kloppen van zijn hart. 'Per ongeluk?' vroeg ik.

'Ik was eigenlijk op weg naar het zuiden van Texas. Daar wilde ik een baantje zoeken als knecht op een boerderij. Ik was twee winters in de noordpunt geweest, dat vond ik wel genoeg.'

Zijn wat slepende tongval gaf zijn stem iets strelends. Er trok een rimpeling door het muskietennet, een nachtwindje bracht ons verkoeling. Het was al uren geleden opgehouden met regenen.

'Ik nam de trein naar Dallas en daarna een volgende naar Houston,' zei hij. 'Onderweg kwam ik allerlei mensen tegen. Eén vent had het over Galveston, over de katoenbeurs, en over de schepen die vanuit de hele wereld hiernaartoe kwamen. Ik had nog nooit een oceaan gezien, ik kon me er zelfs geen voorstelling van maken. Toen ik in Houston aankwam, besloot ik om even naar Galveston te gaan. Gewoon om eens te kijken.'

'En toen ben je gebleven.'

'Ik was het niet van plan, maar het kwam door de Golf. Die was nooit hetzelfde. Ik bleef nieuwsgierig naar wat hij nou weer zou gaan doen. 's Morgens kon hij zo glad zijn als een spiegel, terwijl er dan in de loop van de middag ineens torenhoge golven schuin het strand op kwamen rollen. Of juist recht van voren. Nog één dag, dacht ik steeds. Dan ga ik verder naar het zuiden. Maar toen begon ik de nachthemel te bestuderen. Ik kreeg belangstelling voor de maan en de getijden. Ik wilde zien hoe hoog het water stond als het vloed was, en hoe ver het zich zou terugtrekken bij eb.'

Ik streek met mijn vingers langs zijn sleutelbeen en over het kuiltje in zijn hals. De Golf moest wel iets wonderbaarlijks zijn geweest voor een man die ooit een zware, logge kolenkar door smalle steegjes had gereden. Het schrapen van zijn kolenschep, het geluid van de vallende kolen in de stortkoker en het benauwende, zwarte kolenstof moesten voor hem wel heel ver weg geweest zijn toen hij voor het eerst het brede, vlakke strand, de opkrullende golven en de ronding van de horizon gewaarwerd.

'Door al dat kijken naar de zee raakte ik helemaal platzak,' zei Oscar. 'Dus nam ik een baantje op de melkerij. Veel verdiende ik er niet, maar ik kreeg wel kost en inwoning, en het werk beviel me goed. Toen de oude Tarver stierf, liet hij de stee na aan zijn dochter in Houston. Die wilde er niet aan, tien koeien waren er tien te veel voor haar, zei ze. Ze vroeg een redelijke prijs en toen heb ik de boerderij gekocht.' Hij zweeg. 'Drie jaar geleden heb ik de schuld afbetaald.'

Een erekwestie, dacht ik bij mezelf. 'Je bent helemaal op eigen kracht opgeklommen.'

'Dat is een mooie manier om te zeggen dat ik halsstarrig ben.'

Ik lachte.

'Maar jij hebt gestudeerd.' Hij speelde met mijn haar en liet het door zijn vingers glijden. 'Hoe was het om op het conservatorium te zitten?'

'Ach, daar valt weinig over te vertellen,' zei ik, terwijl ik mijn stem met opzet luchtig hield. Ik vreesde dat die vraag zou leiden tot andere vragen over Philadelphia, over het trio en over mijn terugkeer naar Dayton. 'Als ik niet achter de piano zat, had ik college of zat ik met mijn neus in de boeken in de bibliotheek.' Toen kuste ik hem, ik leidde hem af en voerde hem terug naar het heden waar alleen wij tweeën waren, een plek waar ik voor altijd wilde blijven.

Maar zoiets was niet mogelijk. Er was de boerderij die voortdurende aandacht vergde, er was een koe met een zere poot en er waren de primitieve omstandigheden in het eenvoudige paalhuisje. Er was een jongetje dat iemand nodig had om zijn hemd in zijn korte broek te stoppen, zijn taalfouten te corrigeren en hem pianoles te geven. En dan was er nog Nan Ogden.

Woensdag was schoonmaakdag. Nan werkte met een grimmige vastberadenheid; ze schuurde het bad en de wasbak in de badkamer, schrobde de vloeren en boende de keukenmuren. Buiten regende het bij vlagen, en in tegenstelling tot gisteren koelde het daardoor niet af in huis, maar was de lucht zo zwaar en drukkend dat ik gedwongen was mijn korset wat losser te rijgen en de bovenste knoopjes van mijn hooggesloten blouse te openen.

De enkele keer dat Nan iets zei, deed ze het snauwend. 'Die blokken van jou slingeren door de hele gang,' zei ze tegen André toen die uit zijn middagslaapje wakker werd. 'Je gaat ze nu opruimen. Meteen.' Ze keek woedend naar haar broers, Frank T. en Wiley, toen die van hun bestelronde terugkwamen en naar de veranda liepen, waar ik zat te lezen. Wiley droeg het blok ijs voor de ijskast en Frank T. hield de kranten in zijn hand.

'Allemensen,' snauwde Nan. 'Ik wist niet dat er twee volwassen mannen voor nodig waren om zo'n onnozel blokje ijs te dragen. En denk eraan dat er geen modder op m'n vloeren komt.'

'Wat mankeert jou?' vroeg Frank T. 'Je bent de hele week al zo kribbig. Iemand zal toch Oscars kranten moeten brengen, of niet soms? Wiley kan niet alles in z'n eentje doen.'

'Nee,' zei ik. 'Dat kan hij zeker niet.' Ik glimlachte naar Frank T. en pakte de kranten van hem aan. Frank T. grijnsde, waarop Nan iets mompelde wat ik niet kon verstaan. Ik bedankte haar voor het harde werken en toen vertrokken ze eindelijk, een paar uur voordat het donker werd.

Die nacht sprenkelde Oscar water op de beddenlakens om ons koel te houden. De hemel was opgeklaard en de kamer glansde zilver in het maanlicht.

'Het is bijna volle maan,' zei Oscar later. Zijn hand lag op mijn heup en we lagen op onze zij naar elkaar toe gekeerd. 'Laten we samen even gaan kijken.'

'Nu?' vroeg ik. 'Maar we zijn niet aangekleed.'

'Dat ziet geen mens.'

'Maar –'

Hij stond op, deed zijn broek aan en schoof zijn bretels over zijn blote schouders. Toen nam hij mijn handen in de zijne en trok me overeind. In mijn nachtjapon, zonder slippers, liep ik met hem langs Andrés kamer door de zitkamer naar de veranda. Achter de duinen glansden de witgekuifde golven in het schijnsel van de maan. We gingen het trapje af. Mijn nachtjapon fladderde tegen mijn blote huid. De grond was nat van de regen en ik liep langzaam, want de aarde voelde veel ruwer aan mijn voeten dan het strand gedaan had.

'We gaan niet ver,' zei Oscar. 'Alleen een eindje bij het huis vandaan. Dan kunnen we de sterren beter zien.'

Ik schrok van een stel zwiepende staarten tegen mijn benen. De honden waren van onder de veranda tevoorschijn gekomen. Oscar joeg ze terug en wees toen naar de nevelige avondhemel. 'Ze is beeldschoon vanavond,' zei hij over de maan. 'En zie je die ster daar? Dat is de Poolster.' Hij zakte door zijn knieën en liet me mijn wang tegen zijn gestrekte arm aan leggen, zodat ik zijn wijsvinger kon volgen. 'Die staat altijd op dezelfde plaats, hij leidt de zeelieden. Hij hoort bij de Kleine Beer. En daar, volg mijn vinger maar, dat is de Grote Beer. Die drie sterren vormen de staart. Ze vormen ook het handvat van de grote steelpan. Als die wolken weg zijn, kunnen we het lichaam van de beer zien.'

We wachtten. De wolken dreven voorbij. Het licht van de maan verflauwde en werd weer helderder. Onder die uitgestrekte hemel voelde ik me vrij. Al mijn terughoudendheid was verdwenen.

'Daar,' zei Oscar. 'Daar, zie je? Dat is de Grote Beer, zo duidelijk als wat.'

'Jij ziet dingen die ik niet zie,' zei ik. 'Voor mij is het allemaal één groot doolhof.' Ik streelde zijn armen en ademde zijn geur van hooi en zeep in.

'Cathy,' zei hij.

Ik omhelsde hem en wenste dat aan dit uur nooit een eind zou komen.

Het leek wel alsof de nacht maar een paar minuten had geduurd toen Oscar uren voor zonsopgang alweer op moest. Maar als hij al moe was, liet hij dat in elk geval niet merken. Toen hij halverwege de ochtend even terugkwam naar het huis – 'Gewoon om te kijken hoe het met je gaat' – was zijn glimlach net zo vanzelfsprekend als de liefkozende aanraking van zijn handen. Hij bleef maar een paar minuutjes, maar dat was lang genoeg om Nan uit haar humeur te brengen. Ze deed kortaf tegen André toen die haar een steen kwam laten zien die hij in het weiland had gevonden. 'Ik ben bezig,' hoorde ik haar zeggen. 'De middagpot komt niet vanzelf op tafel en ik kan onmogelijk koken als jij voortdurend voor m'n voeten loopt.'

Met gebogen hoofd en afhangende schouders droop hij af naar de veranda, waar ik zat.

'Ik wil hem wel graag zien,' zei ik. 'Mag dat?'

Hij opende zijn hand. Het was een doodgewone grijze steen, dat zag hij nu zelf ook, en dat maakte hem nog neerslachtiger dan hij al was.

Ik moest iets bedenken om hem op te fleuren. 'Wil je me nog eens vertellen hoe je honden ook alweer heten?' vroeg ik. 'Ik heb als kind nooit huisdieren gehad.'

Hij trok een rimpel in zijn sproetige neus en zijn donkere ogen stonden verbaasd. 'Waarom nie?'

'Dat mocht niet van mijn moeder.'

'Waarom nie?'

'Zij vond honden en katten vies.'

'Vies? Waarom?'

'Ze had strenge regels wat betreft hygiëne.'

'Wa's da?'

'Netheid,' antwoordde ik. Ik stond op. 'Zo, dat waren wel genoeg vragen. Laten we maar eens bij je honden gaan kijken.'

Hij grijnsde. Ik had hem verrast, dacht ik, toen we eenmaal buiten bij Bob, Streep, Beer en Speurneus stonden. De honden stonken en moesten nodig in bad, maar toch voelde ik een zekere trots. Dit was wat een moeder deed, hield ik mezelf voor. Een moeder leidde haar kind af als het van streek was. Ik begon het al te leren.

Die middag pakte ik Oscars boek, *De wonderen des hemels*, en ging ermee op de veranda zitten waar André met zijn dominostenen aan het spelen was. De langharige bruine hond, die hij Bob noemde, lag languit op de tweede tree van boven, met zijn kop op zijn modderige voorpoten. Nan was binnen met de avondmaaltijd bezig. Het luide gerinkel en gekletter van potten en pannen maakten me duidelijk dat ze hard aan het werk was.

Ik sloeg Oscars boek open en bekeek de illustraties van sterrenclusters, alsof ik daardoor meer te weten zou komen over de man die me de Poolster en de Grote Beer had laten zien. Vluchtig las ik de tekst door, totdat ik bij een passage kwam die met potlood onderstreept was.

> *De nacht is het uur van het alleen-zijn, van de allesomvattende rust en vrede waarin de contemplatieve ziel zich kan herstellen. Wij komen weer tot onszelf, wij komen los van het kunstmatige leven op aarde en voelen ons weer één met de natuur en met de waarheid.*

Ik had verwacht dat er allemaal namen van sterren en planeten in het boek zouden staan. Opnieuw las ik: *De nacht is het uur van het alleen-zijn*. Ik liet de woorden op me inwerken. De afgelopen acht maanden in Dayton waren voor mij het 'uur van alleen-zijn' geweest. Nadat vrijwel mijn hele inkomen was weggevallen, was ik gedwongen geweest goed na te denken over de uitwegen die me nog restten. Een mogelijke oplossing was een huwelijk met een van de oudere weduwnaars uit het hotel. Een andere was een baantje in een winkel en gegarandeerde armoede. Ik had zelfs overwogen om Edwards brieven tegen hem te gebruiken. Maar uiteindelijk koos ik voor Oscar.

Ik las de passage nogmaals. *Wij komen weer tot onszelf, wij komen los van het kunstmatige leven op aarde.* Vijf dagen geleden had Oscar in het paviljoen met de mannen van het eiland aan tafel gezeten en met de vrouwen gedanst. Het waren boerse, onontwikkelde mensen, maar dat deerde hem niet. Hij genoot van hun gezelschap. De muziek was simpel en sentimenteel, maar in Oscars oren deed die nauwelijks onder voor een symfonie. Hij genoot van de sterren en keek vol bewondering naar de gracieuze pelikanen. Hij had geen enkele pretentie en juist dat, besefte ik, was wat me in hem aantrok.

Ik vond een volgende onderstreepte passage.

Fictie mag nooit verheven worden boven de realiteit; deze laatste is voor ons een bron van inspiratie die vele malen rijker en vruchtbaarder is dan de eerste.

De waarheid. Geen fictie. Ik bladerde terug naar het vorige stukje: één met de natuur en met de waarheid.

Toen legde ik het boek op het tafeltje naast me en stond op.

'Ma'am?' vroeg André. 'Waar gaat u naartoe?'

'Nergens. Ik denk na.'

Ik liep om André en zijn dominostenen heen en ging op de westkant van de veranda staan. Het was stil op het erf en verderop op het eiland waren, in een waas van zout, de daken van St. Mary's zichtbaar.

De waarheid. Die was van belang voor Oscar.

De waarheid. Mijn verleden. Iets wat niet ontdekt mocht

worden. Als Oscar erachter kwam, zou hij me nooit vergeven. Maar hij zou er niet achter komen. Tenzij iemand uit Dayton hem schreef.

Niet aan denken, hield ik mezelf voor. Ik was klaar met het verleden.

Ineens dacht ik aan de zwartkristallen oorbellen die ik van Edward Davis had gekregen. Afgelopen vrijdag had ik ze in een zijvakje van een van mijn koffers gestopt. Ik had ze in het zand willen begraven of in het water willen gooien. Maar voordat ik daar de kans toe had gekregen, had Oscar de koffers al naar zolder gebracht.

Het zweet brak me uit. Alleen al de gedachte dat die oorbellen nog ergens in het huis lagen, was onverdraaglijk. Ik liep opnieuw om André heen en ging naar binnen. Daar stond Nan bij het aanrecht uien te snijden, met haar rug naar me toe. Nan had een hekel aan me. Ze vond dat ik Oscar en André onwaardig was. Ik kon niet koken en ik wist niets van het huishouden. Over alles wat ik deed had ze een mening. Ik zag de minachting in haar ogen en hoorde die in haar stem. Wat zou ze wel niet doen of zeggen als ze de waarheid wist?

Nan bewoog zich houterig. Met horten en stoten hanteerde ze het mes. De trap naar zolder zat achter een deur in de achterwand van het zitgedeelte. Ik liep erheen. Een van de vloerplanken kraakte en Nan draaide zich om. Haar ogen waren rood en de tranen stroomden over haar wangen.

'U huilt!' riep ik uit.

'Nee, hoor,' zei Nan. 'Hoe komt u d'rbij?' Ze legde het mes terug op de plank. 'Het komt door de ui. Ik moet de eerste vrouw nog tegenkomen die zonder janken een ui kan snijden.' Met de rug van haar handen veegde ze langs haar wangen. 'Ik ben geen huilebalk. Niemand kan beweren dat ik een huilebalk ben.'

'Nee, natuurlijk niet.' Ik kon onmogelijk naar zolder, bedacht ik. Niet als Nan daar stond te kijken.

'Nou, goed dan,' zei ze. 'Ik kan 't u net zo goed meteen vertellen. Uitstellen heeft geen zin, en nu u d'r toch naar vraagt... Zondag is m'n laatste dag.'
'Pardon?'
'Ik wil wel 's wat anders, laten we 't daar maar op houen.'
'Ik begrijp het niet.'
Nan zweeg.
'Gaat u bij ons weg? Houdt u ermee op?'
'Ik hou helemaal nergens mee op. Nooit gedaan ook. Ik wil wel 's wat anders, daar gaat 't om.' Ze draaide zich weer om naar het aanrecht. Haar mes trommelde een scherp staccato op de snijplank. Met haar rug naar me toe zei ze: 'Maar niemand kan beweren dat ik 't niet op tijd gezegd heb. Ik was van plan 't u te vertellen, en 't is vandaag pas donderdag. Er zijn heus nog wel anderen op 't eiland. Misschien een van de oudere meisjes van St. Mary's. Of iemand uit de stad die ook wel 's wat anders wil. Iemand die er genoeg van heeft om altijd maar in een groot en deftig huis te werken.' Het mes hield stil en Nan draaide zich weer om. 'Mr. Williams moet maar 's rondvragen. Er zijn wel meer vrouwen die kunnen koken. Niemand kan beweren dat ik u heb laten zitten.'
'Dat zal zeker niemand van u zeggen, Miss Ogden.'
'Mooi,' zei ze. 'Want ik wil geen geroddel. En Frank T. en Wiley blijven gewoon erwten en eieren brengen, en vis en dat soort dingen. Daar verandert niks aan. Niemand zal hier honger hoeven lijen.' Ze streek met haar handen langs de zijkant van haar schort en zei toen nog eens: 'Laten we 't daar maar op houen.'
'Zoals u wilt.'
'André zal ik 't zondag wel vertellen. Geen minuut eerder. Want ik wil geen gedoe.'
'Dat begrijp ik. We willen hem niet van streek maken.' Maar natuurlijk zou hij van streek zijn. Hij was aan haar gehecht. Maar hoe moeilijk het afscheid ook zou zijn, toch voelde ik een enorme opluchting. Dit huis was te klein voor

Nan en mij. Binnenkort zou ik verlost zijn van haar veroordelende blikken en haar betweterige toon. Net zoals zij verlost zou zijn van mij.

Nan pakte de snijplank en veegde de stukjes ui in de koekenpan.

'André zal u missen,' zei ik. 'Wij allemaal.'

'Ik wil d'r niet meer over praten.'

'Dan zullen we dat niet doen.' Sommige dingen, begreep ik, waren te broos voor het gewicht van woorden.

Zodra Nan met haar broers vertrokken was, zette ik mijn strooien hoed op. Ik opende de deur naar de zoldertrap. De hitte sloeg me tegemoet en boven priemden smalle lichtstreepjes door het duister.

Ik haastte me de smalle trap op. Met iedere tree werd de lucht benauwder. Onder de balken van de zoldering had ik even tijd nodig voordat ik in het donker mijn twee koffers ontwaarde. Ze stonden tegen een zijwand, tussen twee dakspanten. Ik opende er een, voelde in het zijvakje, haalde de kristallen oorbellen tevoorschijn en stak ze in de zak van mijn rok. Het was zo benauwd op zolder dat ik bijna geen lucht kreeg, en mijn korset drukte mijn longen in elkaar. Ik deed de koffer dicht en liep naar beneden. Daarna ging ik naar buiten en daalde het verandatrapje af.

'Waar gaat u heen?'

Ik schrok. Het was André. Hij zat op zijn knieën met zijn schep onder het huis.

'Even wandelen.'

'Nu? Zomaar? Mag ik mee?'

'Nee.' Mijn stem klonk scherp. Ik vermande me. 'Ik ben zo terug, en dan gaan we samen pianospelen tot ik aan het eten begin.'

'Doen we dan weer van Mary's lammetje?'

'Ja.'

Hij grijnsde, en voordat hij nog iets kon zeggen, stond ik al op het pad dat naar de duinen leidde. Als Oscar me toevallig zag, zou ik zeggen dat ik plotseling zo naar het strand verlangd had. Beer, de hond met de harige staart, kwam achter me aan en hoewel ik hem beval om terug te gaan, liet hij zich niet afschepen en bleef dicht op mijn hielen lopen. Het pad was nog modderig van de regen die dinsdag en woensdag was gevallen. Het was niet verstandig geweest om met mijn beste schoenen aan op stap te gaan, maar nu kon ik niet meer terug.

Er lag een dun laagje zand over het planken pad, en op sommige plekken waren hoefafdrukken en smalle wielsporen te zien. Ik volgde de kronkelige route door de duinen. Toen ik zeker wist dat ik uit het zicht van het huis en de stal was, bleef ik staan en haalde de zwartkristallen oorbellen uit mijn zak.

Elk van de hangers bestond uit drie facetgeslepen kraaltjes. Het licht werd erin weerkaatst, net als die keer, twee jaar geleden, toen Edward ze me gegeven had. Hij was naar Philadelphia gekomen en we hadden samen zitten eten in een restaurantje aan een zijstraat van Delancey Place. 'Gefeliciteerd met je verjaardag, liefste,' had hij gezegd, toen ik het doosje openmaakte. Mijn verjaardag was toen al een maand geleden, maar ik glimlachte alsof dat er niet toe deed. We hadden nu een jaar een verhouding en ik had al snel geleerd om te vergoelijken dat er vaak gaten van drie tot vier maanden tussen zijn bezoekjes zaten. Ik duwde de gedachte aan zijn gezin weg en overtuigde mezelf ervan dat het ritme van zijn reisjes uitsluitend door zijn zakelijke contacten met de Pennsylvania Railroad werd bepaald.

Als we iemand tegenkwamen die hij kende, werd ik voorgesteld als zijn nichtje. 'We trokken als kind al samen op,' zei hij dan. In het openbaar liepen we op respectabele afstand van elkaar, zoals neven en nichten zouden doen. Ik hield dezelfde façade op tegenover mijn vriendinnen en sprak weinig over Edward. De oorbellen waren echter iets tastbaars, een bewijs, net als zijn wekelijkse brieven, dat hij zielsveel van me hield en dat ik zelden uit zijn gedachten was.

In het restaurant had ik ze tegen het licht gehouden. De facetjes lichtten op in sprankelend roze, lila en blauw. 'Ze zijn heel verfijnd,' zei ik tegen Edward, die tegenover me aan het tafeltje zat.

'Ja, hè?' zei hij. Hij legde zijn hand op het witlinnen tafelkleed en schoof die toen langzaam naar voren, tot hij de mijne raakte. 'Ze komen uit Oostenrijk,' zei hij. Heel even streelde hij mijn vingers, een belofte voor wat er later die avond zou gebeuren, als we alleen waren. Toen, met een snelle blik om zich heen, trok hij zijn hand weer terug.

Op het duinpad ging de wind stevig tekeer en mijn rok kleefde tegen mijn benen. Beer rende vooruit en verdween uit zicht. Ik kon de oorbellen onmogelijk in het water gooien. Dan spoelden ze misschien weer aan, samen met de versplinterde bomen die ooit aan rivieroevers hadden gestaan en de flessen die overboord waren gegooid. Ik stelde me voor hoe ze over een paar weken, of misschien zelfs over een paar maanden, hier in het zand zouden liggen en door iemand – Oscar, André, Nan of een van haar broers – gevonden zouden worden.

Ik liet me op mijn knieën zakken. De planken waren ongelijk en krom. Op sommige plekken aan de zijkant hadden zich hoopjes zand gevormd, terwijl op andere plaatsen de wind juist diepe gaten had geblazen. De bovenste planken zaten stevig vast; ik zag dat ze aan weerszijden op balken waren vastgespijkerd.

Een voor een duwde ik de oorbellen door een spleet tussen twee planken. Ze vielen in het zand onder het houten pad. Dit was de enige plek waar ik ze kon begraven zonder diepe voetafdrukken of graafsporen in de duinen achter te laten. Hier zouden ze bedekt blijven. Het zand kon verschuiven, maar het pad niet.

Ik veerde terug op mijn hurken. Beer was er weer. Zijn bruine vacht stond in natte pieken overeind. Hij hield zijn kop scheef en keek me hijgend aan. Ik stond op en volgde het pad in de richting van het strand. Als Oscar vroeg waar ik geweest was, wilde ik hem in ieder geval een deel van de waarheid kunnen vertellen. De hond ging er opnieuw vandoor om een stel zeemeeuwen bij de branding op te jagen.

Aan het einde van het duinpad bleef ik staan. Zonder Oscar of André was het strand een eenzame plek, griezelig in zijn weidsheid. Er was geen levende ziel te bekennen. 'Beer!' riep ik, maar de hond hoorde me niet. Hij bleef achter de vogels aan rennen.

Het was vloed en het water stond veel dichter bij de duinen dan de vorige keren. 'Het kwam door de Golf,' had Oscar me dinsdagnacht verteld, toen we samen in bed lagen en ik mijn hand op zijn borst gelegd had. 'Die was nooit hetzelfde.' Ineens stonden de tranen in mijn ogen. Ik dacht aan Oscar, die kolen stond te scheppen onder het raam waarachter ik piano zat te spelen. Aan zijn besluit om Dayton te verlaten. Aan zijn brieven, de getijden die hem naar Galveston hadden gelokt, de dood van zijn vrouw, mijn verhouding, mijn wanhoop. Aan al die dingen die me naar deze plek hadden gevoerd. Naar hem. Er had maar één ding anders hoeven lopen en alles zou anders zijn gegaan.

Vlak achter de branding dreven vijf pelikanen in het water. Zachtjes deinden ze op de golven op en neer. Hun vleugels waren naar achteren gevouwen en hun lange snavels wezen naar beneden, alsof ze zaten uit te rusten. De hond op het strand was een vaag silhouet in de verte. 'Beer!' riep ik, terwijl ik de tranen uit mijn ogen wreef.

Oscar zal de waarheid over mijn verleden niet ontdekken, hield ik mezelf voor. Niemand zal hem schrijven en ik zal er nooit een woord over loslaten.

'Ik ga naar huis,' riep ik naar Beer. Die keek op en kwam ineens met grote, zekere sprongen op me af, zonder nog maar de minste aandacht aan de vogels te besteden.

Ik draaide me om en daar, aan de andere kant van de duinen, zag ik drie daken. André zat op me te wachten, besefte ik. Ik had hem een pianoles beloofd. Ik begon te lopen. Het dunne laagje zand knarste onder mijn schoenen. De oorbellen lagen verloren onder het pad.

Een paar minuten voor vijven stuurde ik André naar de badkamer om zich te gaan wassen voor het avondeten. 'Ook je gezicht,' zei ik. 'Er zitten vegen op je wang.' Toen liep ik de verandatrap af en haalde een penny uit mijn zak. De munt zag een beetje dof en het randje was aan één kant wat afgeplat, alsof hij al oud was. Ik gooide hem op de plek waar André had zitten graven. Hij landde met een plofje. Een schat, dacht ik. Op een dag zou André die vinden.

Daarna liep ik Oscar tegemoet en vertelde hem dat Nan had opgezegd en zondag voor het laatst zou komen.

'Deze zondag?' vroeg hij. 'Waarom? Wat is er gebeurd?'
'Niets. Niet dat ik weet, tenminste. Het verbaast mij ook.'
'En ze heeft niet gezegd waarom?'
'Blijkbaar wilde ze weleens iets anders.'
'Iets anders? Zei ze dat? Maar dat is niks voor Nan.'
'Ze wilde er niet over praten.'
'Maar ze hoort bij het gezin! Alle Ogdens horen bij het gezin. Dat is al zo vanaf de dag dat ik de boerderij kocht.' Hij zweeg. 'Ik praat wel met haar.'
'Oscar, ze wil weg. Dat heeft ze heel duidelijk gemaakt. Misschien moet je haar maar laten gaan.'
'Nee,' zei hij. 'Ik snap wel dat er veel veranderd is. Maar we kunnen echt niet zonder haar. Nan kent het reilen en zeilen hier. Nee, er zit iets anders achter. Waarschijnlijk dat rare idee van haar dat ze vervloekt is.'
'Vervloekt?'
'Zo noemt ze het. Ze denkt dat ze de mannen die om haar geven ongeluk brengt. Twee zijn er gestorven vlak voor ze met haar zouden trouwen.'
'O, Oscar.'
'Misschien is ze bang dat de vloek André treft. Ik weet het niet. Ze is nogal bijgelovig. Sommige mensen hier heb-

ben vreemde ideeën. Ze is ook niet van plan ooit nog te trouwen.'

'Heeft ze je dat verteld?'

'Mij niet. Bernadette.'

Ik kromp ineen. Er gleed een trek van pijn over zijn gezicht en hij ontweek mijn blik. Zelfs op het kerkhof was haar naam niet genoemd. Maar nu leek het alsof hij haar tot leven had gewekt, de vrouw met wie hij had geleefd, de vrouw die hem een zoon geschonken had en die gestorven was terwijl ze weer een kind van hem verwachtte.

Ik was de tweede vrouw, en dat zou ik altijd blijven. Oscar en Bernadette hadden een leven gedeeld, ze hadden vertrouwelijkheden uitgewisseld. Misschien zou Bernadette hem de waarheid over Nan hebben verteld. Misschien zou zij hem duidelijk hebben gemaakt dat Nans vertrek niets met een vloek te maken had, maar alles met haar gevoelens voor hemzelf. Afgelopen zaterdag, in het paviljoen, had ik telkens als ze naar Oscar keek een mengeling van pijn en verlangen in haar ogen waargenomen. Ik had ook gezien hoe ze zijn hand had vastgehouden toen hij haar bedankt had voor haar vioolspel. Ze had haar hoofd gebogen toen hij de andere muzikanten was gaan bedanken en even had ik de indruk gekregen dat ze huilde. Toen had ze haar hoofd weer opgeheven. Onze blikken hadden elkaar gekruist. En hoewel ik helemaal aan de andere kant van het paviljoen stond, had ik haar wrok kunnen voelen. Nan hield van Oscar, maar die had een vrouw gekozen die totaal anders was dan zij. En dat was een afwijzing die haar tot in het diepst van haar ziel had geraakt.

Die dingen zei ik allemaal niet tegen Oscar. Dat wilde ik Nan niet aandoen. In plaats daarvan nam ik zijn hand. 'Praat maar met haar,' zei ik. 'Maar, Oscar, ook jij bent ooit van huis weggegaan, net als ikzelf.' Ik zweeg. 'Jij en ik, wij weten wat het is om een nieuwe start te maken.'

Hij wreef met zijn duim over de rug van mijn hand.

'Als ze echt weg wil, laat haar dan gaan,' zei ik.

Hij bracht mijn hand naar zijn lippen en kuste mijn handpalm.

Die avond, toen Oscar in de stal aan het werk was, speelde ik de 'Rêverie' van Schumann. Ik hoopte dat André op die zoete klanken snel in slaap zou vallen. Een paar minuten geleden had ik hem naar bed gebracht en toen ik hem welterusten wenste, zei hij dat ik lekker rook. Heel even had ik geen idee gehad waar ik was. De crucifix boven het bed en de foto van Oscar en Bernadette waren vervaagd en opgelost. De puurheid van die paar woorden had me verbijsterd. Dit was dus waarom vrouwen glimlachten als ze over hun kind spraken, dacht ik. Lieve woorden die recht uit het hart kwamen waren voor moeders een herinnering die ze altijd met zich meedroegen.

Jaren geleden had Mr. Brand, mijn pianoleraar, tegen zijn borst geslagen en me verteld dat ik mijn hart moest gebruiken, dat ik de muziek in mijn hart moest voelen. Nu speelde ik de prelude 'La goutte d'eau' van Chopin voor Oscar, in de overtuiging dat hij die in de stal kon horen. De eerste noten klonken als de zachte druppels van een beginnende regenbui, onschuldig, maar met een ondertoon van passie, een passie die steeds sterker werd en uiteindelijk aanzwol tot een ware storm. Na een donderend crescendo werd de muziek weer zachter, totdat er weer alleen die regendruppels klonken, nog steeds met diezelfde ondertoon van passie. Tegen de tijd dat ik de laatste akkoorden had bereikt stond Oscar in de deuropening.

Later, toen we allebei voldaan in de duisternis van onze slaapkamer lagen, zei Oscar dat hij een portret van ons wilde laten maken. 'Bij Harper's in Market Street,' zei hij. 'Eigenlijk hadden we dat vorige week al moeten doen, je zag er zo mooi uit in dat blauwe kostuum van je. En die hoed met al die veren. Laten we zaterdag gaan.'

Hij repte met geen woord over de oorbellen die ik had gedragen. Misschien waren ze hem op onze trouwdag niet opgevallen.

'Een portret,' zei ik. 'Dat vind ik een heel goed idee.' Ik streelde met mijn vinger over zijn stoppelige wang. 'Maar niet met deze hitte. Ik moet er niet aan denken om nu dat blauwe kostuum weer aan te trekken. Laten we nog even wachten. Waarom gaan we niet als het weer wat koeler wordt?'

'Dan is het half oktober. Dat telt toch niet meer als een trouwfoto?'

'Mr. Williams,' zei ik. 'Een vrouw is niet alleen bruid op haar huwelijksdag.'

Hij lachte. Een genoeglijk gerommel dat in zijn borst begon. Het geluid vervulde me met blijdschap. Met een geluksgevoel dat niet veroorzaakt werd door een optreden met mijn trio, door kaartjes voor het theater of een dinertje in een chic hotel, maar hierdoor: ik was bij Oscar en maakte plannen voor de toekomst.

12

Stormwaarschuwing

Oscar probeerde me 't weggaan uit m'n hoofd te praten. Hij ging maar door over hoe ze toch echt niet zonder me konden, dat niemand zo kon koken als ik, en dat André me zo zou missen. Dat was vanochtend. Vrijdag. Nog geen vijf minuten nadat Wiley en Frank T. me bij 't huis hadden afgezet, kwam-ie al uit de stal tevoorschijn. Ik had 't fornuis nog niet eens aangestoken, alleen nog maar de lampen. Het was alsof-ie op me had staan wachten en alles al helemaal had uitgedacht. En dat was waarschijnlijk ook zo. Mrs. Williams zou hem 't nieuws al wel verteld hebben. Hij vroeg me even buiten te komen, op de veranda, en daar hadden we ons gesprek. Ik zei dat ik weleens iets anders wou, maar daar wou hij niks van weten. 'Nan,' zei hij. 'Ligt het aan het loon? Is dat het?'

Ik zette meteen koers naar de deur. Die vraag was een klap in m'n gezicht en ik moest 't ontbijt nog maken. Maar hij greep me bij m'n arm. 'Zo bedoelde ik het niet,' zei hij. 'Ik probeer er alleen achter te komen wat de reden zou kunnen zijn.'

Nou, dacht ik. Als-ie dan niet snapte dat een mens kotsmisselijk werd van al die smachtende blikken die hij en Mrs. Williams mekaar toewierpen als 't nog licht was, dan moest-ie maar in 't duister blijven tasten. Als-ie niet doorhad dat olie en water nu eenmaal niet mengen, en daarmee bedoel ik dus haar en mij, dan moest hij 't de rest van z'n leven maar zonder die kennis stellen. Maar dat dat lieve toetje van André meteen oplichtte als een vreugdevuur zodra zij 'm ook maar 't kleinste beetje aandacht gaf, dat vond ik toch wel 't allermoeilijkst.

'Een mens heeft nu eenmaal af en toe behoefte aan iets anders,' zei ik tegen Oscar. 'En zo staat 't er bij mij nu voor. Laten we 't daar dus maar op houen, meer valt er niet over te zeggen.' Ik staarde nadrukkelijk naar z'n hand, die op m'n arm lag.

Hij liet me los, maar op 't moment dat-ie z'n hand weghaalde, werd ik ineens heel treurig. Hoe verkeerd 't ook was, eigenlijk wou ik dat-ie me vasthield. Ik wou dat-ie zou zeggen dat híj degene was die me 't meest zou missen. Ergens hoopte ik zelfs dat-ie zou zeggen dat-ie met de verkeerde was getrouwd.

Maar dat zei hij allemaal niet. In plaats daarvan deed-ie wat ik 'm gevraagd had. Hij zei d'r geen woord meer over, en ik ook niet. Ik kookte en maakte 't huis schoon, en al die tijd hield ik de klok op de schoorsteenmantel in de gaten, in de hoop dat de wijzers snel zouden bewegen, zodat ik niet zo lang zou hoeven wachten tot 't zondagmiddag was en dit allemaal voorbij zou zijn. Maar 't leek wel of die klok kapot was en de secondewijzer steeds heel diep moest denken voordat-ie een stukje verder sprong. Ik zag er de hele week al als een huis tegen op om André te moeten vertellen dat ik wegging. Natuurlijk zou hij gaan huilen, en ik ook. Het idee dat ik niet meer iedere ochtend die armpjes om m'n hals zou voelen, maakte me nog triester dan ik al was. Zonder te weten waarom ik 't deed, snauwde ik tegen 'm en zei dat-ie me in de weg liep. Ik zag de verwarring in z'n ogen, ik zag dat ik 'm pijn deed. Maar ik kon er niks aan doen. M'n verdriet maakte me bits.

Tegelijkertijd deed Mrs. Williams juist denken aan een stekelige plant die de wereld versteld deed staan door ineens een fluweelzacht bloempje te vertonen. Ze kwam eindelijk van haar bergtop naar beneden en besefte wat een fijne kerel Oscar was. Ik had geen flauw idee wat er zich had afgespeeld, maar zodra Oscar en de jongens dinsdagochtend binnenkwamen voor 't ontbijt, terwijl zij nog in bed lag, wist ik dat er iets veranderd was. Oscar maakte nogal een uitgeputte indruk, alsof-ie niet erg veel geslapen had, maar z'n ogen glansden van geluk. Later, toen iedereen gegeten had en ik allang de afwas had gedaan en stond te strijken, kwam zij met een afwezige blik in haar ogen de keuken binnenlopen. Ze ging achter de piano zitten en de muziek die ze speelde verraadde dingen over handelingen tussen man en vrouw die je maar beter niet kon rondbazuinen. Datgene wat er tussen hen gesudderd had was eindelijk omhooggeborreld en had hen allebei meegesleept. Als André er niet geweest was, was ik subiet vertrokken.

En Oscar dacht dat 't vanwege m'n loon was. Dat was een krenking die ik niet licht zou vergeten. Steeds opnieuw klonken die woorden in m'n hoofd terwijl ik aan 't werk was en de klok me vanaf de schoorsteenmantel stond te sarren. Het leek wel of er geen einde aan de dag kwam. Er hing een loodzware, vochtige hitte in de lucht, van 't soort waar je huid van gaat jeuken. En 't hielp ook al niet dat de branding stampende geluiden maakte met steeds een pauze tussendoor, net een trom bij een begrafenismars. Bernadette had me over zulke marsen verteld. Processies noemde ze die. Dat was wat de negers daar in Louisiana deden. Iemand sloeg heel langzaam op een trom terwijl alle rouwenden achter de wagen met de doodskist aan liepen.

'Allemensen,' had ik tegen haar gezegd. 'Een trom? Is dat nou wel gepast?'

'Ahhh, Nan,' had ze geantwoord, terwijl haar ogen helemaal mistig werden bij de herinnering aan haar kindertijd. 'Het is heel anders dan je denkt. Je voelt die trom helemaal hier.' Ze legde haar hand op haar hart en sloeg traag op haar borst. 'Het ontwart de knopen en helpt de mensen huilen.'

Nou, misschien was dat voor de mensen in Louisiana zo, maar dit was Texas en 't gestamp van de branding werkte me op de zenuwen. En de wind ook. Die kwam van 't vasteland en blies dwars door 't huis heen. Andrés kleren vielen van de haakjes op de vloer, 't klepje op de schoorsteen van 't fornuis ratelde en in de haard klonk een geloei. Ik liet twee keer een pollepel vallen en toen ik André na z'n slaapje een glas melk in wou schenken, mikte ik verkeerd, waardoor er wat over de rand klotste. Het duurde eeuwen voor ik 't avondeten klaar had, terwijl 't niks anders was dan rijst, bonen, gekookte garnalen, brood en een vanillecake. Het was een hele opluchting toen Frank T. en Wiley eindelijk de verandatrap op kwamen stampen. De vrijdag was bijna voorbij. Ik deed m'n schort af en hing 't op. Zondag zou ik 't mee naar huis nemen. Maandag zou iemand anders hier de was doen, en ik moest toegeven dat ik daar nou ook weer niet echt rouwig om was.

'Goeiendag,' hoorde ik Frank T. zeggen. Mrs. Williams zat buiten met een van haar boeken. Romans, zei ze dat 't waren, alsof mij dat wat kon schelen. Voor op de veranda waaide 't lang zo erg niet; de wind kwam nog steeds van achteren en werd tegengehouden door 't huis. André zat naast haar op de grond met z'n blokjes te spelen. Nu hoorde ik ook Wileys stem: 'Goeiendag, ma'am.'

Ze groette m'n broers heel liefjes, zoals alleen zij dat kon: dat ze zo blij was om hen weer te zien en hoe vriendelijk 't van hen was om 't ijs, de kranten en de boodschappen mee te brengen.

Ik bleef in de keuken en strikte m'n muts vast, want ik had echt geen zin om toe te kijken hoe die twee zich weer als dwazen aanstelden en Mrs. Williams voortdurend stonden aan te gapen. De laatste tijd deed die haar korset wat minder strak en je zou denken dat dat haar figuur bedierf, maar nee, op een of andere manier zag ze er daardoor juist voller en zachter uit.

'Het water staat hoog,' zei Frank T. nu. Hij stond maar wat te beuzelen, gewoon om tijd te rekken. 'Ik was al bang dat we de richel moesten nemen, maar 't ging net.'

'Lieve help,' zei Mrs. Williams.

'Kunnen we naar 't strand om te kijken?' vroeg André.

'Wiley!' riep ik vanuit de keuken. 'Je staat toch niet alles onder te druipen?'

In mekaar gedoken kwam-ie binnen met 't ijs, alsof-ie bang was dat ik 'm op z'n kop zou geven, maar ik zei geen woord. Ik wilde gewoon zo snel mogelijk naar huis. Nog één keer keek ik de keuken rond of ik niks was vergeten, maar alles was in orde. Toen ging ik naar buiten, en daar stokte subiet m'n adem.

De Golf leek wel een reusachtige kronkelende zeeslang, zo'n monster als waar pa ons vroeger van vertelde als we stout waren geweest. Maar dit hier was geen sprookje, dit was echt. Zulke hoge golven had ik nog nooit gezien. Afgelopen juli hadden we nog een zware storm gehad. Toen kolkte 't water helemaal en waren de golven manshoog. De vloedlijn was tot vlak onder de duinenrij gekomen. Dat was me niks bevallen, echt helemaal niks. Maar dit hier waren geen golven, dit waren bergen. Ze lagen stukken hoger dan 't land.

'Boos weer op komst,' zei Wiley, die inmiddels weer op de veranda stond.

'Allemensen,' zei ik.

Wiley zweeg. Hij kneep z'n ogen tot spleetjes en tuurde naar de waterbergen.

'Weet je 't zeker?' vroeg ik.

'Yep.'

'Maar de wind komt van de andere kant,' zei ik. 'Van 't vasteland. En de wolken zijn zo wit. Het ziet er totaal niet uit of 't gaat regenen.'

'Dat gaat veranderen.'

'Maar –'

'Dat gaat veranderen.'

M'n longen krompen samen.

'Heeft u het over een tornado?' vroeg Mrs. Williams. Ze zat plotseling stijf rechtop. André was overeind gekomen en stond met z'n hoofd in z'n nek naar Wiley te staren.

'Nee, ma'am,' antwoordde Wiley. 'Die hebben we hier niet vaak. Alleen in de noordpunt.' Hij deed z'n best om haar aan te kijken, maar ik kon zien dat ze 'm zenuwachtig maakte; hij stond de hele tijd aan z'n snor te trekken. 'Boos weer boven de Golf,' zei hij. 'Een orkaan.'

'Grote goedheid.'

'Wiley voelt die dingen aan,' zei Frank T. 'Dat heeft-ie altijd al gehad, omdat-ie tijdens de storm van '75 geboren is. Hij heeft oog voor wolken en golven. Hij hoeft maar te snuiven en hij weet wat er gebeuren gaat. Vanmorgen vroeg wist-ie 't al.'

'Daar heeft niemand mij iets van gezegd,' zei ik.

'Omdat jij bang bent voor stormen.'

Dat had Frank T. niet hoeven zeggen, niet waar Mrs. Williams bij was.

'Toen we de stad uit reden, hadden de mensen 't er al over dat bij 't weerstation de waarschuwingsvlaggen waren gehesen,' ging-ie verder.

'Waarschuwingsvlaggen?' vroeg Mrs. Williams.

'Voor de schepen. Ruwe zee, u weet wel.'

'Weet Oscar hiervan?' vroeg ze. Ze was uit haar stoel opgestaan en drukte haar hand tegen haar borst alsof ze bang was dat haar hart eruit zou springen. 'Mr. Ogden,' drong ze aan. Ze had 't tegen Wiley. 'Heeft u hem dit verteld?'

'André,' zei ik. 'Ga jij maar even op 't erf spelen.' Hij hoefde dit allemaal niet te horen.

'Maar, Miss Nan –'

'Toe maar, kerel,' zei Frank T. 'Je hebt gehoord wat ze zei.'

André mompelde iets maar slofte toch weg. Treetje voor treetje ging-ie 't trapje af, terwijl we allemaal toekeken. Op de onderste tree stak-ie z'n armen in de lucht en sprong. Slingerend liep-ie in de richting van de stal, en de honden, die onder 't huis hadden gelegen, renden achter 'm aan. Waarschijnlijk kon-ie ons nog altijd horen toen Mrs. Williams opnieuw aan Wiley vroeg: 'Mr. Ogden. Weet Oscar hiervan?'

Ze was bang, dat kon je zo zien. Haar blauwe ogen waren groot van angst. Maar ze was ook ongeduldig. Ze hield haar vuisten gebald alsof ze zich moest inhouden om Wiley niet door mekaar te rammelen en de woorden uit 'm los te schudden. Maar sinds die koe z'n tanden eruit getrapt had, was praten voor Wiley nooit meer hetzelfde geweest. Hij was een man geworden van weinig woorden, een man die probeerde te vermijden dat-ie al te veel zou slissen.

Frank T. schoot z'n broer te hulp. 'Yep, die weet 't,' zei hij. 'We hebben 'm verteld dat de storm hier morgenavond aankomt, waarschijnlijk na donker. Tijd zat, dus. Voordat de wind opsteekt, is alle melk al rondgebracht. Niks aan 't handje. En zeker niet hier op de richel.'

'Iedereen heeft het aldoor maar over een richel, maar ik zie hem niet,' zei Mrs. Williams. 'Voor mij voelt het allemaal even plat en laag.'

'Excuus, Mrs. Williams, maar hij is er wel degelijk. Het is misschien geen steile helling waarvan u buiten adem raakt als u 'm opklimt, maar 't is wel 't hoogste punt van 't eiland. Acht voet hoog. Dus geen zorgen. Het is niet de eerste keer dat we hier boos weer hebben, dat mag u gerust van me aannemen. Wij eilanders zijn dit soort dingen wel gewend. We weten wat ons te doen staat. In feite is 't niet veel anders dan wat regen en een flinke wind.'

Mrs. Williams keek weifelend. 'Is dat alles?' vroeg ze. 'Wind en regen?'

'Krek,' zei Frank T. 'Daar komt 't zo ongeveer op neer.'

Ik kon m'n oren nauwelijks geloven. Frank T. stond gewoon glashard te liegen. Hij was al bijna net zo erg als Oscar met 't in bescherming nemen van die vrouw. Bij boos weer vlogen de daken van de huizen. Mensen zoals wij, die niet op de richel woonden, hadden kans op overstromingen waarbij 't water tot ons middel kwam en de stroming zo sterk was dat-ie een volwassen man omver kon sleuren. We noemden 't niet voor niets boos weer.

Maar misschien had ze die bescherming ook wel nodig, omdat ze niet van hier was. Niemand had iets aan een doodsbenauwde vrouw, en haar gezicht stond al wat minder angstig. Ze staarde naar de stal alsof ze aan Oscar dacht, aan hoe die wel zou zorgen dat alles weer in orde kwam.

'Morgenavond,' zei ze. 'Nog meer dan een dag de tijd. Heel anders dan een tornado.' Inmiddels had ze 't tegen Frank T. 'Tornado's, die zijn pas angstaanjagend. Die komen gewoon opzetten uit het niets.'

'Zijn er tornado's in Ohio?'

'Soms. Vooral in de lente. In de zomermaanden hebben we meestal onweer. Daarbij kan het ook stevig tekeergaan. De donder laat de ramen trillen en toen ik klein was is bij onze buren een keer de bliksem in een boom geslagen. De boom spleet in tweeën en hun halve koetshuis brandde af. Ik ben niet dol op onweer, maar in Ohio hoort het er 's zomers min of meer bij.'

Frank T. trok allemaal diepe rimpels in z'n voorhoofd, alsof-ie haar vlugge Yankee-woorden maar moeilijk kon volgen. Wiley stapte over Andrés blokken heen en ging aan de westkant van de veranda staan. Daar keek-ie uit over de bayou, die een mijl achter 't huis lag.

'Da's waar,' zei Frank T. ten slotte. 'Als je érgens van op aankunt, zijn 't wel onweersbuien in de zomer.'

'Zijn jullie soms van plan hier de rest van de dag te blijven wauwelen?' zei ik tegen m'n broers. Al dat gepraat over slecht weer werkte me op de zenuwen, maar dat was niet 't enige. Ik ging naar huis en ik had André zonder 'm gedag te zeggen weggestuurd. Ik had 'm willen zeggen dat 't me speet dat ik zo brommerig had gedaan. Maar 't liefst nog had ik m'n armen om 'm heen geslagen en 'm dicht tegen me aan gedrukt.

'De wagen staat klaar,' zei Frank T. 'We stonden op jou te wachten.'

'Wat doet die kist met boodschappen dan nog hier buiten?'

Hij tilde de kist op en bracht 'm binnen. Twee dagen, dat

was alles wat ik nog had. Zondag zou ik deze trap af lopen en nooit meer terugkomen in dit huis. Ik kon 't me haast niet voorstellen en dat deed ik ook maar liever niet. Misschien dat deze storm 't allemaal wat makkelijker maakte. Als die hier morgenavond aankwam, was-ie zondagochtend weer voorbij, dan was er alleen nog de troep die hij veroorzaakt had. Dan zouden er wel hekken en daken gerepareerd moeten worden. Als er lekkage was, moest er worden gedweild. Misschien had iedereen, zelfs Mrs. Williams, 't dan zo druk dat de zondag voorbij was voordat ik 't wist. Niet dat ik uitkeek naar een storm, dat niet. Maar als-ie nou toch eenmaal in aantocht was, leidde hij m'n aandacht misschien wat af van de pijn in m'n borst.

'Mrs. Williams,' zei ik met een knikje.

'Miss Ogden,' groette ze terug.

Toen liep ik de trap af. Nog twee dagen. En een storm om me erdoorheen te helpen.

Anders dan Oscar hielden wij Ogdens niet zo van praten tijdens 't eten. Meestal aten we zonder een woord te zeggen, de jongens en ik aan de ene kant van de tafel en pa en ma aan de andere. Praten kwam pas later, als de mannen met hun pijp op de veranda zaten en ma en ik de afwas deden. Maar vanavond zat iedereen te denken aan de storm van Wiley en kon ma zich toch niet inhouden. Ze somde alles op wat er nog gebeuren moest. Zo moesten we iets bedenken voor 't varken en de biggen, en voor de kippen in 't kippenhok. 'Als 't water komt moeten we ze kunnen verplaatsen,' zei ma. 'Ik zie er niet echt naar uit om ze op de veranda te hebben, maar als 't moet dan moet 't.' Dit zei ze allemaal tegen pa. Eigenlijk had ze liever op de richel willen wonen, maar dat had pa geweigerd. Hij wilde in de buurt van z'n boot en z'n steiger blijven. Nu zaten we tweehonderd voet van de bayou, en zelfs dat vond-ie te ver.

'Al die bakken met zaailingen moeten onder 't huis vandaan en ik moet er niet aan denken wat de wind straks in m'n tuin aanricht,' zei ma.

'Yep,' zei pa. 'Tot een dag of twee na de storm wordt 't niks met vissen, zelfs niet in de baai.'

'We redden 't wel,' zei ma, die alweer klaar was met mopperen. 'Dat hebben we altijd gedaan.'

Dat was waar. We waren eilanders, allemaal, al was pa hier niet geboren en getogen. Ma's wortels lagen hier, haar grootouders van beide kanten kwamen van 't eiland. Pa's ouders waren hiernaartoe gekomen toen-ie vijf was. Zo oud als André nu.

Ik prikte maar een beetje in m'n eten. M'n keel zat dicht, en niet alleen vanwege de storm. Ik had pa en ma nog niet verteld van m'n plannen om wat anders te gaan doen, en nu was 't al vrijdag. De hele week had ik ertegen aangehikt. 'Vanaf komende maandag werk ik niet meer voor Oscar,' had ik willen zeggen, maar elke keer als ik 't probeerde, bleven de woorden steken in m'n keel omdat ik heus wel wist dat er heibel van zou komen. En als ik ergens een hekel aan had, dan was 't wel heibel.

Pa doopte z'n homp brood in de jus waarin z'n bonen dreven, en naast me verorberde Frank T. z'n schol. Wiley schonk zich nog wat melk in uit de kan en dronk z'n glas in één teug leeg. Recht tegenover me zat ma met priemende ogen naar me te kijken. Ze had haar zorgen aan de kant geschoven en ik voelde dat ze zat te gissen nu ze ineens merkte dat ik haast niks naar binnen kreeg.

Ik nam een hapje schol. Een geheim was een zware last. Pa zei iets over 't langer maken van 't touw van z'n boot en 't inspecteren van de knoop. Frank T. zei dat-ie misschien een stukje 't eiland op zou rijden om de mensen voor de storm te waarschuwen. Ma keek dwars door me heen, dat voelde ik. Ik depte m'n mond met m'n servet, alsof ik Mrs. Williams was. Al dat gepraat aan tafel bracht me helemaal van de wijs. 'Ik ga iets anders doen,' zei ik plompverloren. 'Vanaf maandag.'

'Hoe bedoel je?' vroeg Frank T.

Nu wilde ik 't ook zo snel mogelijk achter de rug hebben.

'Oscar weet 't al, en Mrs. Williams ook,' zei ik. 'Ik wil weleens iets anders, dus dat ga ik doen. Iets anders.'

Nou, dat veroorzaakte inderdaad de nodige heibel. Eerst begreep niemand er iets van, iedereen riep: 'Wat?' en toen moest ik 't voor ze uitspellen. 'Ik neem geen ontslag, ik ga alleen weg,' zei ik, zodat dat in ieder geval duidelijk was.

'Dat noem ik ontslag nemen,' zei pa. 'En dat terwijl Oscar zowat familie is. Familie laat je niet in de steek. Wij Ogdens niet, in ieder geval.' De heibel kreeg een iets ander karakter toen pa vroeg of die verandering van mij soms ook tien dollar per week in 't laatje bracht.

'Er zijn ook wel anderen die goed willen betalen,' zei ik, maar dat waren loze woorden, alleen bedoeld om mezelf een beetje op te beuren. Het zou nergens meer zo worden als bij Oscar. Daar kende ik 't reilen en zeilen. Het idee om naar de stad te moeten en daar bij vreemden aan de deur te kloppen met de vraag of ze soms iemand nodig hadden, stond me helemaal niet aan. Zoiets had ik nooit eerder hoeven doen. Maar ik vond 't prettig om geld voor mezelf te hebben. Het gaf me een veilig gevoel. Het meeste spaarde ik op, maar soms gaf ik er iets van uit, aan knopen bijvoorbeeld, om een oude jurk wat op te frissen, of aan goeie stof voor een nieuwe. Drie maanden geleden had ik een paar schoenen laten maken. Voor ma had ik wat extra koffie gekocht omdat ze die zo lekker vond, en drankjes tegen de rugpijn. Daar had ze lepels vol van nodig.

Frank T. maakte een of andere lepe opmerking over hoe die zachtaardige, beeldschone Mrs. Williams m'n bazige manier van doen zou missen.

'Laat Nan met rust,' zei Wiley.

'Ik zeg alleen de waarheid,' zei Frank T.

'Jongens,' zei ma. 'Ophouen. Geen gekibbel aan mijn tafel. Het is al erg genoeg dat er een storm op komst is. We zijn klaar met eten en er moet nog van alles gebeuren. Vort met jullie. Allemaal.'

Ik kwam overeind.

'Jij niet,' zei ze. 'Blijf jij maar zitten. Die vaat kan wel even wachten.'

Ik gehoorzaamde. We zeiden niets, maar luisterden naar de voetstappen van de mannen, die de vloer aan 't trillen brachten. Ik wist wat er ging komen. Ma zou me herinneren aan de belofte die ik aan Bernadette gedaan had toen die had liggen zweten op haar doodsbed en net zolang m'n hand had vastgehouden tot ik gezegd had dat ik voor André zou zorgen. En als ze eenmaal wist dat ik dat niet vergeten was, zou ze waarschijnlijk zeggen dat André nu dan wel een nieuwe moeder had, maar dat Mrs. Williams nog erg zou moeten wennen, want zij en Oscar waren pas acht dagen getrouwd. Ze is niet zoals wij, verwachtte ik dat ma zou zeggen, en dan zou ze beginnen over hoe belangrijk 't was dat ik m'n plicht deed.

'Dat idee van die verandering, van wie kwam dat?'

'Van mij.'

Ze keek me lang aan. Ik wendde m'n ogen niet af, want wat ik zei was waar. Toen, opeens, kreeg ze iets droevigs over zich. Haar schouders zakten naar voren en ze staarde naar de witte borden op tafel. Niet alsof ze vond dat die nodig moesten worden afgewassen, maar meer alsof ze ineens de krasjes zag die er na al die jaren boenen op waren gekomen. Er waren ook scherfjes af, vooral aan de randen. De borden waren een jaar ouder dan Frank T., en die was zesentwintig. Ma had ze een week voor haar huwelijk met pa gekocht, nadat pa haar 't geld ervoor gegeven had.

'Nan,' zei ze. 'Je bent een volwassen vrouw van tweeëntwintig. Toen ik zo oud was, was ik getrouwd, had ik een baby en dacht ik al aan een volgende. Maar jij, jij hebt al zo veel narigheid gehad. Eerst 't verlies van Oakley, toen Joe Pete, en nu... ja, nu weer dit.' Ma zweeg. Ze wist 't, dacht ik. Zonder dat ik er ooit een woord over gezegd had, wist ze van de pijn in m'n hart en m'n verlangen naar Oscar Williams.

Ze schoof haar hand over de tafel naar me toe, langs de

lege borden en schalen. Ik deed hetzelfde met de mijne en pakte die van haar, waarbij ik de opgezwollen knokkels en de bobbels op haar vingers voelde en wist dat mijn handen later net zo zouden worden. Zo ging dat nu eenmaal als je hard werkte.

'Liefje,' zei ma. 'Er zijn momenten waarop je maar 't beste kunt vertrekken. Zo zie ik 't. Doe jij dus maar gewoon wat je van plan was. Je hebt die man nu wel genoeg gegeven.'

Met ma's woorden nog naklinkend in m'n hoofd ging ik naar bed. Ik had gerust nog meer voor 'm overgehad, maar die dingen pakten nu eenmaal vaak niet gunstig uit, tenminste niet zoals ik 't wilde. Ik was een vloek voor de mannen die om me gaven. En wat Oscar Williams betrof, die had nooit op die manier aan mij gedacht. Die dacht waarschijnlijk al z'n leven lang aan Catherine Williams.

Ik was niet de enige die die nacht onrustig sliep. Iedereen was vroeg weer uit de veren. Om halfvier was pa al bezig de stapel hout de veranda op te sjouwen. De koffie was nog niet eens klaar toen ma al met dat hout aan de gang ging om een noodhok te maken voor 't varken en de biggen.

'Nan, liefje, de bayou is een tikkeltje aan 't overstromen,' zei ze toen ik de veranda op kwam lopen. Ik hield de lantaarn omhoog en zag 't water glinsteren in 't slijkgras, nog geen twaalf voet bij 't huis vandaan.

Wiley's storm was in aantocht. Overstromingen waren altijd 't eerste teken. Er was geen spoor van de maan en geen sterretje aan de hemel te bekennen, zo bewolkt was 't. De wind was aangewakkerd, maar kwam nog altijd van 't vasteland, niet van de Golf. Ik haastte me naar de kippenren om eieren te rapen. Die beesten waren helemaal uit hun doen, ze kakelden angstig en pikten in m'n hand. Toen ik 't hok uit kwam, stapte ik al in een laagje water, zo snel ging 't. Tegen de tijd dat ik weer bij 't huis was, waren m'n schoenen helemaal modderig en sijpelde 't water door de naden.

M'n kousen waren nat, maar er was geen tijd om droge aan te trekken, de jongens zaten al in de wagen op me te wachten. Met m'n poncho over m'n linkerarm gevouwen, reikte ik Frank T. 't mandje eieren aan en klom omhoog. We hoefden mekaar niet te zeggen dat er geen tijd te verliezen was. De jongens wilden 't melken, 't laden en 't bezorgen achter de rug hebben voordat de storm losbarstte.

In ieder geval was de grond een eindje verderop nog droog, maar dat maakte onze paarden, Blaze en Mike, er niet echt rustiger op. Ze schudden met hun hoofd alsof ze op die manier van de wind af konden komen, maar die liet zich niet verjagen. Het was een nerveuze, rusteloze wind, die mij in een mum van tijd in dezelfde toestand bracht. Eenmaal bij Oscar brandde ik m'n vingers toen ik de tweede lamp aanstak. Ik kookte 't maismeel en sloeg een dozijn eieren stuk. Pas toen ik die wou gaan klutsen, bedacht ik dat ik nog niet met de koffie was begonnen. Het hielp ook niet echt dat ik op blote voeten stond te koken. M'n modderige schoenen stonden op de veranda en m'n kousen lagen te drogen in de oven. Oscar en m'n broers kwamen binnen en gingen aan tafel zitten, maar niemand zei iets van m'n half ontklede staat. Op iedere andere dag zou Frank T. geroepen hebben dat ik net een barbaar was of iets anders onzinnigs hebben uitgekraamd, maar vandaag hield-ie z'n mond. Vandaag zaten de mannen in 't lamplicht met bezorgde schaduwen op hun gezicht. Ze waren zelfs bijna te ongedurig om te eten.

'Het water op het strand staat hoog,' vertelde Oscar me tussen twee happen door. De jongens zouden dus over de richel naar Galveston moeten rijden. Het kwam niet eens bij me op om ook te komen ontbijten, ik begon meteen iets voor tussen de middag voor ze klaar te maken.

Ze hadden nog maar net hun laatste slok koffie op toen 't begon te regenen. Een geweldige hoosbui kletterde neer op 't zinken dak. We keken allemaal naar boven alsof we dwars door 't plafond heen konden kijken, en toen zei Frank T. tegen me: 'Het water staat niet gewoon hoog: 't komt al helemaal tot aan de duinen. Het hele strand is ondergelopen.'

M'n maag verkrampte; nu was 't eiland nauwelijks meer dan een smal strookje land. Wiley wierp Frank T. een waarschuwende blik toe, alsof-ie zeggen wilde: en nu geen woord meer. Daardoor vroeg ik me af wat ze nog voor me verzwegen. We hadden al eerder hoog water en overstromingen gehad. Dat gebeurde vaak genoeg bij harde wind. Soms waren er ook overstromingen bij zware regen, want de grond op 't eiland hield weinig water vast. Maar dit was anders, en iedereen wist 't. Er hing iets in de lucht, iets groots, iets wat wel een levend wezen leek. Maar de mensen in de stad hadden hun melk nodig, of 't nu stormde of niet.

De jongens trokken hun poncho aan en gingen op weg. Eindelijk verscheen er een bleek en miezerig straaltje daglicht. Het hield op met regenen en tegen de tijd dat André wakker werd, was de lucht wat opgeklaard met een paar stukjes blauw boven de zee. Maar er hingen nog steeds donkere stapelwolken en de bergen van gisteren waren veranderd in grote, grijze golven. Gemene golven. Golven die brullend vochten tegen de noordenwind van 't vasteland.

Die golven waren de reden dat ik André een extra stevige ochtendknuffel gaf. Ik had behoefte aan die kleinejongetjesgeur van 'm: zoet en een heel klein beetje muffig.

'Miss Nan,' zei hij. Hij drukte z'n gezicht tegen me aan en z'n woorden klonken als een slaperig gemompel. Z'n haren piekten alle kanten op. Ik wreef rondjes over z'n rug en voelde z'n ribben en z'n knobbelige wervels. Ineens moest ik de tranen wegslikken omdat ik voor altijd bij 'm weg zou gaan.

André trok zich los. 'Ma'am!' riep hij.

En daar stond ze, in haar groene jurk en haar kanten blouse, terwijl ik op blote voeten was. Ze was vroeg voor haar doen. Ik had haar niet bezig gehoord in de badkamer, maar 't was ook weer gaan regenen en dat gaf een hels kabaal. André liep op haar toe. Ze legde haar hand op z'n hoofd en streek over z'n kruin. Hij schoof wat dichterbij.

'Goedemorgen, André,' zei ze, alsof-ie een volwassen man was. Toen wenste ze mij goedemorgen. Haar wenkbrauwen schoten omhoog toen ze m'n blote voeten zag.

'De bayou is overstroomd,' zei ik. Ik had geen idee waarom ik de behoefte had me te verdedigen, maar 't was wel zo. Het regende zo hard dat ik haast moest schreeuwen. 'M'n schoenen en kousen zijn drijfnat.'

'Pardon?'

'Thuis staat alles onder water.'

'Van de regen?'

'Toen regende 't nog niet. Het komt van de bayou. Dat zei ik al. Die stroomt over en nu komt 't water overal waar 't niet thuishoort. Het staat helemaal tot aan ons huis.'

Alle kleur trok weg uit haar gezicht. 'Is het diep?' vroeg ze. 'En hoe moet het nu met uw huis? Komt het water binnen? En hier? Komt het ook hier?'

'Het is nog maar een klein laagje, en ons huis staat op palen. Van zes voet. En wat hier betreft, de richel is hoog genoeg. Net als 't huis.'

'Miss Nan,' zei André. Hij stond nog steeds tegen Mrs. Williams aan geleund. Die streek over z'n kruin in een poging 't eigenwijze haar te temmen. 'Kunnen we gaan kijken?'

'Nee zeker niet, niet met die regen. Kom, ga je maar aankleden. Je mag de pot gebruiken, maar denk eraan, geen rare streken, begrepen? Je moet goed mikken. Toe maar, ga maar gauw.'

Mrs. Williams kneep haar lippen samen. Eerst dacht ik dat 't was vanwege dat mikken, maar dat was niet zo. Ze had een blik uit 't raam geworpen en de golven in 't oog gekregen.

André draafde weg en trok met z'n vingers een spoor langs de muur. Dat zou vast vlekken geven, maar Mrs. Williams lette er niet op. Ze stond nu voor 't middelste raam en knipperde met die blauwe ogen van d'r. Misschien probeerde ze die reuzengolven daarbuiten in te passen in haar beeld van 't onweer in Ohio.

'Miss Ogden,' zei ze. Ze praatte zo zacht dat ik dichterbij moest komen om haar te kunnen horen, met die regen. 'Zijn uw broers naar de stad vertrokken?'

'Een hele tijd geleden al. Als 't goed is zijn ze nu aan 't bezorgen.'

'En maakte niemand zich dan ongerust over die golven? Of over de regen? Maakten ze zich geen zorgen over die lucht?'

'Ze hebben er wel iets over gezegd,' antwoordde ik. 'Dat 't water tot aan de duinen stond. Maar kinderen hebben hun melk nodig. Ook als 't strand is ondergelopen en m'n broers over de richel moeten rijden. De mensen rekenen op Frank T. en Wiley, net zoals ze op Mr. Williams en z'n koeien rekenen. Vooral op zaterdag, want zondag wordt er niet bezorgd.'

'Juist.' Mrs. Williams haalde diep adem. 'Dus niemand is overmatig ongerust. In ieder geval niet zodanig dat de bestellingen niet doorgaan. En wat u zei over de bayou, dat die buiten zijn oevers is getreden? Is er niemand die zich daar zorgen over maakt?'

Ik wist wel wat ze wou. Ze wou dat ik zou zeggen dat er voor stormen bepaalde vaste regels waren en dat deze storm zich keurig aan die regels hield. Ze wou van mij hetzelfde horen als van Frank T.: dat we dit al zo vaak bij de hand hadden gehad. En dat was ook wel zo, ik kon onmogelijk iets anders beweren. Maar dat wilde nog niet zeggen dat we die golven en 't hoge water gewoon negeerden. Dat wilde niet zeggen dat ik van boos weer hield, al had ik gisteren nog gemeend dat 't me zou helpen te vergeten dat ik hier zondag voor 't laatst zou zijn. Nu had ik daar spijt van. Deze lucht stond me helemaal niet aan. En wat me ook niet aanstond, was dat de bayou helemaal tot aan ons huis klotste en dat 't strand ondergelopen was. Maar dat wilde nog niet zeggen dat ik bang was, want dat was ik niet.

'Niks nieuws onder de zon,' zei ik. 'Voor ons tenminste niet. En ik zei al, wat er nu bij de bayou gebeurt is gewoon een overstroming.'

'O, ja,' zei Mrs. Williams. Ze klonk alweer iets opgewekter. 'Nu herinner ik me dat Oscar me daarover verteld heeft op de dag dat ik in Galveston aankwam. Die overstromingen spoelen de stad schoon, zei hij. Daarom zijn er van die hoge stoepen en staan de huizen er op bakstenen pijlers. Blijkbaar komt zoiets daar vaker voor bij onweer. En dat is ook wel logisch, aangezien het strand bij de stad geen duinen heeft.'

Ze keek nog eens naar de Golf en toen naar mij. 'Hoewel dit er niet als onweer uitziet. Niet echt. Er is helemaal geen bliksem, en geen donder, en kijk, het regent ook niet meer. Misschien hebben we het ergste wel gehad.' Ze glimlachte zowaar een beetje. 'Eerlijk gezegd, Miss Ogden, is een onweersbui in Ohio een stuk angstaanjagender dan dit.'

'Dan ben ik machtig blij dat ik daar niet woon,' zei ik.

Haar glimlach verdween en dat vond ik prima. Ze had duidelijk geen flauw benul van orkanen en ik was niet van plan er nog een woord aan vuil te maken. Volgens mij wou ze 't ook niet weten. En er was nog een andere reden om m'n mond stijf dicht te houden: wie weet had ze wel gelijk. Misschien hadden we 't ergste echt gehad. Sommige orkanen raakten boven zee al uitgeraasd of gingen toch ergens anders heen, zuidwaarts naar Corpus Christi, of oostwaarts naar New Orleans. Dus ging ik terug naar de keuken en deed wat ik aldoor gedaan had sinds Oscar met deze vrouw getrouwd was: ik klutste nog een paar eieren en zette een tweede ronde ontbijt op tafel. Toen Mrs. Williams even niet keek, haalde ik m'n kousen uit de oven en stak ze in de zak van m'n schort.

De buien kwamen bij vlagen. Steeds begon 't weer te regenen, dan hield 't weer op. André zat aan tafel te kwekken over hoe fijn 't was om in de regen te spelen, in de plassen te stampen en zandtaartjes te bakken.

'Maar dan word je helemaal vuil,' zei Mrs. Williams, waarop ik antwoordde dat dat nu juist was waar kleine jongetjes 't best in waren.

'Ze spelen in de modder, en daarna komen ze binnen om daar ook alles smerig te maken.'

Daar zei ze niets meer op. Ze ging verder met eten; muizenhapjes en nuffige teugjes thee. Ik waste ondertussen de koekenpan nog een keer af.

Buiten waren de blauwe stukjes hemel weer ingehaald door voortrazende zwarte wolken, waardoor 't binnen ook weer donkerder werd. Ik keek ernaar tijdens 't boenen, met m'n handen in 't afwaswater. De wind geselde om 't huis en de vloerplanken schudden onder m'n voeten. Gewoonlijk had Oscar de koeien rond deze tijd al buiten, maar vandaag niet. Vandaag hield-ie ze binnen, en dat betekende dat-ie nu hun troggen aan 't vullen was. De bayou zou intussen wel over de onderste tree van onze verandatrap stromen. Pa en ma waren nu waarschijnlijk water aan 't pompen, voordat de put vol stroomde. Met m'n rug naar haar toe dacht ik ook aan Mrs. Williams, die nog aan tafel zat te eten. Zij draaide de dingen altijd zo dat ze in haar straatje pasten. Haar verhaal over dat onweer in Ohio, waarbij een boom in tweeën gekliefd was en een koetshuis was afgebrand, zei me niks, helemaal niks. Ik wist niet waar Ohio lag, maar ik nam aan dat 't niet aan alle kanten door water werd omringd.

Galveston was m'n thuis en mij zou je er geen kwaad woord over horen zeggen. Maar ik kon me van m'n tijd op school de kaart van de Verenigde Staten nog herinneren. Die hing aan de wand naast 't schoolbord. Texas was natuurlijk groot, veel groter dan alle andere staten. Maar je moest echt heel goed kijken wilde je Galveston vinden. Dat lag helemaal aan de rand van Texas, een piepklein strookje land in de Golf van Mexico. Als je 't zo zag, zou je niet zeggen dat 't zevenentwintig mijl lang was en drie mijl breed in 't midden. Je zou niet denken dat er gebouwen op stonden en mensen woonden.

Vanaf m'n plekje achter in de klas had ik m'n vinger opgestoken, en na een tijdje gaf de juffrouw, Miss Marquart, me de beurt.

'Hoe komt 't dat we niet wegdrijven?' had ik gevraagd.
'Dat komt door Gods wil.'
'Is dat alles?'

Ik kreeg slaag omdat ik een oneerbiedige vraag over God had gesteld, en ik nam aan dat ik die verdiend had, omdat 't er anders uit gekomen was dan ik bedoelde. Nadien had ik nooit meer m'n vinger opgestoken. Ik probeerde niet meer naar de kaart te kijken; die bracht me helemaal van de wijs. Maar toch werd ik erdoor aangetrokken. Ma vertelde me later dat Galveston lange wortels had, en ik dacht toen dat ze bedoelde dat 't eiland daarmee vastzat aan de bodem van de zee. Dat had me gerustgesteld, maar 't nam niet weg dat we nog steeds op een laagliggend stukje land zaten, met water aan alle kanten. Misschien begreep Mrs. Williams dat niet omdat ze niet van hier was. Maar onwetendheid maakte de dingen heus niet anders. Het water van de bayou en de Golf stond hoog en Wiley had boos weer voorspeld. Misschien dat 't ons niet direct zou raken, maar iemand was beslist de klos. Wat daar boven de Golf hing, was iets heel anders dan die onweersbuitjes in Ohio.

Al die regen werkte op m'n zenuwen en m'n nekharen gingen ervan overeind staan. Als er twintig kerels met een hamer op 't zinkdak hadden staan beuken, had dat niet meer herrie kunnen geven. En al die wasem in de lucht maakte 't er ook niet beter op. De klok op de schoorsteenmantel wees half elf aan, dus zette ik me aan 't werk en begon aan de maiskoek voor de middagpot. Ik lette goed op bij 't afwegen van 't maismeel en 't bakpoeder, maar toen ik de reuzel erbij deed, wist ik niet meer of ik er al zout in had gedaan. Mrs. Williams wist dan wel niks van koken, maar toch was ik blij dat ze niet zag dat ik 't droge mengsel proefde. Ze zat op de veranda, uit de wind. Waarschijnlijk hoopte ze een glimp van Oscar op te vangen; uitkijken naar Oscar was tegenwoordig haar favoriete bezigheid. André speelde in de regen, op blote voeten en met z'n broekspijpen tot boven z'n knieën opgerold. Hij sprong van de verandatrap in de plassen en hoewel-ie zich verschrikkelijk smerig maakte, had-ie wel de grootste pret.

Ik deed er nog een half lepeltje zout bij, roerde in de melk, kneedde 't deeg tot koeken en legde die in ingevette bakvormen. Dit keer zou ik ze in de oven bakken in plaats van op 't fornuis. Ik kon 't echt niet opbrengen om boven een hete pan met spetterende boter te hangen. Ik zwengelde aan de keukenpomp om m'n handen te wassen. Het geknars ging me door merg en been, zeker in combinatie met de regen, de wind die om de hoeken van 't huis gierde en 't geloei in de schoorsteen. Ik had Oscar al ik weet niet hoe vaak gezegd dat die pomp een flinke scheut olie nodig had, maar als 't hem uitkwam kon-ie aardig doof zijn. Ik moest 't hem nog maar 's zeggen. Maar ineens wist ik 't weer. Na morgen zou ik hier niet meer zijn.

Ik schrok ervan dat ik 't was vergeten. Hoewel, echt vergeten kon je 't ook niet noemen, ik had er aldoor pijn van in m'n borst. Het leek wel of ik tussen twee werelden in hing: die van vroeger en die van nu. Misschien kwam dat doordat ik nooit gedacht had dat 't zo zou lopen, dat ik nog eens m'n schort zou pakken en dit huis aan een andere vrouw zou overdragen. Niet na alles wat er was gebeurd, na alles wat ik had gezien.

Haast een jaar geleden, op de eerste dag van oktober, hadden zuster Camillus en zuster Vincent van St. Mary's Bernadette gewassen in de slaapkamer, terwijl ma Oscar uit 't hoofd probeerde te praten dat-ie Bernadette in d'r trouwjurk liet begraven. 'Oscar, liefje,' had ze gezegd, 'Bernadette zou niet gewild hebben dat je haar in deze toestand in die jurk zag.' Op de veranda stonden buurvrouwen uit alle hoeken van 't eiland. Ze hadden schalen ham, cake en pasteien meegebracht. Ik had 't allemaal op de keukentafel uitgestald. 'Het is zo akelig allemaal,' zei tante Mattie. Ik was binnen en hoorde haar woorden door 't raam. 'Vooral omdat d'r ook een kleine op komst was. En Mr. Williams, nou, die man was altijd dol op Bernadette, daar heeft 't huwelijk niemendal aan veranderd.' Daar was iedereen 't mee eens en allemaal zeiden ze dat hun hart brak als ze eraan dachten. Maar er was nog iets anders waar hun hart van brak. André, een kereltje van vier, had nu geen moeder meer. Al die droefenis, en in de gang hoorde ik Oscar tegen ma zeggen: 'Al moet ik het zelf doen, ik wil dat Bernadette haar trouwjurk draagt.'

In ieder geval hoefde André dat allemaal niet te horen, omdat-ie in St. Mary's was. Maar Oscars woorden bleven doorklinken in m'n hoofd toen ik die dag 't fornuis poetste tot 't blonk. En toen dat klaar was boende ik de wanden en lapte de ramen.

Zonder dat Oscar 't me met zo veel woorden had gevraagd, reed ik de dag na de begrafenis met m'n broers naar dit huis. Bij de verandatrap klom ik uit de wagen en ging naar binnen. Ik kookte, maakte schoon en zorgde voor André.

Na twee weken vond ik een enveloppe op de keukentafel. Er zaten twee biljetten van tien dollar in. Dat verbaasde me; ik had gewoon willen helpen, niet willen werken voor geld. Maar ik was nog veel verbaasder toen ik zag wat er op de enveloppe geschreven stond. Ik kon niet erg goed lezen, maar ik wist welke woorden die letters vormden. Miss Ogden. Tot dan toe was ik altijd Nan geweest. Ik stak de enveloppe in m'n zak en die avond liet ik 'm aan ma zien.

'Bernadette is weg en komt nooit meer terug,' zei die, toen ze 'm openmaakte en de biljetten zag. 'Oscar kan die woorden nu niet uitspreken, nog niet. Maar hij weet 't wel. Hij weet dat-ie je nodig heeft. Dit is zijn manier om dat te zeggen.' Nu wees ma naar de letters op de enveloppe. 'En dit is z'n manier om de voorwaarden te stellen. Je begrijpt toch wel wat-ie daarmee wil zeggen? Jij bent een jonge vrouw en hij is weduwnaar. Hij wil geen geroddel. Daarom ben jij Miss Ogden, en, liefje, voor jou is Oscar voortaan Mr. Williams.'

De eerste drie maanden had Oscar er hologig en ongeschoren bij gelopen. Hij sliep slecht. Als ik 's ochtends z'n bed opmaakte, waren z'n gloednieuwe lakens een kreukelige puinhoop. Ik nam aan dat-ie 's nachts veel opzat, want iedere ochtend vond ik op de achterveranda een oud koffieblikje met sigarettenpeuken. Elke dag gooide ik de peuken weg en zette 't blikje terug. Oscar liet Frank T. en Wiley naast de gebruikelijke voorraden ook bier halen, maar ik vond nooit ergens lege flesjes. Die begroef-ie waarschijnlijk. Om twaalf uur aten hij, André en ik de middagpot, zonder veel te zeggen. Maar als ik alleen was met André, dan had ik altijd wel een praatje. Dat jochie had een beetje levendigheid nodig. En ik ook. Zonder Bernadette was dit huis z'n ziel kwijt.

Ik denk dat 't de nonnen van St. Mary's waren die Oscar erop wezen dat-ie wel nog steeds een zoontje had. Ik weet niet wat er precies was voorgevallen, maar op de tweede zondag in januari kwam-ie terug uit de kerk en leek 't alsof-ie z'n best deed om een nieuwe start te maken. Iemand in 't klooster had z'n bruine haar geknipt zodat 't niet langer over z'n boord hing. Hij had een glimlach voor André en een voor mij. Tegen de drie weesjongens die hij mee teruggenomen had, zei hij dat ze maar vast naar de stal moesten gaan; hij had nog iets te doen. Toen ging-ie naar de badkamer om zich te scheren. Zelfs de snor, die hij al had zolang als ik 'm kende, schoor-ie af. Zonder die snor zag-ie er heel anders uit, veel jonger ook. Toen 't tijd was om André in de wagen te zetten voor 't ritje naar 't kerkhof, wierp-ie 'm zo hoog in de lucht dat 't kereltje 't uitschaterde. Dat was zo'n heerlijk geluid dat Oscar er zelf ook om moest lachen, al klonk 't eerst nog wat onwennig. Ik stond op de veranda en hij keek naar me om. Er was een lichtheid in z'n ogen, maar toen-ie zag dat ik 't was, doofde dat licht. Ik was Bernadette niet. Even dacht ik dat-ie weer terug zou vallen in z'n droefenis, maar André, die op de bok zat, liet dat niet gebeuren. 'Papa!' zei hij, en dat woord was een glanzende zeepbel van geluk. Oscar werd erdoor opgebeurd, dat zag ik wel. Hij dwong zichzelf tot een scheve grijns en klom op de wagen.

Nu keek ik door 't raam naar de woeste zee en de donkere wolken die langs de hemel raasden. Het zou waarschijnlijk goed tekeergaan straks. Maar morgen was dat allemaal weer voorbij. Zo ging dat met stormen, die dreven over en gingen ergens anders heen. En dat moest ik straks ook doen.

Ik schudde de sombere stemming van me af en zette de maiskoeken in de oven. Daarna vulde ik pannen met water, die ik naar 't fornuis zeulde. Ik beet m'n tanden op mekaar bij 't geknars van de pomp. André had 't nog steeds geweldig naar z'n zin daar buiten in de regen. Maar 't was bijna twaalf uur en voordat we aan tafel gingen moest-ie beslist in bad, of-ie dat nu leuk vond of niet. En dat ging niet in de badkamer gebeuren, want dan lag 't hele huis meteen vol modder. Nee, vandaag moest-ie maar in de keuken in de tobbe.

Ik had er net de eerste pan heet water in leeggegooid, toen Mrs. Williams binnenkwam van de veranda. Ze pakte een kopje van de plank en schonk zichzelf wat thee in uit de theepot. M'n broer had eindelijk thee voor haar meegenomen uit de stad. Ze had deze pot al eerder gezet, maar nu was-ie waarschijnlijk lauw. Ik had 'm een tijd geleden al van 't fornuis gehaald. Maar daar zei ze niks van. En ze vroeg ook niet waarom al die pannen water daar stonden te borrelen, of waarom de wastobbe op de vloer bij de tafel stond. Blijkbaar was ze met haar gedachten ergens anders, haar dunne, geplukte wenkbrauwen waren gefronst. Het leek wel of ze niet eens in de gaten had dat ik er was. Ik kreeg er een akelig gevoel van in m'n buik.

Mrs. Williams zette de theepot terug op 't aanrecht en

haalde de melkkan uit de ijskast. Ze dofte haar thee op met wat melk en deed er nog een theelepel suiker bij uit de suikerpot op tafel. Er viel wat naast 't kopje, maar dat merkte ze niet eens. Ze staarde almaar uit 't raam.

Iets zei me dat ik ook uit 't raam moest kijken. Er was daar vast iets vreselijks gaande. Maar ik kreeg 't gewoon niet voor mekaar.

Mrs. Williams ging niet zitten. Ze bleef staan en roerde in haar kopje. Het lepeltje tinkelde tegen de zijkanten. 'Ik heb begrepen,' zei ze na een tijdje, 'dat het huis alleen uit voorzorg op die palen staat.'

Haar stem klonk vlak, ik kreeg er de rillingen van.

'De richel is nooit overstroomd,' ging ze verder.

'Behalve dan die ene keer,' zei ik.

Nu schoten haar ogen mijn kant op.

'Tijdens de storm van '71.' M'n mond voelde zo droog als leer. Ik slikte. 'Pa en ma hebben 't gezien.'

'Maar u niet?'

'Nee.' Ik móést uit 't raam kijken, maar ik kreeg m'n hoofd met geen mogelijkheid gedraaid. M'n nek leek wel versteend.

Mrs. Williams bleef in haar thee roeren. Toen zei ze: 'Ik heb zojuist iets heel merkwaardigs gezien. Tenminste, in mijn ogen was het merkwaardig. Het gebeurde toen ik op de veranda zat. Eerst dacht ik dat het gezichtsbedrog was; ik kon het gewoon niet geloven. Maar het was toch echt zo.' Ze tikte twee keer met haar lepel tegen de rand van haar theekopje en zei: 'Er komen golven water door de duinen. Tussen de duinen door, bedoel ik. Vanaf het strand.' Ze legde haar lepeltje op 't aanrecht. 'Miss Ogden? Moeten we ons zorgen maken?'

M'n nek schoot los. Door 't raam, achter André die in de regen in de plassen stond te springen, zag ik zeewater aan onze kant van de duinen stromen. Het gras werd helemaal platgedrukt en 't water kwam deze kant op.

'Miss Ogden?'

Ik opende m'n mond, maar er kwam geen geluid uit.
'Juist,' zei Mrs. Williams. 'Dan zal ik Oscar waarschuwen.'

M'n hart bonkte in m'n keel toen ik al dat water tussen de duinen door zag stromen. Wileys orkaan kwam dichterbij. Het deed er niet toe dat de wind nog steeds van 't vasteland kwam. Het deed er niet toe dat diezelfde wind de zee eigenlijk terug zou moeten blazen en dat 't eb hoorde te zijn. Orkanen deden waar ze zin in hadden, die trokken zich van ons niks aan. Op een kaart waren we niks anders dan een miezerig strookje land.

Wiley had gezegd dat 't vannacht zou gaan gebeuren. Nog uren en uren te gaan. Tijd genoeg om thuis te komen. Tijd genoeg om ons voor te bereiden. Ik probeerde 't gebonk in m'n borst te onderdrukken. Als 't hart van Mrs. Williams ook zo tekeerging, dan was dat in ieder geval niet te merken. Gehuld in een chique parelgrijze regenjas met drie glanzende zwarte knopen vertrok ze naar de stal. Die jas was op geen stukken na lang genoeg om de onderkant van haar rok te bedekken. Ze droeg ook een regenhoed, ik nam tenminste aan dat dit haar opvatting van een regenhoed was, want er zaten geen veren op. Verder droeg ze mijn schoenen, die toch al modderig waren. Dat was mijn idee geweest. Ik had verwacht dat ze m'n aanbod zou weigeren, want erg elegant waren ze niet, maar ze was er meteen op ingegaan. Waarschijnlijk wilde ze haar eigen schoenen sparen.

Ze had de veters heel strak aangetrokken, want m'n schoenen waren haar te groot. Daarna had ze haar rok omhooggehouden en haar voeten heen en weer bewogen. Ze bekeek de lompe, modderige schuiten en lachte. Het was een schorre lach. Toen kwam ze tot zichzelf en stampte de verandatreden af, haar witte parapluutje beschermend tegen haar rug. André, die nog steeds buiten was, wilde met haar meelopen, maar ze bleef staan en zei iets tegen 'm. Terneergeslagen stond-ie in de regen, van top tot teen onder de modder. Mrs. Williams wees naar een grote plas en daar ging-ie, stampend met z'n voeten door 't water. Zij draaide zich om en ging op weg naar de stal. Haar rok werd helemaal opzij geblazen.

Ik had aangenomen dat ze 't soort vrouw was dat van pure doodsangst helemaal in paniek zou raken. Maar ze hield haar gevoelens juist stevig in bedwang. Zelf was ik op van de zenuwen. Ik stond op de veranda en alles wat ik van orkanen wist of er ooit over gehoord had, raasde door m'n hoofd. Ik was acht toen de orkaan van '86 't eiland trof. Het leek wel gisteren, zo helder stond 't me nog voor de geest. Ook die keer was 't water van de Golf voorbij de duinen gekomen, maar die hadden de stroming wel vertraagd, waardoor de richel droog gebleven was. Voor ons, zo vlak aan de bayou, lag dat toen anders. Dat water trad buiten z'n oevers en rukte op naar ons huis. Toen 't de middelste tree van de verandatrap bereikt had, zei ma dat 't tijd werd om onze biezen te pakken en naar oom Bumps te gaan, die toen nog een mijl verderop op de richel woonde. 'Hier is 't niet veilig,' zei ze tegen pa. 'Drie kinderen, Frank. Het zijn dan wel geen baby's meer, maar toch.' Pa zei dat de paarden de wagen niet konden trekken omdat 't water te diep en de grond te zompig was. 'Dan gaan we wel lopen,' had ma geantwoord.

Het water kwam tot aan m'n middel. Het was pikkedonker, we moesten vechten tegen de wind, 't leek wel of 't scherpe naalden regende en de stroming was zo sterk dat pa me moest dragen.

Bijna waren we Wiley kwijtgeraakt, dat zal ik nooit van m'n leven vergeten. Wiley was elf, een broodmager klein ventje. Hij struikelde; de stroming trok 'm omver en sleepte 'm mee. Ma gilde en pa gaf mij aan haar. Ik sloeg m'n armen om haar middel en we vochten wankelend tegen 't water dat ons ook probeerde mee te trekken. Met die striemende regen in m'n ogen was Wiley niet meer dan een donkere schaduw in de golven. Hij deed z'n uiterste best om zich staande te houden, z'n armen maaiden alle kanten op, maar 't water was te sterk. Pa en Frank T. gingen achter 'm aan en uiteindelijk wist-ie zich te redden door zich vast te grijpen aan een tak van een tamarisk. Pa slaagde erin 'm te bereiken, en toen we eindelijk bij oom Bumps aankwamen, ging Wiley op de grond liggen en viel als een blok in slaap, zo uitgeput was-ie. Het kon 'm niks schelen dat z'n handen bloedden, en z'n armen en benen ook. Hij sliep zo vast dat-ie niet eens merkte dat de wind een hoek van 't dak optilde en er een heel stuk af rukte.

De volgende ochtend kwam de zon op alsof er niks gebeurd was. We gingen naar huis, waar ook een deel van ons eigen dak was weggeblazen. Binnen zakten we tot onze enkels in de modder en 't zand. 'We hadden beter hier kunnen blijven,' zei pa, terwijl-ie naar de bruine strepen op de muren wees. 'Het water heeft hierbinnen nog geen voet hoog gestaan.'

In de stad was dat wel anders. Honderden huizen in de buurt van 't strand waren weggespoeld. Mensen waren omgekomen; verpletterd door ingestorte daken of meegesleurd door 't water van de Golf en nooit meer teruggezien.

Dan was er nog 't verhaal dat oom Ned, ma's middelste broer, verteld had. Die had vroeger gevaren, voordat-ie met een vrouw uit North Carolina was getrouwd en zich daar had gevestigd. Toen ik klein was, logeerde hij als-ie verlof had vaak bij ons. 'Het is een muur van wind,' zei hij over orkanen. 'Een muur die je in de verte al ziet aankomen. De zwarte wolken beginnen te draaien en de lucht wordt groen. Die muur duwt de golven zo hoog op dat 't wel bergen lijken.' Ik had nog nooit een berg gezien, maar toen-ie dat zo zei greep ik m'n ellebogen stevig vast. 'Onze schoener leek ineens zo nietig als een splintertje hout,' zei hij.

Het was een hele geruststelling dat ik kon zwemmen. Dat had pa me geleerd. Hij vond dat alle mensen die op een eiland woonden, zelfs meisjes, zich moesten kunnen redden als ze ooit in 't water belandden. Toen ik zeven was, kleedde ma me tot op m'n ondergoed uit en nam pa me mee naar de zee. 'Peddelen met je armen en trappen met je voeten,' zei hij, en hij deed 't me voor. 'Hou je hoofd boven water en kijk over je schouder of er een golf aankomt. Als je in een tijstroom raakt, moet je er niet tegen vechten. Die draagt je vanzelf naar 't strand, er kan je niks gebeuren.'

Maar zo was 't niet altijd. Oakley Hill, de eerste man met wie ik had zullen trouwen, verdronk op een wolkeloze dag, geen storm te bekennen. Bij hem was er niks anders voor nodig geweest dan een stuk touw dat om z'n voeten verstrikt raakte toen-ie garnalen aan 't vissen was. Het zat nog altijd om z'n enkels toen-ie aanspoelde. Niemand wist 't zeker, maar er werd aangenomen dat-ie z'n evenwicht verloren had, op z'n hoofd terechtgekomen was en toen overboord was geslagen. Dat Oakley een goed mens was, en nog maar negentien, dat kon de Golf niks schelen. Die sleepte Oakley gewoon mee, alsof er toch geen hond wat om die jongen gaf.

Dat zou Mrs. Williams allemaal wel niet weten. Zij was niet van hier en dacht dat 't onweer uit Ohio wel zo'n beetje 't ergste was wat er bestond. Maar ik wist wel beter. Op orkanen viel geen peil te trekken, die gingen hun eigen gang. Ze kwamen opzetten uit de Golf en gaven niet op voordat ze land hadden bereikt en mensen hadden gedood. En wij zaten hier op een klein streepje zand en aarde, aan alle kanten omringd door water.

De maiskoeken stonden te verkolen. Ik rook 't al vanaf de veranda; ik was die hele dingen glad vergeten. Dat kwam er nou van als ik zo nodig Mrs. Williams na moest kijken terwijl ze op weg was naar de stal om Oscar over 't water bij de duinen te vertellen. Ik haastte me naar binnen. Toen ik de ovendeur opentrok, wolkte de rook naar buiten. Ik greep een pannenlap en haalde de bakvormen er zo snel mogelijk uit. Maar 't was al te laat, de koeken waren zwart van boven.

Ik kiepte ze op een rooster en bedekte ze met een doek. Als ze eenmaal waren afgekoeld, zou ik ze aan de honden voeren; niemand hoefde te weten wat er was gebeurd. Ik legde de vormen in de gootsteen om te weken en ging terug naar de veranda.

Een klein eindje van 't huis stond André met een stok te prikken in iets wat in een plas lag. Mrs. Williams was intussen aangekomen bij 't hek. Ze had haar ingeklapte paraplu onder haar arm gestoken om met twee handen de grendel te kunnen openschuiven. De onderkant van haar rok was zo nat dat-ie was uitgerekt en over de grond sleepte. Ze opende 't hek en deed 't weer achter zich dicht. Nauwelijks had ze de paraplu weer uitgeklapt, of die waaide binnenstebuiten en vloog weg, een wit, komvormig ding met een lange houten steel. Hij tuimelde door de lucht, vloog over 't hek, stuiterde over de grond en buitelde in de richting van de duinen, waar-ie in een plas landde. Met de wind in haar rug ging Mrs. Williams bijna hollend 't erf over. Ze nam 't planken pad dat naar de staldeur leidde, en toen zag ik haar niet meer.

Het was een chaos in m'n hoofd. Er viel nog van alles te doen, maar ik kon met geen mogelijkheid bedenken wat. Ik ijsbeerde de veranda op en neer, terwijl de regen tegen me op spatte en m'n kousen van onderen weer helemaal nat werden. Binnen trok ik ze weer uit en liep van 't ene raam naar 't andere. De ramen waardoor de regen naar binnen waaide, sloot ik. Ik pakte een doek en maakte de vloer en de vensterbanken droog. De wind had Andrés andere hemd en broek van 't haakje aan de muur van z'n slaapkamer geblazen. Toen ik ze terughing, vielen ze weer op de grond. Deze keer kwam dat niet door de wind; ik had de ramen dichtgedaan. Het kwam door m'n trillende handen.

Ik moest de rijst gaan koken voor de middagpot. Ik moest André naar binnen roepen voor z'n bad. Ik moest meer brandhout binnenhalen, zodat 't droog bleef. Ik moest de olielampen bijvullen.

Ik ging naar de veranda. André zat gehurkt op de grond naar iets te turen. Boven m'n hoofd raasden nog steeds die zwarte wolken. Het water bleef door de duinen deze kant op stromen, 't verspreidde zich in ondiepe plassen en stond nog maar zo'n honderd voet van 't huis vandaan.

Mrs. Williams kwam weer teruglopen vanaf de stal. Haar hoed was verdwenen en haar haar sloeg in lange slierten tegen haar gezicht. Ik zag dat ze zich probeerde te haasten, maar m'n schoenen hinderden haar. Soms struikelde ze, en één keer gleed ze uit. Haar voeten glibberden onder haar weg op 't modderige pad, maar ze wist overeind te blijven en liep door. En dat terwijl ik hier binnen stond te trillen van de zenuwen.

'Miss Nan,' schreeuwde André. Hij was druipnat en z'n kleren plakten aan z'n lijf, maar dat deerde 'm niet. Hij grijnsde breed en wees naar iets wat op de grond lag. Daarna riep-ie nog iets. Ik schudde m'n hoofd, ik kon 'm niet verstaan met al die regen. Met beide handen tilde hij een schildpad op die zo groot was als een flink bord, en hield 't dier omhoog.

'Ik zie 'm,' riep ik terug, maar die modderschildpad gaf me de rillingen. Dit klopte van geen kant. Dat beest hoorde in de bayou, niet hier voor 't huis. De bayou lag een mijl verderop en schildpadden waren nu niet bepaald grote lopers, behalve als ze eieren legden, en zelfs dan zouden ze echt geen mijl gaan lopen. Modderschildpadden in ieder geval niet.

'Kijk!' schreeuwde André. Hij zette de schildpad neer, sprong naar een andere plas en pakte een volgende. Z'n hele gezicht was één grote grijns, terwijl ik de grond onder m'n voeten voelde wegglijden, alsof de veranda ineens scheef stond. Er was iets aan de hand bij de bayou, iets ernstigers dan alleen een kleine overstroming.

Ineens besefte ik met een schok dat de honden nergens te bekennen waren. Ik had geen idee wanneer ik ze voor 't laatst gezien had. Ze speelden niet met André, ze waren weggelopen. Beesten hadden een soort zesde zintuig: ze staken hun neus in de lucht en voelden dingen waar een mens geen weet van had. Honden verstopten zich en schildpadden kwamen tevoorschijn op plekken waar ze helemaal niet hoorden.

Ik ging naar binnen. Daar kwam alles op me af: de duisternis, het miezerige schijnsel van de lampen, de gesloten ramen, de hitte en de wastobbe waarin 't water heen en weer klotste omdat de vloer zo schudde door de wind.

Snel rende ik terug naar Andrés kamer, en daar stond m'n hart zowat stil. Door de ramen, waarlangs 't water in dikke stralen naar beneden liep, zag ik hoe de schildpadden hierheen waren gekomen. De wei achter 't huis stond onder water. Klotsend water, rimpelend water, water dat bewoog. Geen regenwater. Dit water was een levend wezen. Het was de bayou, hier, op een steenworp afstand van 't huis.

'Miss Ogden.'

De pluimige tamarisken zwiepten in de wind. De onderste takken hingen in 't water. Kleine witgekuifde golfjes werden doormidden gekliefd door de toppen van de struiken, die nog net boven 't water uit staken. Ik werd helemaal draaierig in m'n hoofd.

Ma. Pa. Ons huis bij de bayou.

'Miss Ogden.'

Het was Mrs. Williams. Ze stond in de deuropening en voor ik 't wist kwam ik op blote voeten schielijk in beweging. 'André,' bracht ik uit.

'Die is in de keuken.'

M'n benen begaven 't en Mrs. Williams greep me bij de arm. Water. Al dat water. Net als in '86. Wiley, die door de stroom werd meegesleurd en pa en Frank T. die achter 'm aan gingen.

'Miss Ogden.' Mrs. Williams hield me stevig vast. 'Het is een overstroming. Zoiets komt hier vaker voor, dat heeft u zelf gezegd. Het water staat nog geen halve voet hoog. Oscar heeft het opgemeten. Nog geen halve voet. Dat is alles.'

Andrés honden waren weg. De bayou stond een mijl buiten z'n oevers. Het haar van Mrs. Williams was druipnat en haar hele kapsel was losgeraakt. Niets was wat 't zou moeten zijn, niets was meer waar 't hoorde.

'Kijk me aan.' Mrs. Williams' stem klonk scherp. Er zaten rode vlekken op haar wangen. Vlekken die dansten voor m'n ogen.

'Miss Ogden. Kijk me aan.'

Die stem van haar was als een klap in m'n gezicht, ik moest haar wel gehoorzamen. Haar ogen waren twee blauwe cirkels, de ene nog blauwer dan de andere. Zonder een woord keek ze bij me naar binnen en zag hoe bang ik was. Niet instorten, zeiden die ogen. Zelfs niet aan denken. Een kleine overstroming. Meer is het niet.

'Oscar is de paarden aan het inspannen,' zei ze toen. 'Hij gaat uw ouders halen. Hier op de richel zijn ze veiliger.'

Die woorden waren een volgende klap, maar deze keer zorgden ze ervoor dat ik m'n schouders optrok en haar hand van m'n arm schudde. Wij waren eilanders: niemand hoefde ons te vertellen wat we moesten doen. Pa had ons huis gebouwd op stevigheid. Hij had de brede balken diagonaal in de muur gezet, zoals ze dat vroeger ook bij schepen deden. Ons huis stond dicht bij de bayou, maar de palen waren zes voet hoog. Mocht de bayou 't huis in komen, dan gingen we wel naar zolder. Wij zouden nooit vluchten en onze varkens en kippen achterlaten; wij konden onszelf wel redden. Dat was de les die we getrokken hadden uit de orkaan van '86. Oscar wist dat niet, die was niet van hier, die kwam uit Ohio. Pa had niemand nodig die 'm zei wat-ie moest doen. Als pa gevonden had dat ma en hij op de richel veiliger waren, dan hadden ze hier allang gezeten. En als pa dacht dat 't veilig was om thuis te blijven, dan was dat zo.

'Ik ga met Mr. Williams mee,' zei ik. 'Pa en ma willen vast niet weg.' Zo zei ik 't, ik hoefde er niet eens bij na te denken. Ik liet haar in de waan dat ik met Oscar meereed om ze te kunnen overhalen. Maar dat was niet zo. Oscar bracht me thuis en dat was waar ik zou blijven. Wij Ogdens waren Texanen. Wij sloegen niet op de vlucht.

De modder slurpte aan m'n schoenen en de regen striemde in m'n gezicht toen ik met gebogen hoofd en half dichtgeknepen ogen naar de stal liep. M'n muts was doorweekt en m'n poncho gaf niet meer bescherming dan die chique jas van Mrs. Williams. Ik wist me geen raad van schaamte dat ik zo bang geweest was en zij dat had gezien. Maar in ieder geval was ik m'n zenuwen nu weer de baas; ik was niet langer bang. Oscar had de wagen van 't erf gereden en kwam mijn kant op. De paarden waren vreselijk schichtig en rolden met hun ogen. Ik schreeuwde naar Oscar dat ik met 'm mee zou gaan, want dat 't niet makkelijk zou zijn om pa en ma zover te krijgen dat ze hun huis uit gingen.

'Klim er maar op,' schreeuwde hij terug, en dat deed ik. M'n geweten protesteerde nauwelijks toen ik die halve waarheid had verteld. Ineengedoken ging ik op de bok zitten. Op de bodem stond een laag regenwater, maar daar zette ik m'n voeten plompverloren middenin. De regen stroomde over Oscars breedgerande hoed en langs z'n geïmpregneerde poncho. De kap boven de bok had-ie eraf gehaald, waarschijnlijk waren de paarden bang geworden van 't geklapper. Ook nu waren ze nog behoorlijk nerveus, ze probeerden iedere keer opzij te stappen alsof ze zich wilden losrukken om naar de stal te vluchten, maar dat stond Oscar niet toe. Hij legde ze z'n wil op en hield de teugels strak.

En hij bleef de teugels strak houden toen we langs 't huis reden, waar Mrs. Williams en André nog steeds op de veranda stonden. Mrs. Williams hield André bij de hand, maar leunde voorover tegen de reling. Oscar wierp een blik op mij en keek daarna omhoog naar haar. Tussen die twee knetterde een heel eigen soort bliksem heen en weer. Haar blauwe ogen zagen niets en niemand, alleen Oscar, en bij hem voelde ik een golf van hartstochtelijk verlangen. Die wederzijdse hunkering was zo intens dat zelfs een orkaan 'm niet kon doven. Het was allemaal zo onverbloemd dat ik nog verder in mekaar kromp, en toen waren we 't huis voorbij.

Oscar en ik zetten koers naar 't westen van 't eiland. We bleven zo lang mogelijk op de richel, waar de paarden door de diepe poelen regenwater plasten. Telkens als de wielen in een drassige kuil wegzakten, werden we tegen mekaar aan geslingerd, en ik klampte me vast aan de zijkant van de wagen. M'n gedachten schoten van Oscar, die ik zo dicht naast me voelde, naar die vrouw van 'm, en naar André, die nu vast heel bang was. Daarna dacht ik aan m'n broers, die nog ergens in de stad waren, en aan pa en ma, die zich nu voorbereidden op de storm. Nu en dan tilde ik m'n hoofd op en probeerde iets te zien, maar dat ging moeilijk met die regen. Verderop, vlak bij de duinen, verrezen in een grijze mist de twee hoge gebouwen van St. Mary's. Ik bedacht hoe onzinnig 't was om weeskinderen zo dicht bij 't strand onder te brengen; ze zouden op de richel moeten wonen. Maar de nonnen hadden 't land gekregen en waarschijnlijk wisten ze ook weinig van orkanen, omdat ze niet van hier waren. Toen we dichterbij kwamen, maakte ik kokertjes van m'n handen en tuurde erdoorheen, en toen zag ik 't: er stroomde water onder de gebouwen.

   Bij die aanblik kromp m'n maag ineen. Die arme kleine wezen. En de nonnen. Ze waren vast doodsbang. St. Mary's stond op zes voet hoge palen, dat zou toch hoog genoeg moeten zijn. Maar 't water vrat de doorgang tussen de duinen weg en 't leken wel rivieren die eruit tevoorschijn kwamen. De wezen zouden 't wel redden, hield ik mezelf voor. De nonnen praatten regelrecht met God, en God waakte over ieder musje. Hij zou niet toestaan dat die kinderen iets overkwam; die hadden ook hun mama's en hun papa's al verloren.

Bij 't bijgebouw, dat door de nonnen de stal genoemd werd, hoewel 't voor die benaming wel wat klein was, klotste 't water al tegen de onderkant van de muren. Een volwassen man, een van de conciërges waarschijnlijk, baande zich samen met twee jongens een weg ernaartoe. Ze liepen met gebogen hoofd tegen de wind in. Aan 't geploeter van de jongens zag ik dat 't water al tot aan hun knieën stond. Naast me helde Oscar gespannen naar voren.

'Moeten we niet stoppen?' riep ik. 'Om ze te helpen?'

'Op de terugweg,' schreeuwde hij. Dat was een klap voor m'n geweten, maar ik repte met geen woord over m'n plan om thuis bij pa en ma te blijven. Oscar schreeuwde naar de paarden, alsof die 'm konden horen, en rukte aan de teugels om ze naar de rechterkant te sturen. Dat kostte flink wat moeite; Maud en Mabel hadden echt geen zin om van 't hoogste punt van de richel af te gaan. De wind sloeg recht in ons gezicht en bij iedere stap werd 't water dieper en de grond drassiger. Oscar liet de teugels iets vieren zodat de paarden hun hoofd konden schudden, maar z'n knokkels waren wit van 't harde knijpen. En die regen, 't leek wel alsof er naalden uit de hemel vielen. Het liefst had ik m'n ogen dichtgedaan, maar ik deed 't niet, niet helemaal in ieder geval. Ik concentreerde me op de benen van de paarden. Het water kwam tot aan hun enkels, toen tot boven hun enkels en daarna tot aan hun schenen.

Een klein zwart katje schoot voorbij. Het zat drijfnat en in mekaar gedoken op een plank en ik kon mezelf er niet toe zetten om 't na te kijken. De paarden bleven voortdurend staan; ze kregen de wagen haast niet meer vooruit. Als Oscar ze aanspoorde, kwamen ze met moeite in beweging. De wind was koud geworden en ik zat te klappertanden. Ik beet m'n kaken op mekaar, maar 't klapperen hield niet op. Bijna verloor ik de moed, bijna had ik tegen Oscar gezegd dat-ie maar om moest keren, we zouden vast een wiel verliezen, 't water was te sterk. Maar pa en ma waren geen angsthazen, die bleven waar ze waren. Eindelijk hoorde ik

Oscar iets roepen en daar, voor ons, was ons huis.

Toen ik 't zag, werd ik helemaal warm vanbinnen. Het kon me geen lor schelen dat er water onder stond. Dat water reikte maar tot de derde tree en pa en ma stonden op de achterveranda, ieder met een hoog geheven lantaarn. Die hadden naar me uit staan kijken, daar was ik zeker van. En waarschijnlijk keken ze ook uit naar Frank T. en Wiley. Pa begon naar Oscar te gebaren, zijn manier om duidelijk te maken dat die niet dichterbij moest komen, 't water was te diep. Voor de paarden was die waarschuwing niet nodig. Die bleven stokstijf staan en niets wat Oscar zei of deed kon ze op andere gedachten brengen. Toen begon Oscar pa te wenken. Hij riep dat-ie hem en ma mee naar z'n huis wou nemen. 'Wij zitten droog,' schreeuwde hij.

Al dat heen en weer gewuif was dwaasheid. Dwaasheid van twee eigenwijze mannen die allebei wilden dat de ander zich gewonnen gaf. Ik trok m'n schoenen uit en propte m'n kousen erin. Toen knoopte ik de veters aan mekaar en hing ze om m'n nek. Ik liet me langs de zijkant van de wagen glijden en tastte met m'n voeten naar een spaak, maar Oscar greep me bij de arm. 'Ga ze halen,' zei hij. 'Ze moeten hier weg.'

'Nee,' riep ik terug. 'Ze willen hier niet weg. En ik ook niet. Er is wel wat meer voor nodig om ons uit ons eigen huis te jagen.' Ik wrikte me los en toen stond ik kniediep in 't stromende water. Het was koud en modderig en de grond was hobbelig en dichtbegroeid met hoge pollen gras. Er botsten planken tegen m'n benen, sommige geverfd, andere mooi bewerkt, en ik moest er niet aan denken hoe die hier waren beland.

'Ik ga mee,' zei Oscar. De wind beet de hoekjes van z'n woorden.

'Geen sprake van,' zei ik. 'U hebt al genoeg gedaan. Ga naar huis, er wordt op u gewacht.' Ik hees m'n rok omhoog, en net voordat ik naar 't huis begon te waden, riep Oscar m'n naam. Nan. Niet Miss Ogden. Nan. Zoals-ie me genoemd had voordat Bernadette stierf. Zoals 't was geweest voordat we mekaar waren gaan ontwijken, ik vanwege de vloek die op me rustte en hij gewoon omdat-ie afstand wilde houden. Ik keek naar 'm op en toen, heel even, zag ik iets in die groene ogen van 'm. Het was niet zo sterk als wanneer-ie naar Mrs. Williams keek, bij lange na niet. Maar 't was wel iets.

'Nan,' zei Oscar weer. Hij zei nog iets anders, maar daar ging 't meeste van verloren. 'Morgen,' was 't enige wat ik verstond. Toen knikte hij ten teken dat ik maar moest gaan, en dat deed ik. Ik ging naar huis, waar pa al van de trap af kwam om me te helpen. Ik ploeterde naar 'm toe, struikelend over m'n rok, die om m'n benen plakte. Ook pa verloor z'n evenwicht en hij zwaaide met z'n armen. De grond was ruig en drassig tegelijk en 't lange gras wond zich om m'n enkels. De kracht van 't water was net zo groot als die van de tijstroom. Ik zette nog een paar passen, stapte in een kuil en viel op handen en knieën.

De angst sloeg toe. Er liep water in m'n mond, de stroom sleurde me mee, ik kon niet overeind komen, de schoenen om m'n nek trokken me omlaag. Maar ik wist een stevige pol gras te grijpen die me op m'n plek hield. Ik drukte mezelf overeind, spuugde 't water uit en sloeg de natte slierten uit m'n ogen. Toen zag ik pa weer. Ik klauterde uit de kuil en zwoegde voort terwijl ik aldoor maar dat woord 'morgen' bleef horen. Vlak voordat pa me bereikte en ik z'n hand pakte, wist ik 't.

'Nan. Ik zie je morgen weer.' Dat was wat Oscar had gezegd.

13

De orkaan

Het water stroomde over de onderste tree van de verandatrap.

'Het huis staat vijf voet hoog,' had Oscar gezegd op de dag dat hij me hierheen gereden had. 'Er heeft nog nooit een druppel water in gestaan.'

De golven beukten. Een grote boog zout water sproeide over de toppen van de duinen en regende weer neer. De duinen brokkelden langzaam af en zakten in; de zee baande zich stuwend en schurend een weg landinwaarts.

Kolkend water koerste kriskras over de struiken en langs de bomen die Oscar tamarisken noemde. Het hek bij het erf was omgevallen. Regen viel uit zwarte, jachtige wolken alsof er ontelbare emmers water werden omgekeerd. De horizon bestond uit woeste witgekuifde grijze golven. De lucht floot en veegde vlagen regen naar de zee; de wind kwam nog steeds van achter het huis. Ik stond op de veranda bij de deur en mepte met een bezem naar de kikkers die de trap op sprongen.

Oscar was al twee uur weg.

Mijn kleren en gezicht waren nat van de druppels die van opzij de veranda op geblazen werden, maar binnenshuis kon ik het echt niet uithouden. Alle ramen waren dicht en even geleden had ik ook de stormluiken gesloten. Het huis was net een hol: donker, heet en bedompt. Ik voelde me er machteloos en opgesloten, vooral omdat ik niet naar buiten kon kijken. De muren kwamen op me af en ik had het gevoel dat ik nauwelijks lucht kreeg. Buiten, op de veranda, kon ik de storm tenminste zien. Daar kon ik ademhalen, al was de lucht dan ook zwaar van het zout. Daar kon ik door de wapperende regensluier uitkijken naar Oscar.

Twee uur. Er was vast iets met hem gebeurd. Er was een wiel afgebroken, de paarden waren in paniek geraakt. De wagen was gekanteld.

Vanochtend, toen ik naar de stal gelopen was om Oscar te vertellen dat het water door de duinen sijpelde, was hij heel bedaard gebleven. 'Wij zitten op de richel,' had hij gezegd. 'Hier kan ons niets gebeuren. Er staat ook wat water op het weiland achter. Ik heb het net opgemeten. Nog geen halve voet, dat stelt niks voor. We hebben weleens erger meegemaakt.' In het gedempte licht van de stal glom het transpiratievocht op zijn gezicht. Hij was bezig hooi te scheppen in iets waarvan ik aannam dat het een trog was. Ik stond in het middenpad, aan de andere kant van het beschot. Mijn rok was modderig en mijn haar was losgeraakt uit de spelden en kammen. De wind huilde door de kieren. De koeien stonden binnen, en al die geuren – mest, beesten, mijn natte kleren – maakten me nog geagiteerder dan ik al was.

Oscar reikte over het beschot en pakte mijn hand. 'Ik maak me wat zorgen over de Ogdens,' zei hij. 'Over Frank en Alice.'

Het duurde even voordat ik begreep dat hij het over Nans vader en moeder had.

'Hun huis kan helemaal onderlopen, het staat vlak bij de bayou. Het kan zijn dat ze naar de richel moeten vluchten. Ik zou me er niet zo druk om maken als Frank T. en Wiley er waren om ze te helpen. Maar die zijn er niet, en dus zitten Frank en Alice daar vast zonder hun paarden.' Even zweeg hij. 'Ik ga ze hierheen halen. Dat zal me waarschijnlijk ongeveer een uur kosten. Anderhalf uur op z'n hoogst.'

Ik was met stomheid geslagen.

'André en jij zijn hier op de richel volkomen veilig,' ging

Oscar verder, terwijl hij met zijn vingers kleine rondjes in mijn handpalm draaide. 'Ik zou je echt niet achterlaten als dat niet zo was. En ook niet als jij niet was wie je bent. Maar jij bent niet iemand die zich bang laat maken door een storm.'

Hij kende me niet echt, dacht ik, terwijl ik de kikkers van de veranda veegde. Het water stond halverwege de tweede tree.

Hele losgescheurde lappen gras wervelden langs in het water, op weg naar de Golf, en kwamen even later op een volgende stroming opnieuw voorbijdrijven. Alles wat op de vuilnishoop in de wei achter het huis gelegen had, was meegevoerd. Glazen flessen en roestige emmers dobberden op de golven. Lege blikjes en wielkransen botsten tegen de struiken, bleven hangen in de takken en trokken zich weer los. Mijn kristallen oorbellen lagen vast ook ergens in het water. De golven hadden het duinpad omhooggewrikt en de losse planken dreven langs het huis. Ik zag ook slangen zwemmen, hun gele strepen rimpelend bij iedere beweging. Gladde, glanzende ratten klampten zich vast aan splinterende planken.

Vijf kikkers, zes, nu zeven. Ik sloeg naar ze; hun bruine gespikkelde lichaampjes schoten van me weg. Sommige sprongen weer terug in het water. Ik weigerde aan mijn paniek toe te geven; ik wilde mezelf niet toestaan het ondenkbare te denken. Oscar was niet gewond, hij was niet in moeilijkheden. Zoiets zou Oscar niet gebeuren.

De verandavloer trilde in de wind. Dit was waarschijnlijk hoe een aardbeving voelde, dacht ik. Alleen duurden aardbevingen geen uren, maar seconden. Het was halftwee in de middag. De storm kon onmogelijk nog erger worden, hield ik mezelf voor. Die enorme golven, die meedogenloze regen – dit moest wel de piek zijn. En Oscar was ergens daar buiten.

Negen treden had de verandatrap. Het water stond nog maar tot de tweede. Ik moest rustig blijven, ik mocht niet in paniek raken. De voordeur werd opengehouden met een stut en ik keek naar binnen. Ik had alle lampen en lantaarns aangestoken, maar de dunne, flakkerende vlammetjes maakten de schaduwen alleen maar dieper. André lag op de vloer onder de keukentafel, eindelijk uitgeput van het spelen in de regen en van zijn angst voor de storm. Drie van de honden lagen met opgeheven kop dicht tegen hem aan. De vierde liep onrustig heen en weer.

Vlak nadat Oscar en Nan in de wagen langs het huis waren gereden, waren ze weer opgedoken. 'Papa!' had André geroepen, alsof hij nu pas in de gaten kreeg hoe donker het buiten was. De wagen reed door. Oscars schouders stonden strak van het harde trekken aan de teugels.

'Papa!' Andrés stem klonk schril van angst. De poncho's van Oscar en Nan klapperden in de wind. De groeven die de wagenwielen in de modder maakten, vulden zich met regen. Nog steeds in mijn natte, modderige kleren en met haar dat rond mijn hoofd woei, hield ik Andrés hand vast en probeerde hem mee naar binnen te krijgen. Maar André wilde niet en maakte zich zwaar. 'Papa!'

Dat was het moment waarop de honden de trap op kwamen springen en zich om André verdrongen. Hun vacht was helemaal doorweekt en modderig. André werd afgeleid door hun plotselinge verschijning. Hij deelde klopjes uit en streelde ze om de beurt over hun kop en rug.

'Waar waren jullie toch?' vroeg hij. Zijn stem trilde. 'Ik heb jullie overal gezocht. Waarom hadden jullie je verstopt?' Twee van de honden waren bijna net zo groot als hij. Met hun lange roze tongen likten ze de tranen van zijn wangen. Hij sloeg naar ze, maar op zijn gezicht verscheen een grijns en ik zei niets over viezigheid of hygiëne. Ik keerde me om en keek de wagen na, die nog maar een vaag silhouet in de regen was.

Met de belofte van een theelepel honing wist ik André het huis binnen te lokken. En met een volgende theelepel kreeg ik hem in bad. Met opgetrokken knieën en zijn handen om de rand geklemd zat hij in de zinken tobbe. Ik zeepte een washand in en ineens werd ik helemaal licht in mijn hoofd: de zware lucht van de Ivoryzeep was te sterk in dit bedompte huis. Buiten krabbelden de honden aan de voordeur.

'Ma'am,' zei André met een bibberig stemmetje. Ik realiseerde me dat dit zijn naam voor mij was. 'Wanneer komt papa thuis?'

'Strakjes,' zei ik. Ik hoopte innig dat dat waar was. Voor het eerst in mijn leven was er iemand volledig afhankelijk van mij. Ik had André al eerder alleen in bed gestopt, maar dan was Oscar altijd in de buurt geweest. In de keuken, met die storm overal om ons heen, zag André er veel kleiner en jonger uit. Hij had een ielig borstje en zijn ruggetje was smal. Alles aan hem zag er breekbaar uit: zijn sleutelbenen, zijn polsen, zijn vingers, zijn ovale vingernageltjes. De zorg voor André moest Oscar wel hebben uitgeput toen Bernadette was overleden. Geen wonder dat hij zich tot Nan gewend had. Geen wonder dat hij nooit een kwaad woord over haar zei. Nan had voor André gezorgd. Ze had hem gevoed en gekleed. En ze had hem vast en zeker in haar armen gehouden als hij om zijn moeder huilde.

Zittend op mijn knieën waste ik dit kleine, angstige kind, dat nu zijn handen voor zijn oren hield. Ik praatte over het geluid van de gierende wind en de kletterende regen heen, in een poging ons allebei af te leiden van het beeld van Oscar die wegreed, regelrecht de storm in. 'In Dayton, waar je vader is opgegroeid, lopen er kleine steegjes langs de achtertuinen van de huizen,' zei ik. 'Door die steegjes reed jouw grootvader met een wagen die helemaal met kolen was volgeladen. Met die kolen hielden de mensen zich 's winters warm.'

André hield zijn ogen stijf dichtgeknepen, maar ik merkte dat hij luisterde. Hij had zijn vingers gespreid.

'Jouw grootvader deed heel belangrijk werk.' Ineens begreep ik niet waarom ik dat nooit eerder had ingezien. Ik wurmde de washand langs Andrés vingers en waste zijn haar en zijn gezicht. Toen hij eindelijk zijn handen liet zakken, waste ik de kleine boogjes van zijn oren.

Er kraakte iets, een langdurig, splinterig gekerm. Mijn pols versnelde. André jammerde zachtjes en kromp ineen.

Ik haalde diep adem en dwong mezelf tot kalmte. 'De huizen in Dayton hebben allemaal een kolenluik,' zei ik. André gluurde naar me en deed toen zijn ogen weer dicht. 'Daarachter zit een soort metalen koker die naar de kelder leidt. Daar staat de verwarmingsketel. Je grootvader schepte de kolen vanuit zijn wagen door het kolenluik in die koker. En toen hij ziek werd, nam je vader het van hem over.'

'Echt waar?' André deed één oog open.

'Echt waar. Zijn familie had hem hard nodig.'

En ik ook. Als de wind nog erger werd, als het water steeg, als Oscar gewond was, als...

Nee, hield ik mezelf voor. Ik moest kalm blijven voor André. Die was, alsof hij mijn gedachten had gelezen, weer helemaal ineengekrompen, met zijn ogen dicht en zijn handen tegen zijn oren.

'De paarden waarmee je vader de kolen bezorgde, hadden een bel om,' ging ik verder. 'Dat gaf een vrolijk gerinkel, zo helder als de winterlucht in januari. Zo wist iedereen dat je vader eraan kwam, en de mensen werden er blij van.'

Maar Oscar zelf waarschijnlijk niet. Dat voortdurende gerinkel had hem er misschien wel op gewezen dat hij gedoemd was de rest van zijn leven in smalle steegjes door te brengen. Ieder jaar zou hij een beetje somberder worden naarmate er zich meer kolenstof in zijn longen ophoopte, net als in die van zijn vader. Misschien waren het wel die bellen geweest die hem naar Texas hadden gedreven, naar een plek waar niemand hem kende en waar hij zijn eigen lot in handen kon nemen.

Er bonsde iets tegen het huis. 'Zo! Helemaal schoon,' zei ik. Ik dwong mezelf een vrolijke toon aan te slaan en hield een handdoek omhoog. 'Laten we je nu maar eens gaan afdrogen. Ik beloof dat ik niet zal kijken, maak je maar geen zorgen.' Ik wendde me af terwijl André zich afdroogde, en toen hij zei dat hij klaar was, hielp ik hem bij het aankleden. Met onhandige vingers maakte ik de knoopjes van zijn hemd en broek vast. Iedere keer als het geloei van de wind in een snerpend gefluit veranderde, kromp hij ineen, en hij kwam zo dicht mogelijk tegen me aan staan. Buiten stonden de honden nog steeds aan de deur te krabbelen. 'Voordat je vader de zaak overnam, zat hij op de Central High School,' zei ik. 'Dat was een groot bakstenen gebouw van twee verdiepingen, met hoge, gewelfde ramen.'

Op weg naar de slaapkamer die ik met Oscar deelde, greep André mijn hand. Tussen de twee openstaande deuren van de kast trok ik schone kleren aan, terwijl André aan de andere kant van een van de deuren stond, met zijn handje eromheen geklemd zodat ik zijn vingers kon zien. Hier klonken de wind en de regen nog luider. Ze beukten zo hard tegen de achtermuur dat de crucifix boven het bed helemaal scheef hing.

'Op winterochtenden kwam je vader altijd heel vroeg op school,' zei ik. Dat was iets wat ik bijna was vergeten. 'De schooldirecteur rekende op hem. We hadden hem allemaal nodig. Hij stak de kachels aan zodat de klassen warm waren als de lessen begonnen.'

Ik bond mijn haar samen met een groen lint. Daarna nam ik André weer bij de hand en gingen we terug naar de keuken. 'Toen je grootvader ziek werd, moest je vader van school. Maar hij was een goede leerling.' Ineens kwam me een beeld van Oscar voor de geest, van toen hij een jaar of vijftien was. Hij droeg een versleten jasje, maar de knoop in zijn das zat keurig. En hoewel zijn broek wat aan de korte kant was, waren de vouwen wel geperst. 'Aan het eind van het schooljaar was er een ceremonie,' zei ik. 'De directeur riep je vader naar het podium en schudde hem de hand. Je vader was heel goed in wiskunde en kreeg daar een speciale oorkonde voor.'

André hield me bij mijn groene rok vast terwijl ik de oesters uit de ijskast haalde en daarna de maiskoeken, die op het aanrecht lagen, van hun zwarte bovenkanten ontdeed. Ik wist dat Nan zich zorgen had gemaakt over het water achter het huis, maar die verbrande koeken schokten me. Nan maakte nooit fouten. Ze deed alles met een onbetwist gezag. Maar niet vandaag.

Ik schonk melk in voor André. De tuit van de melkkan stootte tegen het jampotje. De wind huilde in de schoorsteen. Ik zou er alles voor overhebben als die wind nu eindelijk eens ophield het huis zo heen en weer te schudden. Eenmaal aan tafel verhief ik mijn stem boven de regen en het gedonder van de golven, en sprak het gebed uit dat Oscar voor het eten altijd opzei. 'In de naam van de Vader, de Zoon, en de heilige Geest.' Met mijn hand maakte ik het katholieke teken van het kruis, en André deed hetzelfde. Alles had ik ervoor over om Oscar thuis te hebben. Om deze storm te laten ophouden.

'In de zomer waren er allerlei leuke dingen te doen in het Lakeside Park in Dayton,' hoorde ik mezelf zeggen terwijl André aan zijn lunch begon, een lunch waar ik geen hap van door mijn keel kon krijgen. Hij was zo dicht tegen me aan gekropen dat hij bijna op mijn schoot zat. 'Het park lag aan de rivier de Miami, en mijn vriendinnen en ik huurden er vaak een roeiboot.' Ik sloeg mijn arm om André heen. Hij zakte tegen me aan en kon zijn ogen nauwelijks meer openhouden.

Ik spreidde de rode deken voor hem onder de tafel. Daarna schraapte ik de borden af. 'Er werden regelmatig concerten gegeven,' ging ik verder. 'Dat kon van alles zijn: van een zangkwartet tot een fanfarekorps met kornetten, trombones en tuba's.'

André lag op zijn zij op de deken en keek naar me terwijl hij zijn duim in zijn mond hield, iets wat ik hem nooit eerder had zien doen.

'Bij die concerten zag ik je vader ook altijd. Hij was een

knappe jongeman. En dat vonden al mijn vriendinnen ook.'

André hield zijn ogen wijd open, vechtend tegen de slaap. Het vuile badwater klotste heen en weer doordat de vloer zo trilde. Ik had verwacht dat André door dat getril opnieuw van streek zou raken, maar hij leek er juist van te kalmeren. Zelf kon ik het nauwelijks verdragen, net zo min als het geratel van de tobbe tegen de planken vloer. Ik sleepte het ding naar de deur en toen ik die opende om het water weg te gooien, werd ik bijna omvergelopen door de honden, die naar binnen stormden en uitgleden op de houten vloer. Met hun staart tussen hun poten besnuffelden ze ieder hoekje van de kamer, draaiden rondjes en botsten tegen de muren.

'Naar buiten,' commandeerde ik. 'Hup.'

De honden negeerden me. Ze vonden André en schudden hun vacht uit. Vieze druppels vlogen alle kanten op en spetterden op Andrés schone kleren en gezicht.

'Ho, jongens,' zei hij, terwijl hij overeind kwam. 'Ho ho, rustig aan.'

Hun natte lucht vulde het huis. Een van de honden gaf hem een poot en een andere sprong op de bank en daarna weer op de vloer.

'Speurneus! Zit!' zei André. 'Allemaal zitten. Braaf, braaf.'

Ik hoorde de smeekbede in zijn stem. Hij verwachtte dat ik ze weer naar buiten zou sturen, terug de storm in. Ik wist weinig van honden, maar deze waren bang, dat zag ik wel. Telkens als er ergens in huis iets knalde, doken ze sidderend ineen. Ik zei tegen André dat ze mochten blijven, en toen verscheen er een glimlach op zijn gezicht.

Nu stond ik op de veranda te wachten tot Oscar terugkwam. Mijn zenuwen waren tot het uiterste gespannen. Het water stond halverwege de derde tree.

De stal vormde een eiland in een zee van water en het windvaantje was van het dak geblazen. Kleine, rimpelende golfjes krulden om en braken tegen het ingestorte privaat.

Ver achter de duinen rolden dikke zwarte wolken naderbij.

Oscar had ons alleen achtergelaten. Het water steeg. De regen was als duizend watervallen en het huis maakte geluiden die ik niet kon thuisbrengen. Als er iets gebeurde, als ik hulp nodig had, dan had ik geen idee waar ik naartoe moest. Ik wist niet waar de Ogdens woonden, of de andere mensen die op het feest waren geweest. Die moesten allemaal toch ergens zijn. Maar van hieruit zag ik alleen de vage contouren van het weeshuis, verder op het strand. Als ik naar St. Mary's wilde, zou ik André moeten dragen. Hij kon onmogelijk lopen. De wind was te sterk en het water stroomde te snel voor een vijfjarige.

'André en jij zijn hier op de richel volkomen veilig,' had Oscar tegen me gezegd. Maar hij had ongelijk. Die richel was een mythe. Het eiland was plat en stond volledig onder water.

Er sloeg voortdurend drijfhout van het strand tegen de trap. Ik moest iets bedenken, ik moest iets doen. Dit wachten was verschrikkelijk, mijn zenuwen hielden het niet langer. De wind blies de zanderige regen de veranda op.

Toen zag ik een schaduw in de verte. Er waren overal donkere schaduwen, maar deze schaduw bewoog. Hij kwam mijn kant op. Dwars door de striemende regen bleef ik ernaar kijken, bang dat hij zou verdwijnen als ik even wegkeek. Ik wachtte en tuurde zo gespannen dat mijn ogen er pijn van deden. De tijd vertraagde, de schaduw bleef staan en kwam weer in beweging.

Twee paarden. Geen wagen, alleen paarden.

De bezem gleed uit mijn handen en viel kletterend op de grond. Ik haastte me naar binnen. De honden sprongen overeind. Ik pakte een lantaarn uit de kamer. Terug op de veranda, waar de kikkers voor me wegvluchtten, hield ik hem omhoog. Mijn haar woei alle kanten op, het glas rammelde en de vlam flakkerde onrustig.

Paarden. Maar ze waren niet alleen. Op een van de twee zat een man. Oscar.

Toen was daar zijn natte poncho tegen me aan, zijn kus. Onze armen om elkaar heen. De regen werd met bakken tegelijk de veranda op geblazen, maar dat gaf niet. Oscar was thuis. Hij was veilig. We waren allemaal veilig. We hielden elkaar vast en even was de storm vergeten. Een gevoel van opluchting en blijdschap schoot door me heen.

'Cathy,' zei Oscar in mijn oor. 'Het spijt me. Ik had niet gedacht dat het water hier zou komen. Het spijt me zo. Als ik dat geweten had, was ik niet weggegaan.'

'Maar je bent er weer,' zei ik.

'Ik begrijp het niet,' zei hij. 'De wind komt van het vasteland. Maar toch wordt het zeewater van de Golf de richel op gestuwd. Ik snap niet hoe dat kan.'

'Je bent veilig,' zei ik. 'Dat is het belangrijkste.'

'De Ogdens wilden niet mee. En Nan ook niet. Ik heb ze daar gelaten, Cathy. Ik heb ze daar gelaten terwijl het water hoog stond. Zoiets als dit heb ik nog nooit gezien. Ik moest de wagen bij St. Mary's achterlaten. De wielen bleven voortdurend steken en de paarden konden echt niet harder trekken dan ze al deden. Ik heb de zusters gevraagd of ik iets voor ze kon doen, maar zuster Camillus zei dat ik naar huis moest gaan. God zou de kinderen behoeden, zei ze. Ze had ze aan het zingen gezet, om te oefenen voor de mis van morgen.'

Hij was naar het weeshuis geweest. Terwijl ik hier gek werd van ongerustheid en het water maar bleef stijgen, had hij de tijd genomen om daar langs te gaan.

'Luister,' zei Oscar nu op dringende toon. 'Je moet nu even goed naar me luisteren.' Hij maakte zich van me los. 'Dit water komt uit de Golf. Het is zout water, en als dat in onze putten komt, gaat het vee dood van de dorst. Maar misschien is het nog niet te laat. De keukenpomp, Cathy. Je moet proeven of het water zout is. Als dat nog niet zo is, moet je iedere pan, iedere emmer en zelfs het bad vullen. Ik ga hetzelfde in de stal doen.' Hij zag doodsbleek en het litteken op zijn wang leek rafeliger dan anders. 'Dit moet

echt gebeuren,' zei hij. 'Begrijp je dat?'
 Zoet water. En niet alleen voor het vee. Voor ons allemaal.
'Ja,' zei ik.
 'Goed,' zei hij. Hij keek bezorgd om naar de stal. Toen draaide hij zich weer terug naar mij, en heel even week de spanning van zijn gezicht. 'Het zal er misschien wat ruw aan toe gaan, maar je zult zien dat we hier goed doorheen komen.'
 Ik pakte zijn hand en gaf er een kneepje in. Hij knikte, en zonder iets te zeggen draaide hij zich om en liep de trap af. Hij maakte de paarden los van de reling en leidde ze door het kniehoge water naar de stal. De paarden bokten en probeerden zich los te rukken, maar hij hield ze stevig vast. Oscar was thuis.

Het water in de keuken was lauw en troebel, maar er zat geen zout in. Ik stroopte mijn mouwen op tot boven mijn ellebogen, zocht alle pannen en emmers bij elkaar en begon die te vullen.
 'Je vader is terug, hij is in de stal,' zei ik tegen André toen die wakker werd van de knarsende zwengel. Naast hem lagen de honden te hijgen; druppels speeksel dropen van hun tong. 'Hij wil graag dat jij me gezelschap houdt,' ging ik verder voordat hij kon gaan huilen. Zijn gezicht stond strak van angst. Het gierende gefluit van de wind was nu bijna niet meer te horen vanwege de neerklaterende regen op het dak. 'Kom maar hier naast me staan,' zei ik. 'En vertel me nog eens iets over je honden. Wat een bijzondere namen hebben die. Beer, bijvoorbeeld. Hoe ben je op dat idee gekomen?'
 Die vragen waren bedoeld als afleiding. Mr. Brand, mijn pianoleraar uit Cincinnati, had dat trucje toegepast als ik nerveus was voor een optreden. 'Jullie hebben toch een zomerhuisje?' vroeg hij dan, terwijl ik achter het podium stond te wachten. 'Hoelang is het met de trein van Dayton naar Lake Erie? Bij hoeveel stations stopt hij onderweg?'

Ik pompte water en vroeg André naar de katten in de stal. Hadden die ook namen? Vielen ze de koeien lastig? Hij hield mijn rok vast en gaf korte antwoorden, maar hij ging niet huilen. Wat is je lievelingskleur? Wat vind je het leukste om te doen? Met je honden spelen? Of zoeken naar een begraven schat? Ik moest mijn best doen om hem te verstaan bij het gebulder van de golven. Van tijd tot tijd hield ik mijn vingers onder de pomp en proefde het water. Het was nog zoet, en dus ging ik verder, al begonnen mijn vingers stijf te worden en mijn armen en schouders pijn te doen.

Twee keer kwam Oscar naar de veranda met lege melkbussen die ik moest vullen. 'Ga even zitten,' zei ik dan. 'Een minuutje maar. Of neem op z'n minst een kopje koffie.'

'Dat gaat niet,' antwoordde hij beide keren, terwijl hij zijn hand op mijn blote arm legde. 'Die koffie neem ik later wel. Hou hem maar warm op het fornuis.' En dan was hij weer verdwenen, de trap af en op weg terug naar de stal.

Ik zwoegde door en het knarsen van de pomp werd zoetwatermuziek. Een keer hield ik even op om mijn korset uit te trekken. Lucht was nu belangrijker dan elegantie. Later stopte ik even om door de open deur te kijken. Er beukten golven tegen de duinen, maar het water steeg niet meer. Het stond nog steeds tot aan de derde tree. Een goed teken, hield ik mezelf voor. De storm zou niet veel langer duren en de wind kon onmogelijk nog sterker worden. De dag was vast al bijna voorbij, het was schemerdonker. Maar toen ik op de klok keek zag ik dat het pas een paar minuten na vieren was.

Emmer voor emmer vulde ik het bad in de badkamer. De lucht was zwanger van het zout en mijn kleren waren nat van het zweet. Twee van de honden waren nergens te bekennen, maar ik vroeg André niet waar ze gebleven waren. Hij zat op de grond bij het waterreservoir met de bruine hond in elkaar gedoken naast zich. De beige hond zat achter het bad te sidderen. Er vormden zich blaren op mijn handen en ik had scheuten in mijn rug. Het was een afmattend karwei. Nog geen week geleden zou ik geschokt geweest zijn bij het idee dat ik ooit met loshangend haar en een bijna tot aan mijn boezem losgeknoopte blouse zulk laag-bij-de-gronds werk zou doen. Maar voor het eerst sinds ik het trio in Philadelphia had verlaten, had ik een doel. Ik was nodig. Ik deed iets voor Oscar en André.

'Wanneer ben je jarig?' vroeg ik aan André.
'In december.'
'En je vader?'
'Weet ik nie.'

Ik wist het ook niet, besefte ik met een schok. 'We zullen het hem vragen,' zei ik. 'Als al dit werk gedaan is, als het niet meer stormt. Help jij me maar herinneren. En wanneer is het Thanksgiving?'

'Als 't nie meer zo warm is.'

Ik liet wat water uit de pomp over mijn vingers stromen. 'Welke maand?' vroeg ik. Ik proefde het water en als André al antwoord gaf, dan hoorde ik hem niet. Ik proefde nog eens. Zout. De put was overstroomd.

De wind knalde door de openstaande voordeur. Oscars kranten vlogen alle kanten op. Een van mijn boekensteunen viel van de tafel op de grond, en mijn boeken volgden, een reeks kleine explosies. De lampen woeien uit. Verdoofd stond ik bij het aanrecht. Mijn rok fladderde om mijn benen en André klampte zich aan me vast. Ik hoorde Oscar roepen. Kort daarop was hij binnen en duwde hij de deur dicht. Het regenwater stroomde van zijn poncho en zijn broek was modderig en doorweekt. Hij schoof de grendel dicht en sleepte een van de banken voor de deur om te voorkomen dat die uit zijn hengsels werd gerukt.

'Het is zover,' zei hij. 'De wind is gedraaid. Hij komt nu van de Golf.'

De betekenis van zijn woorden drong niet tot me door. Maar ineens was alles anders. Nu sloeg de wind tegen de voorkant van het huis. Alles sidderde en trilde: de vloer, het huis, en ikzelf ook.

Oscar ging naar de achterveranda om naar de storm te kijken. Ik vocht tegen de paniek. 'Blijf in mijn buurt,' zei ik tegen André. 'Houd mijn rok maar vast, dan gaan we samen de lampen aansteken.'

De lantaarn op het aanrecht brandde nog, en door de kieren van de rammelende deur schenen reepjes daglicht. Ik vond de lucifers op de plank in de keukenkast. Ze waren helemaal vochtig geworden en bogen en braken toen ik ze probeerde af te strijken. We zouden het met die ene lantaarn moeten doen. Alsof het er ook maar iets toe deed, begon ik met nerveuze en te haastige gebaren de rondslingerende kranten op te rapen. Het glas melk dat ik een paar minuten geleden voor André had ingeschonken, stond te rinkelen op het aanrecht, en de ramen rammelden in de sponningen.

Er bonsde iets tegen de buitenmuur.

'Lieve help,' zei ik tegen André, terwijl ik mijn best deed om het trillen in mijn stem te onderdrukken. 'Zo gaat de wind in Ohio nooit tekeer, maar als hij dat wel deed, zou hij vast sneeuw meebrengen. Sneeuw! Zou dat niet spannend zijn?'

André staarde me met veel te grote ogen aan.

Ik wist zeker dat ik er precies zo uitzag toen Oscar weer naar de keuken kwam en zei dat hij nog even naar de stal moest. We stonden dicht tegen elkaar aan, met André, die zich aan Oscars benen vastklemde, tussen ons in. Oscar hield mijn armen in een stevige greep.

'Het water stijgt nu snel, het staat al in de stal,' riep hij boven de storm uit. 'Ik moet de paarden eruit laten. En de koeien. Het is hun enige kans. In de stal raken ze in paniek en proberen ze uit hun box te klimmen. Dan komen ze vast te zitten in de spijlen. Dat overleven ze niet.'

'Nee,' zei ik. 'Niet weggaan.'

'Het komt heus goed,' zei hij. 'Als de wind erger wordt of

als er water naar binnen stroomt, moet je op de zoldertrap gaan zitten. Dat is de veiligste plek. En als het niet anders kan, ga dan naar zolder. Ik weet jullie wel te vinden, maak je maar geen zorgen. Maar laat wel de grendel van de achterdeur.'

'Water in huis?' zei ik. 'Zei je dat er water in huis kon komen?'

'Ik bedenk gewoon een plan, meer niet. Voor als er iets gebeurt.'

'Oscar. Blijf hier. Blijf alsjeblieft hier.'

'Die dieren zijn onze bron van inkomsten.'

'Al dat water... Je hebt het zelf gezegd. Het stijgt. Stel dat je –'

'Ze raken in paniek. Dat kan ik ze niet aandoen.'

Ik trilde over mijn hele lichaam.

'Voor je het weet ben ik weer terug.'

Hij stelde zijn leven in de waagschaal voor een paar beesten. 'Oscar, ik smeek het je,' zei ik.

'Ik moet wel. Ik mag ze niet laten lijden. Daar kan ik niet mee leven.'

Schuldgevoel. Daar kon ik me iets bij voorstellen. Ik streelde zijn wang. Hij legde zijn hand op de mijne en meteen werd mijn paniek minder. Zijn stoppelige huid voelde ruw aan onder mijn vingertoppen, en ineens was het weer maandag. Hij en ik stonden in zee en onze blote voeten zakten weg in het bewegende zand. Ik verloor mijn evenwicht in het duwende en trekkende water, maar hij hield me stevig vast.

'Ga dan maar,' zei ik. 'Vlug. Zodat je snel weer terug bent.'

Oscar kuste me en ging.

De vier paarden kwamen als eerste uit de stal tevoorschijn. Schichtig liepen ze de hellende plank af, hoofd en staart in de lucht. Op het erf stond het water hoog tegen hun benen. Ze sloegen achteruit en draaiden in cirkeltjes rond alsof ze een mogelijkheid zochten om aan de storm te ontsnappen. Eentje begon te bokken. Een ander trapte steigerend naar de meedogenloze wind en regen.

Ik keek toe vanaf de achterveranda, waar het huis André en mij tegen de ergste wind beschermde. Koude, scherpe regen woei vanaf de zijkant van de veranda op. André drukte huilend zijn gezicht in mijn rok en ik hield mijn handen op zijn hoofd. Het late middaglicht was griezelig grijs met een zweempje roze. Kapotte planken scheerden over het wateroppervlak. Dakspanen wervelden door de lucht en boomblaadjes dwarrelden als sneeuwvlokjes omlaag. Ik deinde heen en weer alsof ik André wiegde. Eerder had ik hem in mijn armen gehouden, maar na een paar minuten was hij te zwaar voor me geworden. Ik wist dat ik beter met hem naar binnen kon gaan, dat hij aan dit alles geen deel zou moeten hebben. Maar ik moest kijken. Ik kon Oscar dit niet alleen laten opknappen.

Oscar kwam weer uit de stal tevoorschijn en ik probeerde te zien wat hij bij zich had. Een hooivork, dacht ik. In zijn andere hand droeg hij iets wat op een voederzak leek. Hij liep achterwaarts de plank af en schudde met de zak. Nu kwam er een koe naar buiten die hem omlaag volgde. Er verscheen een tweede, en nog een, en nog een. Toen hij eenmaal op het erf stond en de ene na de andere koe achter hem aan kwam, stak Oscar de hooivork in de grond om zichzelf in evenwicht te houden. Het water stond tot ver over zijn knieën. Vlakbij deden de paarden nog steeds verwoede pogingen om weg te komen, maar het water hield ze tegen.

De wind rukte een van de koepeltjes van het staldak. Het tuimelde naar beneden en tolde door de lucht. Een van de paarden viel op zijn knieën, wist weer overeind te krabbelen en steigerde. De koeien plonsden verwilderd rond en zwiepten met hun staarten over hun rug. Oscar liet de voederzak vallen, liep de plank weer op en sloot de staldeur. Hij had ze naar buiten gekregen, meer kon hij niet doen.

Door de striemende regen keek ik toe, terwijl Oscar de hooivork steeds opnieuw in de grond stak en zich zo een weg terug naar ons baande. De golven werden hoger. Ze krulden om en braken. Oscar viel en ging kopje onder. In panische angst riep ik zijn naam. Hij kwam weer overeind en ploeterde verder. Het water stond nu tot zijn heupen. Hij viel opnieuw en werd door een golf een eindje meegesleept. Met behulp van de hooivork wist hij weer op de been te komen en hij plonsde terug in de richting van het huis. Ik bad: 'Onze Vader die in de hemelen zijt.' André klemde zich nog steviger aan me vast. Ik hield mijn hand op zijn hoofd, zodat hij niet kon kijken, en boog me voorover om Oscar bij iedere stoot van de hooivork, bij ieder minimaal stapje aan te sporen. Hij was nu bijna halverwege. Het water stond tot aan zijn borst en de golven hadden witte kruinen.

Er botste een melkbus tegen de veranda. Ik kromp ineen en kneep in een reflex mijn ogen dicht. Het duurde maar een fractie van een seconde, maar dat was lang genoeg om Oscar kwijt te raken.

Ik riep zijn naam terwijl ik zoekend rondkeek. Toen zag ik hem. Hij werd meegesleurd door de stroming. Alleen zijn hoofd stak boven het water uit. Hij vocht uit alle macht en probeerde iets te grijpen, een tak, een plank, wat dan ook, maar de golven sleepten hem mee naar de bayou, verder en verder van ons vandaan. Hij ging weer kopje onder en kwam spartelend tevoorschijn. Een golf krulde op en brak. Toen was hij verdwenen. De wind gierde en ik hield mijn adem in. Hij kwam niet meer boven.

Wanhopig probeerde ik naar de trap te rennen. Ik wilde iets doen, ik wilde Oscar helpen, ik wilde hem vinden. Maar André hing aan mijn benen. Ik kon hem onmogelijk achterlaten, ik kon niet zwemmen en de golven waren te hoog. Oscar zou tegen me zeggen: Nee, blijf bij André.

De snijdende regen woei de veranda op. Ik tuurde ingespannen in de verte en bad geluidloos: Alstublieft, God.

Zorg alstublieft voor Oscar. Geef dat hij ongedeerd blijft. Ik hield mezelf voor dat Oscar weer boven was gekomen maar dat het aan mij lag, dat ik hem niet gezien had in dit licht, in die dikke, grijze regen. Het zou vast goedkomen, Oscar was sterk.

'Ma'am,' gilde André, terwijl hij langs mijn benen omhoogklom. 'Help!' Onze voeten werden nat. Het water stroomde de veranda op.

Op de smalle trap die naar de zolder leidde, hield ik André in mijn armen. Ik wiegde hem terwijl de wind het huis te lijf ging en de ramen aan diggelen vlogen.

'Stil maar,' zei ik, toen het water ons van de derde naar de vijfde tree dwong. 'We zijn hier veilig,' zei ik toen er iets tegen het huis aan bonkte en het pleisterwerk in brokken van de muren in het trapgat viel. 'Het is gewoon een zomerstorm,' zei ik iedere keer als het huis kraakte en het hout splinterde. 'Papa zorgt voor de koeien,' zei ik toen hij om zijn vader riep. En toen ik me niet langer aan die halve waarheden kon vastklampen, begon ik voor André te zingen. Stukje bij beetje kwamen ze weer boven, die woorden waaraan ik in geen jaren had gedacht.

> *'Amazing Grace, how sweet the sound,*
> *That saved a wretch like me.'*

Het was een bekend lied uit mijn kindertijd. 'De troepen zongen het voor de veldslagen,' had mijn vader me verteld. 'Yankees, rebellen, dat maakte niet uit. Iedereen zong het.'

> *'I once was lost, but now am found,*
> *Was blind, but now I see.'*

Ik zong voor André, ik zong voor Oscar. Die was verdwenen, maar alleen uit het zicht. Ik hield mezelf voor dat hij zijn toevlucht had gevonden in een boom. Of anders had hij wel een plank of een stuk drijfhout kunnen pakken, het water lag er vol mee.

Iets op zolder knarste luid, scheurde af en stortte naar beneden.

'Ma'am,' zei André met een trillend stemmetje. 'Ma'am.'

> *'Twas Grace that taught my heart to fear,*
> *And Grace my fears relieved.'*

Ik had Oscars geloof afgewezen, maar nu had ik het nodig om hem te beschermen. Een man die bad voor het eten, die iedere zondag naar de mis ging en een crucifix boven zijn bed had hangen, kon door God niet vergeten worden. Dat crucifix had ik snel meegegraaid voordat we naar het trapgat gingen. Het was van de muur gevallen en lag onder water op de slaapkamervloer. Die aanblik had me de schrik op het lijf gejaagd. Terwijl André zich aan mijn rok vasthield, had ik haastig een hoedendoos geleegd. De hoed gooide ik neer, die betekende niets voor me. Ik legde het crucifix in de doos en doorzocht met tollend hoofd de kleerkast. Daarin vond ik Oscars kistje met de ingelegde W, zijn horloge en de brieven die hij me had geschreven. In Andrés kamer vulde ik de doos verder met zijn crucifix, de witte rozenkrans en de foto van Oscar en Bernadette. Uit de zitkamer haalde ik Oscars boek over de sterren. Het water stond tot Andrés knieën. Ik nam de hoedendoos mee naar de zoldertrap.

Nu wiegde ik André in mijn armen. De wind was één langgerekte angstkreet.

> *'How precious did that Grace appear,*
> *The hour I first believed.'*

Misschien had het water Oscar wel naar de Ogdens gevoerd. Bij dat idee fleurde ik een beetje op; ik klampte me eraan vast zoals André zich aan mij vastklampte. Ik was daar weliswaar nog nooit geweest, maar toch stelde ik me Oscar voor met Nan, Frank T., Wiley en hun ouders, Frank en Alice. Ze zaten allemaal in een trapgat. Oscar wilde het liefst meteen naar huis, maar de anderen praatten hem dat uit zijn hoofd. 'Geen sprake van,' zei Nan. 'Ik wil 't niet hebben. Het is niet veilig.'

Blijf waar je bent, dacht ik. Maar, Oscar, als je vlakbij bent, kom dan naar huis. Kom alsjeblieft naar huis.

Het water sloeg tegen de onderste treden van de zoldertrap. Er klonk geluid van brekend glas. 'Papa,' jammerde André zachtjes.

'Through many dangers, toils, and snares,
I have already come.'

De honden zaten boven en ik dacht dat ik die ook hoorde jammeren. Zodra ik de deur naar zolder had geopend waren ze de trap op gerend. Daarvoor al had het water de twee die zich verstopt hadden, onder het bed van André vandaan gedreven. De andere twee waren uit de badkamer tevoorschijn gekomen en alle vier hadden ze paniekerig op en neer gelopen en waren op stoelen en bedden gesprongen in een poging aan het water te ontkomen. Ook voor hen zong ik, voor deze vrienden van André, voor deze dieren die me zo'n angst hadden aangejaagd toen ik hier pas was aangekomen. Dat was voordat ik wist wat echte angst was, angst die mijn zintuigen eerst verdoofd had en ze daarna zo op scherp had gezet dat de splinterende geluiden oorverdovend waren, de geur van het zout me haast verstikte en ik het geklots van de golven tegen de palen van het huis nog eindeloos door het trapgat hoorde galmen.

"Tis Grace that brought me safe thus far,
And Grace will lead me home.'

De lucht gonsde. Op zolder scheurden er stukken van het

dak los; langdurig en bloedstollend gekerm. Regen en wind baanden zich een weg door het trapgat. De deur onder aan de trap was al een tijd geleden opengevlogen en open gebleven, gevangen door het water. André zat helemaal te trillen. Ik probeerde hem zo veel mogelijk met mijn lichaam te omhullen. Niemand daar buiten kon een storm als deze overleven. Niemand.

'He will my shield and portion be,
As long as life endures.'

De storm raasde maar door. Heel eventjes leek hij tot rust te komen, maar al na een paar minuten barstte hij opnieuw los met een razernij die nog kwaadaardiger was dan voorheen. Hoelang zou het nog duren voordat het water boven was? Voordat de palen knapten? Voordat mijn hart in duizend scherven brak terwijl het beeld van Oscar in die genadeloze golven op mijn netvlies stond gebrand?

*

Er veranderde iets. De storm ging nog steeds tekeer, maar het geluid was anders. Het gekerm en gehuil werd minder. Ik luisterde en wachtte af. De regen kwam bij vlagen, maar nu zaten er pauzes tussen, pauzes die steeds langer werden.

Op de muur naast de trap verscheen heel kort een plekje licht. Met André in mijn armen wachtte ik op de volgende verschrikking.

De klaterende regen ging over in gedruppel en hield op. Het plekje licht verscheen opnieuw. Het flakkerde en werd weer helderder. Een teken, dacht ik. Een teken uit de hemel. Of uit de hel.

André wees ernaar. 'Ma'am?' vroeg hij.

'De maan,' zei ik. Waar die woorden vandaan kwamen wist ik niet, maar zodra ik ze had uitgesproken, besefte ik dat ze waar waren. Het was de maan die door het kapotte dak boven het trapgat scheen.

Het water onder aan de trap gorgelde alsof er een stop uit de afvoer werd getrokken. Het trok zich terug, dacht ik. Het verdween al even snel als het gekomen was.

Een windvlaag beukte tegen het huis. De muren trilden. Maar niet zoals eerst. Niets was meer zoals eerst.

'Het is voorbij,' zei ik uiteindelijk. 'Het is voorbij.'

14

Wiley

Drie nachten geleden had Oscar me mee naar buiten genomen om naar de nachthemel te kijken. 'Het is bijna volle maan,' had hij gezegd. Nu leidde diezelfde maan André en mij terwijl we vanaf de vijfde traptree op de vierde stapten. Ik hield zijn hand, zo klein nog, in de mijne.
'Langzaam lopen,' zei ik.
'Doe ik ook.'
'Fluisteren, alsjeblieft.'
Ik voelde zijn knikje.
Alles – het huis, mijn flinkheid – voelde wankel. Een plotselinge beweging of een harde stem en het huis zou kantelen en van zijn palen glijden, daarvan was ik overtuigd. Ik durfde me haast niet te verroeren en hield de palm van mijn vrije hand tegen de muur gedrukt, als een vrouw die plotseling blind geworden is en op de tast haar weg zoekt.
We gingen verder naar de derde tree. Ik had niet het flauwste idee hoelang de storm geduurd had. Het voelde als dagen, maar het konden ook uren geweest zijn. En ik wist ook niet hoelang we nog in het trapgat waren blijven wachten toen de razernij eenmaal voorbij was. Volgens Oscar was dit het veiligste deel van het huis en het liefst was ik hier gebleven tot het licht werd. Maar toen ik eenmaal had gezegd dat de storm voorbij was, smeekte André om water. 'M'n mond,' klaagde hij voortdurend. 'Die is helemaal droog. Ik heb dorst. En honger.'

De tweede tree. André hield zijn adem in. De tree was helemaal gruizelig van het vuil. Met mijn vingertoppen tegen de muur hield ik me in evenwicht. Geen vuil, besefte ik toen. Zand. 'Van de overstroming,' fluisterde ik, alsof André ernaar gevraagd had. Ik gaf zijn hand een geruststellend kneepje, maar ik was nergens zeker van.

We namen de volgende tree, en toen de laatste. Nu zakten we tot onze enkels in de modder.

'Ooo,' zei André.

Het huis kraakte, er kreunde iets. We verstijfden. Ergens klonk het tinkelende geluid van druppelend water. Het gekraak hield op. De maan scheen, hield ik mezelf voor. De piek van de storm was voorbij. Het huis begon zich weer te zetten. Het zou niet instorten.

Voorzichtig ademde ik in. 'We zijn veilig,' fluisterde ik.

'Echt waar?'

'Ja.'

'Maar... Al die modder. Wat doet die hier?'

'Fluisteren. Alsjeblieft.' En toen: 'Die is meegekomen met het water.'

'Waarom?'

'Dat weet ik niet.' Ik keek over mijn schouder naar het trapgat, waar nog steeds een zwak bundeltje maanlicht op de muur scheen. De enige veilige plek, dacht ik. Op maar een paar stappen afstand.

Voetje voor voetje schuifelden we verder. De zilte, zanderige modder kraakte onder onze voeten en er sijpelde koud water tussen het leer en de zolen mijn schoenen in. Al snel waren mijn kousen volledig doorweekt. De ruimte voor ons stond vol vage vormen. De twee stoelen in het zitgedeelte lagen omver en de piano stond midden in de kamer.

'Waar is de deur?' vroeg André. Zijn woorden echoden tegen de wanden. Ik greep zijn hand steviger vast. Waar eerst de voordeur had gezeten, was nu een donker, gapend gat.

Nu waren we volledig onbeschermd. Alles – ook slangen

en ratten – kon naar binnen komen. De grens tussen de natuur en ons was weggevaagd. Wat eerst buiten was geweest, lag nu in huis. Modder. Zand. En water, dat tinkelend uit het plafond drupte.

Wankelend in de dikke laag modder zetten we nog een paar stappen de donkere kamer in. Daar struikelden we over de deur, die midden op de vloer lag. De modder glinsterde in het maanlicht. Glassplinters, besefte ik. De stormluiken waren kapot en de ruiten waren naar binnen geblazen.

André schopte ergens tegenaan en struikelde opnieuw. Hij bukte en trok mijn hand mee. 'Kijk,' zei hij. 'Papa's scheerkom. Op de grond. Hoe kan dat? Hoe komt-ie hier?'

'André. Alsjeblieft. Niet zo hard praten.'

'Maar waarom ligt-ie hier? Niemand mag d'r aankomen. Alleen papa. Hij had 'm van mama gekregen. Voor Kerstmis. Wie heeft dat gedaan?'

'André. Zachtjes praten. Niemand heeft het gedaan. Hij is gevallen en het water heeft hem meegevoerd. We zullen hem terugzetten waar hij hoort.'

Ik pakte de scheerkom op. Die was een geschenk geweest van Oscars eerste vrouw, maar nu had ik hem in mijn handen. Er droop modder vanaf. De zeep erin was uitgehold zodat er alleen nog een dun randje over was. Ik hield de kom onder mijn neus. Hij rook naar vis, zeewier en bedompte modder, en ineens moest ik me bedwingen om niet te gaan zitten en in tranen uit te barsten.

'Ma'am?' André gaf me een duwtje. Ik pakte zijn hand en we liepen verder, voortdurend struikelend over onzichtbare voorwerpen. De zanderige modder zoog aan onze schoenen. De bank die Oscar voor de deur geschoven had, lag op zijn kant. De pianokruk lag ondersteboven bij het bureau. De ijskast was voorovergekiept en het fornuis stond scheef tegen de muur alsof iemand het aan één kant had opgetild en had verschoven. Een paar van de emmers die ik met zo veel moeite had gevuld waren van tafel gevallen en lagen op hun kant.

'Ik wil m'n huis terug,' zei André. 'Zoals 't eerst was.'
'O, André,' zei ik.
'Waar is papa? Waarom is-ie d'r nie? En waar zijn m'n honden?'
Oscar. Weer zag ik hem op het erf staan, in het stijgende water tussen de bokkende paarden.
Ik zette Oscars scheerkom op de keukentafel en zei: 'De honden zijn op zolder. Die zullen zo wel naar beneden komen. En je vader...' Ik zweeg. Tijdens de storm had André om Oscar geroepen, en ik had hem verteld dat die de koeien en de paarden aan het helpen was. Mijn woorden hadden hem niet gerustgesteld. Hij was naar zijn vader blijven vragen en toen had ik voor hem gezongen, dat was het enige wat ik kon bedenken om hem te troosten.
'Ik wil naar de stal,' zei André. 'Daar is papa toch? Waar blijft-ie dan?'
Oscar in het water, golven die over hem heen sloegen.
'Waar is-ie? Waar is papa?'
Oscar, die werd meegesleurd. Die ik ineens nergens meer zag.
André trok aan mijn hand. 'Waar is papa?'
Hij was vijf, te oud en te slim om met een kluitje in het riet gestuurd te worden. Toen mijn kleine broertje stierf, was ik jonger dan André. Niemand had een woord tegen me gezegd, de baby was gewoon verdwenen. Toen ik mijn vader vroeg wat er gebeurd was en waarom mijn moeder steeds in bed lag, had hij mijn vragen niet beantwoord. In plaats daarvan stuurde hij me naar mijn kamer en zei dat ik mijn mond moest houden en me moest gedragen. Ik herinnerde me nog steeds hoe angstig en verward ik was geweest.
Ik nam Andrés gezicht tussen mijn handen. 'Je vader is niet in de stal. Hij was er wel, maar toen is hij op weg naar huis gegaan. En onderweg is er waarschijnlijk iets gebeurd, want ik weet niet waar hij nu is. Ik wou dat ik het wist, maar ik weet het niet. Dus we zullen moeten afwachten.'

'Is d'r iets gebeurd? Met papa?'
'Ik weet het niet zeker. Maar ik ben bij je, André. Je bent niet alleen.' Met mijn duimen streelde ik zijn wangen. Ik kon in het donker zijn ogen niet zien en ik was blij dat hij de mijne ook niet zag. 'Begrijp je wat ik zeg?' vroeg ik.

Hij schudde zijn hoofd.

'Ik begrijp het zelf ook nog niet helemaal. Maar er is één ding dat ik wel weet. Jij hebt dorst en je hebt ook honger. Laten we maar eens kijken of we daar iets aan kunnen doen. Hoe lijkt je dat?'

Hij gaf geen antwoord.

'Morgenochtend is alles beter.'

'Echt?'

'Ja.' Ik hoopte innig dat dat waar was.

De ijskast zat vol water en het lukte me niet om hem helemaal overeind te tillen. Ik rommelde wat rond in het donker en wist een maaltje van perziken uit blik en wat water uit een van de emmers op tafel bij elkaar te scharrelen. Samen zaten we op een bank, met ons gezicht naar het donkere gat in de muur, zodat ik de wacht kon houden. We dronken het water achter elkaar op, we waren uitgedroogd. André vroeg om meer. 'Een heel klein beetje,' zei ik. Zelf had ik ook nog dorst. Maar we hadden maar vijf emmers.

Toen de perziken op waren, nam ik André mee naar mijn slaapkamer en waste met zo min mogelijk water zijn gezicht, zijn handen en zijn benen. Ik trok hem een van Oscars overhemden aan; zijn eigen nachthemd lag in een modderig hoopje op de vloer van zijn kamer. Hij was zo moe dat hij liep te knikkebollen. Het bed had met de poten in het water gestaan, maar de bovenkant van de matras was redelijk droog.

'Ik ben vlak bij je,' zei ik, terwijl ik hem in mijn bed hielp. 'Ik laat je niet alleen.'

Hij mompelde iets.

Bij de kast trok ik mijn vuile kleren uit, veegde mijn gezicht en handen af en trok een schone blouse en onderrok aan. Ik deed de slaapkamerdeur dicht, alsof dat ons zou beschermen tegen alle kwaad. Ik snakte naar nog een glas water, maar in plaats daarvan ging ik naast André liggen en trok hem tegen me aan. Het muskietennet was verdwenen en boven ons hoofd leek de gescheurde stof van de baldakijn te drijven op de golven van de wind.

'Wees gegroet, Maria, vol van genade,' zei ik, terwijl ik André tegen me aan hield. Dit was zijn gebed voor het slapengaan. 'De Heer is met u.' De rest kon ik me niet herinneren.

'Weet jij hoe het verdergaat?' vroeg ik.

Hij gaf geen antwoord, hij sliep al bijna. Ik begon weer bij het begin en zei alleen de eerste twee regels, steeds opnieuw, totdat zijn ademhaling tot rust kwam in de ritmische regelmaat van de slaap.

In het hele huis druppelde regenwater door de scheuren in het plafond. Het spetterde in de modder op de vloeren. Oscar, dacht ik. Waar ben je? Ik sloot mijn ogen, maar bleef voor me zien hoe hij vocht tegen de golven. Met bonkend hart kwam ik overeind. Ik trok mijn schoenen aan en liep de achterveranda op.

De tenen stoelen lagen aan stukken en boven mijn hoofd waren de wolken niets dan ijle flarden. De nachthemel schitterde zacht in het witte schijnsel van de volle maan. Vlekken maanlicht vielen op het land en op de plassen stilstaand water. Er stond nog steeds een harde wind, maar die kwam van de Golf en hier, achter het huis, was slechts een licht briesje voelbaar. Ik keek uit naar tekenen van leven en luisterde of ik een stem hoorde die sterker was dan de wind en het gebulder van de golven. Als Oscar bij de Ogdens of bij andere buren had geschuild, was hij nu onderweg hierheen. Hij maakte zich vast vreselijke zorgen over ons. Niets zou hem ervan weerhouden om zo snel mogelijk naar huis te gaan. Tenzij hij gewond was en ergens alleen in het donker lag.

Het was een wrede, kwaadaardige storm geweest. Ieder klein, zwak schepsel kon gewond zijn, of nog erger. Maar dat gold niet voor Oscar. Die zou voor zonsopgang thuis zijn. En als dat niet zo was, zou ik hulp inroepen. Dan zou ik naar de Ogdens gaan, of naar andere buren, en dan zouden we hem gaan zoeken.

De maan verdween achter de wolken en regenbuitjes kwamen en gingen. Ik schrok toen ik iets tegen mijn been voelde drukken. Het was een van de honden, en kort daarop waren ze alle vier op de veranda. Ze hijgden moeizaam en van dat geluid alleen al kreeg ik dorst. Zo weinig water, dacht ik. Ik moest er zuinig mee zijn. Maar morgenochtend was Oscar er weer, en die zou wel een oplossing weten. Op dit moment waren de honden waarschijnlijk net zo uitgedroogd als ik. Het waren Andrés honden, Andrés vrienden; er mocht ze niets overkomen. André had al genoeg doorstaan.

Ik ging naar binnen en schonk water in de twee kommen waaruit André en ik onze perziken gegeten hadden. Een paar dagen geleden zou ik gegruwd hebben van een dergelijk gebrek aan hygiëne, maar een storm trok zich van hygiëne niets aan. De honden verdrongen zich om het water en likten de kommen helemaal droog. Ik vulde ze opnieuw. Hun gelebber maakte me nog dorstiger. Vijf emmers maar, hield ik mezelf voor. Plus het water in de badkuip en het reservoir.

Ik liep terug naar de veranda. Toen mijn benen begonnen te trillen van vermoeidheid, ging ik naar binnen en trok, zittend op de rand van het bed, mijn schoenen uit. Ik ging naast André liggen en vouwde me om hem heen.

Met een schok werd ik wakker. Even wist ik niet waar ik was: de gescheurde baldakijn, de bedompte aardelucht en André die naast me langzaam wakker werd. Door de kapotte stormluiken scheen daglicht, en de herinnering aan de storm kwam terug. Buiten stonden de honden te blaffen en te janken. In de verte hoorde ik iemand roepen.

Oscar. Dolblij sprong ik overeind. Even schrok ik van de koude modder op de vloer, maar toen glibberde ik haastig op blote voeten naar de veranda. Oscar liep halverwege tussen het huis en de bayou langs de rand van een poel stilstaand water. De honden sprongen kwispelend om hem heen. Ik zwaaide en liep naar de trap. De veranda veerde op en neer alsof er geen palen meer onder stonden, en opeens was er van mijn vreugde niets meer over.

Dit was Oscar niet. Deze man was minder lang en hij liep heel anders.

'Het is Mr. Wiley,' zei André. Ik had hem niet naar buiten horen komen. In Oscars versleten blauwe hemd leek hij een stuk kleiner.

'Mr. Wiley loopt,' zei hij. 'Dat vindt-ie helemaal nie fijn. Hij zit liever op een wagen. Of op een paard.'

Wiley Ogden. De huid onder mijn linkeroog begon te trillen. Ik drukte mijn vingers ertegenaan. Het trillen hield niet op.

'Mr. Wiley!' riep André. 'Waarom loopt u?'

Wiley zette zijn hand achter zijn oor.

'Hij kan je niet verstaan,' zei ik.

André keek naar me op en ineens zag ik Oscar in de vorm van zijn kaak en in zijn wenkbrauwen. 'Blijf bij me,' zei ik. Ik pakte zijn hand. De herinnering aan Oscar in het water drong zich zo levensecht aan me op dat het leek alsof het hier, recht voor mijn neus, opnieuw gebeurde.

'D'r is iets met de koeien,' zei André. 'Die zien d'r raar uit.'

Het gras in de wei was geplet door de modder. Onder aan de trap lag een verlaten schop en een eindje verderop stond een kruiwagen, rechtop, alsof hij ieder moment door iemand terug naar de stal gereden kon worden. Hier en daar lagen bergen bijeengespoeld hout en in de geknakte struiken hingen repen stof te fladderen in de wind. Tussen de stalen melkbussen die overal in het rond geslingerd waren, lagen koeien en paarden op hun zij.

'Die ene daar. Die heeft d'r nek heel raar.'

Wiley had geen hoed op en zelfs van deze afstand zag ik de bezorgde rimpels in zijn bleke voorhoofd. En ik zag nog iets anders, een soort onwilligheid misschien. Zijn pas vertraagde toen hij naar ons opkeek.

Wiley had nieuws over Oscar, dacht ik. Slecht nieuws.

'Waarom ligt ze zo raar?' vroeg André.

Het was ochtend. De lucht was weliswaar bewolkt en grijs, maar het was dag. Het woei, maar de storm was voorbij. Oscar had allang thuis moeten zijn. Een verstikkende pijn trok door mijn hart.

'Waarom?' vroeg André.

'Die koe is niet in orde,' hoorde ik mezelf antwoorden. 'Er is iets met haar gebeurd.'

'Is ze ziek? Zijn ze allemaal ziek?'

'Ja.'

'Daar bij die grote plas,' zei André, wijzend naar een van de paarden, 'dat lijkt Maud wel. D'r been zit gek. Het steekt omhoog.'

Wiley versnelde zijn pas, en toen hij dichterbij kwam zag ik de schrik op zijn gezicht. Zijn ogen schoten voortdurend heen en weer tussen de stal en ons en daarna tuurde hij langs het huis heen naar de kust. Pas toen hij de hele horizon had afgespeurd, bleef zijn blik weer op ons rusten. 'Mrs. Williams,' riep hij. 'André! Is alles goed? Is alles goed met iedereen? Met iedereen?'

'Mr. Wiley,' schreeuwde André. 'Er is iets met de koeien en met Maud. Ze bewegen helemaal nie.'

'Ze bewegen niet,' zei ik met vlakke stem.

'Ik weet 't. Het is heel gek.'

Ik drukte mijn hand tegen mijn borstbeen om de pijn te dempen. Ik was er zo zeker van geweest dat het water Oscar naar de Ogdens had gevoerd, dat hij daar veilig in het trapgat zat. Dat had ik mezelf stellig voorgehouden, het móést gewoon waar zijn. Maar nu was hier Wiley, helemaal alleen, en zijn vraag: 'Met iedereen?' kon maar één ding betekenen. Hij had geen idee waar Oscar was.

Wileys bovenlip was gescheurd en er zat een bloedkorst op. Zijn ene oog was dik en blauw. Er zaten gaten in de knieën van zijn broek en zijn overhemd had geen knopen meer. Hij meed mijn blik toen ik vertelde dat Oscar er niet was. We stonden nu alle drie op de veranda en André hield Wileys hand vast. Nerveus keek Wiley naar mijn blote voeten, toen naar de bayou en daarna naar de stal. Hij nam de ingestorte gevel, de bergen hout en de omgevallen drinkbak in zich op. Ik zei alleen het hoogst noodzakelijke. Mijn stem trilde en er klonk een ondertoon van paniek in door die ieder moment de oppervlakte kon bereiken. Oscar had de koeien en de paarden uit de stal gelaten, en het snelstromende water was diep geweest. Meer kon ik niet zeggen. Op Andrés gezicht was een verwarde, angstige uitdrukking verschenen en hij bleef maar naar het weiland turen. Ik voelde dat ik een peilloos diepe, donkere wanhoop in gezogen werd. Ieder hardop gesproken woord over Oscar in het water, over zijn strijd tegen de golven, betekende dat ik die momenten weer opnieuw beleefde.

'We zullen 'm wel vinden,' zei Wiley. 'En Frank T. ook.'

'Frank T.?'

'Wij zaten in de stad,' zei Wiley. Hij sliste en ook hij sprak met trillende stem. 'We wilden snel de melk bezorgen, ieder deed z'n eigen route. Toen kwam 't water op, 't ging zo vlug, zo had ik 't nog nooit gezien. Het stond Blaze en Mike tot aan de nek. M'n paarden. Ik heb Frank T. gezocht, maar ik kon 'm nergens vinden en ik moest wel schuilen bij de Browns, op Broadway. Toen 't water zakte, ben ik naar huis gegaan. Lopend.'

'Waarom lopend?' vroeg André. 'Waar waren Blaze en Mike dan?'

Wiley schudde de vraag van zich af.

Mijn keel kneep samen. Frank T. De man die zo'n hoge

borst had opgezet toen we samen dansten in het paviljoen, de broer die als hij ook maar een woord tegen me zei van Nan de wind van voren kreeg.

'Hele stukken van Galveston zijn verdwenen,' zei Wiley. Zijn ogen vertoonden een vreemde fletsheid die ook doorklonk in zijn stem.

'Pardon?' zei ik.

'Hele wijken. Weg. Wijken bij het strand.'

'Weg? Waarnaartoe?' vroeg André.

'Weggespoeld.'

'Grote goedheid,' zei ik. Ik kon het me niet voorstellen, het kon niet waar zijn. 'Weet u het zeker?'

'Heel zeker.'

'Gebouwen? Heeft u het over huizen? Zijn er huizen weggespoeld?'

'Het is daar allemaal niet best.'

Een storm die hele huizen kon verwoesten. En die storm had Oscar meegesleurd. Mijn paniek borrelde op, maar ik drukte hem weg. 'En bij u thuis?' vroeg ik. 'Behalve dan Frank T.?'

'Thuis zijn ze ongedeerd.'

'Goddank.'

'Ja.' Zijn stem trilde. Hij slikte. 'We zullen ze wel vinden. Frank T. en Oscar. Pa en ik zullen de buren vragen om te helpen.'

Een zoekactie. Ik keerde me om naar de wei, speurend naar een teken van leven tussen al die dode koeien en paarden. De dieren zagen er grotesk uit met hun vreemd gedraaide benen en halzen. De koeienuiers leken nog gezwollener dan eerst.

'Misschien zijn ze gewond,' zei Wiley. 'Hebben ze hun benen gebroken.'

'Gewond,' herhaalde ik. Het duurde even voor ik besefte dat hij het over Oscar en Frank T. had. 'Ja,' beaamde ik toen. 'Dat denk ik ook.' Ik kreeg weer een beetje hoop. Ze waren gewond en wachtten tot iemand hen kwam redden. Oscar was gewond. Maar hij leefde wel.

'Mrs. Williams,' zei Wiley. Hij blikte veelbetekenend naar André, die glazig stond te kijken. 'Dit kan best even duren. Het lijkt me beter dat u en André met mij meegaan. Dan kunt u wachten bij ma en Nan.' Hij liet zijn blik over me heen gaan en ineens zag ik mezelf door zijn ogen. Ik zag er totaal verfomfaaid uit, op blote voeten en met modder tot mijn enkels. Mijn haar hing in klitten over mijn schouders en ik droeg alleen een blouse en een onderrok.

'Het is niet goed voor u om hier te blijven,' zei hij. 'Niet nu.'

'Nee, Mr. Ogden,' antwoordde ik. 'Ik kan hier niet weg. Misschien is Oscar wel op weg naar huis. Hij zou doodongerust zijn als hij niemand aantrof.'

'Maar –'

'Als u André zou willen meenemen, zou ik u heel dankbaar zijn. Hij moet hoognodig ontbijten.' De paniek kwam steeds verder omhoog en ik struikelde haast over mijn woorden. Ik dwong mezelf tot kalmte. 'Ziet u,' ging ik verder, 'de ijskast is omgevallen en zit vol zeewater. En ik heb er gisteren niet aan gedacht om de zakken meel hoog weg te zetten. En al had ik dat wel gedaan, ik weet niet veel van koken. Uw zuster wel. En uw moeder ook. Neemt u André alstublieft mee. Het is beter voor hem om nu bij hen te zijn. Maar ik moet hier op Oscar blijven wachten.'

'Oscar zal 't me niet in dank afnemen als ik zonder u vertrek.'

'Ik zal hem wel zeggen dat ik per se wilde blijven.'

Een vermoeide glimlach verscheen om Wileys mondhoeken.

'Dank u,' zei ik. Haastig nam ik André mee naar zijn kamer om hem te helpen aankleden. Ik zocht tussen zijn kleren, maar hij had er maar heel weinig en alles was nat en modderig. Uiteindelijk vond ik een hemd en een korte broek die ermee door konden. Ik trok hem Oscars overhemd uit en hielp hem in het zijne. 'Wat zal Miss Nan blij zijn als ze je ziet,' zei ik.

Hij gaf geen antwoord, zo stond hij te klappertanden. Het kind was koud van angst, dacht ik. Wiley en ik hadden te veel over Oscar gezegd. Ik wreef over zijn armen en verzekerde hem dat het allemaal wel weer beter zou worden.

'Wanneer?' vroeg hij.

'Morgen zijn al je kleren in ieder geval weer droog.' Ik forceerde een glimlach maar Andrés ogen stonden flets. Ik maakte de knoopjes van zijn korte broek vast, trok hem zijn kousen aan en strikte de veters van zijn modderige schoenen. Met mijn vingers probeerde ik zijn kruin glad te strijken, maar die had een eigen wil. Voor in het huis hoorde ik Wiley het meubilair weer op zijn plaats schuiven. De leunstoelen bonkten op de vloer toen hij ze overeind zette, net als de ijskast en het fornuis. Met de piano ging het lastiger. Ik hoorde Wiley kreunen terwijl hij die tegen de muur schoof. Toen André er min of meer toonbaar uitzag, liepen we terug naar de achterveranda, waar we Wiley troffen. Die wees naar de bayou en vandaaruit naar het westen.

'Daar wonen we, mocht u ons nodig hebben,' zei hij. Een klein groepje bomen, of wat daarvan over was, markeerde de plek waar het huis van de Ogdens stond.

Ik knielde neer en omhelsde André. Die sloeg zijn armen om mijn hals en legde zijn wang tegen de mijne. Vechtend tegen plotselinge tranen kuste ik hem en ik kreeg een klinkende, natte zoen terug. 'Je bent een dappere jongen,' fluisterde ik. 'Ik ben trots op je.'

'Echt waar?'

'Ja. Enorm trots.' Ik drukte hem nog dichter tegen me aan. Toen liet ik hem los en zei: 'Denk eraan dat je je netjes gedraagt en dat je goed naar Mr. Wiley en Miss Nan luistert. En naar Mr. en Mrs. Ogden. Ik zie je gauw weer.'

Ik glimlachte naar hem, maar dat zag hij al niet meer. In de blik waarmee hij naar Wiley opkeek, blonk iets van opwinding. Een bezoekje aan de Ogdens was een uitje, besefte ik.

Wiley knikte me gedag. Onder aan de trap, waar de honden al stonden te wachten, hees hij André op zijn schouders, aan iedere kant van zijn hoofd een been.

Zonder nog achterom te kijken liepen ze de kant van de bayou uit. Wiley vermeed laagliggende gedeelten die vol water stonden en baande zich een weg langs de koeien en de paarden, waarbij hij steeds zijn schouders draaide om André de aanblik te besparen. Als de honden te veel belangstelling voor de kadavers toonden, riep hij ze scherp bij zich. Een keer hoorde ik André ook naar ze roepen. Zijn stemmetje klonk schril, alsof hij overstuur was.

Ik had verwacht dat ik wel enige opluchting zou voelen. Het was uitputtend om voor André te zorgen en voortdurend kalm te moeten blijven. Er was inderdaad maar weinig eten in huis, maar dat had ik alleen als voorwendsel gebruikt. Ik wilde even wat tijd voor mezelf, zonder André die aan me hing en voortdurend vragen over Oscar stelde. Ik had stilte nodig. Tenminste, dat dacht ik. Maar toen ik Wiley met André op zijn schouders in de verte zag verdwijnen, kwam er een peilloze leegte over me. Nog nooit had ik me zo alleen gevoeld.

15

De waarheid

Als Oscar eenmaal thuis was, zou alles een stuk beter worden, hield ik mezelf voor. In de keuken streek ik de ene na de andere lucifer af, maar ze waren zo zacht geworden van de vochtige lucht dat ze bogen en braken. Uiteindelijk was er een die vonkte en een vlammetje gaf dat net lang genoeg bleef branden om er de oven mee aan te kunnen steken. Toen ik er zeker van was dat het vuur niet uit zou gaan, zette ik een pan water op. Mogelijk had Oscar een paar krassen en blauwe plekken opgelopen, maar hij kon ieder moment thuis zijn.

Ik ging naar de slaapkamer en keek uit het raam. Geen spoor van Oscar. Uit het plafond lekte regenwater, dat in de modder drupte terwijl ik me aankleedde en mijn haar bijeenbond met een lint. Nog steeds geen Oscar. Terwijl het huis zich met veel gekraak en getik weer aan het zetten was, maakte ik het bed op, voor zover dat ging met die vochtige lakens. Wiley en zijn vader vinden hem wel, dacht ik. Zij brengen hem thuis en dan zorg ik voor hem. Uit de badkamer haalde ik een paar handdoeken en het stuk Ivoryzeep. Ik legde ze op de kaptafel in onze slaapkamer. Kom naar huis, Oscar. Ik smeek het je.

Met modderige schoenen liep ik naar de veranda aan de voorkant om daar naar hem uit te kijken. Maar eenmaal op de drempel hapte ik naar adem en deinsde achteruit. De rechterkant van de veranda bungelde erbij alsof hij niet langer op palen rustte. De reling en de trap waren verdwenen, volledig weggeslagen. Voor het huis had zich een poel gevormd waarin een misvormde matras dreef. In de struiken hing een afgebroken houten hek en tussen de begroeiing lag een gestrande roeiboot.

De zee was een kolkende watermassa: witgekuifde golven rolden naar voren, krulden hoog op en sloegen uiteen. Het strand werd doorsneden met nieuw gevormde geulen en overal langs de vloedlijn lag aangespoelde rommel.

De vloedlijn, dacht ik. Die was vanaf de veranda te zien. Ik wreef over mijn slapen.

Er was geen spoor meer van de duinen.

En van St. Mary's ook niet. Ik zag het nergens. Het was weg. Maar dat was onmogelijk: twee zulke grote houten gebouwen konden niet zomaar van de aardbodem verdwijnen. Het lag aan mijn zenuwen, ik beeldde het me in. Ik had rust nodig, en iets te eten. Ik was een instorting nabij. Even sloot ik mijn ogen, toen keek ik weer. De plek waar het weeshuis had gestaan was leeg.

De nonnen, die in het paviljoen hadden gedanst. De kinderen die elkaar en ook André achterna hadden gezeten, die om de tafels hadden gerend. De drie jongens die Oscar 's zondags altijd kwamen helpen.

In het huis klonk een gerinkel en gerammel. Ik draaide me om. 'Wie is daar?' riep ik.

Het was de pan op het fornuis. Het water kookte en de pan schudde rammelend heen en weer. Ik wilde hem oppakken, maar de handvatten waren kokend heet en ik brandde mijn vingers. Met twee droogdoeken die ik als pannenlap gebruikte, tilde ik hem van het vuur. Het gerammel hield op.

Dit gebeurde allemaal niet echt, dacht ik. Oscar kon onmogelijk verdwenen zijn, en het weeshuis ook niet. Ik draaide me weg van het fornuis en toen pas zag ik voor het eerst in welke staat het huis verkeerde. Borden, pannen, bladmuziek, mijn boeken, alles lag in de modder op de vloer. Het plafond zat vol scheuren en boog door, alsof het zwaar was van het water. Op de muren zaten donkere vlekken en het pleisterwerk liet los. Langs de onderkant van de wanden liep een vuile streep.

De waterlijn, besefte ik. Tot daar had het water gestaan. Terwijl André en ik zaten te schuilen in het trapgat, was St. Mary's weggevaagd. Terwijl ik zat te zingen voor André, hadden de nonnen en de kinderen om hulp geroepen, zich aan elkaar vastgeklampt, gegild in het razende water. En Oscar ook. Misschien had hij het ook wel uitgeschreeuwd.

Nee. Hij leefde nog. En misschien leefden de nonnen en de wezen ook. Misschien hadden ze weten te ontsnappen voordat de storm de gebouwen had vernield, misschien hadden ze zich aan planken vastgeklampt. Maar hoe zat het met de kleintjes? De kinderen van Andrés leeftijd, of jonger?

Ik liet me op een van de banken zakken. Iedere druppel die van het plafond viel klonk luid in mijn oren, en de brekende golven bij het strand nog luider. Om een of andere reden was dit huisje blijven staan. Om een of andere reden waren André en ik gespaard gebleven. Om een of andere reden was Oscar door de stroming meegesleurd.

Waarom?

Om mij te doen begrijpen hoe ongelofelijk dierbaar hij me was, besefte ik. Zodat wij drieën weer opnieuw konden beginnen als hij terugkwam, zodat we alles weer konden opbouwen. Want hij kwam terug, daar was ik zeker van. We zouden een nieuwe start maken. Maar niet hier in Galveston. Ik wilde nooit meer een orkaan meemaken. Nooit meer. We zouden naar het binnenland gaan. Naar Houston. Dan kon Oscar daar een melkboerderij beginnen. Ik zou pianoles geven en iedere cent zou in ons nieuwe huis gestoken worden. Het zou moeilijk zijn, maar we hadden elkaar. Samen zouden we het wel rooien. Maar eerst moest Oscar thuiskomen.

Ik haastte me door de gang en onze slaapkamer naar de achterveranda. Nog steeds niets. Kalm blijven, hield ik mezelf voor. Maak een plan. Doe wat meer voor Oscar dan alleen water koken. Ik keek naar de plek in het weiland waar ik hem het laatst gezien had. Daar zou ik heen gaan, besloot ik. En van daaruit zou ik doorlopen naar de bayou, waar hij vast en zeker zat te wachten tot iemand hem kwam helpen.

De trap schudde onder mijn voeten toen ik naar beneden liep. De wind greep mijn rok en ik sloeg de slierten haar weg die aan mijn mondhoeken bleven plakken. De grond was drassig van het natte zand en lag bezaaid met rommel: kapotte planken, scherven van borden en kopjes, een pop en een gebroken spiegel in een vergulde lijst. Ik bleef staan en tilde de zoom van mijn rok op om sneller te kunnen lopen, maar ineens werd ik getroffen door een nieuwe angst.

Wat als Oscar thuiskwam terwijl ik weg was? Dan zou hij het huis leeg aantreffen. Hij zou buiten zichzelf zijn van ongerustheid.

Ik moest een briefje voor hem achterlaten. *Liefste*, schreef ik in gedachten, terwijl ik terugliep naar het huis. *Als je dit vindt, maak je dan geen zorgen. André en ik zijn veilig. Ik ben je gaan zoeken, maar ik kom snel weer thuis.*

In de slaapkamer vond ik de doos briefpapier die ik in de la van de kleerkast had opgeborgen. Het papier was drijfnat en niet meer te gebruiken. Mijn vulpen zat onder de modder, maar het inktpotje was nog dicht. Over het spoor dat zich inmiddels in de modder had gevormd, liep ik met de pen en het potje naar de kamer. Terwijl de druppels uit het plafond op mijn blouse en mijn gezicht spatten, doorzocht ik het cilinderbureau. Ik had alleen een blaadje nodig, een vodje papier desnoods, zodat ik mijn briefje kon schrijven en mijn zoektocht naar Oscar kon hervatten.

Er lagen alleen in zwart leer gebonden kasboeken. Op zoek naar een lege pagina bladerde ik er een door, maar alle bladzijden waren gevuld met Oscars aantekeningen over geld dat hij verdiend en uitgegeven had. Ik wierp een blik op de klok. Twee minuten over zes. Even wist ik niet of het nu ochtend of avond was. Ik keek opnieuw. De slinger was eraf gewaaid. De klok stond stil. Het zou wel ergens laat in de ochtend zijn, of vroeg in de middag. De storm was al uren voorbij. Oscar was gewond en lag ergens te wachten tot er hulp kwam.

Of misschien was hij wel dood.

Nee, sprak ik mezelf toe. Nee. Pak een stuk papier en schrijf een briefje. Ga hem dan zoeken en neem hem mee naar huis.

Ik pakte een volgend kasboek. Er kwam een prop papier achter tevoorschijn. Ik liep onder het lek in het plafond vandaan en vouwde de prop open. Het papier was zwaar verkreukeld en met mijn duimen streek ik de hoeken glad. Het was een brief – *Lieve Oscar*. Het vel was aan beide zijden beschreven, maar de onderste helft van de achterkant was nog leeg. Er was voldoende ruimte over voor mijn briefje. Ik zou het op de keukentafel leggen, waar Oscar het meteen zou zien.

Toen zag ik de afsluiting. *Je liefhebbende zuster, Vivian Boehmer.*

Ik draaide de brief om. Hij was gedateerd 17 augustus 1900. Twee weken voor ons huwelijk. Oscars zuster. Iemand die de geruchten over mij had gehoord.

Ik verfrommelde de brief en kneep hem tot een prop. Dat had Oscar ook gedaan, besefte ik. Iets in de brief moest hem van streek hebben gemaakt. Of boos. Ik duwde de prop helemaal achter in het bureau. Scheur een blaadje uit een van de kasboeken, schrijf een briefje en ga op zoek naar Oscar, beval ik mezelf. Ik moest hem vinden en hem mee naar huis nemen. Dat was het enige wat telde.

Toch was het de brief die ik uit het bureau pakte. Ik moest weten wat zijn zus hem had verteld.

17 augustus 1900

Lieve Oscar,

Ik hoop dat jij en mijn neefje het goed maken. Hier is alles wel.
Ik schrijf dit in haast, want ik wil deze brief nog met de middagpost versturen. Jouw brief arriveerde hier vanochtend en ik wou dat ik kon zeggen dat ik blij voor je was, maar dat kan ik niet. Lieve broer, trouw alsjeblieft niet met haar. Er wordt zo veel over haar gepraat en wat de mensen zeggen is echt schokkend.

Oscar wist het. Ik gloeide van schaamte.

Ik vind het vreselijk om je dit te zeggen, maar je moet de waarheid weten. Ze heeft zichzelf te schande gemaakt. Bij fatsoenlijke mensen is ze niet langer welkom, zelfs niet bij haar eigen moeder. Dat is wat er beweerd wordt.

Ik moest dit wegleggen, ik wist nu wel genoeg. Maar toch wilde ik de brief tot het einde uitlezen. Ik wist zeker dat Oscar dat ook had gedaan.

Ik zal je de lelijke dingen besparen die de mensen hier over haar zeggen. Maar ik kan je wel vertellen dat haar handelen het hart van een vrouw met twee kinderen gebroken heeft. En dat die vrouw invalide is.

Een ijzeren band klemde zich om mijn borst.

Trouw alsjeblieft niet met haar. Ik smeek het je, lieve Oscar. Ik weet dat je eenzaam bent en dat je Bernadette mist. Maar doe dit alsjeblieft niet.

Je liefhebbende zuster,
Vivian Boehmer

Oscar wist het.

De brief gleed uit mijn handen. Hij moest woedend geweest zijn toen hij dit las. Ik had hem bedrogen. Misschien had hij me wel geschreven. *Ik kan niet met U Trouwen, Miss Wainwright. Ik weet de Waarheid over U.* Als hij dat gedaan had, was zijn brief te laat gekomen. Dan was hij gekomen toen ik al uit Dayton was vertrokken en op weg naar Galveston was. Om een of andere reden had hij besloten toch met me te trouwen. Had hij begrepen hoe wanhopig ik was? Dat ik nergens anders heen kon? Was hij uit medelijden met me getrouwd?

Ik keek naar mijn glanzende gouden trouwring. Nee, medelijden was het niet geweest. Oscar hield van me zoals geen ander ooit van me gehouden had. Hij wist de waarheid over me en accepteerde me zoals ik was. Nooit had hij geklaagd over mijn koele en afstandelijke houding; nooit had hij me gekleineerd als ik iets fout deed met André. In plaats daarvan had hij me stevig vastgehouden, wetende dat ik zonder hem verloren was.

Ik moest hem vinden. Ik moest me verontschuldigen voor mijn bedrog. Ik moest het goedmaken, de dingen rechtzetten. Vanaf nu zouden er nooit meer leugens zijn.

De verandatrap kraakte en rammelde toen ik naar beneden liep. De modder in het weiland was glibberig en de zool van mijn rechterschoen was losgegaan bij de punt. Hier en daar zakte de drassige grond weg onder mijn voeten en ik struikelde over ontwortelde pollen gras. Ik stelde me voor dat Oscar me bij de arm hield en me naar de plek leidde waar ik hem het laatst gezien had.

Gisteren, toen het water het huis in stroomde, had ik de brieven meegepakt die ik van hem gekregen had toen hij nog maar net in Texas was. Ik had ze in de hoedendoos gestopt. Al die tijd dat het gestormd had, waren zijn brieven bij me geweest, zoals ze ook bij me waren geweest toen ik naar Oberlin, naar Philadelphia, terug naar Dayton en uiteindelijk naar Galveston was verhuisd.

Mijn ogen vulden zich met tranen. Ik dacht aan André, die vol vertrouwen mijn hand had vastgehouden toen we de zoldertrap af liepen, in de wetenschap dat ik hem zou beschermen. Als ik Oscar had gevonden, zou ik André gaan halen. Dat zou Oscar willen, en ik wilde het ook.

Met mijn vingers wreef ik langs mijn ogen en ineens kokhalsde ik, misselijk van de stank van een koe die vlak bij me lag. Ik drukte mijn hand tegen mijn neus en haastte me verder. Overal in het platgedrukte gras lag troep: melkbussen, drijfhout en het hoofdeinde van iemands bed. In de takken van een tamarisk zat een stuk wit doek verstrengeld, en in een ondiepe poel verderop lag een wastobbe. In de verte kwam iemand – een vrouw – mijn kant op lopen. Nan Ogden. Of haar moeder. Mijn hartslag versnelde. Misschien was er nieuws over Oscar.

Ik wuifde om haar aandacht te trekken, en terwijl ik wuifde hoorde ik opnieuw zijn woorden: U doet de dingen goed. Zelfs toen hij de waarheid wist, was hij dat blijven geloven. Ik schudde mijn hoofd. Niet ik, Oscar, maar jij. Jij bent degene die de dingen goed doet.

'Mrs. Williams,' riep de vrouw.

Ik wuifde opnieuw. Toen struikelde ik over een plank. De plank verschoof en er kwam een slang onder vandaan. Zijn lange, bruin met zwart gevlekte lichaam spande zich als een veer en hij rolde zich op. Hij stak zijn kop omhoog en staarde me recht aan met zijn donkere ogen. Het geratel klonk hoog en hard. Ik deinsde terug. De drassige grond zonk weg, ik gleed uit en viel op handen en knieën. Met heen en weer schietende tong trok de slang zijn kop naar achteren. Toen schoot hij naar voren en beet in mijn linkerhand.

Het lukte me niet om overeind te komen; de zool van mijn schoen zat vast in mijn zoom. De slang rolde zich weer op en ging opnieuw in de aanval. Dit keer beet hij in mijn pols. Op een of andere manier wist ik toch op te staan. Ik week achteruit terwijl de slang weggleed door het gras.

Een stekende pijn schoot door mijn hand en pols. Duizelig drukte ik mijn arm tegen mijn borst. Ik was doodsbang dat de slang zou terugkomen om me weer aan te vallen, en met iedere stap die ik naar achteren zette werd de pijn erger.

'Mrs. Williams,' zei de vrouw. 'Wat is er aan de hand? Wat doet u hier?'

Het was Nan Ogden. Ik had verwacht dat haar grijze ogen niets dan kritiek zouden uitstralen en dat haar mond strak zou staan van afkeuring. Tenslotte had ik André naar haar gestuurd in plaats van zelf voor hem te zorgen. Maar ik zag alleen bezorgdheid. Ik stak mijn linkerhand naar voren. Er stroomde bloed uit de wonden en de huid eromheen was rood. 'Een slang,' zei ik.

'Wat voor een?'

'Dat weet ik niet.'

'Maakte hij een ratelend geluid?'

Ik knikte, te bang om iets te zeggen.

'Ach, Heer. U moet snel naar binnen. Hoe vaak heeft-ie gebeten?'

Haar gezicht zwom voor mijn ogen. Een ratelslang. Mijn arm tintelde en ineens lag ik op de zompige grond en sijpelde er water in mijn rok. Ik knipperde met mijn ogen om Nan weer in beeld te krijgen.

'Mrs. Williams, u moet echt overeind komen.' Ze kwam achter me staan en probeerde me op te tillen. Vreselijke steken schoten door mijn linkerarm, helemaal tot in mijn nek en mijn kaak. Ik hoorde mezelf kreunen.

'U moet naar huis,' zei Nan. 'Maar dan moet u wel een beetje meewerken. Ik kan 't niet alleen.'

Mijn benen lagen gespreid voor me. Een ratelslang. Twee beten. Ik klappertandde. Het koude water van de grond leek dwars door mijn huid te kruipen. Ik beet mijn tanden op elkaar om het geklapper te laten ophouden. 'Oscar,' bracht ik uit. 'Heeft u al iets van hem gehoord?'

'Nu moet u echt opstaan, hoort u me? Ik ken allerlei

mensen die door een slang zijn gebeten, en die zijn zonder klagen gewoon naar huis gelopen. Dus opstaan. Nu.'

Ze hees me overeind. De vlekken dansten voor mijn ogen.

'U mag op mij leunen,' zei ze. 'Nooit gezegd dat dat niet mocht. Til uw voet op. En nu de andere.' Ze draaide me om, met mijn gezicht naar het huis. Dat stond ver weg en leek te zweven boven de palen.

'Is alles goed met André?' vroeg ik.

'Die is bij ma. Lopen, Mrs. Williams. Lopen.'

'Ik ga toch niet dood?'

'Komaan, Mrs. Williams, even wat stijfsel in die benen. Ik kan u niet veel langer houen. Lopen moet u. Gewoon de ene voet voor de andere zetten.'

Ik dwong mezelf te doen wat Nan zei. Het komt allemaal goed, hield ik mezelf voor, terwijl het getintel in mijn arm in een branderig gevoel overging. Het moest gewoon goedkomen. Oscar en ik hadden nog zo veel te doen.

'Heeft u iets gehoord?' vroeg ik. 'Over Oscar?'

'Lopen, Mrs. Williams. Ik kan u echt niet dragen. U bent niet zo licht als u eruitziet.'

Ik deed mijn best om minder zwaar op Nan te leunen. Het lukt me wel, sprak ik mezelf moed in. Maar mijn borst voelde zo strak, het leek wel of mijn longen werden fijngeknepen.

We liepen en liepen. Mijn zwoegende ademhaling klonk luid in mijn oren. Mijn wonden bloedden. Mijn hele rok zat onder het bloed, en die van Nan ook. Mijn ogen bleven maar dichtvallen, ik had de grootste moeite om ze open te houden. Weer overviel de stank van de koe me en ik kokhalsde en gaf over. Nan hield me vast.

'Waag 't niet om 't op te geven,' zei ze, terwijl ze met haar vingers mijn kin afveegde. 'Ik wil 't niet hebben.'

Ik ga niet dood, hield ik mezelf voor. Oscar heeft me nodig. En André ook.

'We zijn er bijna,' zei Nan. 'Alleen deze trap nog.'

'Wat zei u ook alweer over André?'

'Ik zei dat-ie bij ma was. Kom, help 's even mee die treden op te komen. Even doorzetten, ik weet dat u 't kunt.'

De trap was zo hoog, te hoog, maar Nan had me stevig bij mijn middel vast. 'Nog maar een paar,' zei ze. 'U doet 't goed.' We botsten op elkaar en de pijn stuiterde door mijn arm.

'En nu de veranda nog. We zijn er bijna.'

'Miss Ogden, ik maak me zorgen over Oscar.'

'U mompelt nogal. Kijk 's even, dat bed ziet er goed uit, al ligt er dan een hoop modder op de vloer. Zo, nu even omdraaien zodat ik u erin kan helpen.'

'Mijn rok,' zei ik.

'Wat?'

'De zoom is helemaal modderig. En hij zit vol bloed.'

'Dat maakt niks uit.'

'Jawel.' Mijn stem klonk schril. 'Het bed moet schoon blijven. Voor Oscar. Die is gewond.' Ik probeerde de knoopjes aan de achterkant van mijn rok los te maken, maar er schoot een felle pijnscheut door mijn arm.

'Laat mij maar, Mrs. Williams. Hier.' Ze pakte mijn goede hand. 'Hou u maar vast aan 't bed. U staat niet helemaal stevig op uw benen.'

Ik klemde mijn vingers rond de beddenstijl terwijl zij mijn knoopjes losdeed. De rafelige eindjes van de gescheurde baldakijn wiegden in de wind en de kleerkast leek vreemd scheef te staan. 'Weet u echt zeker dat het goed gaat met André?' vroeg ik.

'André is bij ma. Dat zei ik al.'

Mijn rok gleed langs mijn heupen en viel op de modderige vloer.

'Ga nu maar zitten, dan valt u niet.'

Ze hield me in evenwicht terwijl ik ging zitten en daarna maakte ze de knoopjes van mijn schoenen los en hielp me in bed. Mijn arm was kleverig en heet. Ik rilde: alles was ineens ijskoud. Nan hield mijn gewonde arm vast en trok de quilt op tot mijn kin. De tranen sprongen in mijn ogen. Ik knipperde ze weg. 'Ik maak me zorgen over Oscar,' zei ik.

Ze gaf geen antwoord.

'Hij had de paarden en de koeien uit de stal gelaten en toen werd hij door het water meegesleurd.'

'Ik wou dat u 's ophield met dat gepraat. U trilt als een rietje en ik moet uw arm schoonmaken.' Even zweeg ze. 'Al dat tobben heeft geen zin. En wat Mr. Williams betreft, nou, die kan prima zwemmen, dat heeft pa 'm geleerd. Dikke kans dat-ie op weg naar huis is. Maar misschien is-ie wel iemand aan 't helpen. U weet hoe hij is. Hij kan nooit iemand laten zitten.'

Ze bette de wonden met een reep stof. Ik beet op mijn lippen om het niet uit te schreeuwen. Toen de pijn iets minder werd, vroeg ik: 'Is Oscar iemand aan het helpen? Zei u dat?'

Nan mompelde iets en zei toen: 'Ik moet dit uitwassen.' Ze draaide zich om en liep naar de kaptafel.

'Maar hij is dus op weg naar huis?'

Met opgetrokken schouders bleef ze staan. Haar gestalte vervaagde en ineens waren er twee Nans. Ik knipperde, en toen was Nan weer één persoon die over me heen gebogen stond. 'Mrs. Williams,' zei ze. 'Die man van u.' Ze legde haar hand tegen mijn wang. Haar aanraking was licht en koel. Ze wierp een blik op mijn arm en keek me toen recht in de ogen. 'Heeft-ie gezegd dat-ie thuis zou komen? Nadat-ie voor de koeien had gezorgd? En voor de paarden? Heeft-ie dat gezegd?'

Ik knikte.

'Heeft u ooit meegemaakt dat Mr. Williams iemand liet zitten?'

De jongen die naar mijn concerten was gekomen. De enige persoon die de afgelopen lente had geantwoord op mijn brieven. De man die de waarheid kende maar die mij voor een beter mens hield dan ik was.

'Nee,' antwoordde ik. 'Nooit.'

'Nou dan.'

Ja, dacht ik, terwijl ik Oscar voor me zag. Hij stond op het perron van het station in Galveston. Hij had zijn nette pak aan en keek voortdurend op zijn zakhorloge terwijl hij op me wachtte.

Ik sloot mijn ogen en gaf me over aan de pijn.

16

Het huis

Het was een droeve tijd, ik kan niet anders zeggen. Wat de storm ons had aangedaan, was wreed, en ik zal 't nooit vergeten. Of vergeven. De storm deed wat-ie wilde en daarna blies-ie zichzelf uit en liet 't aan ons over om alles recht te zetten. Maar sommige dingen kunnen niet worden rechtgezet.

Neem nou St. Mary's, 't weeshuis. Ik moest er aldoor maar aan denken toen ik een poosje geleden door 't weiland achter Oscars huis liep, langs de hopen zwarte as en de verkoolde botten van de koeien en de paarden. Er waren geen woorden voor wat er in dat weeshuis was gebeurd. Die arme kinderen. Wat zouden ze bang geweest zijn toen 't water de duinen had verkruimeld en 't klooster binnen was gestroomd. Ik was er helemaal ellendig van. De nonnen hadden de wezen meegenomen naar 't gebouw waar de jongens sliepen. Ze dachten dat 't daar 't veiligst was. Dat had Bill Murney verteld toen pa 'm bij de bayou had rond zien dolen met niks anders aan z'n lijf dan een voddige, gescheurde broek. Bill was een van de wezen die Oscar 's zondags altijd kwamen helpen. Toen 't water 't gebouw in stroomde hadden de nonnen iedereen mee naar boven genomen, zei hij. Daar waren ze allemaal gaan bidden, maar God sloeg er geen acht op. Het dak waaide eraf. De muren stortten in en iedereen werd vermorzeld. En wat de wind niet lukte, maakte 't water af. Het hele klooster was in zee verdwenen.

Als de nonnen die kappen hadden afgedaan die 't grootste deel van hun gezicht bedekten, of als ze die zware kralenkettingen die ze om hun middel droegen hadden weggegooid, dan hadden ze misschien een kans gehad. Maar daar prakkiseerden ze niet over. Tenminste, dat zei Bill.

'Ik heb een plank gegrepen,' zei hij. Z'n ogen stonden glazig en z'n handen en voeten zaten onder de bloedende sneeën. 'En m'n broertje hield ik ook beet. We werden meegesleurd en kwamen in een boom terecht, ik weet niet hoe dat kon. Ik heb 'm zo goed mogelijk vastgehouden, echt waar, al ging die boom nog zo tekeer. Maar toen kwam er een enorme golf, veel groter dan de andere.' Nu keek hij naar ons op. 'Hebben jullie Joe ergens gezien?'

Ik moest er niet aan denken dat dat kind met boos weer in een boom gezeten had. Van al die nonnen en al die kinderen waren maar drie wezen blijven leven. Bill was er een van. Maar Joe niet. Die konden we nergens vinden, en James ook niet, de roodharige vondeling die ook voor Oscar had gewerkt.

Het was nu twee weken en twee dagen geleden, maar de tijd heelde de wonden niet, voor geen ene zier. Geen idee wie dat ooit had bedacht, maar er klopte in ieder geval geen snars van. Het was werk dat je erdoorheen sleepte. Zelfs droevig werk, zoals wat ik nu deed: opgedroogde modder uit Oscars huis scheppen. En makkelijk was 't ook al niet, er brokkelden steeds gruizelige lagen van die modder af.

Ik was hier niet meer teruggeweest sinds Mrs. Williams door die slang gebeten was. Maar vanochtend, toen ik wakker werd, was ik er klaar voor. 'Er moet iets aan dat huis gebeuren,' zei ik tegen ma. 'Als u me tenminste kunt missen.'

De opgedroogde modder gooide ik met glasscherven en al over de zijkant van de achterveranda. Ik was niet van plan geweest om modder te gaan scheppen, maar toen ik aan kwam lopen door de wei lag er een schop bij de verandatrap. Het was alsof Bernadette die daar voor me had neergelegd. 'Ahhh, Nan,' kon ik haar bijna horen zeggen. 'Ik wist wel dat jij voor mijn huis zou zorgen.'

Ik werkte aan één stuk door en zolang ik in beweging bleef, ging 't allemaal wel. Als ik m'n hoofd bij 't werk hield, hoefde ik niet te denken aan de matras in de slaapkamer, die onder 't bloed zat. Als m'n handen bezig waren, dacht ik niet aan al die dode mensen die waren aangespoeld in de bayou, vlak bij ons huis, helemaal opgezwollen en de meeste poedelnaakt. De wind had hun kleren afgerukt, zei pa. Zolang ik aan de gang bleef hoefde ik niet te denken aan wat pa en Wiley met al die arme dode mensen moesten doen.

De schop schraapte over de kamervloer en ik vond 't akelig om krassen op 't hout te maken, maar in ons huis hadden we hetzelfde moeten doen. Het ging niet anders, de modder stonk verschrikkelijk. Er stonden ook allerlei voetafdrukken in, alle mogelijke kanten op. Sommige waren van mij, de smalle waren van Mrs. Williams. Ik nam aan dat de grote van Wiley waren. De kleine waren natuurlijk van André. Pootafdrukken zag ik ook, en niet alleen van de honden. Er waren wasbeertjes en buidelratten binnen geweest; waarschijnlijk waren ze langs de palen omhooggeklommen, op zoek naar eten. De voordeur moest dichtgespijkerd worden, en de ramen ook. Maar dat ging me vandaag niet lukken, dus probeerde ik de rest van de opgedroogde modder 't huis uit te werken, vechtend tegen de pijn die door m'n hart sneed.

Die pijn was niet 't enige waar ik tegen vocht. Toen ik hier aankwam stond de deur naar zolder open. Dat zat me niet lekker, ik weet niet waarom, maar ik had 't gevoel dat 't weer iets was wat eigenlijk niet klopte. Ik wilde 'm net dichtdoen – er zat allemaal opgedroogde modder op – toen ik iets halverwege de trap zag staan. Een hoedendoos. Nou vraag ik je. De storm had een heleboel rare dingen uitgehaald, maar die hoedendoos was daar beslist niet door 't water heen gedragen. Mrs. Williams had natuurlijk een van d'r chique hoeden willen redden, daar durfde ik m'n hand voor in 't vuur te steken. Net iets voor haar.

Maar toen ik 'm openmaakte, zag ik geen hoed, maar allerlei andere spullen: de crucifixen, brieven, en Oscars houten kistje met de W. Snel deed ik de hoedendoos weer dicht. Het was alsof ik in 't hoofd van Mrs. Williams had gekeken en had gezien hoe bang ze was geweest toen Oscar niet was teruggekomen, 't water 't huis in was gestroomd en zij alles wat niet verloren mocht gaan had meegepakt. Ma en ik hadden dat ook gedaan. We hadden een houten kist gevuld met de familiebijbel die geen van ons kon lezen, een paar foto's, m'n fiedel en m'n strijkstok, pa's eigendomsakte van ons stuk grond, en geld. De dollarmunt die Oscar me op de avond van 't feest gegeven had, zat er ook bij. Met 't water op m'n hielen had ik de kist naar zolder gebracht. Ik durf best toe te geven dat ik 'm flink kneep. Dat zou iedereen gedaan hebben.

Ik zette de hoedendoos op de keukentafel en hield mezelf voor dat 't mij niet aanging wat erin zat. Als die storm me iets geleerd had, was dit 't wel: hou je ogen dicht als 't eenmaal voorbij is. En als je toch moet kijken, zet dan je verstand op nul.

Eigenlijk had ik oogkleppen moeten dragen toen ik afgelopen zondag naar de stad ging. Ik wilde heel graag naar de kerk en dus was ik gaan lopen. We hadden nog maar één paard, Jim Bowie, en pa zei dat die rust nodig had. Wiley had iedere dag sinds de orkaan op Jim gereden om voedselvoorraden te halen die met de boot uit Houston werden aangevoerd. Dus ging ik lopend naar de stad, waar een roetige rook hing van al die vuren. Ik probeerde er niet aan te denken wat er in die vuren werd verbrand, maar dat was wel duidelijk. Ik rook 't aan de stank.

En er hing nog een andere nare lucht in Galveston. Ongebluste kalk. Die werd met vaten vol uit Houston hiernaartoe gebracht en de mensen in de stad bedekten er de straten mee. Er werd gezegd dat ongebluste kalk de ziektes weghield, en als we nu ergens geen behoefte aan hadden, waren 't wel zieke mensen.

Toen ik eindelijk aankwam bij de baptistenkerk, die helemaal aan de westkant van de stad stond, bleek bijna 't hele dak eraf te zijn, maar daar liet de dominee zich niet door afschrikken. Hij praatte over moed, over 't beste halen uit jezelf en hij zei dat 't geen zin had om je af te vragen waarom de storm de een wel en de ander niet gegrepen had. 'Gedenk de doden,' zei hij tegen ons. De preekstoel lag omver en was kapot, dus moest-ie voor ons staan, als een gewoon iemand. De kerk zat bomvol, schouder aan schouder zaten we op de bankjes, die helemaal kromgetrokken waren omdat ze in 't water hadden gelegen.

'Beween de doden,' zei de dominee, 'maar draag zorg voor de levenden.'

Z'n woorden waren me tot steun, maar door wat ik in de stad zag, had ik toch spijt dat ik gekomen was. In de ene wijk na de andere lagen de huizen met ingeklapte muren op hun kant. Sommige waren een heel eind door 't water meegesleurd en op hun beurt weer tegen andere huizen aan geknald, die daardoor ook waren ingestort. Dan waren er nog de huizen die in de buurt van 't kerkhof hadden gestaan. Die waren allemaal verdwenen, niks was ervan over. En dan 't kerkhof zelf. Ik probeerde niet te denken aan al die kisten die uit de grond omhoog waren gekomen en waren weggespoeld. Ik ging niet kijken of dat ook met 't graf van Bernadette was gebeurd, ik kon me er niet toe zetten. Het was al erg genoeg om de uitgestrekte hopen troep in de stad te zien, zo hoog als huizen van twee verdiepingen. Het was al droevig genoeg dat onder al die rommel nog steeds dode mensen gevonden werden.

Dode dieren lagen er ook. Paarden, honden, katten, allemaal stinkend en opgezwollen. Toen ik na de kerkdienst wegging, zag ik iets wat ik nooit meer zal vergeten. Boven op een berg hout, omhooggedrukt door een dood paard, lag een piano. Van onder die piano stak een hand. Een mannenhand. Ik keek er even naar, net lang genoeg om te kunnen zien of ik 'm kende, maar 't had al geen nut meer. De huid was helemaal grijs en begon los te laten van de botten.

In de keuken schoof ik een van de banken opzij om de modder eronder weg te kunnen scheppen. Op tafel lag een pen, met ernaast een potje inkt. En dat was ook weer zoiets raars. Het zag eruit of Mrs. Williams na de storm iets op had willen schrijven. Maar dat leek me onzinnig, zelfs voor haar doen. Wie ging er nou aan tafel zitten om een paar woorden neer te pennen als er mensen verdwenen waren die moesten worden gezocht? Maar ja, er was zo veel onzinnig. Neem nou de duinen. Die waren verdwenen en nu stond er niets meer tussen 't eiland en 't strand. Alles liep in elkaar over, alles was plat. De Golf was ook plat, geen rimpeltje te zien. Hij zag eruit alsof-ie nog geen vlieg kwaad zou kunnen doen.

Ik pakte de emmers die op de vloer lagen en zette ze op de achterveranda. Die emmers konden worden uitgespoeld en opnieuw worden gebruikt. Met de meeste andere spullen ging dat niet. We moesten weer vrijwel van nul af aan beginnen. Van ma's servies was alleen nog een schaal en een kopje over, de rest was gebroken. Iemands roeiboot was bij ons op de veranda aangespoeld, maar die van pa hadden we nog steeds niet teruggevonden. En die van Oscar was helemaal weggedreven van de bayou, die lag nu vlak voor z'n huis. Onze zeug was verdronken, maar we hadden wel vier van de biggen kunnen redden. En we hadden nog één kip, die had de storm uitgezeten op een balk op zolder. De andere kippen en de haan waren ook naar zolder gevlucht, maar die waren dood. 'Waarschijnlijk heeft hun hart 't opgegeven,' zei pa. 'Van pure angst.'

Ik liep terug naar binnen en ging verder met scheppen. Toen zag ik iets glinsteren in de modder. Ik bukte me en peuterde 't eruit. Het was een zwarte glazen kraal. Hij deed me denken aan die deftige oorhangers van Mrs. Williams, maar deze kon onmogelijk van haar zijn. Dit was gewoon een kraal die nergens bij hoorde. Ik wreef 'm schoon aan m'n mouw en hield 'm omhoog. Hij weerkaatste 't licht in prachtige kleuren: rood, paars en blauw. Als ik ooit behoefte had gehad aan een mooi dingetje, dan was 't wel nu. Ik stopte de kraal in m'n schortzak.

De schop stootte ergens tegenaan. Onder de modder lag een bord begraven. Ik nam 't mee naar buiten en legde 't bij de emmers. Als 't was schoongemaakt, kon 't weer worden gebruikt. Pa en Wiley hadden een nieuwe put gegraven waar bruikbaar water uit kwam. Maar bij Oscar had niemand dat gedaan. Dat was ook niet nodig, in ieder geval niet nu.

Opnieuw pakte ik de schop, maar toen zag ik een verfrommeld stuk papier op de vloer bij de ijskast liggen. Een stuk papier! Wat deed dat daar nou? En 't was nog helemaal droog, 't was niet uit elkaar gevallen zoals Mrs. Williams' bladmuziek, die waarschijnlijk door de hele kamer gewaaid was tijdens de storm, want daarvan lagen overal flarden in de modder. Ik streek 't papier glad. Aan de korte regeltjes aan 't begin en op de achterkant te zien was 't een brief. Het handschrift helde schuin naar rechts en hier en daar zaten inktvlekken. Dit was niet 't handschrift van Mrs. Williams, 't leek er tenminste niet op. De brieven die zij tijdens 't voorjaar en de zomer aan Oscar had gestuurd, had ik gezien. Niet dat ik had lopen neuzen, maar Oscar had ze in z'n bureau gelegd en 't bureau moest worden afgestoft.

Ik legde de brief onder 't inktpotje. Een heel weeshuis was weggewaaid, maar die brief, die lag er nog. Alles aan de storm was totaal onredelijk. Neem nou Frank T. Die was dood.

Een ander woord wist ik er niet voor. Ik had wel geprobeerd iets te verzinnen – hij was heengegaan, hij was in de hemel – maar dat maakte de pijn er niet minder op. Ik miste 'm nog net zo erg.

Drie dagen na de storm had Wiley 'm gevonden en hadden we de puzzelstukjes in elkaar gepast. Toen 't water begon te stijgen, was Frank T. als de wiedeweerga naar 't huis van Maggie Mandora gegaan, aan de westkant van de stad. Dat had Maggies broer Mark aan Wiley verteld. Het huis was gaan schudden en er was een muur naar binnen geklapt. Daarna was 't dak ingestort. Mark was door een gat naar buiten geslingerd, 't water in. Hij had zich kunnen redden door een tafel vast te grijpen. Hangend aan die tafel had hij in 't donker gevochten voor z'n leven. Het water had 'm meegesleurd naar zee terwijl de golven over 'm heen sloegen, en dan nog al die regen en die wind. Toen 't water weer begon te zakken, was-ie teruggesmeten en vlak bij z'n huis weer neergekomen. Alleen had-ie daar geen idee van. Hij verkeerde in totale ontreddering. Zo zei hij 't. Overal om 'm heen lagen brokstukken van huizen en bergen rommel. Pas een dag later herkende hij de berg die ooit z'n huis geweest was.

Frank T. was niet in z'n eentje gestorven, en dat gaf me nog een beetje troost. Dat was iets anders wat de storm me had geleerd, dat je uit de kleinste dingen troost kon putten. Toen Wiley, pa en Mark Mandora 'm uitgroeven, lag-ie helemaal over Maggie heen, alsof-ie geprobeerd had haar te redden. Toen ik dat hoorde, had ik spijt dat ik zo tegen 'm gesnauwd had over z'n gedweep met Mrs. Williams. Uiteindelijk had Frank T. toch laten zien wat Maggie voor 'm betekende, en zij had 't vast begrepen. Pa en Wiley brachten Frank T. thuis zodat we 'm fatsoenlijk konden begraven. Nu lag-ie op een steenworp afstand van Oscars huis. 'Ik wil dat-ie op de richel komt te liggen,' had ma gezegd. 'Dat is de beste plek.' En deze keer had pa haar niet tegengesproken.

Maggie en haar pa en ma begroeven we daar ook. We wilden ze niet verbranden, zoals pa en Wiley hadden moeten doen met degenen die in de bayou hadden gelegen. Op 't strand waren ook mensen aangespoeld en er waren gewoon niet genoeg planken om zo veel doodskisten te maken. Dus sleepten pa en Wiley de doden met de wagen zo ver 't eiland op als Jim Bowie ze kon trekken. Ik vroeg er verder maar niet naar, ik wou 't niet weten. Maar ik zag de vuren. En ik rook ze ook.

Duizenden doden, had ik in de kerk gehoord. Zesduizend, misschien wel meer. Maar daar wou ik niet aan denken.

En die hoedendoos moest ik ook laten voor wat-ie was. Er kwam alleen maar nog meer hartzeer van. Zoals toen ik die crucifixen zag, vlak voordat ik 'm had dichtgedaan. Daar stond ik toch wel van te kijken, dat Mrs. Williams die gered had. Ik had haar wel zien terugdeinzen die eerste keer toen Oscar bij het eten een katholiek gebed opzei. Ik had wel gezien hoe ze verstijfde toen Oscar haar op 't feest in 't paviljoen aan de nonnen wilde voorstellen.

Oscar. Alleen al bij 't uitspreken van z'n naam kneep m'n hart zich samen als een vuist. Hij was dood.

Zo. Ik had 't gezegd. Niet 'hij werd vermist', niet 'hij kan ieder moment thuiskomen'. Dood. Het was nu twee weken en twee dagen geleden en we hadden niets van 'm gehoord. We hadden geen idee wat er met 'm gebeurd was, behalve wat Mrs. Williams had gezien. Nadat Wiley vijf dagen naar 'm gezocht had was-ie naar 't lijkenhuis in de stad gegaan, en toen-ie met rode ogen terugkwam, had-ie gezegd: 'Daar is-ie niet. En meer ga ik d'r niet over zeggen, dus vragen heeft geen zin.'

Als iemand Oscar al gevonden had, was-ie te ver heen geweest om nog te worden herkend, en voor zo'n verdriet bestonden geen woorden. Oscar verdiende een begrafenis. Hij zou op de richel moeten liggen. Bij 't idee dat-ie in een van die vuren had gelegen deed m'n hart zo'n pijn dat ik zeker wist dat ik de volgende was die 't loodje legde.

Nu was dat ook weer zo. Er moest nog heel veel werk gebeuren, maar ik zat hier aan Oscars keukentafel omdat m'n knieën knikten en m'n verdriet groter was dan ikzelf. Toen Wiley André mee naar huis genomen had, direct na de storm, en vertelde dat Oscar de koeien en de paarden uit de stal gelaten had en dat Mrs. Williams gezegd had dat ze 'm daarna niet meer had gezien, nou, toen wou ik gewoon niet aan 'm denken. En ook niet aan Frank T. In plaats daarvan was ik tegen Wiley tekeergegaan.

'Heb je haar alleen gelaten?' had ik geroepen. 'Moet ze nu helemaal alleen op 'm gaan zitten wachten? Terwijl ze hier niemand heeft, zelfs geen familie? Hoe kon je dat nou doen!'

Wiley had beschaamd z'n hoofd laten hangen. Ik had André zo goed en zo kwaad als 't ging bij ma geïnstalleerd en was toen weggegaan om Mrs. Williams gezelschap te gaan houden.

Ik trof haar in 't weiland. Ze was twee keer door een slang gebeten en 't gif was sterk omdat dat beest natuurlijk extra venijnig was geworden met die storm. En Wiley zei dat ze niet de enige was geweest met een slangenbeet. Er zaten overal ratelslangen, in de bomen, in de huizen, zelfs bij de mensen op zolder.

In ieder geval wist ik haar naar huis te krijgen, en in bed. Ik maakte de wonden zo goed mogelijk schoon maar er zaten rode strepen op haar arm en ze haalde hortend adem. Ze begon steeds meer te zweten en haar arm zwol helemaal op. 'Het komt allemaal goed,' zei ik tegen haar. 'Dat zweten werkt 't gif naar buiten.'

Maar ik wist wel beter, en zij ook. Ze begon dingen over Oscar te zeggen: dat de golven 'm hadden meegesleurd, dat ze 'm nooit verteld had wat-ie voor haar betekende, en dat-ie haar leven had gered.

Dat laatste snapte ik niet helemaal, maar ik was inmiddels zelf ook aardig aan 't zweten. Ik moest haar redden, ik moest zorgen dat haar koorts zakte en ik moest 't bloed deppen dat uit haar wonden stroomde. Ze zei dat André haar ook gered had, maar dat ze wou dat ik voor 'm zou zorgen als ze doodging. 'Zorg voor André, u houdt van hem.' Dat waren haar woorden.

Ik zei dat ze d'r mond moest houden. Ik deed alles wat

ik kon. Haar ademhaling werd steeds moeizamer, ze kreeg haast geen lucht meer en hapte rochelend naar adem. Toen sloot ze haar ogen en 't geratel stopte. 'Ik wil 't niet hebben,' zei ik. 'Waag 't niet om 't op te geven.' Maar ze was dood.

Alweer een slachtoffer. Niet van de storm, maar van een slang. Dat was oneerlijk. Het was oneerlijk dat een ratelslang je te grazen nam terwijl je net een orkaan had overleefd. Ik zat op 't bed met haar goede hand in de mijne en ik moest bijna janken bij 't idee. Daarna waste ik haar gezicht en kamde ik d'r haar, want ze had 't vast heel akelig gevonden om te zien hoe ze eruitzag, helemaal nat van 't zweet en grijs in d'r gezicht.

Maar die hoedendoos. Die was nu van André. Ik moest kijken wat erin zat voordat ik hem die spullen gaf.

Ik maakte de doos open. Brieven. Sommige waren al oud en zaten in vergeelde enveloppen, andere waren van korter geleden. Op een heel stel zag ik Oscars handschrift: eenvoudige, precieze letters, net als die van de woorden in de krant. Maar 't waren de andere enveloppen die m'n aandacht trokken. Op een paar stond hetzelfde schuine schrift als op de brief die ik op de grond gevonden had. Op andere stonden de letters meer rechtop. Oscars familie, dacht ik. Z'n familie in Ohio.

Mrs. Williams kon nu wel zeggen dat ik voor André moest zorgen, maar daarmee was-ie nog niet van mij. Ik was geen familie. Oscars ouders waren dood, maar er waren ook nog anderen. Een zuster en twee broers, die allemaal getrouwd waren en in Ohio woonden. Dat had Bernadette me verteld.

Ik wist wat ik zou moeten doen. Ik moest de brieven laten zien aan iemand die kon lezen. Een jaar geleden zou die iemand Bernadette geweest zijn. Twee weken en drie dagen geleden zou ik ermee naar de nonnen van St. Mary's zijn gegaan. Maar nu zou ik een van de buren moeten vragen. Als deze brieven van Oscars familie waren, moest iemand hun schrijven over Oscar en Mrs. Williams. En over André.

Ze zouden 'm willen hebben. Hij was alles wat ze nog van Oscar hadden. Oscars familie zou hierheen komen en André mee naar 't noorden nemen. Ze zouden Oscars land verkopen en ik zou André nooit meer zien.

Gauw legde ik de brieven terug in de hoedendoos. Daar ging ik nu allemaal niet aan denken. Niet vandaag. André had nachtmerries en iedere dag riep-ie huilend om Oscar. Hij had zelfs om Mrs. Williams gevraagd. Ma'am, noemde hij haar. Dat wist ik, omdat ik voor 'm zorgde en 'm in m'n armen wiegde. Ik was degene die 'm troostte, en niet dat stelletje vreemden ver weg in Ohio.

Ik moest bezig blijven. M'n hoofd bij 't werk houden. En dus ging ik weer aan de slag, al werkte 't gekras en geschraap van de schop me wel op de zenuwen. Maar een paar krassen op de vloer stelden niets voor vergeleken bij 't idee dat ik André naar mensen zou moeten sturen die geen ene lor van 'm af wisten.

Ik droeg de schop naar buiten en smeet de modder over de reling van de veranda. Die brieven zou ik moeten verscheuren en weggooien. Of verbranden. Dan zou er geen haan naar kraaien. Zelfs ma had niks over Andrés ooms en tantes gezegd. Niemand had er iets over gezegd. Geen mens zat er natuurlijk op te wachten om nog weer iemand te verliezen.

Ik ging weer naar binnen. Er waren wel belangrijker dingen kwijtgeraakt dan brieven, er waren wel belangrijker dingen verbrand. Een week geleden had Everett Calloum, een van de buren, aangeboden om Oscars dode koeien en paarden te verbranden. Het water had z'n vrouw en z'n twee kleine kindjes meegesleurd, en hij was er slecht aan toe. 'Ik ben d'r nog niet klaar voor om aan 't huis te beginnen,' had-ie tegen pa gezegd. 'Ik weet niet of ik daar ooit klaar voor zal zijn. Maar ik wil wel iets doen. Iets groots.' En dus bedolf hij Oscars dode beesten onder een flinke stapel hout en stak de brand erin.

Als ik ergens blij om was, dan was 't wel dat Oscar dat

niet hoefde zien. In ieder geval hadden vier van de koeien de storm overleefd; hoe, dat wisten we niet. We troffen ze dolend aan, helemaal onder de bloedende wonden.

Maar brieven verbranden was wel eventjes wat anders. Die brieven waren niet van mij. En misschien kwamen ze wel van Andrés familie.

Opnieuw keek ik in de hoedendoos. Oscars zakhorloge zat erin, en z'n boek over de sterren. Het houten kistje met de W was een huwelijkscadeau geweest, Bernadette had 't me laten zien. Ze had gegloeid van trots. 'Van Oscars familie,' had ze gezegd. 'Van zijn broers en zijn zuster. Denk je toch eens in, Nan. Eerst had ik niemand, en nu heb ik Oscar, en zijn hele familie erbij.'

Ze zouden zich wel zorgen maken. In de kerk hadden ze gezegd dat de hele wereld zich zorgen maakte over Galveston en dat 't geld met bakken binnenstroomde, ook uit verre landen, zoals Engeland. Ze zeiden dat Clara Barton, een belangrijke dame die de president van de Verenigde Staten kende, naar Galveston was gekomen om te helpen. Als mensen zoals zij en mensen aan de overkant van de oceaan van de orkaan wisten, dan wisten de mensen in Ohio 't ook. Misschien kwam Oscars familie wel kijken, of die van Mrs. Williams. Maar die van haar telde niet mee. Naar mijn idee hadden die mensen geen recht op André.

Het zou wel even duren voordat Oscars familie hier was. De hele spoorbrug over de bayou was met schragen en al de lucht in gevlogen. De enige manier om hier te komen was per boot. In ieder geval voorlopig. Er werd gezegd dat er een nieuwe brug gebouwd zou worden. Het was nog niet gedaan met Galveston, zeiden de mensen. 'Galveston wordt mooier dan ooit,' had de dominee zondag gezegd. 'Laten we daaraan denken en daaraan werken.'

Dat kon allemaal wel waar zijn, maar zolang er geen brug was, zou 't Oscars familie flink wat moeite kosten om hier te komen. Het kon nog wel maanden duren voor de treinen weer reden, misschien wel jaren.

Het houten kistje met de W was nu van André. Het zou fijn voor 'm zijn om 't te hebben. Ik maakte 't open en keek of er niets in zat wat-ie beter niet kon zien. Er zat een opgevouwen papier in met een zegel, zoiets als pa's eigendomsakte, en een ander papier met allemaal krullerige letters erop. Het was dat tweede papier dat ik eens goed bekeek. Ik was geen held in lezen, maar met maanden en cijfers had ik geen probleem. 30 augustus 1900. De dag waarop Oscar met Mrs. Williams was getrouwd.

Bernadettes trouwring zat ook in 't kistje. Ik miste haar vreselijk. Toen dacht ik aan de ring van Mrs. Williams. Ze was ermee begraven op de richel, er zat geen krasje op. 'Die moet André krijgen,' had ma gezegd. Maar we kregen de ring niet van haar vinger. Haar hand was te veel opgezwollen.

Ik telde 't papiergeld in Oscars houten kistje niet, 't was niet van mij. Maar er was genoeg. Meer dan genoeg om André naar Ohio te sturen.

Of om 't huis en de stal van op te knappen. Voor André. Voor als-ie ouder was. Er waren nog vier koeien, dat was alvast een begin. Wiley kon hem 't vak wel leren. Dat was wat Oscar gewild zou hebben, en Bernadette ook. Misschien dat Mrs. Williams daar anders over zou hebben gedacht, 't bleef tenslotte Mrs. Williams. Maar zij had André aan me toevertrouwd, zij wilde dat-ie bij mij zou blijven.

Mrs. Williams. Catherine. Haar miste ik ook, al had ik haar niet echt graag gemogen. Zo iemand als zij had ik nooit eerder in m'n buurt gehad; een vrouw die niks van koken of van 't huishouden wist. Iemand met zulke nuffige maniertjes en zulke deftige praat kwam je niet alle dagen tegen. Maar op 't laatst had ze toch goed voor André gezorgd. Ze had 'm mee naar boven genomen en voor 'm gezongen. Dat had André ons verteld.

Ik liep naar haar piano en tilde de klep op waar de toetsen onder zaten. En meteen hoorde ik die melodie weer die ze toen gespeeld had, dat stuk dat Oscar vanuit de stal naar 't huis had gelokt en dat mij pas goed had duidelijk gemaakt wat ik voor Oscar voelde. Het ging over 't maanlicht. Die melodie zou ik m'n hele leven lang niet meer vergeten; iedere noot klonk donker en warm en droevig tegelijk. En ik zou ook nooit vergeten hoe Mrs. Williams naar Oscar had gekeken, en hij naar haar, en hoe dat verlangen tussen hen geen plaats voor iemand anders had gelaten.

Ik nam aan dat ze nu weer samen waren, met Bernadette erbij. Hoe dat moest gaan, daar had ik geen idee van, maar ik had al nooit zo goed gesnapt hoe 't werkte in de hemel. In ieder geval waren ze nu daar, alle drie. Bernadette zong haar moerasliedjes, terwijl Mrs. Williams haar mond bette met haar servet, maar ondertussen met haar in boterkleurig leer gestoken voet de maat tikte. En Oscar, die zat in 't midden, met z'n gulle glimlach, z'n brede handen die vol littekentjes zaten, en z'n eeuwige zorg voor anderen, waarbij hij 't altijd deed voorkomen of ze hém er een plezier mee deden.

Oscar. Een jaar lang had ik voor 'm gezorgd. Ik had gekookt, z'n huis schoongemaakt en z'n was gedaan. Ik had geholpen met 't opvoeden van z'n zoon. Maar nooit had-ie me toebehoord.

M'n ogen werden nat. Hij was gestorven terwijl-ie voor z'n paarden en z'n koeien zorgde. Hij wilde ze niet laten lijden, dat kon-ie niet over z'n hart verkrijgen. Dat was wat ik z'n familie daar in Ohio moest vertellen. Ik moest ze laten weten dat André ongedeerd was, dat er goed voor 'm gezorgd werd. Ik moest regelen dat iemand hun schreef.

Nu begonnen de tranen te stromen, maar ik liet 't gewoon gebeuren. Er was niemand die me zag, niemand die er iets van merkte. Daarbuiten was alleen de Golf van Mexico, die een heel eind verderop lag te glinsteren in de zon. Ik nam 't de Golf niet kwalijk wat er was gebeurd. Niet echt. Het was de orkaan die ik de schuld gaf, die muur van wind die 't op ons had gemunt. Die zou ik 't nooit vergeven. Nooit.

Die gedachte maakte een einde aan m'n tranenvloed. Ik wreef met m'n schort over m'n gezicht en draaide me weg van de piano. Door 't raam zag ik een rij pelikanen langs de hemel glijden; met wijd gespreide vleugels dreven ze op een luchtstroom. Het was de eerste keer sinds de storm dat ik ze weer zag, besefte ik. Maar daar gingen ze, zwevend door de lucht alsof er niemand was gestorven, alsof er niemand was met een hart dat in totale ontreddering verkeerde.

Ik ging in de deuropening staan en keek de vogels na. Ze zweefden naar de plek waar ooit St. Mary's had gestaan. Nu en dan sloeg er eentje met z'n vleugels terwijl ze 't eiland over vlogen. Ik telde ze; ik telde ze voor Oscar. Die was altijd zo dol op pelikanen.

Oscar had z'n thuis in 't noorden achtergelaten en dit eiland tot z'n nieuwe thuis gemaakt. André was hier geboren, die was Texaan. Als je dat jongetje losrukte van z'n wortels, als je 'm weghaalde van de enige plek die hij kende, dan zou je net zo wreed zijn als de orkaan. En die honden van 'm; hij kon geen moment zonder ze. Als Oscar hier was, zou hij zeggen dat dit eiland Andrés thuis was. En Bernadette zou hetzelfde zeggen. Maar 't was Mrs. Williams geweest die 't ook echt had uitgesproken. Zij had me heel strak aangekeken met die blauwe ogen van d'r, en gezegd wat ik moest doen. 'Zorg voor André. U houdt van hem.'

Ik ging terug naar binnen en pakte de schop. Die brieven in de hoedendoos konden wachten. Die konden wachten tot André geen nachtmerries meer had, tot 't allemaal weer wat beter ging. Dan zouden ma en ik erover praten. Het boek over de sterren, Oscars horloge, de crucifixen en 't kistje met de W met alles wat erin zat zou ik mee naar huis nemen. Die waren voor André. Maar de brieven niet. De brieven waren van z'n vader. Wat daarin stond, dat ging geen mens wat aan. Die brieven gingen in de hoedendoos en de hoedendoos ging naar zolder, al zaten er dan gaten in 't dak. En de brief die ik naast de ijskast op de grond had gevonden, de brief die verfrommeld was en waar een scheur in zat, die zou ik er ook bij stoppen. Wat 't ook was dat er in die brieven stond, 't kon wachten.

En mocht er iemand komen voor André, nou, dan zou ik daar tegen die tijd m'n hoofd wel over breken. Op dit moment had ik genoeg ellende. Op dit moment was André van mij. Daar had Mrs. Williams voor gezorgd.

Ik raapte haar boeken van de vloer. Ze waren kromgetrokken en de bladzijden waren broos en vlekkerig. Romans, had ze die boeken genoemd. Ik zou ze mee naar huis nemen voor André; 't zou goed zijn als-ie van haar ook iets had. Ik dacht dat ze dat wel fijn zou vinden. Ze was altijd zo dol geweest op moeilijke woorden en deze boeken stonden daar vast vol mee.

Ik schepte de opgedroogde modder uit de kamer en 't gekras en geschraap van de schop deerde me nu minder dan daarnet. Het was 't geluid van werk. Werk dat ik deed om een nieuw begin te maken, om dit huis weer op te knappen. Werk dat ik deed voor André.

Noot van de auteur

Toen de bewoners van Galveston op de ochtend van zaterdag 8 september 1900 wakker werden, was de lucht bewolkt, vielen er hevige regenbuien en stond het water in de Golf van Mexico hoog. Het plaatselijke weerstation was per telegram gewaarschuwd dat er een storing boven zee hing. In de stad werden de stormvlaggen gehesen. De meeste stedelingen waren wel gewend aan tropische stormen en gingen hun gewone gang. Mannen meldden zich op hun werk, vrouwen wijdden zich aan het huishouden, en kinderen en toeristen gingen naar het strand om te kijken hoe de Pagode en het badhuis van Murdoch langzaam door de beukende golven werden verwoest. Tegen het middaguur stond het water in de straten al meer dan een halve meter hoog, maar dat weerhield de mensen er niet van om gewoon in de eetzalen van hotels op zakenlunches te verschijnen. Al snel daarna werd de lucht echter donkerder, nam de wind toe en kolkte het stijgende water door de straten.

De orkaan die in 1900 over Galveston raasde, was de ergste natuurramp die Amerika in de twintigste eeuw trof. De stad, die 37.789 inwoners telde, werd overspoeld door een watermassa met een hoogte van tweeënhalve tot ruim vierenhalve meter. Voordat de storm de windmeter van het weerstation vernielde, waren er windsnelheden van ruim 135 kilometer per uur gemeten. Vermoedelijk kwamen er op het hoogtepunt van de orkaan windsnelheden tussen de 195 en 240 kilometer per uur voor. Volgens schattingen van historici zijn er alleen al in de stad meer dan zesduizend dodelijke slachtoffers gevallen. Daar kwamen er nog zo'n duizend op de rest van het eiland bij. Op het vasteland lag het dodental rond de duizend.

Hoewel *De belofte* een roman is, geen non-fictiewerk, heb ik toch geprobeerd om me bij de beschrijvingen van het eiland, de orkaan en de nasleep ervan zo veel mogelijk op de feiten te baseren. Er is veel over de stad Galveston geschreven, maar over de mensen die buiten de stadsgrenzen woonden is maar heel weinig bekend. Uit historische bronnen komt naar voren dat een deel van de bevolking uit veehouders, melkveehouders en vissers bestond. Ik ben er vast van overtuigd dat deze mensen en hun gezinnen een uitstekend beeld van het weer hadden en dat zij wisten dat er heel wat meer op til was dan een gewone tropische storm. Maar zelfs met deze kennis kon niet iedereen worden gered. Hele families verdronken en veel mensen zijn nooit gevonden.

Het weeshuis van St. Mary's heeft echt bestaan en ten tijde van de orkaan woonden er drieënnegentig kinderen, tien nonnen en een aantal werkmannen. Na de orkaan was het klooster verdwenen. Er waren slechts drie overlevenden, waaronder William Murney. Hij, zijn broer Joseph en zuster Camillus hebben daadwerkelijk in St. Mary's gewoond.

Terwijl de lijkverbrandingen nog aan de gang waren, begonnen de bewoners van Galveston al aan de wederopbouw. Na verloop van tijd werd West Bay uitgebaggerd en het zand werd gebruikt om de stad mee op te hogen. Langs het strand werd een zeewering gebouwd, die tot op de dag van vandaag als bescherming voor de stad dient. Galveston was echter wel zijn positie als een van de belangrijkste zeehavens van de Verenigde Staten kwijt, met als gevolg dat de welvaart daalde.

Texanen die aan de Golf van Mexico wonen zijn de orkaan van 1900 nog niet vergeten. Alle andere orkanen worden ermee vergeleken en de inwoners van Galveston wijzen met trots op de gebouwen die de ramp hebben doorstaan. Het gebouw dat ooit het Central Hotel huisvestte, waar Oscar en Catherine hun huwelijksnacht beleefden, staat er nog steeds.

*

Lezers die meer willen weten over de orkaan kan ik de volgende boeken aanbevelen: *Through a Night of Horrors: Voices from the 1900 Galveston Storm*, geredigeerd door Casey Edward Greene en Shelly Henley Kelly (2000); *A Weekend in September* van John Edward Weems (1957); *Galveston and the 1900 Storm* van Patricia Bellis Bixel en Elizabeth Hayes Turner (2000) en *Isaac's Storm* van Erik Larson (1999). Dat laatste boek is in het Nederlands vertaald als *De meteoroloog en de storm* (Uitgeverij Bert Bakker, Amsterdam 2000).

Dankbetuiging

Ik ben veel dank verschuldigd aan Rob, mijn echtgenoot, die me op het goede spoor gehouden heeft, aan Judithe Little, Leah Lax, Anne Sloan, Lois F. Stark, Julie C. Kemper, Pam Barton en Bryan Jamison voor hun secure leeswerk en hun niet-aflatende aanmoediging; aan Casey Edward Greene en Carol Woods van de Rosenberg Library in Galveston voor hun bereidheid om zelfs voor de kleinste details archieven en bronnenmateriaal door te spitten; aan John Sullivan, veefokker in Galveston, voor zijn verhalen en zijn historische context; en aan de toegewijde medewerkers van Inprint in Houston en Gemini Ink in San Antonio voor de voortdurende steun die zij schrijvers bieden.

Verder wil ik mijn dank uitspreken aan Maria Rejt en Sophie Orme van uitgeverij Mantle, omdat ze precies weten hoe je een verhaal kunt laten sprankelen; aan Mary Chamberlain voor haar vakkundige correctiewerk; aan Harriet Sanders die me hielp de grote plas over te steken; aan de voltallige staf van Pan Macmillan die elk boek zijn volle aandacht geeft, en aan Margaret Halton, die altijd voor me klaarstaat.

Veel dank aan Herman Graf en Jennifer McCartney, mijn redacteuren bij Skyhorse Publishing, voor het feit dat ze in me geloofden.

En ten slotte: mijn bewondering en respect gaat uit naar de bevolking van Galveston. Wat de natuur hun ook aandoet, ze geven niet op en beginnen gewoon opnieuw.